grafit

Chemnitzer Str. 31, 44139 Dortmund
Internet: http://www.grafit.de
E-Mail: info@grafit.de

Umschlagabbildung: Carsten Hardt, www.carsten-hardt.de
Unter Verwendung der Fotos von:
brittak © www.istockphoto.com
Aleksandrs Kosarevs © www.fotolia.de
SilentWolf © www.istockphoto.com
Druck und Bindearbeiten: GGP Media GmbH, Pößneck
ISBN 978-3-89425-384-4
3. 4. / 2021 20 19 17

Sunil Mann

Lichterfest

Kriminalroman

grafit

Der Autor

Sunil Mann wurde als Sohn indischer Einwanderer im Berner Oberland geboren. Er ist als Flugbegleiter tätig, ein Job, der ihm genügend Zeit zum Schreiben lässt. Viele seiner Kurzgeschichten wurden ausgezeichnet.

Mit seinem Romandebüt *Fangschuss*, dem ersten Krimi mit Vijay Kumar, gewann er den ›Zürcher Krimipreis‹. Auch *Uferwechsel* und *Schattenschnitt* wurden für diesen Preis nominiert. *Schattenschnitt* stand zudem auf der Shortlist für den ›Friedrich-Glauser-Preis‹.

www.sunilmann.ch

Für Piero

Samstag

»Ey, *Arkadasch!*«

Die Tür wurde derart heftig aufgerissen, dass die Gäste in der gut besuchten *IQ Bar* erschrocken herumfuhren und das Gemurmel, das den Raum summend wie ein friedlicher Bienenschwarm erfüllt hatte, auf der Stelle verstummte. Ein paar empörte Atemzüge lang war nur noch das monotone Rauschen der Geschirrspülmaschine hinter dem Tresen und Santanas selbstverliebtes Gitarrenspiel aus den Lautsprechern zu hören.

»*Arkadasch!* Kumpel! Gott sei Dank!«, keuchte der schlaksige junge Mann erneut, während er, ohne sich umzublicken, zur Bar stürzte.

»Da bist du ja!«, empfing ihn sein Kollege überrascht. »Was geht?« Ein hastiger Schlag auf die Schulter, ein flüchtiges Grinsen, und nach einem komplizierten Begrüßungsritual, bei dem sich in rasend schneller Abfolge Knöchel, geballte Fäuste und Finger berührten, ergriffen sich auf Kinnhöhe zwei Hände mit betont männlichem Druck, eine angedeutete Umarmung, dann schwang sich der Ankömmling neben seinem Freund auf den Hocker. Das allgemeine Gemurmel setzte wieder ein.

Der Junge war völlig außer Atem. Er musste gerannt sein, sein Brustkorb hob und senkte sich heftig, Schweißtropfen perlten an seinen Schläfen.

Türken, dachte ich und wandte mich wieder Miranda zu, die gerade drei Finger in die Luft streckte und mit dem herrischen Ton, den ihre Stimme immer bekam, wenn sie auf der Schnellstraße zu einem Damenräuschchen war, bei der amüsiert dreinblickenden Bedienung noch eine Runde bestellte.

»Drei Prosecco?« Die Flasche mit dem italienischen Sprudel bereits in der Hand, deutete die burschikos wirkende junge Frau mit den kurzen roten Haaren auf unsere leeren Gläser.

»Das Konzept hat sich bewährt!«, rief Miranda und lachte ihr tiefes raues Lachen.

Die Rothaarige lächelte und füllte die Kelche.

»Auf uns!«

Miranda, José und ich stießen miteinander an und grinsten. Es war einer dieser Abende, die länger dauern würden. Wir taten so, als ahnten wir es nicht, doch insgeheim wussten wir es alle, dazu kannten wir uns zu gut.

Bevor wir in der *IQ Bar* gelandet waren, hatten wir uns im nahe gelegenen *abaton* einen Film angesehen. In dem weitläufigen Kinokomplex nach amerikanischem Vorbild wurde einem schon im Foyer vom butterigen Popcorngeruch übel und später konnte man wegen der Knirsch-, Schmatz- und Raspelgeräusche der mahlenden Kiefer und knisternden Chipstüten kaum verstehen, was auf der Leinwand gesprochen wurde. Andererseits wurden dort hauptsächlich Filme für ein Publikum gezeigt, das Dialoge als eher hinderlich für die Handlung empfand. Ich jedenfalls konnte mich nur noch vage an den eben gesehenen Streifen erinnern. Es war eine dieser unzähligen Comic- oder Computerspieladaptionen gewesen, die zurzeit von einem bedenklich einfallslosen Hollywood wie Backmischungen mit sogenannten Charakterdarstellern angerührt wurden, die allesamt an Karriereknicken oder Schwerwiegenderem litten. In Kostümen, die sie nach ihrem Oscargewinn nicht einmal betrunken zu Halloween angezogen hätten, staksten, flogen oder hüpften sie durch ein Sperrfeuer von Spezialeffekten, das mit dreidimensionalen Bildern verzweifelt eine eindimensionale Geschichte zu überdecken versuchte.

Miranda, die in letzter Zeit oft gereizt oder ungewohnt melancholisch drauf war, hatte auf diesem Film bestanden, da sie weder dem verkorksten Liebesleben mittelalterlicher Päpstinnen noch den mit pathetischen Nachrufen gespickten Konzertproben verstorbener Popstars etwas abgewinnen konnte. Ihrer guten Laune zuliebe hatten wir uns gefügt.

Ohne abzusetzen, leerte Miranda nun das Glas bis zur Hälfte. Ihre schier endlosen Beine übereinandergeschlagen und eine goldfunkelnde Handtasche neben sich auf dem Tresen, saß sie zwischen José und mir, wie immer in etwas Extravagantes gehüllt: ein satinblau schimmerndes Abendkleid mit gewagtem Ausschnitt und breiten Schulterpolstern, dazu ein keckes eierschalenfarbenes Hütchen, dessen Schleier ihr halbes Gesicht bedeckte, auf der sichtbaren Hälfte glitzerte dramatisches Make-up. Miranda sah aus, als käme sie von einem Casting für *Denver Clan.*

Während sie mit der Barfrau scherzte, beobachtete ich unauffällig meinen besten Freund José, der abwesend an seinem Glas nippte und den Blick durch die Bar schweifen ließ. Gedämpftes, gelbliches Licht erzeugte mit dem dunklen Holz, aus dem Tische und Bar gefertigt waren, ein italienisches Ambiente. Man wäre nicht erstaunt gewesen, hätte plötzlich Al Capone mit Hut und Nadelstreifenanzug das Lokal betreten. Oder der Falten und gängigen Rechtssystemen gegenüber resistente Silvio Berlusconi inmitten einer Schar blutjunger RAI-Blondinen.

José war wie gewohnt unrasiert, trug eines seiner an Geschirrtücher erinnernden karierten Hemden und die Baseballmütze verkehrt herum auf seinem Kopf. Er hatte sich schon den ganzen Abend merkwürdig ruhig verhalten, auch jetzt schien er tief in Gedanken versunken. Ich bemerkte es daran, dass er den attraktiven, wenn auch nicht mehr ganz taufrischen Damen, die an den Tischchen in unserer unmittelbaren Nähe saßen, keine Beachtung schenkte. Bei ihm war das Anlass zu größter Sorge. José schaute mich an, offenbar hatte er bemerkt, dass ich ihn beobachtet hatte. Fragend hob ich die Augenbrauen, doch er winkte ab, lächelte geheimnisvoll und nahm einen Schluck aus seinem Glas. Es war sinnlos, ihn zu drängen. Wenn er ein Problem hatte, würde er früher oder später von selbst darauf zu sprechen kommen. Ich schätzte, dass er dazu noch etwa vier Drinks brauchte.

Jemand stieß mich unsanft an. Ich fuhr herum und blickte in das überraschte Gesicht des türkischen Jungen neben mir. Er hatte schwarz glänzendes schulterlanges Haar, ein stoppeliges Oberlippenbärtchen und etwas zu akkurat geschwungene Augenbrauen.

»Sorry, Mann, war keine Absicht, echt«, entschuldigte er sich hastig, bevor er ganz vom Barhocker rutschte und breitbeinig durchs Lokal Richtung Toiletten schlenderte. Aus dem Augenwinkel nahm ich wahr, dass sein Kollege, der vorhin so gehetzt in die Bar gestürzt war, sich ruckartig vorbeugte und unter dem Tresen herumnestelte, wahrscheinlich an seiner Jacke, die er dort an einen Haken gehängt hatte. Als er meinen Blick bemerkte, richtete er sich auf und lächelte nervös. Noch immer glitzerten Schweißtröpfchen auf seiner Oberlippe und der olivfarbenen Haut unter den Augen, das weiße Hemd klebte an seinem Körper. Er starrte mich Hilfe suchend an. Fast schien es, als wollte er mir etwas anvertrauen, doch dann wandte er sich ab und spähte unruhig durch die Fensterfront der Bar hinaus auf die belebte Straße.

»Wir müssen weiter«, hörte ich Miranda hinter mir dröhnen, ihre Stimme war in der letzten Viertelstunde eine weitere halbe Oktave in die Tiefe gerutscht. Schwer legte sie mir ihre Hand in den Nacken und drückte kräftig zu. »Nicht wahr, Kleiner?«

»Für dich bin ich immer noch Mister Vijay Kumar!«, berichtigte ich sie gereizter als beabsichtigt.

»Nur weil du ein Schnüffler bist, brauchst du dich nicht so aufzuführen!«

»Privatdetektiv!«

»Freunde nennen ihn eh nur Curryfresser«, erklärte Miranda, zur Bardame gewandt.

»Fick dich!«

»Jederzeit, für dich sogar zum Freundschaftspreis.« Miranda hatte aus ihrem Beruf als nicht ganz so leichtes Mädchen noch nie einen Hehl gemacht, was manchmal in der Öffentlichkeit für erstarrte Mienen oder entsetztes Luftschnappen sorgte, nicht jedoch hier.

Die Barfrau grinste und wünschte viel Vergnügen sowie standhafte Kundschaft.

»Also leert die Gläser, Jungs! Hopp, hopp!«

Miranda war aufgedreht. Während José und ich den Rest Prosecco hinunterstürzten, begann sie, mitten in der Bar zu den lateinamerikanischen Rhythmen Shakiras zu tanzen, eine Art Bauchtanz, bei dem die Hüften mit spastischen Bewegungen vor- und zurückgestoßen wurden und der Busen hysterisch wippte. Ein bisschen erinnerte sie an eines dieser unermüdlichen Duracell-Häschen aus der Werbung. Der Ausschnitt ihres Kleides verrutschte bedenklich und gewährte tiefe Einblicke, auch das Hütchen saß in der Zwischenzeit windschief auf ihren karamellfarbenen Locken. Den Schleier hatte sie zurückgeschlagen, damit sie wenigstens sah, wem sie bei ihren wilden Verrenkungen auf die Füße trat.

Der langhaarige Türkenjunge war mittlerweile zurückgekehrt und lehnte jetzt an der Bar. Pfeifend feuerte er Miranda an, während sein Kumpel sie fassungslos anstarrte.

Ich konnte es ihm nicht verübeln.

Er zupfte seinen Freund am Ärmel und bedeutete ihm, dass er kurz rausgehe. Der Langhaarige nickte, ohne seinen Blick von Miranda zu wenden.

»*Dios*, wenn du nur im Mittelpunkt stehen kannst! Komm raus hier, bevor es Ärger gibt!« José packte die zeternde Miranda unsanft am Arm und zerrte sie hinter sich her zum Ausgang, wo der junge Türke stehen geblieben war und zaghaft durch die Glasscheibe spähte. Als er bemerkte, dass Miranda und José hinter ihm standen und hinauswollten, trat er rasch beiseite und ließ sie vorbei. Dabei blickte er unverwandt in die Nacht hinaus, als versuche er, etwas zu entdecken.

»Warum musst du immer so bieder sein? Und verklemmt! Genau das bist du! Bieder und verklemmt! Wie alle spanischen Machos!« Mirandas Keifen übertönte die letzten Takte von Shakiras Song, während sie hinausmanövriert wurde.

Ich lächelte der Bedienung entschuldigend zu und folgte den beiden nach draußen.

Dann ging alles sehr schnell.

Ich zündete mir eine Parisienne an und war gerade im Begriff, dem jungen Türken, der direkt hinter mir aus dem Lokal getreten war, ebenfalls Feuer zu geben, als mich jemand derart grob zur Seite stieß, dass ich strauchelte. Beim Versuch, mich an einem der adretten Bäumchen festzuhalten, die vor dem Lokal in Töpfen wuchsen, vollführte ich eine halbe Pirouette und knallte mit dem Hinterkopf gegen die Scheibe des Lokals, bevor ich unsanft auf meinem Hintern landete. Einen Moment lang blieb ich benommen sitzen.

Als ich wieder klar sah, war der Türke umringt von drei jungen Typen in Jeans und teuer aussehenden Turnschuhen, die Gesichter kaum erkennbar hinter Sonnenbrillen und Schiebermützen. Einer hatte sich die Kapuze seiner Jacke über den Kopf gezogen. Sie schubsten den Jungen herum, willkürlich zuerst, als wäre es ein Spiel, doch dann rückten sie immer enger zusammen, die Stöße wurden heftiger und gezielter. Das Opfer der Bande stolperte, fiel jedoch nicht, denn einer der Burschen fing ihn auf und schubste ihn zurück in die Mitte. Sie grölten – ein raues, mitleidloses Lachen, bevor sie den Türken vor sich hertrieben, weg vom Lokal über die Straße. Hilfe suchend wandte der Junge den Kopf, ich konnte für den Bruchteil einer Sekunde die panische Angst in seinen Augen sehen, doch sie drängten ihn weiter. Autobremsen kreischten, jemand hupte, dann war die Gruppe auf der anderen Straßenseite und verschwand unter der Hardbrücke, die wie ein breiter Steg hoch über den Escher-Wyss-Platz führte, im Schatten einer ihrer Pfeiler.

Ich löste mich aus meiner Erstarrung, rappelte mich auf und folgte ihnen. Die ersten Leute liefen bereits zusammen, rasch wurden es mehr, sie kamen aus den Bars und Restaurants, dem nahe gelegenen Kebabstand, als hätten sie nur auf so etwas gewartet. Ein Schauspiel für die Geiferer und Gaffer, beste Unterhaltung und obendrein gratis. Die Gegend, unübersichtlich und momentan von zahlreichen Baustellen verschandelt, verkam am Samstagabend zur Kriegszone. Wie eine giftige Wolke hing die Gewaltbereitschaft über dem Ausgehviertel in Zürichs ehemaligem Industriegebiet. Zu viele testosterongetriebene, frustrierte junge Männer, zu viele Mädchen in zu kurzen Röcken, zu viele sexuelle Versprechungen, zu viel Aggression und zu viele gegensätzliche Ethnien: Ein falsches Wort, ein Blick genügte, um die angespannte Stimmung zum Explodieren zu bringen. Die Fäuste saßen locker, jeder war unter den synthetisch glänzenden Hemden oder Hoodies bis zu den Zähnen bewaffnet und um Gründe scherte sich keiner.

Der Schlägertrupp hatte sich nicht vom Pfeiler wegbewegt, vier zuckende Schatten in der Dunkelheit. Der junge

Türke, immer noch umringt von den drei Burschen, duckte sich und hob instinktiv die Hände vors Gesicht, als ihn der nächste Schlag traf. Er wirbelte herum und hielt sich die rechte Schulter, seine Mimik verriet mehr Erstaunen als Schmerz, doch der folgende Hieb in die Magengegend ließ ihn zusammenklappen. Stöhnend richtete er sich wieder auf, doch die Schläge prasselten jetzt erbarmungslos auf ihn nieder. Er schrie nicht, kein Laut war zu hören, außer dem Keuchen der Burschen, dem dumpfen Geräusch, das entstand, wenn die Fäuste auf weiches Fleisch trafen. Ich sah, wie das Blut aus der Nase des Jungen sein weißes Hemd verfärbte, ein dunkler Fleck, der sich rasch vergrößerte.

Plötzlich stöhnte er auf. Von einem brutalen Haken getroffen, sackte er zusammen und lag jetzt wehrlos am Boden. Jemand lachte höhnisch, dann begannen die Schläger, auf ihn einzutreten, ohne Gnade, wie von Sinnen, in den Magen, in den Unterleib, vor die Brust und schließlich auch gegen den Kopf. Etwas knirschte, ein abscheulicher Laut, der mir durch Mark und Bein ging und mich endlich aus meiner Erstarrung riss.

Ich rannte auf den Pfeiler zu, als ich von rechts etwas Satinblaues heranschießen sah: Miranda, einen hochhackigen Schuh über ihrem Kopf schwingend, stürmte auf die Männer zu. Sie stieß einen gellenden Schrei aus, dann stürzte sie sich todesmutig ins Getümmel. Mit ein paar gezielten Hieben ihres Bleistiftabsatzes trennte sie die Schläger. Die ließen von ihrem Opfer ab und blickten zuerst Miranda und dann sich an, entgeistert, als trauten sie ihren Augen nicht. Einer hielt sich die Wange, über die dünne blutige Striemen verliefen: Spuren von Mirandas Fingernägeln.

Doch die drei Typen fassten sich rasch, innert Sekunden war Miranda umringt. *Desperate Housewife* versus *Reservoir Dogs.* Es sah nicht gut aus.

Ohne weiter zu überlegen, stürzte ich mich auf den erstbesten Typen und bereute es auf der Stelle. Unter der schwarzen Trainingsjacke mit den goldenen Ärmelstreifen ertastete ich eine muskelbepackte Kampfmaschine, an deren mächtigen Schultern sich meine plötzlich lächerlich kleinen Händchen nun festklammerten, um ihn aus der Kampfzone zu zerren.

Wie befürchtet, rührte er sich keinen Zentimeter. Stattdessen versuchte Rambo, mich unwillig grunzend abzuschütteln. Ich ließ nicht locker und arbeitete mich zentimeterweise an seinem Stiernacken vorbei, bis es mir mit einer letzten Anstrengung gelang, den Unterarm um seinen Hals zu legen und zuzudrücken. Ein würgender Laut entfuhr ihm, doch mein Triumph währte nur kurz. Ich biss die Zähne zusammen, um den Schmerzensschrei zu unterdrücken, als er jetzt mit eisernem Griff mein Handgelenk packte und es umdrehte. Etwas knackte, doch noch gab ich nicht klein bei und krallte mich weiter an seinem Hals fest. Plötzlich bewegte er sich wie eine Dampfwalze rückwärts auf den Pfeiler zu und rammte mich gegen den Beton. Meine Lunge versuchte, durch den Hals zu entwischen, doch bevor ich nach Luft hätte schnappen können, stapfte die Kampfmaschine unter mir wieder vorwärts und wiederholte das Ganze. Unbeirrt klammerte ich mich an ihn, obwohl mir der Prosecco ätzend sauer die Speiseröhre hochschwappte. Hätte ich geahnt, was der Abend noch mit sich bringen würde, hätte ich etwas Magenschonenderes getrunken.

Mit Anlauf knallte er mich erneut gegen die Wand und drückte dann kräftig dagegen, bis mir die Luft vollends wegblieb. Ich versuchte, gegen oben zu entkommen, doch ich war hoffnungslos zwischen der Mauer und dem breiten Rücken eingeklemmt. Der Muskelmann brüllte etwas, was ich nicht verstand, dann stemmte er die Beine in den Boden und presste so fest, bis ich flimmernde Punkte tanzen sah. Dann wurde mir schwarz vor Augen.

Als ich wieder zu mir kam, lag ich am Boden. Mein Kopf war ein einziger Schmerz und mein Brustkasten fühlte sich an, als sei er unter einen Lastwagen geraten. Verschwommen sah ich, wie der Typ zurück zu der Keilerei rannte. Ich konnte demnach nur Sekunden bewusstlos gewesen sein. Miranda hielt sich tapfer. Zusammen mit José, der jetzt breitbeinig und mit erhobenen Fäusten neben ihr stand, hatte sie sich vor dem zusammengekrümmt am Boden liegenden Türken positioniert und verteidigte ihn und sich mit ihrem Schuh, dem mittlerweile der Absatz fehlte.

Kitzelnd lief mir ein Rinnsal über die Wange, dann ein zweites, dickflüssig sammelte sich etwas über der Oberlippe. Ich schmeckte das Blut, metallisch und süß. Widerlich. Unwillig wischte ich es ab, als ich von Weitem die Polizeisirenen hörte. Jetzt galt es durchzuhalten, ohne größere Verluste zu riskieren. Schwankend erhob ich mich, doch in der Zwischenzeit hatte einer der Männer, ein untersetzter Typ mit einem brutalen Gesichtsausdruck, Miranda in den Schwitzkasten genommen, während José den zweiten, einen Großgewachsenen, etwas Pummeligen, der in einer grauen Kapuzenjacke steckte, mit Fäusten bedrohte.

»Hey, Blödmann!«, schrie ich, und irritiert blickte der Kapuzenmann herüber. Ich zwinkerte ihm zu, und schon krachte Josés Faust gegen seinen Kiefer. Die Sonnenbrille flog in hohem Bogen durch die Luft, einen Wimpernschlag später traf Josés Schlag seine Nase. Stöhnend sackte der Typ auf die Knie und hielt sich die Hand schützend vors Gesicht, sein Blick vorwurfsvoll auf José gerichtet, wie ein Kind, das sich eine unverdiente Ohrfeige eingefangen hat. Als er die Hand senkte, war seine untere Gesichtshälfte blutverschmiert, er sah aus wie Hannibal Lecter nach einem Pausensnack. Weinerlich verzog er das Gesicht, während er panisch seine verschmierten Finger an der Jeans abwischte. José hob erneut die Faust, worauf sich der Pummelige duckte und jämmerlich wimmerte. Ich war erstaunt zu sehen, wie jung er noch war, keine zwanzig, schätzte ich. Verächtlich spuckte José auf den Boden und wandte sich Miranda zu, die sich immer noch im Schwitzkasten befand und ihren Peiniger keuchend beschimpfte.

Am Ende der Straße waren endlich die Blaulichter zu erkennen, knapp hundertfünfzig Meter noch, doch der Wagen kam nicht vorwärts. Überall waren Menschen. Lachende, rufende, samstagabendlich herausgeputzte in eleganter Kleidung, in Trauben standen sie trotz des kühlen Oktoberabends vor den Lokalen, entlang der beiden Fahrbahnen, rannten über den als Parkplatz benutzten Mittelstreifen unter der Brücke, drängten in Gruppen zwischen den durchfahrenden Autos Richtung *Schiffbau* und *Laborbar*.

Der Verkehr bewegte sich zähflüssig, dumpf dröhnte ein Bass. Ellbogen lagen lässig auf heruntergekurbelten Fensterscheiben, und nur widerwillig machten die Fahrzeuglenker der Polizei Platz.

Der Pummelige hatte das Anrücken des weißen Kastenwagens mit dem typischen orangefarbenen Seitenstreifen ebenfalls bemerkt, rasch rappelte er sich auf und versuchte, auf allen vieren davonzuschleichen.

»Du bleibst hier.«

Er schrie auf, als ich ihm auf die Hand trat. Um uns herum hatte sich ein Kreis von Zuschauern gebildet. Sie standen in sicherem Abstand, der sich jetzt noch vergrößerte, als sich das Herannahen der Polizei abzeichnete. Die ersten zogen sich bereits zögernd zurück, mit einem bedauernden Ausdruck im Gesicht. Die Show war noch lange nicht gelaufen, aber mit den Bullen wollte keiner etwas zu tun haben.

Nur die Abgebrühtesten unter ihnen blieben stehen und filmten mit ihren Handys weiter.

Miranda und José waren noch immer mit den beiden übrig gebliebenen Schlägern zugange. Ich fluchte, stürzte mich blindlings ins Handgemenge und wurde mit einigen wütenden Fausthieben begrüßt. Die Aussicht, sich mit Gegnern zu prügeln, die sich wehren konnten, schien die beiden Typen anzustacheln, ihre Schläge trafen nun noch gezielter, die Angriffe schienen koordinierter. Ich wehrte mich, so gut es ging, offenbar ohne eine einzige schmerzempfindliche Stelle am gestählten Körper des Muskelmannes zu treffen. Ich wich ein paar Schritte zurück und konnte mich gerade noch rechtzeitig ducken, um Mirandas hochfliegendem Bein auszuweichen. Sie wirbelte herum, berührte knapp den Boden, schoss dann unvermittelt hoch und traf den Untersetzten vor die Brust. Dieser war von der Wucht des Tritts genauso verblüfft wie ich. Mit weit aufgerissenen Augen wurde er rückwärts geschleudert, krachte gegen die Motorhaube eines geparkten Autos, rutschte schräg darüber und blieb benommen hocken. Sofort sprang die Alarmanlage an, ein jaulender Ton, der sich mit dem Heulen der Polizeisirene und der nun ebenfalls sich nähernden Ambulanz vermischte.

»Was war das?«, keuchte ich.

»Capoeira«, antwortete Miranda ebenso atemlos und zupfte ihr Kleid zurecht. »Brasilianischer Kampftanz. Ich hab das damals in Brasilien gemacht. Früher, als ich noch …« Sie hielt inne und setzte sich das Hütchen wieder auf, das ihr halb vom Kopf gerutscht war. »Ich war richtig gut darin.« Sie lächelte versonnen.

Ich nickte verwirrt und dachte, wie schlecht ich sie doch trotz all der unzähligen Stunden, die wir zusammen in den Klubs und Bars der Stadt verbracht hatten, kannte. Wie wenig ich eigentlich über sie wusste.

»*Que merda!*«

Ich fuhr herum. Josés Gegner, der jetzt bemerkt hatte, dass seine beiden Kumpels ausgefallen waren, ließ von José ab und schritt mit drohend erhobenen Fäusten auf uns zu. Er hatte blonde, kurz rasierte Haare, ein grobschlächtiges, etwas teigiges Gesicht voller Aknepickel und um seinen Hals baumelte eine grobe Goldkette, die er einem Kampfhund geklaut haben mochte. Das kalte Funkeln an seiner Hand verhieß ebenfalls nichts Gutes. Trotz der ungünstigen Lichtverhältnisse erkannte ich den Schlagring, der an seinen Fingern steckte. Blitzschnell schätzte ich unsere Chancen ab. Mit der Polizei konnten wir noch nicht rechnen. Und zwischen uns und den herannahenden Fahrzeugen drängelte sich das Publikum zu dicht, als dass sich eine Flucht durch die Menschenmenge angeboten hätte. Uns blieb nur eine Möglichkeit.

»Da lang!«, schrie ich José zu und deutete in die entgegengesetzte Richtung zur S-Bahn-Station hin, wo sich deutlich weniger Leute aufhielten.

José spurtete los, während sich Miranda hastig ihres zweiten Schuhs entledigte. Hinter ihr fiel mir eine schattenhafte Gestalt auf, die sich über den bewusstlosen Türken beugte.

Immerhin für den ist gesorgt, dachte ich erleichtert.

»Was steht ihr da wie versteinert rum? Lauft!« José rannte voraus, auf die S-Bahn-Station am Ende der Straße zu, doch Miranda eilte zielstrebig in die andere Richtung, direkt dem Muskelrambo entgegen.

»Bist du jetzt komplett verrückt geworden?«, schrie ich ihr hinterher. Erst da sah ich, dass sie offenbar ihre Handtasche vor der Prügelei auf einem Autodach deponiert hatte.

»Verdammt, mach schon!«, trieb ich sie an, während Miranda sich die Tasche schnappte und zu mir zurückhastete. Dann ergriffen wir die Flucht. Unser Angreifer war uns dicht auf den Fersen.

»Das waren *Jimmy Choos!*«, jammerte Miranda, als wir an ihrem Schuh vorbeistürmten.

»Manchmal muss man im Leben Prioritäten setzen!«

Wir vermieden die hell beleuchtete Ausgangsmeile, die bald von den gespenstisch leeren Plätzen vor den Firmengebäuden abgelöst wurde. Wir blieben unter der Brücke, im Halbdunkeln. Hinter uns hallten schwere Schritte, die immer näher kamen. Als ich zurückblickte, erschrak ich. Das Gesicht unseres Verfolgers war verzerrt, vor Wut und Hass. Ich sah eine Entschlossenheit darin, die mich entsetzte. Wir befanden uns definitiv nicht auf einem Sonntagsspaziergang.

Vor uns machte die Straße eine scharfe Linkskurve unter der Brücke hervor und verschmälerte sich aufgrund der Baustellen zu einem Gässchen, geradeaus lag der Eingang zur Unterführung der S-Bahn-Station, deren hell erleuchtete Gänge uns kaum Schutz boten.

»Mir nach!« Ich bog hinter dem nächsten Brückenpfeiler rechts ab.

»Das auch noch!« Schnaufend musterte José das Absperrgitter, das die Baustelle gegen die Straße hin abtrennte. Mit großen Lettern wies ein Schild darauf hin, dass es strengstens untersagt war, den Ort zu betreten. Dahinter erhob sich mitten aus einem Wirrwarr von Gerüsten, Bretterstapeln, Kabelrollen und Schuttmulden der Sockel des *Prime Towers*, eines Geschäftsgebäudes mit spiegelnder Glasfassade, das fertig gestellt hundertsechsundzwanzig Meter hoch werden sollte und von gewissen Leuten gern als das neue Wahrzeichen der Stadt gesehen worden wäre. Angesichts der höhenmäßig ähnlich ambitionierten Türme, die in absehbarer Zeit ringsherum aus dem Boden schießen würden, mutmaßte ganz Zürich bereits jetzt – natürlich hinter zwinglianisch-diskret vorgehaltener Hand –, welcher der Bauherren am Ende wohl den größten haben würde.

»Dazu habe ich kaum das Passende an!«, beklagte sich Miranda beim Blick auf das Hindernis.

»Hast du das je?«, flachste ich, während Miranda unwillig zischte, ihre Handtasche schulterte und beherzt das Gitter hochzuklettern begann. Dabei fielen mir ihre Füße auf, die jetzt nur noch in hautfarbenen Strümpfen steckten. Es waren große, breite Füße. Männerfüße.

José und ich schwangen uns gerade über die Absperrung, als der Muskelmann auftauchte. Offensichtlich hatte er im Dunkeln kurzfristig unsere Spur verloren, doch jetzt schnellte er wie ein wütendes Tier bis zur Mitte des Gitters hoch, während wir auf der anderen Seite hinuntersprangen und Miranda nachrannten, die wegen des ganzen Proseccos, den sie intus hatte, oder vielleicht auch aufgrund ihres Lebensprinzips, etwas unkoordiniert die kreuz und quer herumliegenden Stahlträger umlief und zwischen den Stützen des Baugerüsts, welches das Fundament des Turms umgab, verschwand. Als ich über die Schulter zurückblickte, sah ich, dass unser Verfolger bereits über den Zaun geklettert war. Mit geschmeidigen Sprüngen setzte er über die Hindernisse hinweg und holte rasch auf.

Atemlos drängten wir durch den schmalen Korridor zwischen Gerüst und Wand des entstehenden Bauwerks, während der Muskelmann an der anderen Seite der Metallkonstruktion entlangpreschte. Wir mussten höllisch achtgeben, nicht über herumliegendes Werkzeug, Kabel oder Eimer zu stolpern.

Ein scharfes Zischen aus dem Halbdunkeln ließ uns unverzüglich abbremsen.

»Hierher!«, flüsterte Miranda. Sie stand in einer düsteren Mauernische, in der sie verschwand, nachdem sie sich versichert hatte, dass wir ihr folgten. Bevor ich mich ebenfalls durch den Spalt zwängte, sah ich mich nach unserem Widersacher um. Er war ein paar Schritte weitergerannt, bevor er bemerkt hatte, dass wir stehen geblieben waren, doch nun konnte ich ihn im Licht der gleißenden Scheinwerfer, die das Gelände taghell erleuchteten, nirgendwo entdecken. Einen Moment lang blieb ich lauschend stehen, da ich glaubte, ein metallisches Geräusch gehört zu haben. Nur wenige Sekunden später sah ich unseren Verfolger hinter einem Bretterstapel auftauchen. Seine Hand umklammerte jetzt eine schwere Eisenstange, die er hinter sich herzog.

Sofort folgte ich José, dessen blau-weiß kariertes Hemd in der Dunkelheit hell leuchtete, und trieb meine Freunde zur Eile an.

Auf der anderen Seite des Durchgangs tat sich eine weite Fläche auf, rauer Betonboden, in dem sich Reifenspuren und Schuhprofile eingraviert hatten, holprige, unebene Stellen, die unter den Füßen gut zu spüren waren. Von draußen drang nur wenig Licht herein, es roch nach Zement, nach kaltem Rauch und abgestandenem Bier. Erst allmählich erkannte ich die Mauerstücke am gegenüberliegenden Ende der Fläche, frei stehende Wände, verschachtelt wie ein Labyrinth. Wir befanden uns im zukünftigen Erdgeschoss des Gebäudes.

»Und jetzt?« José klang verzweifelt. Wir hatten uns tief in den Rohbau hineingewagt und uns hinter zwei abgewinkelt zueinander stehenden Wänden, die ein Spalt trennte, versteckt. Hier herrschte beinahe vollständige Dunkelheit, einzig durch die Lücke drang ein schmaler Streifen Licht.

»Wir warten«, erwiderte ich angespannt.

»Hört ihr das auch?« Ich spürte Mirandas Bewegung mehr, als dass ich sie sah. Aufmerksam horchend beugte sie sich vor.

»Warten? Ich weiß nicht, wie es dir geht, aber ich sehe da vehemente Kommunikationsprobleme auf mich zukommen.

Die Kampfmaschine und ich, wir beide kommen definitiv nicht aus dem gleichen Kulturkreis. Nicht, dass ich dem Typen exquisite innere Werte absprechen möchte, ich befürchte nur, dass ich kaum Gelegenheit haben werde, diese schätzen zu lernen ...«

»Halt endlich die Klappe!«, unterbrach ich Josés Monolog.

»Will sagen, dieser Typ verarbeitet uns zu Hackfleisch! Warten ist doch das Dümmste ...«

»Könntet ihr vielleicht eine Minute lang still sein?«, fuhr uns Miranda an. Abrupt verstummten wir und jetzt hörten wir sie auch: die zielstrebig näher kommenden Schritte und das klirrende Kratzen, das die am Boden nachgeschleifte Eisenstange verursachte.

»Er muss euch gehört haben!«, flüsterte Miranda vorwurfsvoll.

»Das ist schätzungsweise der Zeitpunkt, an dem nüchterne Leute losrennen würden.« Ich wandte mich auf der Suche nach einem geeigneten Fluchtweg um, doch mein Fuß fand plötzlich keinen Halt mehr. Erschrocken zog ich ihn zurück und bückte mich, um die Stelle zu ertasten, wo der Boden aufhörte. Was nur wenige Zentimeter hinter mir war. Angestrengt starrte ich in die Dunkelheit, doch ich konnte rein gar nichts erkennen außer der Kante, die einen Steinwurf von mir entfernt war.

»Wir sitzen in der Falle!«, stieß ich hervor. »Hinter uns befindet sich ein Schacht!«

Erschrockene Stille schlug mir entgegen, in der nur das unheimliche Schürfen und die schweren Schritte zu hören waren.

»*Joder!* Ich stell mich dann da drüben hin«, seufzte José schicksalsergeben und verzog sich auf die gegenüberliegende Seite des Durchschlupfs. »Friedhof Sihlfeld bitte, falls meine Familie fragt.«

»Kremieren oder Erdbestattung?« Miranda gluckste trotz der ernsten Situation. Typisch.

»Schhhh!«, zischte ich die beiden an und stellte mich mit dem Rücken zur Wand. Der Muskelmann musste somit an uns vorbei, wenn er sich durch den schmalen Spalt zwängen wollte.

»Weshalb lassen wir ihn nicht in den Schacht laufen?«

»Weil er dazu erst über uns hinwegtrampeln müsste.«

Miranda kicherte leise. »Ach so, dann lieber nicht. Das Kleid ist ganz neu.«

»Ruhe!« Schemenhaft erkannte ich, wie sich José duckte. Die Schritte waren verstummt. Einen Moment lang war nur das gleichmäßige Rauschen des Verkehrs von der Hardbrücke zu hören. Behutsam verlagerte ich mein Gewicht, doch mein Körper blieb in Alarmbereitschaft. Ein Schweißtropfen rann mir zuckelnd über die Schläfe, nur mit Mühe widerstand ich dem Drang, ihn wegzuwischen.

Dann strich eine Gestalt am Durchgang vorbei, so nah, dass ich sie hätte berühren können. Ich hielt den Atem an. Die Schritte wurden langsamer, dann entfernten sie sich.

Wir verharrten reglos. Ich hörte Miranda aufatmen und wollte ihr gerade zuflüstern, sie solle bleiben, wo sie sei, als ich einen kühlen Luftzug im Nacken spürte.

Dann fuhr jäh die Eisenstange durch die Lücke zwischen den beiden Wänden und schlug hart auf dem Boden auf. Miranda entfuhr ein gellender Schrei, und José sprang hoch, mit angewinkelten Armen und geballten Fäusten wie ein Boxer. Ich langte sofort hinüber und bekam einen Jackenkragen zu fassen. Der Durchgang schränkte glücklicherweise nicht nur meine Bewegungsfreiheit ein. Mit aller Kraft zerrte ich den Oberkörper des Burschen zu uns herüber. Ehe er reagieren konnte, hatte ihm José einen Schlag ins Gesicht versetzt. Der Muskelmann brüllte auf und riss sich los. Für den Bruchteil einer Sekunde war er verschwunden, dann schwang er die Stange erneut durch die Lücke, ein Funkenregen stob auf, als sie aufschlug, hohl hallte der metallische Klang über die Baustelle. José stieß einen Schmerzensschrei aus, im nächsten Augenblick lag er zusammengekrümmt auf dem Boden und hielt sich das Schienbein. Ganz kurz nur war ich abgelenkt gewesen, diesmal hatte mich der Typ am Revers meiner Jacke gepackt und mit einem groben Ruck zu sich gerissen. Mich noch am Schlafittchen, zwängte er sich durch den Spalt, sodass er jetzt auf unserer Seite stand. Unsere Lage war auch schon rosiger gewesen.

Im Dunkeln sah ich seine Zähne weiß aufleuchten, die Goldkette um seinen Hals, der die Dicke meines Oberschenkels zu haben schien, glitzerte mit seinem Gebiss um die Wette. Der Typ grinste tatsächlich, während er mit beiden Händen die Eisenstange ergriff und ausholte.

»Duck dich!«, schrie Miranda noch, dann schwang sie etwas Goldfarbenes an meinem Gesicht vorbei, ein helles Klirren erklang, gefolgt von einem dumpfen Geräusch. Als ich mich aufrichtete, sah ich den Muskelmann schwankend und benommen vor mir. Noch einmal holte Miranda aus, und sein Kopf knallte gegen die Wand. Augenblicklich wich alle Kraft aus seinen Beinen, er rutschte zu Boden, saß einen Moment lang still und kippte dann zur Seite.

Ungläubig starrte ich Miranda an. »Was war das denn?«

»Meine Handtasche.«

»Was ist da bloß drin?«

»Nichts«, erwiderte sie mit unschuldigem Augenaufschlag.

»Nichts?«

»Nun ja ...« Sie lächelte strahlend. »Nur was ein Mädchen an einem Samstagabend halt so braucht: das Allernotwendigste.«

»Das ist unglaublich!« José beugte sich näher zum Computer und vergrößerte mit einem Mausklick das Fenster. Fassungslos verfolgten wir die Geschehnisse auf dem Bildschirm. Es war abscheulich, und trotzdem konnte ich den Blick nicht abwenden, während ich mein schmerzendes Handgelenk rieb. Glücklicherweise war es nicht gebrochen.

»Schaut euch diese Brutalität an!«, rief José entsetzt. »Die kennen kein Erbarmen. Und da! Die hören selbst dann nicht auf, wenn ihr Opfer am Boden liegt und blutet. Wieso tut jemand so was? Was sind das bloß für Menschen?«

»Mein Gott, sehe ich fett aus!«, entfuhr es Miranda, die hinter uns stand. Sie hielt sich die Hand vor den Mund und blickte an sich runter. »Findet ihr auch, ich bin zu dick?«

Einmütig und ohne aufzublicken schüttelten José und ich den Kopf.

»Ich fass es nicht!« José sprang auf und begann, aufgebracht im Raum auf und ab zu gehen. Obwohl Journalist für ein Gratisblatt war er normalerweise ein eher phlegmatischer Zeitgenosse, der nicht mehr als ein paar Drinks und einen guten Film brauchte, um sich von der Welt, wie sie war, abzukapseln. Manchmal ergänzte er die Liste noch um einen Joint oder zwei. Doch über ein heißes Thema, seien es soziale Ungerechtigkeiten, spektakuläre Mordfälle oder das seiner Meinung nach mannigfaltige Versagen der Politik, konnte er sich regelrecht echauffieren. Dann erwachte auch seine journalistische Spürnase.

»Darüber werde ich eine Reportage verfassen. Über diese Verrohung, diese sinnlose Gewalt. Diese ... diese komplett bescheuerten Wichser! Jemand muss doch etwas tun, man kann doch nicht einfach ... Und nächste Woche geschieht es wieder, nur mit anderen Beteiligten. Alle gucken zu und keiner tut was. Das ist ein Skandal!«

»Der Skandal ist dieses verdammte Kleid! Und das ungünstige Licht! Und vor allem dieser Lümmel, der nicht weiß, dass man eine Kamera still halten muss, wenn man filmt. Den hätte man verprügeln sollen!«

Da hatte Miranda allerdings recht: Das Filmchen, vor zwei Stunden unter der Hardbrücke mit einem Handy gefilmt und danach unverzüglich auf *YouTube* veröffentlicht, war ziemlich verwackelt. Nur verschwommen konnte man erkennen, wie die drei Typen brutal auf den jungen Türken eindroschen, bevor wir uns einmischten.

»Lasst uns mal weitersuchen, ob es noch was in besserer Qualität gibt.« Rasch scrollte José durch die aufgelisteten Beiträge und wählte dann einen weiteren Clip aus, doch auch dieser war unbrauchbar, die Bilder verzerrt, die Kameraführung derart abrupt, dass einem schwindlig wurde. Als befände man sich in einem Film des dänischen Regisseurs Lars von Trier.

Nachdem Miranda und ich die Polizisten zum bewusstlosen Muskelmann geführt hatten, hatten wir unsere Aussagen zu Protokoll gegeben und den Ablauf der Ereignisse so gut wie möglich rekonstruiert, während José sein Bein von den Sanitätern, die sich auch um die beiden angeschlagenen Schläger kümmerten, untersuchen ließ. Glücklicherweise war er nicht gravierend verletzt. Trotzdem hinkte er und verzog immer wieder schmerzgeplagt das Gesicht, als wir ihn in seine Dachmansarde an der Josefstrasse im Kreis 5 begleiteten, wo wir uns von der ganzen Aufregung erholen wollten.

»Hier, das ist schon viel besser!« Aufgeregt deutete José auf den Bildschirm. Dort war gestochen scharf zu sehen, wie Miranda schwungvoll ihren Kampftanz aufführte, bevor sie den untersetzten Typen gegen den Wagen schleuderte. Nur Sekunden später hörte man Josés Rufe, obwohl er nicht im Bild war, worauf Miranda ihre Handtasche schnappte und gemeinsam mit mir Reißaus nahm.

»Welch heldenhafter Abgang«, bemerkte Miranda spöttisch.

Ich richtete mich wie elektrisiert auf und deutete auf den Bildschirm. »Was war das?«

José sah mich fragend an.

»Geh noch mal zurück. Da war doch was.«

Kommentarlos wählte er eine Stelle ein paar Sekunden früher und ließ den Film nochmals laufen.

»Da! Seht ihr?«

»Was denn?« Miranda beugte sich mit gerunzelter Stirn über meine Schulter.

José sog scharf die Luft ein. »Der raubt ihn aus! Ich kann's echt nicht fassen! Da liegt einer verletzt am Boden und wird zusätzlich auch noch bestohlen.«

»Nein, nein, guckt genauer hin.«

Zu dritt lehnten wir uns vor und starrten auf den Bildschirm.

»Er durchsucht ihn!« Ich erinnerte mich an den Schatten, der sich über den jungen Türken gebeugt hatte. Schemenhaft war zu erkennen, dass es ein Mann war, mit hochgeschlagenem Mantelkragen, bis zur Nase heraufgezogenem Schal und einem breitkrempigen Hut. Der Kerl beugte sich vermeintlich fürsorglich über den Verletzten, tatsächlich durchsuchte er hastig die Jacke des Jungen und tastete seine Hosen ab, bevor er sich aufrichtete und in die Dunkelheit entschwand.

»Ist das alles?«

»Man sieht sein Gesicht nicht!«

»So ein Schwein!«

»Und er trägt einen Frauenschal, dabei steht ihm lila überhaupt nicht«, warf Miranda ein. »Und passt weder zu Hut noch Mantel.«

»Unsere Expertin für Stilfragen«, grinste José und wandte sich wieder dem Computer zu, um den Film noch einmal zu starten. »Da!« Er tippte auf eine Gestalt, die ab und zu ins Bild geriet. Sie stand ganz in der Nähe des am Boden liegenden Türken und nahm, das Handy einen halben Meter vor dem Gesicht, alles auf, während sie eine 180-Grad-Drehung vollführte. José stoppte den Clip und vergrößerte das Standbild. »Dieser Typ filmt in dem Moment alles, was um ihn herum geschieht. Vielleicht ist auf seiner Aufnahme mehr zu erkennen.«

»Das Gesicht des Mannes eventuell?« Bedauernd betrachtete Miranda einen abgebrochenen Fingernagel.

»Kaum, Schal und Hut verdecken das Gesicht perfekt. Da steckt zweifelsohne Absicht dahinter. Aber vielleicht sieht man, ob der Typ allein war oder zu einer andern Gang gehörte.«

»Wäre eine gute Story für dich.«

»Ist es sowieso. Aber darum geht es nicht.«

»Sondern?«

»Ich hab das Gefühl, dass hier etwas nicht stimmt.«

Ich sah José erstaunt an, dann nickte ich nachdenklich. »Da ist was dran. Der Angriff auf den Jungen kam zu zielgerichtet. Als hätten die Typen gewusst, dass er im Lokal saß.«

»Vielleicht haben sie ihn schon zuvor verfolgt. Wenn ich mich richtig erinnere, war er außer Atem, als er in die *IQ Bar* hereinstürzte.«

»Meinst du, die haben draußen auf ihn gewartet?«, schaltete sich Miranda ein.

»Könnte sein. Er schien ziemlich nervös und war komplett verschwitzt«, gab ich meine Beobachtungen wieder. »Wohin haben sie ihn eigentlich gebracht?«

»Ins Unispital, schätze ich. Ich versuche es rauszubekommen. Die eine Ambulanz ist sofort mit ihm losgefahren. Die Pfleger der zweiten haben sich um die Schläger gekümmert. Und um mein Bein.«

»Und wie finden wir den da?« Miranda deutete auf den Bildschirm, auf dem das undeutliche Bild eines blonden, etwas übergewichtigen Teenagers zu sehen war, der einen blau-rot gestreiften Pullover trug.

Nachdenklich kratzte sich José am Kinn, dann schaltete er den Drucker ein. »Mal sehen. Vielleicht erkennt ihn jemand.«

Konsterniert starrten Miranda und ich ihn an.

»Das ist jetzt aber nicht dein Ernst?«, stöhnte ich. »Ich bin wie gerädert! Dieser Typ wollte wohl *Chapatis* aus mir machen, so wie der mich durchgeknetet und flach gewalzt hat!«

»Und ich fühle mich wie nach jenem Abend, als dieser Kegelklub aus Adliswil mich einen Abend lang …«

»Spar uns die Details, Miranda!«, fiel ich ihr ins Wort.

»Ihr könnt ja hierbleiben, wenn ihr nicht mitwollt.« José zuckte mit den Schultern, während er das Bild des Jungen auf dem Ausdruck studierte.

Seufzend blickte Miranda mich an, dann ging sie wortlos aus dem Zimmer. »Ich brauche ein Paar Schuhe«, rief sie von der Diele her. »Größe dreiundvierzig.«

Anderthalb Stunden später saßen wir wieder in der *IQ Bar,* erschöpft und enttäuscht. Miranda hing apathisch am Tresen und schob ein halb volles Proseccoglas von der einen Hand in die andere, während José, die Ellbogen aufgestützt, wütend die geballten Fäuste gegen die Schläfen drückte und dabei ins Leere starrte.

Jeder von uns war mit dem ausgedruckten Konterfei des Burschen herumgelaufen und hatte es den Passanten gezeigt, doch keiner wollte ihn darauf erkennen. Außerdem war es spät geworden. Die Kids waren in den Klubs, und die Leute, die noch unterwegs waren, kamen von einer Nocturne oder vom Essen und hatten die Schlägerei gar nicht mitbekommen.

»Ich werde ihn finden«, knurrte José.

»Wir sollten den jungen Türken ausfindig machen. Sicher kann er uns sagen, warum die Typen ihm aufgelauert haben. Und weshalb ihn dieser halb vermummte Typ durchsucht hat.«

Fragend sah mich José an. »Wir? Uns?«

Ich zuckte mit den Schultern. »Meine Auftragslage ist grad alles andere als rosig. Muss die gebeutelte Wirtschaftslage sein.«

Mein Detektivbüro, das sich an der Dienerstrasse in Zürichs Kreis 4 befand, war gerade mal ein paar Wochen alt. Einen einzigen wirklich spektakulären Fall hatte ich bislang gelöst, der einen Bankdirektor ums Renommee und hinter Gitter gebracht und zwei bisswütige Kampfhunde das Leben gekostet hatte. Seither hatte sich nicht mehr viel getan außer ein paar langweiligen Observationen und Recherchen.

Ich konnte also José, von Verpflichtungen unbehelligt, unterstützen.

»Hm, ein derart professionelles Angebot kriegt man nicht jeden Tag.« José grinste spöttisch.

Mirandas schrilles Lachen unterbrach uns. »Haha! Ein Detektiv mit fatalem Hang zu indischem Whisky und ein bekiffter, spanischer Journalist, der den Arsch nicht hochkriegt, wollen dem armen Türkenjungen helfen. Wenn ich er wäre, würde ich mich auf der Stelle auf alle viere werfen und beginnen, nach Mekka zu beten!«

Grimmig starrten wir Miranda an, während sie unbeeindruckt die Bedienung heranwinkte.

Sonntag

Dumpf pulsierte etwas durchscheinend Rötliches, Plastisches hinter meinen Lidern. Der Puls ging viel zu schnell und mein Mund fühlte sich an, als hätte ich an einem Fuchspelz gelutscht. Ich blinzelte und zuckte zusammen. Grelles Licht versengte meine Hornhaut, das Zimmer drehte sich. Hastig schloss ich die Augen wieder, tastete benommen nach meiner Nachttischlampe und kippte den Schalter. Schlagartig wurde es dunkel. Sonntägliche Stille im Quartier. Angenehm.

Ich erwachte, Stunden später wahrscheinlich, weil mein Schädel gerade von einer Kreissäge gespalten wurde. Von draußen drang kaum noch Licht durch die Lamellen der Jalousie. Ich vernahm eine männliche Stimme, die etwas Unverständliches rief. Musik war zu hören. *It's a cruel, cruel world*, treffender als Beth Ditto hätte es auch ich nicht ausdrücken können. Dann schrillte es erneut an der Tür, und das Sägeblatt bohrte sich tiefer in mein aufgeweichtes Gehirn. Ich versuchte aufzustehen, doch mein hochschwappender Mageninhalt hinderte mich daran. Stöhnend fixierte ich einen Punkt an der fleckenübersäten Decke. Erinnerungsfetzen blitzten auf, wirr und beunruhigend. Die Nacht war lang geworden, trotz oder gerade wegen der aufreibenden Ereignisse, und die Drinks unübersichtlich zahlreich. Das Letzte, woran ich mich erinnerte, war irgendein Klub voller Menschen und lauter Musik und Mirandas verzerrtes Gesicht, wie sie mir einen kleinen Plastikbeutel hinhielt und etwas von ihrem Zaubersäckchen flüsterte, von dem ich doch kosten solle. Natürlich steckte ich den angefeuchteten Finger ohne lange zu überlegen hinein und leckte das bitter schmeckende Pulver ab, das aussah wie Brausepulver, das ich als Kind immer am Kiosk gekauft hatte. Danach zerschmolz das Bild wie ein überhitzter Zelluloidfilm.

Ich drehte mich zur Seite, vergrub den Kopf unter dem Kissen und schaffte es, das hartnäckige Klingeln zu ignorieren.

Montag

»Weshalb bist du dir so sicher, dass er hier ist?«

Unwillkürlich hatte ich meine Stimme gesenkt, als wir das Universitätsspital betreten hatten. Ich folgte José, der zielstrebig voranging, durch die Eingangshalle in einen lichtdurchfluteten, leicht ansteigenden Durchgang. Sukkulenten wuchsen der Fensterfront entlang in schwarz glänzenden, edel aussehenden Trögen, ein älterer Mann in einem blauen Pyjama schob schlurfend einen Infusionsständer vor sich her. Während ich immer noch auf eine Antwort wartete, steuerten wir auf eine Glastür zu. Dahinter erstreckte sich ein weiterer, ungleich düsterer Korridor, von dem beidseitig unzählige Zimmer abgingen.

José bog scharf um die Ecke und führte mich ins Treppenhaus. Rasch stiegen wir die aus Marmorplatten zusammengesetzten Stufen hinauf, er immer voraus und ich atemlos hinterher.

Ich flüsterte nur noch, wie das die Leute meist tun, wenn sie sich in einem Spital aufhalten. »Weshalb …?«

»Ich hab so meine Quellen«, fiel mir José kurz angebunden ins Wort.

Er schien diese Aussage nicht weiter ausführen zu wollen. Seine Geheimniskrämerei ging mir allmählich auf den Keks, doch ich beließ es dabei. Für den Moment.

In den Fluren roch es nach Kaffee, und der klinische Geruch von Desinfektionsmittel lag in der Luft. Der sandfarbene Linoleumboden quietschte unter unseren Schritten, als wir durch den Gang eilten. Hinter geschlossenen Türen waren Stimmen zu hören, Volksmusik dudelte aus einem Radio. Eine junge Krankenschwester trat mit einem bunten

Blumenstrauß aus einem Zimmer und lächelte uns an, wie es nur Krankenschwestern können, mitfühlend und warmherzig. Im Vorbeigehen registrierte ich, dass sich unter ihrer weißen Uniform ein Büstenhalter und ein spitzenbesetzter Slip abzeichneten, was mich spontan dazu anregte, mir zu überlegen, wann ich zum letzten Mal Sex gehabt hatte. Es fiel mir nicht ein. Ich wandte mich verstohlen nach ihr um und ließ meinen Blick höher wandern, zu ihrem Namensschild, auf dem nur *Maike* stand, und traf wenig weiter oben auf ein Lächeln, das jetzt merklich kühler war, um nicht zu sagen eiskalt. Abrupt drehte sie sich weg und betrat ein Zimmer auf der anderen Seite des Ganges. Zurück blieb ein Hauch ihres Duftes: Pfefferminze. Was an dem Tee liegen musste, der wohl auch in diesem Spital Standard war.

»Wo bleibst du?« José war ungeduldig stehen geblieben und sah sich nach mir um. »Da vorne ist schon …« Er brach mitten im Satz ab und kniff die Augen zusammen.

»So einfach kommen wir da nicht rein.« Ich kratzte mich am Kinn. Ich hatte keine Ahnung, ob sich mein spanischer Journalistenfreund vorgestellt hatte, wir würden einfach in das Zimmer des verletzten Türken hineinmarschieren, uns kurz und unverbindlich erkundigen, weshalb er verfolgt, verprügelt und am Ende auch noch durchsucht worden war, um dann zufrieden nach Hause zu gehen, wo José seinen erschütternden Bericht schreiben würde, während ich am nächsten Kebabstand kühles Bier holte.

Wenn dem so war, hatte er offensichtlich nicht mit der Verwandtschaft des Jungen gerechnet. Denn die lungerte im Korridor vor der offen stehenden Tür herum: Buckelige Greisinnen mit Kopftüchern saßen zitterig auf Klappstühlen, Mädchen lehnten an der Wand und drückten ihre Puppen mit eingeschüchterten Mienen an sich, junge Burschen boten sich gegenseitig Zigaretten an und linsten unruhig nach einem Ort, wo es erlaubt war zu rauchen. Unauffällig spähten wir im Vorbeigehen in den Raum hinein. Drin war es keinen Deut besser. Rings um das Bett saßen traditionell gekleidete Frauen, dicht an dicht, sodass der Junge gar nicht zu sehen war. Die einen kleidete ein Tschador, der das Gesicht frei ließ, andere ein Niqab, bei dem man die Augen nur noch durch einen schmalen Schlitz im Stoff sah, aerodynamisch abgerundete Köpfe, Schultern und Torsos wie aus einem Guss, und das alles in Schwarz: Es sah aus, als trüge die Familie Barbapapa Trauer.

Manche weinten, wie die periodisch erschaudernden Schulterpartien erahnen ließen, andere kramten in großen Plastikboxen, die sie auf den Knien hielten, nach Esswaren. Kleinkinder spielten am Boden, derweil die Männer, die meisten mit Schnurrbart, etwas weiter entfernt im Kreis standen und leise diskutierten. Wäre es erlaubt gewesen, sie hätten wohl Wasserpfeifen entzündet, Backgammonbretter aufgestellt und in einer Ecke ein Lamm am Spieß gebraten.

»Und jetzt? Ich muss unbedingt mit ihm sprechen!« José war am Ende des Flurs stehen geblieben und sah mich ratlos an.

Ich überlegte kurz, dann kam mir die rettende Idee. »Leyla!«

»Bist du sicher?«, fragte José eine Stunde später. Die Zweifel in seiner Stimme waren unüberhörbar.

»Wir haben keine Wahl.« Ich bemühte mich, sicherer zu klingen, als ich es war. Ich parkte meinen hellblauen VW Käfer, den mir meine Eltern zum zwanzigsten Geburtstag geschenkt hatten, an der Gloriastrasse und stieg aus. Bereits jetzt hatte ich das Gefühl, keine Luft mehr zu bekommen, und als ich zu José hinüberschaute, ahnte ich, dass es ihm ähnlich erging. Ich lächelte, obwohl er es nicht sehen konnte, dann steuerten wir zielstrebig auf das Universitätsspital zu, das um die Ecke lag. Wieder folgte ich ihm, doch diesmal schien mir der Weg noch beschwerlicher. Ich musste bei jedem meiner Schritte auf den flatternden Stoff zwischen meinen Beinen achtgeben, damit ich nicht stolperte und der Länge nach auf den Boden knallte. Endlich hatten wir die richtige Abteilung erreicht. Schon von Weitem sah ich die zittrigen Greisinnen, die Mädchen mit ihren Puppen, die sich offenbar nicht bewegt hatten. Ich keuchte verhalten.

José stieß mich unsanft an. »Nimm dich zusammen!«, zischte er.

Wir gingen jetzt langsam, mit kleinen Schrittchen, die Köpfe gesenkt. Ich spürte, wie uns die Männer vor der Tür musterten. Einen Moment lang rührte sich keiner, ein undurchdringlicher, feindseliger Wall vor uns. Mein Puls hämmerte, und die Handflächen wurden feucht, doch dann traten sie mit einem Mal beiseite, fast ehrerbietig, und bildeten eine schmale Gasse, durch die wir in das Zimmer hineingelangten. Sofort verstummten die Gespräche, und alle wandten sich uns zu. Wie angewurzelt blieben wir stehen. Siedend heiß fiel mir ein, dass wir vergessen hatten abzusprechen, wie wir, einmal drin, vorgehen wollten. Ich musterte die abwartenden Mienen, die auf uns gerichteten Blicke und versuchte zu lächeln, was komplett sinnlos war. Mir wurde mulmig, und unauffällig stieß ich José an. Doch der reagierte nicht. Schweiß begann mir in dünnen Rinnsalen über den Rücken zu laufen. An der Wand tickte eine Uhr.

»Salam aleikum«, flüsterte ich versuchsweise und wartete mit angehaltenem Atem, bis der Gruß zu meiner Erleichterung dutzendfach erwidert wurde. Unser Glück, dass türkische Familien meist vielköpfig und weit verzweigt waren, vermutlich hielt man uns für irgendwelche entfernt verwandte Tanten. Wir durften keine Zeit verlieren. Ich näherte mich in alle Richtungen nickend dem Bett. Auch hier

wich man zurück und ließ uns vor. Als ich den Verletzten endlich zu Gesicht bekam, war ich wie vor den Kopf gestoßen. Der Junge, der dort mit bandagiertem Arm lag, war eindeutig nicht derjenige, der am Samstagabend verprügelt worden war. Er war klein, beinahe hager, und hatte abstehende Ohren und ein freches Grinsen. Es war unübersehbar, dass er das ganze Brimborium genoss, das um ihn veranstaltet wurde.

Heimlich berührte ich Josés Arm und bedeutete ihm, das Zimmer zu verlassen, als mich unvermittelt eine der Frauen auf Türkisch ansprach. Wie gelähmt stand ich da, unfähig mich zu rühren. Natürlich hatte ich kein Wort verstanden.

Die Frau sah mich durch den Schlitz in ihrem Umhang fragend an, und ich wiegte ratlos den Kopf, worauf sie sich erstaunlich schnell erhob und auf mich zuwuselte. Meine Knie wurden weich und ich hörte auf zu atmen, überzeugt davon, dass mein letztes Stündchen geschlagen hatte. Unter ihrer weiten Bekleidung war sie sicher schwer bewaffnet, wie auch die andern Frauen, ich konnte ein mehr als nur verdächtiges Rasseln hören, als sie sich bewegte. Und garantiert waren die zitterigen Alten draußen vor der Tür getarnte Schläferinnen, die nur auf den entscheidenden Aufruf warteten, um plötzlich voller Kampfbereitschaft aufzuspringen und mit ihren zu Gehhilfen umgebauten Maschinengewehren alles und jeden niederzumähen. In den Bäuchen der Puppen, welche die Mädchen an sich drückten, tickten Bomben dem Countdown entgegen, und die Männer, ich erkannte es an ihren nervösen Blicken, den verschwörerisch geflüsterten Anweisungen, waren begierig, endlich den Dschihad zu beginnen, die letzte, alles entscheidende Schlacht.

Ich war mir absolut sicher, mein junges Leben in diesem Krankenzimmer aushauchen zu müssen, als José die Rettungsaktion startete: Er schluchzte herzzerreißend. Ohne lange zu überlegen, fiel ich mit ein. Wahrscheinlich wäre der Schwindel bei zwei anderen Männern sofort entdeckt worden, doch wir hatten einen entscheidenden Vorteil: unsere Mütter. Die eine war Spanierin, die andere Inderin. Wenn jemand weiß, wie man melodramatisch schluchzt und grundlos in Tränen ausbricht, dann waren es die Frauen dieser beiden Nationen.

Als Schuljunge hatte es schon gereicht, wenn ich morgens aus dem Haus ging, um bei meiner Mutter die ersten Tropfen zum Kullern zu bringen. Bei einem Liebesfilm aus Bollywood, so verpönt Überraschungen dort auch waren und eine gewisse Vorhersehbarkeit zum Prinzip gehörte, strömten ihr die Tränen hemmungslos über Wangen und Kinn. Und meldete sich mit zitteriger Stimme die Großmutter, die wie immer an leichtem Unwohlsein und diversen Gebrechen litt, mit einem von schweren Seufzern untermalten Anruf aus der alten Heimat, brach regelmäßig der Staudamm. Bei José musste es ähnlich sein.

Derart qualifiziert, ließen José und ich unsere Schultern erzittern, schüttelten die Häupter und krümmten uns, unbeschreibliches Seelenleid vortäuschend, in der Hoffnung, dass die Frau, die vor mir stand, unsere Gesichter unter dem Schleier der dunkelblauen Burkas nicht erkennen konnte. Doch sie sah uns nur prüfend an und rief dann etwas in den Raum, worauf das Murmeln, das allmählich wieder eingesetzt hatte, jäh verstummte und uns die ganze Sippe erneut anstarrte. Augenblicklich hörten wir mit dem Theater auf.

Erst nach einer schier unendlichen Schrecksekunde, in der man eine Nadel hätte zu Boden fallen hören, begannen sich erste Köpfe umzuwenden, Stühle wurden zur Seite gerückt und jemand rief etwas, das ziemlich abgehackt klang.

Dann löste sich ein Mann aus der Gruppe. Ich schnappte nach Luft, worauf mir die Frau besorgt die Hand auf den

Arm legte. Mit Entsetzen sah ich, wie sich Kemal, der kurdische Kioskbesitzer von der Langstrasse, bei dem ich immer meine Zigaretten kaufte, mit energischen Schritten näherte. Ich senkte den Kopf, so tief es ging, während er José und mich an unseren Oberarmen ergriff und dann behutsam zur Tür dirigierte. Wir schluchzten erneut auf, ein letztes Mal erschauderte ich. Aus dem Augenwinkel und durch den Schleier sah ich die Frauen mitfühlend die Köpfe schütteln, während sie sich über einen Plastikbehälter beugten und sich stückweise Baklava unter den Schleier schoben.

Jetzt schämte ich mich für meine Paranoia. Der Heilige Krieg sah definitiv anders aus. Offenbar konnte man sich der Gehirnwäsche durch die multimediale Propaganda der muslimfeindlichen Gruppierungen selbst als rational denkender Bürger nur schwer entziehen.

Kaum waren wir draußen, streckte uns Kemal zwei Becher dampfenden Tees entgegen. Automatisch nahmen wir die Getränke an und tauschten einen ratlosen Blick aus. Zu trinken war ein Ding der Unmöglichkeit, denn dazu hätten wir die Schleier zurückschlagen müssen, was unweigerlich unsere unrasierten Kinne zur Schau gestellt hätte. Zwar hatte ich gerüchteweise von anatolischen Großmüttern gehört, die angeblich bärtiger waren als Reinhold Messner, doch ich glaubte kaum, dass sich Kemal, der uns abwartend anblickte, davon täuschen ließe. Kurz entschlossen zog er mich von seiner vor der Tür herumlungernden Familie weg und sagte dabei etwas, das vom Tonfall her klang wie: »Oh, dieser Tee riecht ja lecker!«

Ich nickte zustimmend, und einen Wimpernschlag später hatte er schon seine haarige Hand auf meinem Hintern platziert. Ich zuckte zusammen, war aber geistesgegenwärtig genug, dabei wenigstens den Becher mit dem vermaledeiten

Tee zu verschütten. Ich schniefte vorwurfsvoll und fuhr herum. Sein Gesicht war viel zu nah an meinem. Ich konnte die grauen Büschel in seinem Schnurrbart sowie die erregt vibrierenden Nasenhaare sehen und roch seinen Knoblauchatem. Er grinste lüstern, derweil sein glühender Blick den Burkaschleier zu versengen schien.

Ich schüttelte den Kopf, schluchzte und kicherte und schob ihn weg, doch dies schien ihn erst recht anzuspornen, sein Griff wurde kräftiger, seine Finger krallten sich besitzergreifend in mein Fleisch. Ich stieß ein empörtes Wimmern aus, was José, der sich einige Schritte entfernt hatte, endlich veranlasste, sich ruckartig nach mir umzuwenden. Ich konnte seinen Gesichtsausdruck nur erahnen, doch ich war mir ganz sicher, dass er grinste. Trotzdem reagierte er blitzschnell: Mit einem empörten Kreischen schüttete er erst Kemal den Tee ins Gesicht, worauf dieser wütend aufschrie, dann stieß José ihn zur Seite, packte meinen Arm und zerrte mich von dem Lüstling weg. Mit wehenden Umhängen eilten wir den Gang entlang, doch ich spürte Kemals Blick, er brannte sich in meinen Rücken und vor allem in die Gegend weiter unten.

»Was für ein Glück, gilt hierzulande kein Burkaverbot!«, keuchte ich, als wir endlich wieder vor dem Universitätsspital standen, und dankte im Geiste meiner guten Freundin Leyla, die uns die Burkas ausgeliehen hatte.

»Noch nicht! Aber wenn gewisse politische Gruppierungen so weitermachen wie bisher ...«

»Du meinst, nach den Minaretten, die eigentlich kein Mensch bauen wollte, und den Deutschen, ohne die hierzulande weder Sozialdienste noch Wirtschaft funktionsfähig wären, stehen die Burkas, die kaum jemand trägt, auf der Abschussliste?«

José schlug den Schleier zurück, bevor er sich eine Zigarette anzündete. »Es ist zu befürchten. Schau mal, was europaweit gerade geschieht. Auf der Jagd nach ein paar Wählerstimmen beginnen auch hier rechte Parteien scheinbar willkürlich alles zu verteufeln, was sich medial ausschlachten lässt.«

Darin stimmte ich ihm zu. Die Rechte versuchte, das Volk in einen permanenten Angstzustand zu versetzen, indem sie weit hergeholte und fadenscheinige Theorien derart bedrohlich aufbauschte, bis sie als reale Gefahr wahrgenommen wurden. Dabei wurden kaum Lösungsvorschläge geboten. Hauptsache dagegen, Hauptsache populistisch.

»Der Erfolg gibt ihnen recht, leider«, fügte José an. »Ausgerechnet in der ach so neutralen Schweiz.«

»Ha! Die Neutralität ist nicht zuletzt auch ein bisschen die Burka der Schweiz. So viel Gutes wir der auch verdanken, darunter kann man so einiges verschwinden lassen, was die genaue Betrachtung bei Tageslicht scheut. Das Thema Bankgeheimnis zum Beispiel, die Waffenexporte an autoritäre Regimes und, wenn es bloß möglich wäre, auch die Komponisten der Schweizer Beiträge zum *Eurovision Song Contest.*«

José winkte ab. »Themawechsel.«

»Wohl besser.«

Nachdenklich sahen wir zum Spital.

»Und jetzt?«, fragte ich.

»Lass mich mal machen«, murmelte José und drehte sich etwas von mir weg, während er umständlich sein Handy unter der Burka hervorkramte. Ein Student, der sich gerade anschickte, die Straße zur ETH zu überqueren, warf ihm einen verwirrten Blick zu. Ich hob ebenfalls den Schleier und steckte mir eine Zigarette an, worauf der Student die Augen aufriss und seine Schritte beschleunigte, nicht ohne immer wieder gehetzt über die Schulter zurückzublicken.

Ich bekam erst etwas von Josés halblaut geführtem Gespräch mit, als dieser plötzlich seine Stimme hob.

»Ja, ich weiß, dass ich Türke gesagt habe!« Jäh verstummte er und zog an der Zigarette, während er konzentriert zuhörte. »Und du meinst ... ach so ... das könnte sein.«

Er wandte sich wieder mir zu und sah mich abwesend an. »Ja, genau. Gestern Abend. – Was? Das ist nicht wahr! *Joder!* So eine verdammte Scheiße!« Seine Hand ballte sich zur Faust. Wütend schnippte er die Fluppe auf die Rasenfläche und stampfte sie mit dem Absatz seines Schuhs in den Boden. »Wie heißt er? – Okay, ich ruf dich später an. Danke schon mal.«

»Wer war das?« Ich blickte meinen Freund neugierig an, doch er schüttelte nur den Kopf und strich den Schleier wieder übers Gesicht.

»Komm mit«, sagte er unwirsch und stapfte zum Eingang des Spitals hinauf.

Kaum hatten wir es betreten, begann José zu trippeln wie eine japanische Geisha, sodass ich beinahe auf den Saum seiner Burka getreten wäre. Mit ebenso kleinen Schrittchen folgte ich ihm durch die weitläufige Halle zu einem länglichen Korpus, den ein Schild als Informationsstand auswies. Viel Licht und heller Marmor verliehen dem Eingangsbereich des Spitals eine stilvolle Atmosphäre, durch die breite Fensterfront sah man in einen kleinen, begrünten Park hinaus. Hätte man den Wartebereich mit seinen an Corbusier erinnernden Ledersesseln und die mit bangen Gesichtern auf ihren Aufruf Harrenden ignoriert, wäre man sich wie in der Lobby einer Wellnessoase vorgekommen.

Schluchzend blieb José am Empfangstresen stehen, während ihn die Schwester dahinter mitfühlend betrachtete. Vorsichtshalber wimmerte ich eine Runde mit, verstummte aber sofort, als José mit fistelnder Stimme einen Namen nannte.

Die Frau, die dünnes, weizenblondes Haar hatte, das ihr lockig in die sommersprossenübersäte Stirn fiel, warf ihm einen prüfenden Blick zu und tippte dann etwas in den Computer. Während sie auf dem Bildschirm las, zuckten ihre unteren Augenlider leicht. Mit einem Mal sah sie erschrocken aus. Ihre Lippen bewegten sich zwar, doch kein Laut drang heraus. Dann räusperte sie sich und sah uns an. »Sie können Fernando Hirt jetzt nicht besuchen. Er liegt auf der Intensivstation«, sagte sie schließlich.

»Was?« José dehnte die Frage zu einem gequälten Wehklagen, sein ganzer Körper krümmte sich zu einem Fragezeichen. Ich fand, er übertrieb etwas.

Nervös blickte sich die Schwester um, dann beugte sie sich vor und flüsterte so leise, dass ich es kaum verstehen konnte: »Fernando wurde vorgestern Abend Opfer jugendlicher Schläger. Ein äußerst brutaler Überfall.«

Sie richtete sich auf und nickte kaum merklich, wohl um uns verständlich zu machen, dass sie ihre Kompetenzen längst überschritten hatte und nicht gewillt war, weiter Auskunft zu geben. José begann wieder zu heulen, und widerwillig fiel ich mit ein.

»Wo …?«, stammelte er mit hoher Stimme und schniefte dramatisch zur Bekräftigung.

Die Schwester presste die Lippen zusammen und antwortete dann in abschließendem Ton: »Am Escher-Wyss-Platz, Samstag gegen Mitternacht.« Sie lächelte unverbindlich, bevor sie sich mit konzentriertem Blick ihrem Bildschirm zuwandte.

»Also, Fernando Hirt ist achtzehn, macht ein Gastgewerbepraktikum im *Hotel Rothaus,* wohnt im Kreis 4 und hat einen Schweizer Vater, der sich in Luft aufgelöst hat, als der Junge zwei war. Die Mutter stammt aus Venezuela, sie ist zusammen mit ihrer Schwester seit letzter Nacht bei ihm.«

José sah mich von der Seite an, während er das Telefon unter seinen Umhang gleiten ließ. »Das erklärt, warum wir mit dem Türken nicht weit gekommen sind.«

»Und woher hast du diese Informationen?«

José tat, als hätte er nichts gehört, und zerrte an seinem Schleier herum. »Ich muss dringend aus dieser Burka raus. Das Teil ist ja fürchterlich! Kein Wunder dauert das mit der Emanzipation der arabischen Frauenwelt. Da drin werden die ja förmlich weich gekocht!«

Ich grinste und lenkte meinen Käfer übers Central. Ein strahlender Oktobertag, der Himmel, klar und wolkenfrei, wölbte sich wie eine hellblaue Glaskuppel über Zürich, der Limmatquai und die Schipfe lieferten sich einen Wettstreit um das kitschigste Postkartenmotiv, und als wir über die Bahnhofsbrücke fuhren, standen da am Ufer des Zürichsees plötzlich Berge, zum Greifen nah, wie sie es nur bei föhniger Wetterlage im Herbst taten.

Seit Jahren lebte ich jetzt schon in dieser heruntergekommenen Wohnung an der Dienerstrasse, die für mich Unterkunft und Arbeitsplatz zugleich war. Als ich den Wagen vor dem Gebäude parkte, blickte ich an der Fassade hoch. Sie schien mir zunehmend dunkler und düsterer zu werden, ständig den Abgasen des Verkehrs ausgesetzt, der ununterbrochen über die nahe gelegene Langstrasse kroch, kombiniert mit einer gleichgültigen Verwaltung. Aus den Namensschildern neben den Klingeln stach meines, das zweifelsohne das neuste war, immer noch glänzend hervor: *V. J. Kumar, Priva,* las ich. Die *termittlungen* konnte ich nur erahnen, denn davor, mit dem Rücken gegen die Schilder, lehnte ein junger Mann mit bedenklich unreiner Haut und schorfigen, halb geöffneten Lippen. Im ganzen Haus mussten die Klingeln unaufhörlich Sturm schellen, aber dies schien keinem etwas auszumachen. Der Kopf des Typen war kraftlos zur Seite gesunken, der Blick war nach innen gerichtet, sein Hemd fleckig und die Ärmel hochgekrempelt. In der Vene seiner linken, völlig verkrusteten Armbeuge baumelte noch lose die Spritze. So beklemmend dieser Anblick auch war – für dieses Quartier war das nichts Neues.

Schon seit jeher hatte die Stadt unangenehme Themen in diesen Bezirk ausgelagert. So stand bereits im zwölften Jahrhundert das Siechenhaus hier, welches später in ein Pfrundhaus umgewandelt wurde, was nur wenig repräsentativer war. Auf dem Helvetiaplatz, wo heutzutage zweimal die Woche knuspriges Holzofenbrot, Biogemüse und frisch gefangene Zürichseefelchen zu sehr helvetischen Preisen auf dem Markt angeboten wurden, richtete man früher Verbrecher hin, und auf dem ehemaligen Galgenhügel hatte der Architekt und Schriftsteller Max Frisch unbekümmert ein Freibad gebaut. Später brachte man in diesem Stadtkreis die zugewanderten Gastarbeiter unter, hauptsächlich Italiener, die im Bau und bei der Erstellung des Eisenbahnnetzes tätig waren, und nicht zuletzt befand sich auch das Rotlichtmilieu hier.

Doch mit dem Knapperwerden des Wohnraums in der Stadt entdeckte man das Potenzial des Quartiers, gerade für eine gut betuchte Klientel. Was aber voraussetzte, dass man das soziale Umfeld etwas aufpeppte, denn wer wollte schon Tür an Tür mit Randständigen wohnen. Die Verantwortlichen merkten jedoch schnell, dass es keinesfalls reichte, einfach alle zum Friseur und zum Zahnarzt zu schicken und sie mit hübschen Kleidchen auszustaffieren. Daher führte die Polizei im Bestreben, das Quartier ›aufzuwerten‹, wie man es elegant nannte, rigorose Kontrollen durch. Situationen wie die vor meiner Haustür waren selten geworden, doch einige Junkies schafften es trotzdem immer wieder, mit der schlafwandlerischen Sicherheit der Vollgedröhnten an den Patrouillen vorbei in die Hinterhöfe und Seitengässchen zu torkeln. Ich war den Anblick gewohnt, ebenso José. Wir hatten schon hier gelebt, als es noch eine offene Drogenszene gab und man morgens im Hauseingang regelmäßig über Junkies steigen musste.

Da der Junge völlig benommen war, schoben wir ihn gemeinsam von den Klingeln weg. Er stöhnte, und wir ließen ihn so behutsam wie möglich zu Boden gleiten, wo er apathisch sitzen blieb und durch uns hindurchstarrte. Früher oder später würde er von allein wieder zu sich kommen. Ich tippte eher auf später.

Im Treppenhaus flackerte eine nackte Glühbirne, und von der Decke hingen grauschlierige Kabel. In meiner Wohnung klemmten die Rollläden und rasselten bei windigem Wetter wie alte Blechbüchsen an einem Auto von Frischvermählten. Die Dichtungen der Fenster waren hin, sodass im Winter eisiger Wind für sibirisches Flair sorgte. Und relativ häufig konnte es passieren, dass man eingeseift unter der Dusche stand und im günstigsten Fall noch kaltes Wasser vorhanden war, manchmal war es obendrein zu einem dünnen, hämisch tröpfelnden Rinnsal versiegt. Doch etwas anderes hätte ich mir nicht leisten können. Deswegen war ich froh, dass der Wohnblock, im Gegensatz zu so vielen anderen in der Umgebung, noch nicht aufgekauft worden war, um entweder umgebaut oder gleich abgerissen zu werden, um Raum für horrend teure Apartments und Loftwohnungen zu schaffen. Denn ich lebte gern in diesem Quartier.

»Endlich!« Ich streifte die Burka ab und warf sie über das Sofa, welches neben der Tür stand und allfälliger Kundschaft zugedacht war. Während José den Schleier zurückschlug und sich sofort eine Zigarette ansteckte, stellte ich fest, dass mein Hemd nass geschwitzt war und am Oberkörper klebte. Rasch öffnete ich die Gürtelschnalle und knöpfte die Hose auf, zog die Hemdzipfel heraus und schleuderte das Kleidungsstück Richtung Badezimmer. Ich überlegte gerade, meine Hose ebenfalls auszuziehen, als es klopfte. Schwungvoll riss ich meine Wohnungstür auf und erstarrte mitten in der Bewegung.

»Vijay Kumar?«

Ich nickte, während der massige Mann mit verblüffender Selbstverständlichkeit hereinmarschierte und dabei zuerst mich und meinen Aufzug und dann misstrauisch die Wohnung beäugte. Wo er José entdeckte, der geistesgegenwärtig den Schleier übers Gesicht gezerrt hatte.

Der Mann zwinkerte irritiert, taxierte noch einmal meinen nackten Oberkörper und die offene Hose und schien das alles als wenig vertrauenswürdig einzustufen.

»Sind Sie der Privatdetektiv?«, fragte er in ungläubigem Tonfall.

Worauf ich erneut und viel enthusiastischer nickte. »Kommen Sie nur rein!«

»So.« Er schien zu der Sorte Männer zu gehören, die niemals auf die Idee kamen, dass sie stören könnten. Aufmerksam sah er sich um, als halte er Ausschau nach den Notausgängen.

Dann wandte er sich wieder mir zu. »Ich hab schon gestern versucht, Sie zu erreichen.«

Vage erinnerte ich mich an die Kreissäge, die sich durch mein Gehirn gefressen hatte. Dass es ein Kunde sein könnte, war mir im Delirium nicht einmal ansatzweise eingefallen.

»Sonntag ist Ruhetag«, bemerkte ich knapp.

»So? Kundenfreundlich ist das nicht gerade.«

Anstelle einer Antwort musterte ich ihn schweigend. Seine äußere Erscheinung war beeindruckend. Groß gewachsen, breit, ohne übergewichtig zu wirken, ich schätzte ihn auf Ende vierzig. Er hatte stahlgraue, entschlossene Augen und weizenblondes, zur Seite gescheiteltes Haar, das vorn zu einer jugendlich-frech gemeinten Tolle geföhnt war. Der Anzug saß perfekt und sah teuer aus, ebenso das gestreifte Hemd und die silbern schimmernde Krawatte. Ein Unternehmertyp, das sah man sofort, einzig seine Lippen waren fleischig und glänzten ein wenig zu feucht, was ihm einen etwas weibischen Zug verlieh.

»Sie brennt«, sagte er mit einem kurzen Blick auf José.

»Vor Verlangen. Tut sie immer.«

»Nein, sie brennt tatsächlich.« Er deutete mit dem Kinn auf meinen Freund.

Ich fuhr herum und sah, wie dichter Rauch aus Josés Schleier drang. Jetzt fiel mir auf, dass er sich keinen Millimeter bewegt hatte, seit mein Kunde die Wohnung betreten hatte.

»Fatima, siehst du nicht, dass ich arbeiten muss?«, rief ich José zu, und erst jetzt löste sich seine Erstarrung. Eilig trippelnd verzog er sich ins Schlafzimmer, wo ich ihn heftig und wenig damenhaft husten hörte.

»Sie ist seit ein paar Tagen etwas tuberkulös drauf«, erklärte ich entschuldigend.

Mein Besucher verzog angeekelt das Gesicht. »Und Sie sind …?«, fragte er beiläufig, als er sich auf den Stuhl setzte, der auf der Kundenseite meines breiten Schreibtischs stand.

»Kerngesund.« Ich streifte mir ein T-Shirt über, das nach einem ausgedehnten Ausflug in meine momentan bevorzugte Bar aus einem nicht mehr nachvollziehbaren Grund auf meinem Bürosessel gelandet war, und knöpfte die Hose zu. Dann setzte ich mich ebenfalls.

»Ich meinte Ihre Herkunft.«

»Inder.«

»So.« Seinem Tonfall war nicht anzuhören, was er von dieser Information hielt. »Mein Name ist übrigens Blanchard. Vielleicht haben Sie schon von mir gehört.« Er schmatzte, als würden seine Lippen zusammenkleben.

»*Der* Blanchard?« Meine Frage war rein rhetorisch, natürlich wusste ich jetzt haargenau, wer mein Gegenüber war. Aber manchmal erkannte man Leute, die man sonst nur in Magazinen sah, nicht immer auf Anhieb, wenn sie in Fleisch und Blut vor einem standen.

Blanchard besaß ein Medienimperium, das sich voll und ganz dem Boulevard verschrieben hatte, die größte Tageszeitung der Schweiz, Magazine und Illustrierte in ganz Europa. Zusätzlich einen privaten Fernsehsender, der ausschließlich seichte Unterhaltung bot, Talkshows, Datingshows, Castingshows, Modelshows, generell alles, was nur eine englische Bedeutung kannte und woran sich ein ›Show‹ anhängen ließ. Außer Kochshow vielleicht.

Blanchard. Ein Gigant in seiner Liga, der wohl mächtigste Mann in der Schweizer Medienlandschaft. Insgeheim fragte ich mich, weshalb Schweizer Verleger so oft französisch anmutende Namen trugen. Vielleicht lag dem die verborgene Sehnsucht der demokratiemüden Konzernchefs nach mehr Monarchie zugrunde oder eine Andeutung von Erotik in einem knallharten, von Männern in grauen Anzügen dominierten Business, aber ich kam nicht über Mutmaßungen hinaus. Und ich fragte mich vor allem, weshalb einer wie er ausgerechnet zu einem wie mir kam.

»Der mit dem Zeitungsverlag? Der Medientycoon?«

Er nickte huldvoll, als teilten wir jetzt ein wahnsinnig verschwiegenes Geheimnis, stützte seine Ellbogen auf die Tischplatte und legte die Fingerspitzen gegeneinander. Die Nägel glänzten manikürt und endeten in einem feinen weißen Rand, der wie aufgemalt wirkte. Am linken Ringfinger steckte ein Ring, den wohl selbst Zsa Zsa Gabor als zu protzig abgelehnt hätte.

»Was kann ich für Sie tun, Herr Blanchard?«

Er lehnte sich zurück und verschränkte die Arme, entschied sich dann aber anders, richtete sich wieder auf und zog eine dicke Zigarre aus seiner Brusttasche. Während er ihr geübt die Spitze abzwackte und sie dann anzündete, ließ er mich nicht aus den Augen. Erst als er genüsslich schmatzend an dem Ding gezogen hatte, antwortete er. »Die Sache ist heikel, Herr Kumar, sehr heikel.«

»Ich bin diskret. Der diskreteste indische Privatdetektiv, den Sie in dieser Gegend finden.« Ich wedelte den Rauch weg, um ihn ansehen zu können.

Ein feines Lächeln umspielte seine wulstigen Lippen. »Das wurde mir genau so zugetragen.«

»Dann sind wir im Geschäft.«

Ruckartig richtete er sich auf und deutete mit der Zigarre auf mich.

»Die Sache muss oberste Priorität für Sie haben! Und ich zähle auf Ihre Verschwiegenheit.«

»Geschenkt.«

»Wie bitte?«

»Ich meinte: selbstverständlich.«

Schmatzen. Er schälte sich umständlich aus seiner Anzugjacke, die er sorgsam zusammenfaltete und über seine Knie legte. »So.« Er strich den Stoff glatt, dann hob er den Kopf und blickte mich ernst an. »Meine Putzfrau ist verschwunden.«

»Ihre Putzfrau?«, flüsterte ich tonlos.

Er nickte mit Nachdruck.

Einen Moment lang herrschte Stille in der Wohnung. Von draußen war aus einem geparkten Auto Lady Gaga zu vernehmen. Frau Gaga wurde von einer billig klingenden Synthesizerfanfare angekündigt, bevor ein vorwärtstreibender Beat einsetzte und ein Chor in derart tiefen Tonlagen zu stammeln begann, als spielte man eine Vinylsingle von Boney M.

irrtümlich mit dreiunddreißig Touren ab. Darüber besang die Dame ihr *Poker Face.* Dasselbe versuchte auch ich aufzusetzen.

Blanchards Hände fuchtelten über der Tischplatte, als wische er mögliche Einwände weg. »Sie putzt fantastisch und niemand kriegt die Hemdenärmel so perfekt hin wie sie.« Er deutete auf die messerscharfe Bügelfalte, die von seiner Schulter bis zum Handgelenk verlief.

Ich hatte plötzlich das dringende Bedürfnis nach einem großen Schluck *Amrut,* meines sechsundvierzigprozentigen indischen Lieblingswhiskys.

Es gab Leute, die schienen mich für komplett bescheuert zu halten. Ich konnte ja noch verstehen, dass eine Frau befürchtete, der eigene Partner könnte ihrem Lebensentwurf der Monogamie herzlich wenig abgewinnen, oder dass eine Versicherung Verdachtsmomente bezüglich der Arbeitsunfähigkeit ihres am kleinen Finger verletzten Kunden hegte. Aber die Leute, die offenbar aus reiner Langeweile oder zu therapeutischen Zwecken meine Dienste beanspruchten, wie letzthin diese Beinaheschauspielerin, die angeblich ihre Katze vermisst hatte, gingen mir nicht nur auf die Nerven, sie schienen auch immer zahlreicher zu werden. Und sie alle fanden ihren Weg zu mir.

»Und wieso suchen Sie sich nicht einfach eine andere? In Zürich wimmelt es nur so von Putzen, da findet sich für jeden Geschmack etwas: weiße, schwarze, legale und illegale, junge und alte, solche, die reden, und solche, die nur putzen, solche, die reden und rauchen und kaum putzen, einige erledigen nur das Gröbste, andere kochen sogar und versorgen die Kinder. Afghaninnen, Kubanerinnen, vielleicht eine aus dem Balkan? Selbst Männer gibt es, bodenständige Teppichschamponierer, wendige Fensterreiniger, filigrane Nacktputzer … Sie haben die Wahl.«

»Sind Sie fertig?«

Ich zuckte mit den Schultern.

»Ich will sie zurück.« Wieder fixierte er mich. Mit einem Blick, der keinen noch so kleinen Raum für Einwände bot. »Genau diejenige, die ich gehabt habe und die jetzt verschwunden ist. Und nicht irgendeine ...«, er wedelte mit seinen Wurstfingern herum, als verscheuchte er eine Fliege, »... Afghanin.«

Seufzend lehnte ich mich zurück und blätterte lustlos in meiner Agenda. »Meine Auftragslage sieht leider ...« Abrupt hielt ich inne und hob den Kopf.

Er hatte die Zahl nur gezischt, trotzdem hatte ich sie glasklar vernommen.

»Entschuldigung?« Eine diskrete Nachfrage zum richtigen Zeitpunkt konnte mögliche spätere Missverständnisse effizient aus dem Weg räumen.

»Sie haben schon richtig gehört.« Er schmatzte und nannte die Summe erneut.

Ich klappte die Agenda zu. »Höchste Priorität?«

Er nickte.

»Wie heißt sie?«

»Rosa Maria Perez Martinez de la Cruz.«

»Das sind mehr Angaben als auf einer spanischen Weinflasche.«

»Ich hab sie immer Rosie genannt.«

»Rosie? Tatsächlich? Haben Sie und Rosie ...?«

Fragend sah er mich an.

Ich wusste aus den Magazinen, dass er mit einer etwa gleichaltrigen, aber dank regelmäßiger Besuche in verschwiegenen Privatkliniken ungemein attraktiven Brünetten verheiratet war, die sich einst, als es noch Seite-3-Girls gab, für sein Blatt entblättert hatte, bevor sie dasselbe in viel privaterem Rahmen für ihn wiederholt hatte. Jetzt war sie bekannt als umtriebige Jetsetlady, die zusammen mit ihrer besten Freundin, der Stararchitektin Joswitha Moor, bei keinen wichtigen Anlässen und ebenso wenig an einer beträchtlichen Anzahl unwichtigen fehlte. Nebenbei saß sie im Vorstand von Kulturstiftungen und Wohltätigkeitsorganisationen und setzte sich für Kinderheime und Krebskranke ein. Ein Engel von einem Mensch. Ich wusste allerdings auch von dem dreihundertseitigen Ehevertrag. Äußerste Diskretion war also verlangt. Und wurde von mir selbstverständlich geboten.

»Na ja, Sie ... und Rosie?«

Er schien nicht zu begreifen. Ich machte eine eindeutige Handbewegung, worauf er zusammenzuckte, als hätte ich ihm einen Stromstoß versetzt. Dann verzog er verächtlich die Mundwinkel.

»Machen Sie sich nicht lächerlich.«

»Haben Sie ein Foto von ihr?«

Er blickte mich an, als hätten mich alle guten Geister verlassen.

»Sie wiegt etwa hundertzwanzig Kilo!«

»Ich brauche trotzdem ein Bild von ihr, um sie zu finden.«

Er stieß gereizt die Luft aus. »Ich habe selbstverständlich keins. Wer fotografiert schon seine Putzfrau? Zudem lief zwischen mir und Rosie nichts. Und wenn Sie jetzt bitte Ihre Arbeit machen könnten, anstatt mich mit schwachsinnigen Fragen zu löchern. Es eilt!«

Ich sah erstaunt auf. »So groß ist die Schweinerei?«

»Lassen Sie auf der Stelle diesen Unsinn!« Krachend landete seine Faust auf der Tischplatte, und auf seiner Stirn trat bedrohlich pulsierend eine Ader in der Form eines bläulichen Ypsilons hervor.

Ich lächelte gewinnend.

»So ein Kotzbrocken!« Zusammen mit José stand ich am Fenster und rauchte eine Zigarette, während wir Blanchard zusahen, wie er seinen Maibach beinahe geräuschlos aus der Parklücke steuerte und dann Richtung Langstrasse davonglitt.

»Hat der denn einen Totalschaden? Eine derart astronomisch hohe Summe, um eine Putzfrau zu finden! Einer wie der? Für das Geld kriegt er eine, die leckt ihm den Staub von den Lüstern und wischt ihm mit dem Nerz den Arsch. Da ist doch was faul!«

»Oberfaul.«

»Vielleicht hält er dich für doof?«

Ich warf José einen warnenden Blick zu.

»Wär ja nicht so abwegig.« Er grinste. »Oder der Alte ist ein kleiner Schmutzfink und hat etwas versaut, das besser sauber geblieben wäre.«

»Auf jeden Fall hat er es verdammt eilig. Deswegen war er auch so ungeduldig und aufbrausend. Fragt sich nur, weshalb er die Putze so dringend braucht.« Nachdenklich füllte ich zwei Gläser mit *Amrut* und reichte José eines davon. Endlich hatte auch er seine Burka ausgezogen.

»Ah, indischer Whisky! Eine Wohltat nach der Schwitzkur.«

»War eine selten bescheuerte Idee, unter der Burka einfach weiterzurauchen!«

»Nun ja, Blanchard durfte mich unter gar keinen Umständen erkennen. Und ich hatte keine Ahnung, wohin mit der Zigarette. Fertigrauchen war daher die naheliegendste Lösung.«

»Weshalb durfte er dich denn nicht sehen?«

José rollte verlegen das Whiskyglas zwischen den Handflächen.

»Nun sag schon!«

»Aber das bleibt unter uns?«

Ich drehte einen imaginären Schlüssel vor meinen Lippen.

»Ich habe mich bei ihm beworben. Als Reporter bei seinem Revolverblatt. Mit ein paar coolen Paparazzofotos und einem schmissigen Text. Hab aber noch keine Antwort bekommen.«

»In der Burka hättest du dich jedenfalls bestens als verdeckter Journalist empfohlen, dem keine Verkleidung zu lächerlich ist, um an eine gute Story zu kommen. Missstände im Harem! Die Schweizer Version von Günter Wallraff deckt schockierende Verhältnisse auf!«

Ich lachte, jedoch nur so lange, bis ich bemerkte, dass José mich ausdruckslos anstarrte.

Ich räusperte mich. »Aber im Ernst: Bei dem Schleimbeutel willst du arbeiten?«

José zuckte mit den Schultern. »Besser als bei der Gratiszeitung wie jetzt.«

Die Adresse, die mir Blanchard gegeben hatte, lag nur eine Querstraße weiter. Die eine Seite der Brauerstrasse befand sich – wie das ganze Quartier momentan – im Umbruch. Urbane, auf eine trendige Klientel ausgerichtete Lokale boten weiße Tischdecken, prätentiöse Speisekarten und vor allem große Fensterfronten, damit sich die aufgebrezelte Gästeschar abends auch angemessen präsentieren konnte. Nebenan fanden sich alteingesessene Bars sowie ein Sexshop mit leuchtend roter Fassade und einem dicken, staubig aussehenden Vorhang im Eingang.

Auf der anderen Seite der Straße lief business as usual: Junge oder auf jung geschminkte Damen aus exotischen Ländern, deren Kleidchen wohl irrtümlich in die Neunzig-Grad-Wäsche geraten waren, stöckelten auf halsbrecherisch hohen Absätzen über den Gehsteig, blieben stehen, blickten lasziv über die Schultern und trippelten dann zurück, als befänden sie sich nicht in der schäbigsten Ecke von Aussersihl, sondern auf dem Catwalk einer *Prada*-Modenschau. Das Gehirn schaffte die perfektesten aller Illusionen.

Im Schaufenster eines Dessousladens stapelte sich knappe, eng anliegende metallspitzen- und kunstperlenbewehrte Lack-, Latex- und Lederbekleidung, es sah darin aus, als inventarisiere Christina Aguilera gerade ihren Kleiderschrank.

Als ich mich näherte, schwoll ein Zischen und Schnalzen an, als hätte man den Deckel eines Schlangenkorbs angehoben. Ich hob abwehrend die Hände und schüttelte den Kopf, doch das schien man als Aufforderung zu verstehen. Energisch drängte ich mich an einer üppigen Dame im stramm sitzenden Latexkostüm vorbei, die mir breitbeinig und lippenleckend den Weg verstellte. Ich fragte mich besorgt, ob sie wohl nach Leistung oder per Kilo Lebendgewicht bezahlt werden wollte.

Unter dem überdachten Eingang des heruntergekommen wirkenden Wohnblocks blieb ich stehen. Es dauerte einen Moment, bis ich den richtigen Namen unter all den fremdländisch anmutenden Aufschriften gefunden hatte. Als ich bei *de la Cruz* klingeln wollte, wurde die Tür unvermittelt aufgestoßen. Zwei Kinder stürmten mir entgegen, ein dunkelhäutiges Mädchen mit Zöpfen und einem grellen rosafarbenen Kleid, der Junge war etwas jünger und trug einen blau-weiß gestreiften Pullover und Jeans.

Ich nutzte die Gelegenheit und betrat das Treppenhaus. Die Wände waren über und über mit Graffiti besprayt, weitgehend talentfrei, soweit ich das beurteilen konnte, der Boden sah aus, als hätte man groben Kies zusammengebacken. Das Treppengeländer glänzte blutrot und klebrig. Ein rostiges Fahrrad lehnte neben einem zusammengeklappten Kinderwagen an einer Front aus Glasbausteinen, welche die gesamte gegenüberliegende Seite einnahm und den verzerrten

Blick freigab auf einen mit Mülltonnen verstellten Innenhof, in dem ein einsamer, anorektisch aussehender Ahorn wuchs.

Etwas unschlüssig sah ich mich um. Das Stimmengewirr war gewaltig, wie an einem turbulenten Tag an der Börse. Die Bewohner standen in Gruppen im Treppenhaus herum und diskutierten, die Hände aufgeregt verwerfend, und untermalten das Ganze mit dramatischer Mimik. Ich erkannte den melodischen Singsang, den ratternden Rhythmus und die scharfen Zischlaute der spanischen Sprache. Deutsch war auf Anhieb nicht zu vernehmen.

Niemand beachtete mich. Erst als ich mich langsam in die Menschenmenge hineinbewegte, wichen diejenigen, die mir am nächsten standen, ein wenig zurück und musterten mich misstrauisch.

Erst jetzt fiel mir auf, dass es sich beinahe nur um Frauen handelte. Ältere Matronen, die schlabbrige Kleidung in Farben trugen, von denen ich nicht einmal geahnt hatte, dass sie in der Textilproduktion verwendet werden durften. In ihren verlebten Gesichtern erkannte ich Fassungslosigkeit, Besorgnis und nicht selten auch Angst. Im Gegensatz dazu trugen die jüngeren eine trotzige Haltung zur Schau und ausnahmslos knallenge, tief sitzende Jeans und T-Shirts in ähnlich stechenden Farbtönen. Überall blitzten Goldketten, Zahnspangen, Gürtelschnallen und Modeschmuck.

Eine burschikos wirkende Latina, die ihre lockigen Haare mit einem grünen Band zusammengebunden hatte, stand mit zwei anderen jungen Frauen auf dem ersten Treppenabsatz und hatte soeben einen wüsten Fluch ausgestoßen.

»*Si?*« Jetzt lehnte sie sich herausfordernd über das Geländer und reckte das Kinn, während ihre beiden Freundinnen betont ausdruckslos und mit verschränkten Armen auf mich herunterblickten, was mich unangenehm an eine pseudoprovokative deutsche Mädchenband aus den Neunzigern erinnerte.

»De Cruz?«

»Rosa Maria Perez Martinez de la Cruz?« Einer Maschinengewehrsalve gleich schoss der Name aus ihrem Mund, sodass ich kaum etwas verstand.

Mir blieb nichts anderes übrig, als vage zu nicken. »So ungefähr.«

»Ey, Mann, was ungefähr?« Drohend kam sie ein paar Schritte die Treppe herunter. »Was willst du von ihr?«

Ich setzte gerade dazu an, ihr bildhaft darzulegen, was genau sie das angehe und an welchen Körperteilen dies ihr vorbeizugehen hatte, als mich jemand sanft am Arm berührte.

»Antonia, sei nicht immer so aggressiv.« Mit einem entschuldigenden Lächeln wandte sich die ältere Frau an mich, während Antonia mich mit drohend zusammengezogenen Augenbrauen fixierte und sich dann verächtlich schnaubend zu ihren Freundinnen zurückzog.

»Sie müssen entschuldigen, hier geht im Moment alles drunter und drüber. Ich bin Maria.« Sie trug ein schwarzes Kostüm, das ebenfalls schwarze Haar hatte sie straff zurückgekämmt und im Nacken zu einem Knoten gebunden. Die Augen waren groß und dunkel und beherbergten einen fernen Schmerz, die Lippen waren leuchtend rot geschminkt und ihr Gesicht voller feiner Fältchen, die sie melancholisch lächeln ließen, selbst wenn sie es nicht aktiv tat.

Fragend sah ich sie an.

Sie seufzte schwer und strich sich müde mit den Fingerspitzen über die Augen. »Was soll ich sagen. Es ist das Übliche, wie momentan überall. Es geht das Gerücht, der Wohnblock solle saniert werden, die Apartments werden ausgebaut und modernisiert.« Sie sprach leise und doch sehr deutlich, die Worte entstanden weit vorn in ihrem Mund und schienen ihr von der Zungenspitze zu fallen, wie sie es bei Südamerikanern taten, die Deutsch mit Akzent sprachen.

»Ihr müsst alle ausziehen?« Ich deutete auf die Frauen, die ringsherum aufgebracht debattierten.

Maria verzog die Mundwinkel. »Natürlich haben wir die Option, später, nach dem Umbau, wieder zurückzukehren. Nur …« Sie senkte unwillkürlich die Stimme. Ihre Hände zeichneten einen kurzen, aber heftigen Wellengang in die Luft und blieben traurig hängen.

»Die Mieten werden sprunghaft ansteigen«, beendete ich ihren Satz.

Die Hände flatterten auf wie Möwen, die von einer plötzlichen Windböe erfasst wurden. »*Eso es!* Sie sagen es. Das kann sich dann keiner von uns leisten. Und die Besitzer sind fein raus, denn aus ihrer Sicht haben sie ja niemanden auf die Straße gesetzt.«

Mit Erstaunen bemerkte ich den mütterlichen Ausdruck in ihren Augen, als sie den Blick über die versammelten Frauen gleiten ließ.

»Wir sind wie eine Familie, wissen Sie?« Sie klang, als müsste sie die Worte einzeln zusammensuchen. »Wir sind wie Schwestern füreinander, auch wenn wir nicht verwandt sind.«

»Was ist mit den Männern?«

Ihre Mundwinkel zuckten abschätzig. »Männer sind Männer. Mal sind sie da, mal nicht, man kocht für sie, gebiert ihre Kinder, opfert sich auf, man denkt, man hat die große Liebe gefunden und am nächsten Morgen erwacht man allein und verlassen in einem eiskalten Bett. Es gibt immer eine Jüngere, eine Hübschere. Für Männer ist die Suche offenbar nie zu Ende.«

Darauf fiel mir beim besten Willen keine entschärfende Antwort ein. Ich zog ein schuldbewusstes Gesicht und inspizierte meine Schuhspitzen.

»Wenn wir in die Außenquartiere ziehen müssen, wird

unsere Gemeinschaft auseinandergerissen. Auch wenn es von außen nicht so aussieht ...« Maria zögerte. »Wir kümmern uns umeinander. Wir sind alle fremd in diesem Land und auf uns allein gestellt. Das hat uns zusammengeschweißt. Denn hier drin«, sie klopfte mit einer pathetischen Geste auf ihren üppigen Busen, »hier drin gehören wir zusammen. Wir sind Südamerikaner. Familie geht uns über alles, selbst wenn es nicht die eigene ist.« Sie hielt kurz inne und musterte mich. »Ich habe Sie noch gar nicht gefragt, was Sie hier suchen.«

Ich wischte mir eine Träne aus dem Augenwinkel und schickte die Mariachikapelle, deren Musiker in meinem Kopf gerade zu Gitarre und Violine gegriffen und eine herzzerreißende Weise angestimmt hatten, in die Siesta.

»Kennen Sie Rosa de Cruz?«

»Rosa Maria Perez Martinez de la Cruz?«

Wieder das Maschinengewehr. Die Dame schien hier ziemlich bekannt zu sein.

Marias Augen verzogen sich zu misstrauischen Schlitzen. »Was wollen Sie von ihr?«

»Ich will nur wissen, ob sie auch brav ihren Saft trinkt und keine Dummheiten macht.«

»Kennen Sie sie?«

Ich schüttelte den Kopf. »Jemand hat mich beauftragt, nach ihr zu sehen.«

»Jemand?« Überrascht sah sie mich an, doch ich ging nicht auf ihre Frage ein.

»In welchem Stock wohnt sie?«

»Im dritten. Aber Sie brauchen gar nicht hochzugehen.«

»Und wieso nicht?«

»Weil sie nicht zu Hause ist. Keiner weiß, wo sie steckt. Vorgestern Abend hat Antonia sie zum letzten Mal gesehen, als sie den Müll runtergebracht hat. Seither ist sie spurlos verschwunden.« Maria deutete auf die junge Frau, die immer noch auf dem Treppenansatz stand und eifrig auf ihre beiden wortkargen Freundinnen einredete.

»In derselben Nacht, also in der Nacht auf Sonntag, hat jemand versucht, bei ihr einzubrechen. Glücklicherweise waren einige von uns noch wach und haben den Krach gehört. Gemeinsam haben wir den Typen vertrieben.«

In meinem Kopf schrillte eine Alarmglocke. Mit einem Mal ahnte ich, dass wohl doch mehr hinter dem Auftrag von Blanchard steckte, als ich angenommen hatte.

»Und das sagen Sie mir erst jetzt? So beiläufig?«

Maria schnaubte missbilligend. »Sie haben nicht danach gefragt, und ich habe ja erwähnt, dass hier momentan alles drunter und drüber geht. Außerdem ist ja nichts passiert. Einbrüche geschehen halt manchmal. Wir haben gelernt, uns zu wehren. Ich glaube auch nicht, dass der wiederkommt, wir haben ihn ziemlich eingeschüchtert.« Ein stolzes Lächeln lag auf ihren Lippen.

Ich dachte kurz an die gewichtige Dame vor dem Haus im hautengen Latexanzug und wollte mir lieber nicht ausmalen, wozu sie fähig war, wenn sie erst mal in Fahrt kam. »Wann genau fand der Einbruch statt?«

Maria überlegte. »Ich würde sagen, so kurz nach drei Uhr.«

»Konnten Sie das Gesicht des Mannes erkennen?«

»Nein, er trug eine Skimütze über dem Gesicht und eine dicke blaue Jacke.«

»Was für eine Statur hatte er?«

»Statur?«

»Sein Körperbau.«

»Ach so. Er war groß und kräftig.«

»Haben Sie die Polizei gerufen?«

Maria wich etwas zurück und sah mich an, als hätte ich nicht alle *Tazas* im Schrank.

Verdammt! Meine Frage war tatsächlich nicht gerade nobelpreisverdächtig gewesen. Ich fragte mich, wie viele der anwesenden Damen sich wohl offiziell in der Schweiz aufhielten oder ihrer Arbeit legal nachgingen. Wahrscheinlich waren die meisten von der Art Touristinnen, die das Matterhorn nur von Schokoladenverpackungen her kannte und das Jungfraujoch für etwas Unanständiges hielt.

Ich bedankte mich bei Maria und ging ein paar Schritte die Treppe hinauf.

»Komm mit«, sagte ich zu Antonia.

»Ey, Mann, wer glaubst du, dass du ...«

»Jetzt halt die Klappe und komm mit.«

Es wirkte. Sie verzog den Mund, folgte mir aber, wenn auch widerwillig. »Dritter Stock, rechts«, murrte sie, während wir auf den Lift warteten.

Unauffällig beobachtete ich sie. Ich schätzte sie auf achtzehn, höchstens zwanzig. Sie trug kniehohe Stiefel und enge Jeans, ihre Fingernägel glitzerten vielfarbig, als feierten sie permanent Weihnachten. Gelangweilt malmte sie ein Kaugummi und ließ Blasen platzen, bevor sie die rosafarbene Masse wieder in den Mund saugte. Hatte sie sich vorhin vor ihren Freundinnen noch aufmüpfig und draufgängerisch gegeben, so ließ ihre Haltung jetzt nur noch trotzige Ablehnung erkennen. Doch ich erahnte die dahinter verborgene Unsicherheit durch die Art, wie sie jedes Mal mit cooler Miene rasch zu Boden oder an die Decke guckte, wenn ich sie direkt ansah, nur um mich sofort wieder zu mustern, wenn sie glaubte, dass ich es nicht bemerkte.

»Kennst du Rosa?«, fragte ich sie, als wir im Fahrstuhl standen.

Sie starrte mit leerem Blick auf die gegenüberliegende Wand und drehte mir ihr Gesicht betont langsam und desinteressiert zu. »Was geht dich das an?«

»Man hat versucht, bei ihr einzubrechen. Sie ist verschwunden. Und offenbar kommt es niemandem in den Sinn, sie zu suchen.«

»Die kommt wieder. Wir haben anderes zu tun.«

»Was denn? Sinuskurven berechnen?«

Mit einem dumpfen Ploppen barst eine Kaugummiblase vor ihren Lippen. So eng, wie mich Maria hatte glauben lassen wollen, war der Zusammenhalt in der Sippe dann wohl doch nicht.

Der Lift hielt an und ruckelnd schoben sich die Türen auseinander. Ich ließ Antonia den Vortritt und folgte ihr in einen düsteren Korridor. Ihre Absätze klapperten auf dem ehemals weißen Plattenboden. Vom Ende des Ganges drang nur wenig Tageslicht durch ein schmutziges Fenster. Fußabtreter lagen vor den Türen, so abgewetzt und ausgefranst, als wären sie von Hunden zerkaut worden, der penetrante Geruch von Haarspray und angebratenen Zwiebeln hing in der Luft.

»Hier.« Antonia war stehen geblieben und wies etwas linkisch auf eine furnierte Tür.

Ich entzündete mein Feuerzeug und beugte mich vor. Das Metall um das Schlüsselloch war zerkratzt, und auf der Höhe des Schlosses hatte der Einbrecher mit einem Schraubenzieher oder etwas Ähnlichem versucht, die Tür aufzubrechen, die Kratzspuren am Rahmen sprachen dafür. Wahrscheinlich hätte schon eine geschickt eingesetzte Kreditkarte genügt, um die Tür zu öffnen. Die Frauen mussten ihn tatsächlich in flagranti überrascht haben.

Ich wandte mich an meine Begleiterin. »Und er war allein?«

»Ja, Mann.« Sie lehnte an der Wand gegenüber, bearbeitete ihr Kaugummi, als trainiere sie für den Miss-Kiefermuskel-Wettbewerb, und hielt die Arme vor der Brust verschränkt.

»Wer hat ihn bemerkt?«

Antonia stöhnte genervt. »Woher soll ich das wissen? Brave Mädchen wie ich schlafen nachts. Und als ich runterkam, waren schon alle auf den Beinen und haben nur noch rumgeschrien.«

»Du könntest ruhig ein wenig netter sein.«

Ihr Blick wurde leer, als hätte in ihr jemand einen Lichtschalter umgekippt. »Für einen Fünfziger weiß ich jemanden, der so nett zu dir ist, wie du willst.«

»Ich zahle nicht.«

Sie lachte kurz und hämisch. »Noch nicht, meinst du.«

Der Lebensmittelladen meiner Mutter, den sie mit unbeirrbarem Willen und mit viel Herzblut über Jahre hinweg zum Erfolg geführt hatte, indem sie hierzulande kaum erhältliche Lebensmittel aus Mumbai importierte und mittags indische Menüs über die Straße verkaufte, lag nur wenige Schritte von der Brauerstrasse entfernt. Wie immer, wenn ich den Laden betrat, hatte ich das Gefühl, in eine andere Welt einzutauchen, als befände ich mich plötzlich in einer Blase, die losgelöst von Zeit und Raum ewig unverändert blieb. Alles war vertraut, die Welt meiner Kindheit. In diesem Kosmos war ich aufgewachsen, mit den aufgestapelten Reissäcken, den stets dampfenden Töpfen, den Gitterregalen mit den indischen Schönheitsprodukten, den auf einer mehligen Fläche aufgereihten Teigkugeln, aus denen meine Mutter *Chapatis* formte, der indischen Popmusik, dem betörenden Geruch reifer Mangos und der würzigen Schärfe von Senföl. Noch immer verspürte ich jedes Mal eine naive Geborgenheit, wenn ich eintrat, kurz nur, ein augenblicklanges Aufflackern kindlicher Gefühle.

Andererseits befremdete mich diese Welt zunehmend. Als Kind war sie mir ein Zuhause gewesen, doch im Teenageralter fand ich die unverfrorene Zurschaustellung indischer

Lebensart meiner Eltern, dass sie zum Beispiel selbst vor meinen Freunden ausschließlich Hindi mit mir sprachen, nur noch peinlich. Ich wand mich unter den neugierigen Fragen meiner Mitschüler, die zwar mit den Gepflogenheiten der Italiener oder Türken vertraut waren, nicht aber mit denjenigen der Inder, von denen es damals nicht allzu viele in der Stadt gegeben hatte. Widerwillig erteilte ich Auskunft über Bindis, den Stirnschmuck der Frauen, mutmaßte über die unnatürlich hohen Stimmen indischer Sängerinnen und erfand Gründe, weshalb Inder mit der Hand aßen. Dabei litt ich stumm unter den ungläubigen Blicken meiner Schulkameraden und wünschte mir insgeheim ganz normale Schweizer Eltern, die weder beim Sprechen merkwürdig mit dem Kopf wackelten noch aus jeder Pore nach Curry rochen und grundsätzlich keinen Anlass zu bescheuerten Fragen boten.

Später dann, kurz nach der Matura, entflammte in mir plötzlich der Stolz auf meine Herkunft. Ich brachte mir ein paar Worte in Sanskrit bei, begann in der Kurta, der traditionellen indischen Männerbekleidung, die entfernt an ein Nachthemd erinnerte, herumzulaufen, kämmte mir einen Seitenscheitel und ließ den Schnurrbart wachsen. Eine Phase, die mich im Rahmen der Bekämpfung der offenen Drogenszene zu einem stadtweit beliebten Opfer von Polizeipatrouillen machte, da dunkle Hautfarbe gerade in Kombination mit Bart bei den Beamten einen pawlowschen Effekt auslöste und sie in höchste Alarmbereitschaft versetzte – selbst wenn ich die Herren nach durchschnittlich vier Kontrollen pro Woche mit Vornamen begrüßen konnte. Es war eine Phase, die sich nach einem Samstagabend vor der *Kanzleidisco,* an dem mir – zählte man diese verhuschte Ethnologiestudentin nicht mit – die Frauen geschlossen die Aufmerksamkeit und die Türsteher nicht weniger geschlossen den Zutritt verweigerten, als äußerst kurzlebig entpuppt hatte.

Seither versuchte ich, das richtige Maß an Nähe zur indischen sowie zur schweizerischen Kultur zu finden, ein Balanceakt, an dem ich nur scheitern konnte.

Oft fühlte ich mich befangen, wenn ich den Laden meiner Mutter betrat oder meine Eltern zu Hause besuchte. So schön es auch war, dass sie ihre Traditionen beibehielten, so abgekapselt vom Geschehen draußen auf der Langstrasse und vielmehr noch von meinem eigenen Leben in der Schweiz erschien mir ihr Dasein. Es war mir, als müsste ich bei jedem Besuch meine Identität wechseln – wie ein Hemd, das man bei unverhofftem Besuch schnell über das T-Shirt anzieht, nur um es dann sorgfältig in den Schrank zu hängen, sobald man wieder allein ist.

Denn draußen in meiner Welt fühlte ich mich wie ein Schweizer. Ich sprach wie ein Schweizer, aß wie ein Schweizer, kleidete mich wie einer, saß im Tram am liebsten allein auf einer Bank, war ein wenig verklemmt, wenn es darum ging, Frauen anzusprechen, und tendenziell misstrauisch Neuem und Fremdem gegenüber. Wenn sich an der Kasse jemand vordrängelte, empörte ich mich nicht, sondern trat höflich zurück und zog dafür ein beleidigtes Gesicht. War wahrscheinlich gegen Dinge versichert, die mir gar nicht widerfahren konnten, und regelmäßig schaute ich um Punkt halb acht die Tagesschau. In dieser Welt *war* ich ein Schweizer, auch wenn ich nicht so aussah.

War ich jedoch im Beisein meiner Eltern, verwandelte ich mich unversehens in einen Inder. Automatisch übernahm ich die typischen Gesten und Kopfbewegungen, wechselte Sprache und Körperhaltung und interessierte mich plötzlich für weit entfernte Verwandte in Kerala und die neusten Kricketresultate. Ich ignorierte das Besteck und aß von Hand, zuckte mein linkes Auge oder sah ich – etwas, das selbst an der an Exotik nicht armen Langstrasse äußerst selten vorkam – einen Elefanten vorübergehen, verhieß es mir Glück, juckte meine Nase, erhoffte ich mir Geldsegen. Ich achtete darauf, keine Milch zu verschütten, und fürchtete den Schrei des Pfaues, der Ungemach ankündigte; jede noch so zufällige Kleinigkeit hatte plötzlich eine unterschwellige, abergläubische Bedeutung. Auch ging ich ums Eck, um eine Zigarette zu rauchen, da man dies aus Respekt nicht vor den Eltern tat.

Kaum war ich allein, fiel das alles wieder von mir ab. Ich war knapp über dreißig, und Stück für Stück driftete die Welt meiner Eltern von meiner eigenen weg. Noch wechselte ich die Identitäten mit einer gewissen Leichtigkeit, auch wenn sich das schlechte Gewissen gegenüber der jeweils anderen Kultur regelmäßig meldete und ich mich zeitweise fühlte wie ein Verräter. Der Schritt über die indisch-schweizerische Grenze wurde jedoch immer mehr zum Spagat.

Als ich diesmal in den würzigen Dunst eintauchte, der das Lokal stets erfüllte, fiel mir als Erstes die angespannte Stille auf. Normalerweise begrüßte mich meine Mutter herzlich, ja beinahe euphorisch, doch heute erntete ich nur ein knappes Nicken. Und auch Manju, eine entfernte Cousine, die meine Mutter als Hilfe im Laden und kaum verhohlen als meine potenzielle zukünftige Ehefrau hatte einfliegen lassen, machte keinen Mucks. Stattdessen rührte sie mit gesenktem Kopf in einer hohen Pfanne, in der *Daal,* indisches Linsencurry, brodelte. Allerdings so heftig, dass immer wieder ein Schwall der senffarbenen Flüssigkeit herausspritzte und zischend auf dem Herd verbrannte.

Ich legte die Handflächen vor der Brust zusammen und beugte leicht den Kopf. »*Namasté.*«

Eiskaltes Schweigen schlug mir entgegen.

»Habt ihr euch gestritten?«, erkundigte ich mich.

Auch jetzt gab keine der beiden Frauen Antwort. Nur das Hacken des Messers, mit dem meine Mutter, eine energische, etwas untersetzte Frau, gerade Zwiebeln zerkleinerte, wurde etwas nachdrücklicher, während sich Manju noch tiefer über ihren Linsenbrei beugte. Als ich näher trat, sah ich Tränen über ihr Gesicht laufen. Besänftigend legte ich Manju die Hand auf die Schulter, die jetzt heftig zu zittern begann.

So sehr mich die durchschaubare Absicht meiner Mutter auch entsetzt hatte, mit der sie Manju in die Schweiz hatte kommen lassen – in den letzten Wochen war mir Manju mit ihrer lebenslustigen, spontanen Art ans Herz gewachsen. Auch wenn ich mir nicht vorstellen konnte, sie zu heiraten. Oder sonst irgendjemanden. Was mehr mit mir und meinem Lebenskonzept zu tun hatte als mit ihr. Fasziniert hatte ich ihr dabei zugesehen, wie sie sich an die Schweiz gewöhnte, wie sie sich immer mehr anpasste, den von starren Traditionen gezeichneten Staub ihrer ländlichen Herkunft abschüttelte, ohne diese dabei jemals zu verleugnen. Ich war hingerissen von ihrer mit Offenheit gepaarten Unschuld. Doch diese Unschuld stand auch wie eine gestrenge Anstandsdame zwischen uns. Meine vagen, mehr als vorsichtigen Annäherungen hatte sie bislang stets zurückgewiesen, charmant und lächelnd, aber eisern. Selbst ihre Hand hatte sie rasch zurückgezogen, wenn ich nach ihr fasste, zuerst errötend wie ein Schulmädchen, zunehmend aber gelassener, wie eine selbstsichere Frau, die weiß, was sie will. Und was nicht. Ich hatte noch nie so oft geseufzt wie in der kurzen Zeit, in der ich Manju kannte.

Still weinte sie jetzt vor sich hin, dann schob sie meine Hand, die noch immer auf ihrer Schulter ruhte, plötzlich und bestimmt weg.

Ich wandte mich an meine Mutter, die mit dem Rücken zu Manju an ihrem Schneidebrett stand. »Was ist hier los?«

Meine Mutter presste die Lippen zusammen und hackte steif weiter.

Ich nahm mir eine der frisch frittierten *Pakoras,* Gemüseklößchen im Backteig, die eine mit Haushaltspapier ausgelegte Glasschüssel füllten.

Ich musste abwarten, das war mir klar. Indische Frauen, insbesondere meine Mutter, hatten einen starken Hang zum Drama. Was man meiner Meinung nach mit wenigen, sachlichen Worten hätte klären können, brauchte bei ihr einen emotionalen Vorlauf, eine langsam aufköchelnde Einstimmung, bevor sich der Streit zu einem fulminanten Höhepunkt hin hochschraubte, am besten mit Tränen und Geschrei, um dann zu eskalieren. Nach dem Finale waren alle Beteiligten erst mal zutiefst beleidigt und schwiegen demonstrativ. Nur widerwillig und zögernd näherten sie sich wieder an, wobei der Zwist kurzfristig immer wieder aufschäumen konnte. Dafür war dann auch die Versöhnung umso überschwänglicher. Um Bollywood in Reinkultur zu erleben, hatte ich noch nie ins Kino gehen müssen.

Ich wischte mir die fettigen Lippen mit einer Papierserviette ab und sah die beiden Frauen an. Noch immer herrschte eine lauernde Stille. Meine Mutter und Manju starrten auf ihre Hände, die sich energisch bewegten. Ich wandte mich um und trat einen Schritt auf die Tür zu, da atmete meine Mutter schwer auf. Dieses Zeichen kannte ich – jetzt konnte es sich nur noch um Sekunden handeln.

Als ich die Hand auf den Türknauf legte und daran zog, legten beide Frauen los. Gleichzeitig, als hätten sie nur auf mein Kommando gewartet. Nicht, dass ich irgendetwas verstanden hätte. Beide fuhren herum, und einen Augenblick lang befürchtete ich schon, sie könnten aufeinander losgehen. Wie zwei Ringkämpferinnen umkreisten sie sich, während sie lautstark aufeinander einschnatterten und mit den Händen fuchtelten, dann wandten sie sich plötzlich synchron mir zu.

Jetzt war ich dran, ich wusste es, und es gab kein Entkommen. Ich lächelte schicksalsergeben.

»Sie ...!«

»Sie ...!«

Zwei Finger, die durch die Luft fuhren, zwei Münder, die sich unablässig bewegten, und ich verstand noch immer rein gar nichts. Ich hörte nur Worte wie »alter Drachen«, »Ausbeutung«, aber auch »leichtes Mädchen«, »nichts im Kopf«.

Wütend funkelten sie sich an, meine Mutter war als Erste wieder zu Atem gekommen. »*Aré,* ich habe sie nicht herkommen lassen, damit sie jetzt ihr ganzes Geld ausgibt, um sich Kleider zu kaufen! Und dann solche! *Hai rabba!*« Sie zog dabei ihr melodramatischstes Gesicht, als leide sie unsägliche Qualen, doch das warnende Funkeln in ihren Augen entging mir nicht. Es signalisierte mir eindeutig, dass nicht ich zu entscheiden hatte, auf wessen Seite ich stand.

»Sie ist altmodisch! Lebt seit zweihundert Jahren in diesem Land und trägt immer noch Saris!«, konterte Manju.

Meine Mutter fuhr herum, als wäre sie von einem Moskito gestochen worden. »So ein undankbares Ding! Man lädt sie aus reiner Gutmütigkeit ein, und schon nach wenigen Wochen läuft sie herum wie eine *Gori,* eine Einheimische, eine Weiße!«

»Gutmütigkeit? Dass ich nicht lache! Für diesen Hungerlohn würde in Indien keine Hausangestellte auch nur den kleinen Finger rühren!«

»*Hai rabba!* Man sieht sogar ihre Knie!«, wehklagte meine Mutter. »Sie sieht aus ...« Sie fuchtelte mit den Händen in der Luft herum.

»Pass auf, was du sagst«, zischte Manju, ihre Augen glühten dabei unheilvoll. Unglaublich anziehend sah sie so aus, eine kraftvoll und elegant zum Angriff geduckte Tigerin. Nichts erinnerte mehr an das klapprige Wesen mit den dicken Brillengläsern und der zu großen Strickjacke, das sie zu Beginn ihres Aufenthalts in der Schweiz noch gewesen war. Mein Blick hing wie gebannt an ihr.

»Sie sieht einfach nicht aus wie eine indische Ehefrau«, seufzte meine Mutter schließlich resigniert. »Dazu kommt noch, dass morgen Auntie Bahula anreist …«

»Auntie Bahula?« Ich kam nicht mehr mit.

»Du weißt schon, die Schwester deines Vaters, die erst kürzlich zur Witwe wurde.«

Ich zuckte mit den Schultern. »Er hat sieben Schwestern. Ich erinnere mich nicht genau …«

Meine Mutter schnaubte ungehalten. »Du könntest dich wirklich ein bisschen mehr für deine Familie interessieren. Jedenfalls braucht sie jetzt Ruhe und muss sich von dem Schock erholen. Deswegen …« Anklagend blickte sie zu Manju. Nicht eine Sekunde hatte sie den schwelenden Streit vergessen. Sie war immer noch mittendrin.

»*Hai rabba!* So viel zu tun und am Wochenende feiern wir auch noch *Diwali!*«

Die im ganzen Laden verteilten Öllämpchen und bunten Leuchten waren mir schon aufgefallen. Ein untrügliches Zeichen dafür, dass das hinduistische Lichterfest vor der Tür stand. Messingtabletts voller blütenförmiger Kerzen zierten den Tresen und Berge von frisch zubereiteten indischen Süßspeisen türmten sich in den Schalen im Kühlregal. *Diwali* war für Hindus gleichbedeutend mit Weihnachten für Christen. Während fünf Tagen wurde gefeiert, dass laut dem indischen Nationalepos *Ramayana* der Gott Rama zusammen mit seiner Frau und seinem Bruder nach jahrelangem Exil im Dschungel, in dessen Verlauf er nebenbei den Dämon Ravana bezwang, in die Hauptstadt zurückkehrte, um gekrönt zu werden. Aus Freude darüber und um ihm den Weg durch die dunkle Nacht zu weisen, entzündeten die Menschen Öllampen entlang des Pfades. Im Süden Indiens hingegen wurde mit dem Fest dem Gott Krishna gehuldigt, der nicht nur einen Dämon besiegt, sondern darüber hinaus auch gleich noch sechzehntausend Frauen aus dessen Gefangenschaft gerettet hatte. Bis heute hatte die Sage nichts von ihrer Brisanz verloren und diente unter anderem der Schweizer Bundesrätin mit den meisten blondierten Strähnchen während der Libyenaffäre und der damit verbundenen Befreiung der Geiseln als willkommene Inspiration.

Meine Mutter verzog anklagend den Mund. »Und ich muss noch all die speziellen Speisen zubereiten, *Kheer, Khoya, Laddoo, Lapsee, Kharipudi* und wie sie alle heißen. Und das alles ganz allein! Ich habe seit Monaten keinen Urlaub mehr gemacht, dauernd stehe ich in diesem Laden und schufte mich ab. Und alles, woran sie denkt, ist Shopping und Kino! Und dann tippt sie mit ihren viel zu langen Fingernägeln dauernd auf diesem flachen Telefon herum. Ich könnte zusammenbrechen unter der ganzen Last, es käme ihr wahrscheinlich nicht einmal in den Sinn ...«

»Ma!«

»Wäre sie nur ein bisschen wie die Mädchen zu meiner Zeit, bescheiden, gehorsam und hilfsbereit ...«

»Ma, lass sie! Das ist der Lauf der Dinge. Mädchen sind heutzutage einfach anders. Jungs übrigens auch.« Ich schielte Beifall heischend zu Manju, doch die tat, als hätte sie meinen Einwand überhört.

Meine Mutter hingegen schnaubte nur verächtlich.

Es gibt nicht viele Regeln, die ein Mann beachten muss, wenn er sich in einen Streit zwischen zwei Frauen einmischt. Aber die wichtigste lautet: Halt dich um Gottes willen raus! Ich habe nicht den Hauch einer Ahnung, weshalb ich trotzdem weiterredete.

»Zudem kann man nicht einfach ein Bauernmädchen aus

einer zurückgebliebenen Gegend wie Varanasi einfliegen lassen und dann hoffen, dass sie sich den neuen Gegebenheiten nicht anpasst, sondern unbedarft bleibt, wie sie war. Das ist naiv!«

»Was sagst du da? Naiv?« Meine Mutter legte den Kochlöffel nieder, mit dem sie wieder begonnen hatte, im Topf zu rühren, und blickte zu Manju hinüber.

»Nun …«

Synchron wandten sich beide Köpfe mir zu, während die Frauen plötzlich näher zusammenrückten.

»Naiv? Du nennst mich naiv?«

»Unbedarft? Zurückgeblieben?«

Jetzt standen sie Schulter an Schulter und starrten mich angriffslustig an.

Schachmatt.

Ich hatte es noch nie so eilig gehabt, aus dem Laden hinauszukommen.

Eine noch unschuldige Whitney Houston schmetterte ihren vorgezogenen Lebensrückblick *Didn't We Almost Have It All* aus dem Jahre 1987 aus den Boxen, und ich wollte lieber nicht allzu genau wissen, was die mittlerweile von Schicksal und Drogenkonsum gebeutelte Diva damit genau gemeint hatte.

Ich hatte bereits die Flasche in der Hand, um mir ein weiteres Glas *Amrut* als Mittagessenersatz einzuschenken, als die Tür zu meiner Wohnung beziehungsweise meinem Büro aufgerissen wurde und José hereinstürzte. Im Schlepptau hatte er einen etwas übergewichtigen Jungen mit dünnem, blondem Haar.

»Sieh dir das an!« José zog den Jungen am Arm hinter sich her und forderte ihn ungeduldig auf, sein Handy hervorzuholen. Jetzt erkannte ich den Burschen aus dem Handyvideo, der den brutalen Vorfall am Samstagabend mitgefilmt hatte, nur trug er heute anstelle des gestreiften Pullovers ein schlabbriges T-Shirt eines nordischen Anbieters, auf dem in scheinbar willkürlicher Abfolge in keinerlei Bezug zueinander stehende Wörter und Zahlenfolgen zu entziffern waren. Vielleicht war das Ganze aber auch ein Code, der nur von Schweden entschlüsselt werden konnte.

»Hey.« Ich nickte ihm zu, doch er schien mich nicht kennenlernen zu wollen.

»Er heißt Dragan«, erklärte José an seiner Stelle und verdrehte diskret die Augen, während Dragan sich auf sein Mobiltelefon konzentrierte, auf dem er mit wichtiger Miene herumtippte. Dann platzierte er es feierlich auf meinem Schreibtisch.

»Okay – los!«, ordnete José an, und der Junge berührte einen Punkt auf dem Bildschirm, um den Film zu starten.

Ich beugte mich leicht vor, während Dragan die Arme verschränkte und mit triumphierendem Gesichtsausdruck auf sein Telefon glotzte.

Er hatte tatsächlich alles gefilmt: Zu Beginn eine kurze Szene auf der Straße, die nach Tumult aussah. Ich erkannte den Muskelmann, der sich aus der Menge löste, der Pummelige und der Untersetzte folgten ihm unverzüglich. Sie riefen sich etwas zu, das ich nicht verstehen konnte, dann kam die Bar ins Blickfeld. Durch die großen Fenster waren undeutlich Gäste im Innern des Lokals auszumachen. Erst bei näherem Hingucken erkannte ich mich selbst an der Theke sitzen. Neben mir hockte Fernando, den ich da noch für einen Türken gehalten hatte, und beugte sich gerade vor, um sich unter dem Tresen zu schaffen zu machen, als der Film abriss.

»Was soll das?«

Dragan verzog genervt die Mundwinkel. »War nix los«, sagte er zu José.

Dieser nickte nur und starrte weiter auf den Bildschirm. Dragan hatte wohl ein paar Minuten Pause gemacht, denn nun sah ich die drei Burschen. Sie hatten Fernando bereits in ihre Mitte genommen und schubsten ihn unsanft über die Straße. Dann begannen sie, auf ihn einzuprügeln. Ich schloss die Augen – das musste ich mir nicht noch mal ansehen. Trotzdem hörte ich durch das Rauschen und die heftigen Atemzüge des Filmers die eindeutigen Geräusche, die Schläge, die Tritte, das Knirschen am Schluss.

»Da!«, rief José plötzlich und ich blickte auf.

Fernando lag am Boden und blutete, die Kamera verweilte nur kurz bei ihm. »War nix los«, wäre wohl auch hier Dragans Kommentar gewesen. Er hatte sich einfach weitergedreht und in die Zuschauer gefilmt, diese sensationslüsterne Meute, die jetzt doch ein wenig entsetzt schien. Man sah den Schreck in den Gesichtern, als die Gaffer realisierten, dass etwas Furchtbares und vor allem sehr Reales geschehen war. Erstaunlich schnell zogen sie sich zurück, während man im Hintergrund die Sirenen hörte.

Miranda rannte durchs Bild, die Kamera folgte ihr mit einem wackeligen Schwenk, kurz tauchte dabei auch der Muskelmann auf, der uns verfolgte. Bei dem Pummel, der konsterniert auf dem Boden saß, hatte Dragan kurz innegehalten und sich dann offenbar an den untersetzten Kumpel erinnert. Ein hektisch zuckendes Auf und Ab, begleitet vom Knirschen der Schritte, sprach dafür, bevor der bewusstlos vor der Kühlerhaube des Wagens Liegende ins Bild rückte.

Dann vollführte die Kamera erneut eine Drehung und Fernando war wieder zu erkennen, neben ihm kauerte jetzt eine Gestalt mit Hut und halb vermummtem Gesicht. Ein lilafarbener Frauenschal. Deutlich war zu sehen, wie die Person blitzschnell den Körper des Jungen abtastete und die Hosen- und Jackentaschen durchforstete. Sie schien jedoch nichts gefunden zu haben. Ich erkannte, dass es sich um einen schlanken, mittelgroßen Mann handelte, als er sich erhob. Die Aufnahme brach ab.

»Ist das alles?« Ich lehnte mich zurück und zündete eine Zigarette an.

José zuckte stumm mit den Schultern.

Verärgert blies ich den Rauch in seine Richtung. »Jetzt wissen wir genauso viel wie zuvor. Der Junge wurde verprügelt, danach hat ihn einer durchsucht. Wir haben weder ein Gesicht noch haben wir 'ne Ahnung, worauf der Typ aus war. Dazu hätten wir Blondies verwackeltes Meisterwerk wirklich nicht gebraucht. Da gibt's selbst bei *The Blair Witch Project* mehr zu sehen, und das will was heißen!«

Blasiert stieß der Junge die Luft aus und blickte mich zum ersten Mal an. Äußerst herablassend, wie ich feststellen musste.

»Der Kerl war schon vorher da.«

»Welcher?«

Er deutete auf sein Handy. »Na, der mit dem Hut und dem ollen Schal. Er hat die Jungs angeheizt.«

»Angeheizt?«

»Die Stimmung war voll geladen, wie fast immer. Da braucht es manchmal nicht viel, bis die Situation eskaliert. Der Typ mit dem Hut ist zu diesen drei Prollbrüdern hin und hat sie angestachelt. Die sind bekannt in der Szene. Prügeln sich gerne. Sind jeden Samstag da, freitags manchmal auch, machen immer Ärger.«

»Was hat er ihnen gesagt?«

»Keine Ahnung. Er hat nur immer wieder auf den jungen Latino in der Bar drin gezeigt und auf sie eingeredet. Wozu das geführt hat, sieht man ja auf meinem Film.«

»Und du hast kein Wort verstanden, was er gesagt hat?«

Der Blonde schüttelte den Kopf. »Nein, Mann, ich stand

viel zu weit weg. Aber wie gesagt, diese Jungs brauchen nicht wirklich einen Grund, um jemanden zu vermöbeln.«

»Und was hast du dort gemacht?«

»Muss ich mich jetzt etwa rechtfertigen?« Dragans Nasenflügel blähten sich empört.

»Ich würd's nur gern wissen.«

Trotzig reckte er das Kinn vor. »Ich bin Regisseur.«

José wandte sich ihm überrascht zu. »Du drehst Filme?«

»Na ja, ich halt eben die Kamera drauf, wenn was passiert. Und am Escher-Wyss-Platz ist immer was los. Oder dann später, gegen Morgen vor den Klubs. *Q*, *Supermarket*, *Hive*, voll geil!« Er drückte begeistert auf seinem Touchscreen herum. »Hier! Guckt mal! Da spritzt echt Blut herum! Krass!« Verzückt betrachtete er das ablaufende Filmchen, während qualvolle Schreie aus den Lautsprechern drangen. »Man sieht sogar ein Stück Oberarmknochen!«

Ich winkte ab. »Herzlichen Dank! Das Machwerk eines Katastrophentouristen, der sich am Elend anderer aufgeilt, muss ich mir echt nicht reinziehen.«

Er riss den Kopf hoch und starrte mich entrüstet an. »Mann, dieser Clip wurde auf *YouTube* in den letzten zwei Wochen mehrere Hundert Mal angeguckt! Mein Username ist deswegen auch Dragantino. Dragan wie mein Vorname, Tarant…«

»Schwirr ab!« Ich schenkte mir endlich das Glas voll.

Unsicher guckte Dragantino José an, der meinen Befehl mit einer Geste Richtung Ausgang bekräftigte.

Als sich die Tür hinter ihm geschlossen hatte, ließ sich José mit einem lauten Seufzer auf das Sofa fallen.

»Dragantino! Wie bescheuert ist das denn?«

»Wir werden langsam alt, nicht?« Besorgt blickte José zu mir herüber.

Ich nippte an meinem Whisky. »Wenn älter werden heißt,

nicht mehr ganz so bescheuert zu sein, dann freue ich mich auf die Pension!«

»Und wir? Sind wir nicht auch bescheuert?«

»Hm.«

»Guck uns doch an. Für dich vergeht kein Tag ohne Alkohol, und ich brauche meinen Joint.«

»Einen?«

»Das sind Haarspaltereien! Tatsache ist, dass wir es ohne nicht schaffen.« José wirkte ungewohnt aufgebracht. Jetzt erst sah ich, dass er frisch rasiert war, zudem erschnupperte meine Nase ein Eau de Toilette. Das passte überhaupt nicht zu ihm. Ich begann, mir ernsthaft Sorgen um ihn zu machen.

»Was ist bloß los mit dir?«

»Man wird sich doch mal hinterfragen dürfen.«

Ich neigte abwägend den Kopf. »Die ersten vierzehn Jahre meines Lebens war ich die meiste Zeit nüchtern, und seither hat sich das Bild, das ich von der Welt habe, nicht merklich zum Besseren gewendet. Ein Drink hin und wieder …«

»Einer?«

»… sorgt für die nötige Pufferzone zwischen mir und allem da draußen.«

»Eben!« José sprang auf und wedelte mit dem Finger vor meiner Nase herum. »Das ist es! Deswegen hängen wir doch die meiste Zeit beduselt an irgendeiner Bar und halten uns die Umwelt mit bissigen Bemerkungen vom Leib.«

»Fahr bitte fort, bislang finde ich deine Ausführungen wunderbar zutreffend.«

»Wir gucken dem Lauf der Welt nur von außen zu. Zaungäste, nichts anderes. Wir lassen uns auf nichts ein, schon gar nichts Verbindliches. Keiner von uns hatte je eine längere Beziehung …«

»Ich schon!«

José runzelte die Stirn.

»Annina!«

Er blies die Backen auf, »… in der er treu war.«

»Laura!«

»Das war im Kindergarten!«

»Aber ich war ihr treu!«

»Auch nur weil das Ding zwischen deinen Beinchen noch nicht voll funktionsfähig war.«

Einen Moment lang sagte keiner etwas, nur das leise Rascheln des Zigarettenpapiers war zu hören, mit dem sich José einen Joint drehte, dazu klirrten die Eiswürfel in meinem Glas.

»Wo hast du ihn überhaupt aufgetrieben?«

Es dauerte einen Moment, bis José aufblickte. »Dragantino? In der *Migros* am Limmatplatz. Da verpflegen sich mittags die Schüler und Lehrlinge in diesem *Food Court*, oder wie das auf Neudeutsch heißt. Das ganze Einkaufszentrum riecht dann nach Pickelcreme, Schweißfüßen und Himbeerlippenstift. Da bin ich heute ein wenig rumgelaufen und hab sein Bild rumgezeigt. Einer hat ihn auf Anhieb erkannt. Viele Jugendliche hängen am Wochenende am Escher-Wyss-Platz ab.«

»Und filmen sich gegenseitig beim Rumprügeln.«

»Die langweilen sich halt.« José zuckte mit den Schultern.

Ich versuchte mich zu konzentrieren. »Der Typ hat was gesucht, das Fernando offenbar bei sich getragen hat. Irgendetwas so Wichtiges, dass er den Jungen verprügeln ließ. Vielleicht hat er es in der Eile auch einfach nicht entdeckt …«

»… und was es auch sein mag, befindet sich noch immer in seiner Kleidung!«

»Wir müssen zurück ins Spital!«

Manchmal erwog ich ernsthaft, öffentliche Verkehrsmittel zu benutzen. Ökologie und so. Vor allem aber ging es mir um Zeitersparnis. War man keiner dieser Velofahrer, die Verkehrsregeln höchstens als vage Empfehlung zur Kenntnis nahmen, brachten einen die Straßenbahnen und Busse in dieser Stadt wohl am schnellsten ans Ziel.

Das ließ ich mir durch den Kopf gehen, während ich mit stotterndem Motor am Central vor einem Zebrastreifen wartete. José hatte die Scheibe heruntergekurbelt, rauchte und beobachtete träge die Fußgänger, die die Straße überquerten und ins Niederdorf, die putzige Altstadt Zürichs mit ihren Boutiquen und touristischen Restaurants, einbogen.

»Mach mal Musik«, maulte er.

»Was denn?«

»Normalerweise hörst du doch immer *Guns N' Roses.* Das wär jetzt perfekt.«

Bedauernd hob ich die Hände vom Lenkrad. »Die CD ist leider bei meinem letzten Ausflug in die Berge zerstört worden.« Ich hielt José die völlig verdreckte CD, die ich aus nostalgischen Gründen im Seitenfach meiner Tür aufbewahrte, unter die Nase.

»Wieso schmeißt du die nicht weg?«

»Erinnerung an meinen ersten großen Fall. Und jetzt mein Glücksbringer.«

José schnaubte. »Da schreiben sie hochkomplizierte Computerprogramme für die renommiertesten Firmen dieser Welt, ihre Wirtschaft floriert dermaßen, dass sich der Westen in die Hose pinkelt, und das Filmbusiness ist mächtiger als Hollywood – aber diese Inder sind derart abergläubisch, als würden sie immer noch im Dschungel auf den Bäumen hocken!«

»Inder ohne Aberglauben sind etwa so selten wie spanische Junggesellen, die nicht bei ihrer Mama wohnen.«

»Musik!«

Ich langte nach hinten, nahm blind eine CD vom Haufen

auf dem Rücksitz und legte sie ein. *Muse. The Resistance.* Da konnte *Guns N' Roses* bedenkenlos mal eine Pause einlegen.

Uns gegenüber, auf der anderen Seite der Kreuzung, befand sich ein Steinwall, auf dem großformatige Werbeplakate klebten. Links zogen drei folkloristisch gekleidete Männer auf einer Holzbank griesgrämige Gesichter, der Text darunter verriet, dass die Appenzeller das Rezept für ihren Käse unter keinen Umständen herauszurücken gedachten. Ohnehin konnte ich mir nicht vorstellen, wer in aller Welt den milde ausgedrückt intensiv riechenden Käse zu Hause herstellen wollte. Wenn ich mir jedoch die verkniffenen Mienen der Appenzeller ansah, wunderte es mich nicht, dass sie beim Frauenstimmrecht bis 1990 genauso stur gewesen waren.

Daneben hing Wahlpropaganda der größten Schweizer Partei. VPRS nannte sie sich: Volkspartei zur Rettung der Schweiz. Vor Pathos und Peinlichkeiten waren die wackeren Herren und die wenigen kaum besonneneren Damen noch nie zurückgeschreckt. Die Partei war bekannt dafür, gebetsmühlenartig das Elend, das jedwede Ausländer über die gebeutelte Schweiz brachten, zu beklagen und tat dies stets in Großbuchstaben und an Banalität nicht zu unterbietenden Slogans. Schließlich sollte jede Oma die wenigen Worte auch ohne Sehhilfe entziffern können und sich Stammtischanalphabeten nicht unnötig das Hirn zermartern müssen. Und es wirkte. Gerade auf dem Land war die VPRS äußerst beliebt, nur in urbanen Gebieten stand man ihrer wenig differenzierten Politik kritischer gegenüber. Größere Wahlerfolge blieben hier auch aus, was laut Führungsebene daran lag, dass Lehrerinnen und Krankenschwestern, Künstler und andere dubiose Berufsstände, die bevorzugt links wählen würden, den städtischen Wohnraum zuhauf besetzten.

Doch jetzt grinste Walter Graf, ein hemdsärmelig wirkender Unternehmer mit grau meliertem Seitenscheitel und einer in ihrer Buntheit gewagten Brille mit unglaublich weißen Zähnen unter einem perfekt gestutzten Schnurrbart von den Plakaten und sollte alles verändern. Bereits vor vier Jahren, bei den letzten Wahlen, hätte er die Partei zum lang ersehnten Erfolg führen sollen – hatte es doch in der Geschichte der Stadt Zürich noch nie einen VPRS-Stadtpräsidenten gegeben –, war jedoch kläglich gescheitert. Seither hatte Graf es nie versäumt, bei jeder noch so kleinen Ungereimtheit in der Stadtregierung mit quengeligem Unterton darauf hinzuweisen, dass dies unter seiner Ägide niemals geschehen wäre, und in Interviews kaschierte er die ungeheure Beleidigung, die seiner Meinung nach die Nichtwahl bedeutete, nicht einmal ansatzweise. Er hätte schon gewusst wie, aber man habe ihn ja nicht gewollt und jetzt müsse man auch nicht kommen und ihn fragen, er sage nämlich nichts dazu – so der Grundtenor.

Doch diesmal wollte man alles richtig machen. Noch nie war ein Wahlkampf derart pompös und aufwendig geführt worden. Grafs Bild begegnete mir auf Schritt und Tritt. In den Zeitungen waren ganzseitige Anzeigen geschaltet, die Boulevardpresse jubelte ihn unkritisch zum wahren Retter der Schweiz hoch, Hochglanzprospekte flatterten großformatig und dutzendweise in die Haushalte, wobei die Keine-Werbung-Schilder auf den Briefkästen genauso ignoriert wurden wie die leiseren parteiinternen Stimmen, die vor einer erneuten Wahlschlappe warnten und deswegen endlich mehr auf Inhalt als auf Verpackung setzen wollten. Doch in dem ganzen Getöse, das auf ein immenses Wahlkampfbudget und dementsprechend hohe Parteispenden schließen ließ, war kein Platz für Zwischentöne.

Einst war Graf der Pitbull der Partei gewesen, der Scharfmacher, wie man ihn nannte, das beredte, äußerst engagierte Aushängeschild, das für ein paar Wählerstimmen mehr auch mal sein Fähnchen mit dem Wind flattern ließ. Doch seit einiger Zeit gab er sich jovial und gemäßigt im Vergleich zu den Hardlinern in den eigenen Parteireihen, zudem bürger- und vor allem sehr bürgerinnennah, wie man munkelte. Man sah ihn mit seiner stets stilvoll gekleideten Frau neuerdings oft auf Vernissagen, bei Kinopremieren und anderen kulturellen Anlässen – Veranstaltungen, die in seinen Kreisen sonst gemieden wurden wie Makrameekurse von den *Hell's Angels*.

Viele sagten, dass er seinen politischen Erfolg zu einem Großteil seiner Frau Alice verdankte, die – wenn nicht schon früher, so ganz sicher jetzt – einen zügelnden Einfluss auf ihn ausübte. Ihn, den brachialen Wortführer der Partei, der sich selbst für die kleinste mediale Aufmerksamkeit zu politisch unkorrekten oder sogar unwahren Behauptungen hinreißen ließ. Vor allem bei sozialen Themen setzte sich Alice Graf ein, was nicht unbedingt zu den Stärken der VPRS gehörte, und verschaffte ihrem Mann dadurch Wählerstimmen aus den feindlichen Lagern.

Derart gewappnet hoffte die Rechte, bei den kommenden Wahlen endlich den begehrten und prestigeträchtigen Sitz des Stadtpräsidenten in der größten Stadt der Schweiz zu ergattern, etwas, wovon sie sich einen landesweiten Aufschwung für ihre Partei versprach. Und wie die ersten Umfragen ergeben hatten, würde sich dieser Wunsch diesmal auch erfüllen.

»Schlechter hat noch nie ein Wolf in den Schafspelz gepasst.« José deutete mit der Zigarette auf das Wahlplakat. *Für eine freie Schweiz, für Zürich, für Sie – Walter Graf,* stand in großen, dynamisch wirkenden Buchstaben quer über der rechten unteren Ecke.

»Die mussten ihn wohl reinquetschen.«

»Da führen die sich jahrelang als Berserker auf, sind prinzipiell gegen alles und jeden und rufen sich als Opposition aus – aber beim großen Politpoker wollen sie dann mitspielen. Ich versteh das nicht, das ist doch keine Linie.«

»Aber wer in der Politik hat denn schon eine Linie, bitte schön? Da schieben sogenannte Volksvertreter im Nationalrat dringend zu lösende Probleme vor sich her, bis sie sich endlich mühsam zu einem gemeinsamen Entscheid durchringen, von dem dann doch keiner wirklich überzeugt ist. Und keiner mag ihn so richtig unterstützen, weil er halbherzig beschlossen worden ist, wie es eben bei einem Entscheid ist, bei dem theoretisch zweihundert Politiker ihren Senf dazugeben können. Nur wenn die Wahlen bevorstehen, verfallen alle in hektischen Aktionismus.«

»Ich freue mich total auf diese Kämpfe vor den Wahlen. Sonst sind das ja alles Schnarchvereine, aber dann ist echt was los!«

»Man wünschte sich nur, sie würden sich auch zwischen den Wahlen und vor allem auch für relevantere Themen derart enthusiastisch einsetzen. Aber da traut sich dann keiner, weil jedem gewagten Vorstoß gleich von allen Seiten die Flügel gestutzt werden. Vielleicht ist dies das größte Problem in einer Demokratie: Alles ist Kompromiss.«

»Und zur Gründung einer Diktatur fehlen dir die nötigen Anhänger.«

José wiegte abwägend den Kopf. »Nun, wenn sich ein richtig cooler Diktator fände ...«

Ich grinste. »Ich jedenfalls hab keine Ahnung, wen oder was ich wählen soll. Die Rechte geht prinzipiell nicht. Für die bin und bleibe ich Ausländer. Die mögen mich nur als Steuerzahler. Mich als kulturell bereichernd zu sehen, kommt denen ja nicht im Traum in den Sinn.«

Endlich war der Fußgängerstreifen frei. Ich drückte aufs Gas, lenkte meinen hellblauen VW Käfer über die etwas unübersichtliche Kreuzung und fuhr dann die Weinbergstrasse hinauf.

»Die einzige Kultur, die du bereicherst, ist diejenige der Bars im Kreis 4«, brummte José.

Zehn Minuten später standen wir erneut vor dem Unispital und beratschlagten, wie wir ungesehen zur Notfallstation gelangen könnten. Heute hatten wir keine Burkas dabei, die Aussicht, ein zweites Mal dem hormongesteuerten Kioskbesitzer Kemal in die haarigen Finger zu laufen, hatte mich abgeschreckt. Zudem mussten wir nicht damit rechnen, in eine türkische Familienfeier zu geraten.

»Was hast du vor?«, zischte José in meinem Rücken, als ich beherzt die Eingangshalle betrat und auf die Informationstheke zusteuerte.

»Ich lass mich von meiner Intuition leiten.«

»Ein Östrogenschub? War wohl ein Bier zu viel gestern Abend?«

Ich stieß verächtlich die Luft aus und blickte mich suchend um, denn der Schalter war verwaist. Eine beinahe sakrale Stille herrschte. Freundliches Nachmittagslicht fiel durch die hohen Fenster in die Halle, die Ledersessel im Wartebereich waren leer. Umso mehr fiel der schlanke, mittelgroße Mann auf, der jetzt einen Tick zu hastig aus einem der Gänge trat und ohne sich umzusehen Richtung Ausgang strebte. Sein Gesicht konnte ich nicht erkennen, denn er trug einen hellen Hut mit schwarzem Band, dazu eine Sonnenbrille, den Kopf hielt er gesenkt und übers Kinn hatte er einen beige karierten Schal gezogen. Als er an uns vorbeieilte, beugte er den Oberkörper noch tiefer und ging etwas schneller. Wie ein Tier kam er mir vor, das sich in höchster Alarmbereitschaft befand und bei der kleinsten Bewegung unsererseits zu rennen beginnen würde.

»Halt die Stellung«, flüsterte ich José zu, der sich immer noch nach einer Krankenschwester umsah, und folgte dem Mann. Als ich aus dem Eingang trat, eilte er bereits die kurze Treppe zur Straße hinunter. Doch dann blieb er abrupt stehen und nestelte ein Handy aus seiner hellen Anzugjacke. Er wollte es gerade ans Ohr führen, als meins zu klingeln begann. Wie festgefroren blieb ich stehen und ruckartig wandte sich der Mann um. Sekundenlang starrten wir uns an, und obwohl ich seine Augen hinter den verspiegelten Brillengläsern nicht sehen konnte, hatte ich das Gefühl, er risse sie auf. Er steckte das Handy zurück und drehte sich langsam um. Als er bemerkte, dass ich ihm folgte, beschleunigte er sofort. Er bewegte sich leicht und geschmeidig wie ein Langstreckenläufer. Als ich das Ende der Treppe erreicht hatte, rannte er bereits. Ohne sich umzublicken stürzte der Mann über die Straße und wurde dabei beinahe von einem herannahenden Tram erfasst. Ich fluchte, während ich wie ein adrenalingebeutelter Joggingfanatiker auf der Stelle springend wartete, bis die Straßenbahn vorbeigefahren war.

Der Mann war auf das ETH-Gebäude zugelaufen. Ich war bemüht aufzuholen, während er die Hochschule betrat und eilig die riesige, von Säulen gesäumte Halle durchquerte, um dann auf der gegenüberliegenden Seite wieder hinauszuflitzen, auf die für eine zwinglianisch geprägte Stadt geradezu verschwenderisch weitläufige Polyterrasse. Die Aussicht über Zürich im bronzenen Schein der Nachmittagssonne war atemberaubend, doch ich keuchte aus einem ganz anderen Grund: Nach knapp anderthalb Minuten war meine Kondition bereits im Eimer und ich schnappte nach Luft wie ein Allergiker im Heuhaufen.

Die ersten Schweißtropfen liefen mir kitzelnd über die Schläfen, als ich über die Terrasse spurtete und scharf rechts abbog. Ich trippelte eine Treppe mit unmöglich flachen Stufen, die zu breit waren, um sie mit einem Schritt zu schaffen, hinunter. Als ich das Fußende der Treppe erreicht hatte, war der Mann verschwunden. Ohne zu überlegen, setzte ich über das schmale Sträßchen hinweg und hetzte einen jäh abfallenden Fußgängerweg zum Seilergraben hinunter. Unten angekommen zitterten meine Knie, aber ich entdeckte den Flüchtigen zu meiner Erleichterung auf der anderen Seite der stark befahrenen Straße.

Nur kurz blickte er zurück, bevor er weiterrannte, über einen Zebrastreifen Richtung Kunsthaus, dann verschwand er in einem schmalen Durchgang oberhalb der Zentralbibliothek. Ich jagte ihm hinterher und entkam nur knapp einem heranbrausenden Auto. Das empörte Hupen dröhnte weiterhin in meinen Ohren, als ich dem Mann in die enge Passage folgte, die zwischen den glatten Fassaden zweier moderner Bauten verlief. Weiter vorne, wo es wieder heller wurde, entdeckte ich die flatternden Schöße seines Mantels. Mein Puls hämmerte.

Der Vermummte stürmte in die Chorgasse hinein, Sekunden später tat ich es ihm gleich. Hier, zwischen den hohen Altstadtgebäuden, war es unnatürlich still, als befände sich das Quartier unter einer schalldichten Glocke. Ich hörte nur meinen rasselnden Atem und das monotone Aufsetzen meiner Gummisohlen auf den Pflastersteinen.

Unvermittelt mündete die Gasse in einem breiteren Gehweg. Neumarkt. Der Mann hetzte unermüdlich weiter. Keuchend umlief ich eine Gruppe amerikanischer Touristen, die, jeder einen Plastikbecher mit Strohhalm in den Händen, gemächlich wie eine träge Elefantenherde mitten auf dem Sträßchen trottete. Der Schweiß lief mir mittlerweile übers Gesicht, doch auf der Höhe des *Oliver Twist,* eines Pubs, in dem skandinavische Au-pairs ihre Trinkfestigkeit und in unmittelbarer Folge die Kunst des Zungenkusses an verdutzten Einheimischen trainierten, hatte ich den Mann fast eingeholt. Ich streckte schon den Arm aus und griff nach ihm, doch er entkam mir um Haaresbreite in die quer verlaufende Marktgasse. Wie ein Sprinter auf der Zielgeraden mobilisierte ich meine Kräfte und beschleunigte, und direkt vor dem Pornokino, das mitten in der Touristenmeile seltsam deplatziert wirkte und an eine längst vergangene Zeit erinnerte, als das Niederdorf noch eine verruchte Gegend war, kriegte ich einen Zipfel seines Schals zu fassen. Ich zog daran, doch der Typ wirbelte behände herum, strauchelte durch die jähe Bewegung und wäre beinahe Kopf voran gegen eine blassgelbe Hausmauer geprallt. Aber er hatte erreicht, dass ich seinen Schal losgelassen hatte. Für den Bruchteil einer Sekunde stand der Vermummte keuchend still. Als ich ihn am Arm packte, drehte er sich blitzschnell um und rammte mir seinen Ellbogen in die Brust. Ich wäre beinahe gestürzt, erst im letzten Augenblick fand ich mein Gleichgewicht wieder. Nach Luft schnappend, nahm ich die Verfolgung erneut auf.

Schatten legten sich auf die Durchgänge, und an den Tischen vor den Restaurants saßen Leute vor Pizzas und großen Bierkrügen und sahen uns verwundert hinterher. Schon erklomm der Mann die nächste Anhöhe, dann verlor ich ihn aus den Augen. Als ich an der Stelle angelangte, an der ich ihn zuletzt gesehen hatte, war er wie vom Boden verschluckt. Atemlos hielt ich nach allen Seiten Ausschau.

Ich befand mich vor dem Café *Schober*, nach dessen Besuch einem von der üppigen, papageibunt wuchernden Dekoration, die ein ›Zuviel‹ nicht gelten ließ, und den nicht weniger üppigen Süßspeisen stets etwas blümerant war. Zu beiden Seiten bogen schmale Gässchen ab, eins führte zur Limmat hinunter, das andere stieg steil an. Ich entschied mich nicht zuletzt aus Bequemlichkeitsgründen für den Fluss, doch ich ahnte bereits, dass ich ihn verloren hatte. Und damit auch das offenbar wichtige Material, das Fernando bei sich getragen hatte. Völlig ausgepumpt ließ ich mich gegen die nächste Hausfassade fallen. Mein Herzschlag dröhnte in den Ohren. Ich stützte die Hände in die Seiten, während sich mein Oberkörper ganz von allein nach vorn krümmte. Es dauerte eine ganze Weile, bis ich wieder zusammenhängend fluchen konnte.

Abgekämpft wie ein chinesisches Kind nach einer Doppelschicht in der Ziegelfabrik schleppte ich mich die Auffahrt zum Spital hinauf. Aneinandergereihte Bänkchen aus rotbraunem Holz erinnerten mit ihrem Fünfzigerjahrestil und den kugeligen Bäumchen daneben ein wenig an Nizza. Rauchend grinste mir José von einer dieser Bänke entgegen.

Neben ihm saß ein mediterran aussehender, junger Mann im weißen Arztkittel. Er musterte mich kritisch, während er sich das perfekt getrimmte Bärtchen kratzte. »Etwas mehr Sport würde Ihnen guttun.«

»Guttun würde mir jetzt ein kühles Bier«, keuchte ich und ließ mich neben den Gesundheitsapostel auf die Bank fallen.

Er wiegte abwägend den Kopf. »Alkohol nach körperlichen Anstrengungen empfiehlt sich nicht.«

»Wann empfehlen Sie ihn dann?«

Der Arzt ließ sich nicht beirren und studierte mich weiter, als litte ich an einem faszinierenden, womöglich unentdeckten Ausschlag, der eines fernen Tages nach ihm benannt werden würde.

»Ich bin übrigens Dr. Biasi«, stellte er sich vor, obwohl dies deutlich lesbar auf dem Namensschild stand, das an seiner Brusttasche baumelte.

Das berühmte Biasi-Exanthem. Entdeckt vom jungen Schweizer Arzt Matteo Biasi auf einer Bank vor dem Zürcher Universitätsspital. An einem zufällig vorbeihumpelnden, atemlos röchelnden, komplett verschwitzten Passanten.

Ich rückte etwas von Biasi weg, nachdem er mich mit einem kräftigen Händedruck durchgeschüttelt hatte.

»Kumar.«

»Ihr Body-Mass-Index ...«

»Dr. Biasi und ich haben uns gerade über Hirnhämatome unterhalten. Wie es scheint, befindet sich gerade ein besonders schwerer Fall auf der Intensivstation.« José hatte sich etwas vorgelehnt und sah mir eindringlich in die Augen.

Ich verstand die Warnung. Also verzichtete ich vorläufig darauf, dem Herrn Doktor zu erzählen, auf welchem Index er bei mir gerade gelandet war.

Dr. Biasi nickte eifrig. Seine irritierend blauen Augen, die in einem attraktiven Gegensatz zu seiner gebräunten Haut und dem dichten, dunklen Haar standen, leuchteten begeistert, und als er anhob zu sprechen, konnte ich mir gut vorstellen, dass es wohl einige Krankenschwestern gab, die Biasis Namen heimlich in ihr Kopfkissen flüsterten, bevor sie in fiebrig-feuchte Träume versanken.

»Der Patient litt an einer intrakraniellen, extrazerebralen Blutung. Ein epidurales Hämatom, entstanden durch ein Schädel-Hirn-Trauma, drückte zunehmend auf die Dura mater, einzig eine Trepanation, die sogenannte Krönlein-Bohrung, verhinderte durch Druckentlastung Schlimmeres. Dazu kommt ein Trümmerbruch des Nasenbeins, Nasenseptumhämatom mit Indikation zur Inzision und eine Mandibularfraktur.«

José rollte mit den Augen.

»Mit anderen Worten: Hätten Sie seinen Schädel nicht geknackt und den angestauten Saft ablaufen lassen, wäre er genauso hin wie seine Nase«, fasste ich zusammen und war plötzlich froh um die drei Monate mit dieser Medizinstudentin, deren Name mir beim besten Willen nicht einfallen wollte.

Dr. Biasi warf mir einen verärgerten Blick zu. Diese Show hatte ich ihm gestohlen. »Nun ja …«

»Ist er bei Bewusstsein?«

»Nein, er liegt selbstverständlich im Koma. Aber was ich noch zum Kieferbruch erklären wollte …«

»Ab wann kann er Besuch empfangen?«

Dr. Biasi schüttelte unwillig den Kopf. »Meist sind seine Mutter und eine Tante bei ihm. Ansonsten lassen wir niemanden zu ihm.«

»Wir reden hier von Fernando Hirt, nicht wahr?« Ein kluger Detektiv macht schließlich denselben Fehler nicht zweimal.

Dr. Biasi richtete sich leicht auf und verzog die meerblauen Augen zu schmalen Schlitzen. »Sind Sie verwandt mit ihm?«

»Sozusagen.«

»Aha.« Er sah mich misstrauisch an.

»Entfernt.«

»Nur weil gerade vorhin jemand ohne Zutrittsberechtigung in die Intensivstation eindringen wollte. Wir konnten ihn gerade noch aufhalten. Offenbar ein Besucher, der sich verirrt hatte.«

»Trug er einen Hut und einen Schal?«

Dr. Biasi sah mich erstaunt an. »Kennen Sie den Herrn?«

»Ich rate nur.«

Er legte irritiert die Stirn in Falten. »Wir, also Schwester Hannelore und ich, haben ihn wohl sehr erschreckt, denn er ist sofort weggerannt, als er uns kommen sah.«

»Er hat es nicht in die Intensivstation geschafft?«

»Nein, dazu hätte er an Schwester Hannelore vorbeikommen müssen. Und das geht nicht so einfach.« Er kicherte dämlich; erst als er bemerkte, dass ich ihn unverwandt ansah, machte er wieder ein ernstes Gesicht. »Spätestens am Freitag können Sie ihn besuchen.« Er hob das Handgelenk und starrte verwirrt darauf. »Verdammt …«, murmelte er, dann hob er den Kopf. »Wissen Sie, wie spät es ist? Dauernd lasse ich meine Uhr irgendwo liegen.«

Ich hatte bereits mein Handy hervorgekramt und ihm die Uhrzeit gesagt, als es zu klingeln begann.

Dr. Biasi verabschiedete sich von José und deutete nochmals auf meinen Bauch. »Gesündere Ernährung, weniger Alkohol und vor allem: mehr Sport!«, rief er mir zu, während er auf den Eingang des Spitals zuging.

Ich schnitt ihm eine Grimasse und nahm den Anruf entgegen.

»Höchste Priorität, Kumar, erinnern Sie sich?«, schnarrte es mir ins Ohr, dann folgte ein widerliches Schmatzen. »Ich habe Sie nicht engagiert, damit Sie durchs Niederdorf spazieren!«

Ich knurrte verhalten, dieser Mann verstand tatsächlich etwas von seinem Metier: Ihm entging nichts. Vielleicht hatte er aber auch einfach nur im *Blutigen Daumen* Rösti mit Kalbsleber gegessen, als ich im Niederdorf auf Verfolgungsjagd war.

»Herr Blanchard, ich kann Ihnen versichern, dass ich mich mit vollem Einsatz um Ihren Fall kümmere. Gerade hat er erneut eine dramatische Wendung genommen, der Durchbruch ist nahe, so was spüre ich.«

»Resultate, Kumar, Resultate will ich sehen! Und zwar schnellstmöglich! Ersparen Sie mir das Gelaber!«

»Aye, aye, Käpten.«

»Wie bitte?«

»Selbstverständlich, Herr Blanchard.«

Ich beendete den Anruf und wandte mich José zu. »Und du willst wirklich für den arbeiten?«

Er ging nicht darauf ein. »Dieser Typ war also nicht bei Fernando. Das bedeutet: Was auch immer er sich beschaffen wollte, ist noch dort.«

»Muss wohl so sein.« Ich rechnete mir aus, wie lange ich im Feierabendverkehr bis zur Langstrasse brauchte. Zu Fernando konnten wir heute nicht, das hatte der Doktor unmissverständlich klargemacht. Aber ich konnte es in der Zwischenzeit erneut bei Rosie versuchen.

»Wir müssen so bald wie möglich wieder herkommen. Bis Freitag dürfen wir nicht warten, sonst kommt uns die rennende Mumie zuvor«, warnte José.

»Das tun wir aber nur, wenn Dr. Biasi seinen freien Tag hat. Sonst will er mich wieder zu Leibesertüchtigungen ermuntern.«

»Na ja, ein paar Kilos weniger würden nicht schaden.«

»José!«

»Ich meinte ja nur …«

Als ich in die Brauerstrasse einbog, tauchte die Dämmerung das Quartier bereits in ein diffuses, grobkörniges Licht mit Violettstich.

Nur zwei Damen stöckelten den imaginären Catwalk ab, die anderen waren wohl entweder bei der Arbeit, fütterten die Nachkommen oder gönnten sich einfach einen Power-Nap zwischendurch.

Wieder war die Tür nur angelehnt, wahrscheinlich wegen der im Innenhof spielenden Kinder. Mit zwiespältigen Gefühlen musterte ich die Treppe und dachte dabei kurz an Dr. Biasi, entschied mich dann aber doch für den Lift. Die Wohnung lag immerhin im dritten Stock.

Ich klingelte bei Rosie, doch wie befürchtet war niemand zu Hause. Durch die Tür nebenan drangen gedämpft Bachata-Klänge, ein nerviger südamerikanischer Musikstil, dessen

Stücke aufgrund des Rhythmus alle identisch zu klingen schienen. Dieter Bohlen musste ein großer Fan sein.

Nachdenklich schlenderte ich durch das Treppenhaus nach unten. Es roch nach Putzmittel und Parfüm, und im zweiten Stock umschwebte mich eine süßlich riechende Marihuanawolke. Irgendwo wurde eine Wohnungstür aufgerissen, ein helles Lachen drang heraus, jemand schlurfte über den Flur und brummte missmutig einige Worte auf Spanisch, bevor das heftige Zuschlagen einer weiteren oder derselben Tür die Geräusche unterbrach.

Als ich aus dem Haus trat, steckte ich mir eine Zigarette an und überlegte, wie ich Blanchards Rosie auftreiben könnte. In ihrer Gemeinschaft schien man sich nicht allzu große Sorgen über ihr Verschwinden zu machen, und eine andere Spur fehlte mir zurzeit. Ich drehte mich um und blickte an der Hausfassade hinauf. Lichter brannten in den Küchenfenstern, im vierten Stock hatten Kinder mit Fingerfarben die Scheiben bemalt. Ich stapfte zurück Richtung Langstrasse und dachte an die Flasche *Amrut,* die sich zu Hause hoffentlich genauso nach mir sehnte wie ich mich nach ihr.

Eine heftige Unlust erfasste mich. Einmal mehr zweifelte ich an meiner Berufswahl. Die aufregenden Fälle, derentwegen ich überhaupt Detektiv geworden war, waren äußerst rar. Meist kroch ich auf den Knien herum und suchte mit der Nase im Straßendreck irgendwas oder irgendwen für andere Leute, schnüffelte mich durch privateste Korrespondenz und blätterte Aktenberge nach Unregelmäßigkeiten durch. Oder ich wartete reglos hinter einem Busch, meist im strömenden Regen, bis sich jemand durch sein illegales Verhalten oder seine ehebrecherischen Absichten verriet. Andererseits hatte ich mich an die Vorteile dieser Beschäftigung gewöhnt: die damit verbundenen Freiheiten, die in der Regel selbst wählbaren, meinem Biorhythmus angepassten Arbeitszeiten, die Promilletoleranz, das Fehlen einer Kantine mit pappigen Menüs und die Absenz jeglicher Vorgesetzten. Der Weg zurück in einen öden Bürojob oder – noch schlimmer – in den Lebensmittelladen meiner Mutter schien mir unvorstellbar. Doch manchmal zweifelte ich trotzdem daran, dass dieser Job zu meiner Lebensaufgabe mutieren könnte. Meist dann, wenn ich nicht vom Fleck kam wie jetzt.

Ich schnippte die Zigarette auf den Gehsteig und betrachtete nachdenklich den hell erleuchteten Ausstellungsraum, der sich an der äußersten Ecke der Brauerstrasse befand. Die nüchterne Inschrift auf einer weißen Plakette über dem Eingang wies darauf hin, dass es sich bei *Perla-Mode* um einen ehemaligen Kleiderladen handelte, in dem man, wenn ich mich richtig erinnerte, früher auf der Suche nach tannengrünen Kostümen für osteuropäische Diktatorengattinnen stets fündig geworden war. Auch glaubte ich, mich an die verstaubten Schaufensterpuppen mit Dauerwelleperücken zu erinnern, die mit dicken Perlenketten aus Plastik dekoriert waren und verfranste Abendkleider trugen, die ihre Trägerinnen wie exotische Wasservögel aussehen ließen. Eine schöne Tradition, die von der abgewrackten Boutique gegenüber liebevoll weitergepflegt wurde, während das Lokal hier komplett ausgeräumt worden war und mittlerweile als Galerie diente.

Drinnen hingen Bilder an den Wänden, filigrane Motive allesamt, durchscheinende, gespensterhafte Silhouetten auf dunklem Grund. Auf einer Leiter stand eine zerbrechlich wirkende Frau in einer sackartig gestrickten Jacke und richtete gerade zwei Strahler auf eines der Kunstwerke aus. Als hätte sie mich bemerkt, wandte sie sich plötzlich um, kniff die Augen zusammen und winkte mir dann lächelnd zu. Ich winkte zurück und sah sie eilig von der Leiter heruntersteigen.

»Sind Sie wegen der Vernissage hier?«, rief sie mir durch die offen stehende Tür zu. »Die findet nämlich erst morgen statt.«

Ich nickte mit Verzögerung, als käme mir das erst jetzt wieder in den Sinn.

Die Frau trat aus der Galerie heraus, trippelte auf mich zu und hielt mich beherzt am Arm fest. Aus der Nähe wirkte sie noch zierlicher, ihre Haut war hell, beinahe weiß, das Haar von einer blassen, verwaschenen Farbe, die am ehesten Orange zuzuordnen war, es hing ihr wirr und lockig ins sommersprossige Gesicht. Obwohl sie etwa fünfzig war, wirkte sie mädchenhaft und voller Energie, aber auch ein wenig naiv in ihrer Begeisterung, mit der sie mich jetzt hinter sich herzog.

»Sehen Sie sich ruhig um. Noch sind nicht alle Bilder perfekt ausgeleuchtet, aber ich arbeite daran. Falls Sie Fragen haben, scheuen Sie sich nicht, sie zu stellen.« Sie erklomm ihre Leiter und rückte eine der Lampen zurecht. »Ich bin übrigens Eleonora.«

»Vijay Kumar.«

»Ach, du bist Inder?«

»Nein, Inder.«

Sie starrte mich mit offenem Mund an.

Irritiert blickte ich zurück, erst dann realisierte ich, was ich gerade gesagt hatte.

»Ich meine … Ich habe schon so oft … und normalerweise …«

Eleonora lachte laut auf und winkte ab. »Autopilot. Ich verstehe.«

Dann wandte sie sich um und rief etwas nach hinten, worauf eine farblose Frau mittleren Altes im Durchgang erschien, der in einen weiteren Raum führte, und mit freudlosem Gesichtsausdruck stehen blieb.

»Du kannst dann gehen, Irma.«

Während Irma das Feld räumte, besah ich mir die Werke und war merkwürdig fasziniert. Alles war in dieser weißlichen, leicht lumineszierenden Farbe gemalt, die teilweise fast durchsichtig, manchmal aber auch dicker aufgetragen war und trüb aussah. Meist waren Szenen dargestellt, aus denen Gewalt sprach, angedeutete, nackte Frauenkörper in verschlungenen Umarmungen, die an Würgen erinnerten. Auf einem Bild wurde ein junges Mädchen von dämonischen Wesen in verschiedene Richtungen gezerrt, auf einem andern rissen Bestien Fleischstücke aus einem weiblichen Torso. Die Wut in diesen Bildern schien mich geradezu von der Leinwand anzuspringen.

Wie immer in solchen Situationen fehlte mir das notwendige Vokabular, um Kunst zu beschreiben oder gar zu werten. Ganz im Gegensatz zu den anderen beiden verfrühten Ausstellungsbesuchern, einem ergrauten, aber rüstigen Pärchen, das sich ebenfalls in der Galerie befand und mit seinen dunkelblauen Burberry-Regenjacken über dem Arm unbeirrt die Kunstwerke abschritt, als handle es sich dabei um einen Postenlauf, und dazu mit abschätziger Miene halblaut gemurmelte Kommentare abgab. Die Mienen besagten, dass sie die Künstlerin kannten, aber eigentlich nicht mochten, so etwa wie sie die erste unstandesgemäße Freundin ihres Sohnes nicht gemocht hatten. Die Kommentare klangen, als stammten sie aus einem Katalog.

Grußlos verließen sie jetzt die Ausstellung, nicht ohne vorher nochmals nach der Künstlerin zu spähen. Eleonora zuckte mit den Schultern und lächelte. »Leute, die Kunst einzig als Anlage betrachten. Aber mit meinen Bildern kann sich keiner das Rentenalter vergolden, befürchte ich.«

Ich grinste und wandte mich wieder den Gemälden zu. »Eindrücklich«, murmelte ich.

»Sperma.«

Ruckartig wich ich von dem Gemälde zurück, das ich gerade im Begriff war zu betrachten. Eleonora war erneut von der Leiter heruntergestiegen und stand jetzt direkt hinter mir. Ich roch ihre frisch gewaschene Strickjacke, und als ich mich umwandte, sah ich Lachfältchen um ihre Augen.

Sie deutete auf eines ihrer Werke. »Ich habe die Farbe in mehreren Schichten aufgetragen, so ergibt sich eine eindrücklichere Tiefenwirkung. Das Reizvolle daran ist, dass die Konsistenz stets anders ist, mal dünnflüssig, mal sogar verklumpt, ganz unterschiedlich halt.«

Ich schluckte einen Anflug von Übelkeit hinunter. »Woher …?«

Lächelnd deutete sie mit dem Daumen seitwärts. »Von den Freiern. Die Frauen bringen mir die vollen Kondome.«

Angewidert verzog ich das Gesicht. »Aber weshalb …?« Mir fehlten die Worte, ich wusste nicht, ob ich entsetzt oder fasziniert sein sollte.

»Nenn es ein Statement zur Situation der Frauen. Gemalt mit dem Treibstoff, der ihr Elend und ihre Rettung zugleich ist.«

»Du willst schockieren.«

Ihr Lächeln wurde breiter. »Ich will Gedankengänge anregen. Ich bin nicht so einfältig zu glauben, ich könnte die Welt mit ein paar Bildern ändern. Aber die Situation unkommentiert lassen, das geht für mich nicht.«

»Ein scharfer Kommentar, tatsächlich.«

»Ich will sichtbar machen, was da draußen tagtäglich geschieht. Es gibt Leute, die laufen blind durchs Quartier, durch die Stadt, durch ihr Leben. Denen möchte ich gern die Augen öffnen, und sei's auch nur für einen kurzen Moment. Dazu muss ich sie zuerst wecken, und das geht meist nur mit einem kleinen Schreck.«

»Und funktioniert es?«

»Erstaunlich oft. Wenn du möchtest, könnte ich dich auch mal malen.«

»Hm?«

»Ich meine, wenn du etwas spenden möchtest.«

Ich starrte sie an, dann endlich begriff ich. Die nächsten Sekunden verbrachte ich mit dem Versuch, meinen offen stehenden Mund zuzuklappen.

»War nur ein Vorschlag.« Ihre leuchtenden Augen verzogen sich spitzbübisch. Dann machte sie abrupt kehrt und verschwand im hinteren Teil des Ateliers, von wo sie mit einer grünen, bauchigen Flasche zurückkehrte. »Trinkst du ein Glas mit?«

Eine Frage, die ich meines Wissens noch nie mit Nein beantwortet hatte.

»Mir bleibt nicht so viel Zeit, deswegen muss ich die Vernissage jetzt machen. Obwohl ich noch einige weitere Bilder hätte malen wollen.«

»Wieso, ist der Nachschub versiegt?«

Neckisch stieß sie mir den Ellbogen in die Rippen. »Nein. Aber der Raum wird wohl bald einem Neubau weichen und anderswo auszustellen wäre nicht das Gleiche. Der Bezug würde fehlen.«

Wir saßen auf Klappstühlen aus Kunststoff vor der Galerie und tranken Prosecco aus Plastikbechern. Farbige Lichtstreifen zuckten über die Straße, gegenüber blinkten die Bars und Klubs um die Wette. Manchmal fuhr leise brummend ein Auto vorbei. Ein ruhiger Abend im Quartier. Aus einem offenen Fenster hoch über uns röhrte schon wieder Lady Gaga, ihre brünstigen Laute vermischten sich mit Babygeplapper, diesmal schien die Gute Pech mit einer ihrer Romanzen zu haben.

Eleonora zog die Strickjacke etwas fester um die Schultern. »Zurzeit werden in diesem Quartier viele Häuser verkauft. Angeblich soll dort vorne ein edles Apartmenthotel entstehen.« Sie deutete auf ein verwittertes Eckhaus. »Es wird immer schwieriger, in der Stadt Ausstellungsräume für Kunst wie meine zu finden. Als Malerin bin ich auf billige Mieten angewiesen, ich verdiene kein Vermögen. Und die Bilder kann ich wie gesagt nur hier zeigen, sie gehören hierhin. Fragt sich nur, wie lange noch.« Sie seufzte.

»Die Gegend verändert sich.«

»Reizend ausgedrückt. Ich würde eher sagen, wir durchleben gerade eine kleine Apokalypse. Wir sehen dem Quartier, wie wir es kennen, beim Untergang zu. «

Ich zuckte mit den Schultern. »Aber so läuft das doch in vielen Städten dieser Welt. Sieh dir zum Beispiel Berlin an. Da wird im Zweijahrestakt irgendein beliebiger Stadtteil von einer meinungsbildenden Bevölkerungsschicht als hip erklärt, und schon fallen dort ganze Horden selbst ernannter Individualisten wie die Lemminge ein.«

Eleonora kicherte. »Das Problem ist, dass diese Leute von der Stimmung in einem Quartier angetan sind. Wie hier im Kreis 4 das multikulturelle Nebeneinander, das Verruchte, aber auch Aufregende. Das Leben hier ist hart, aber trotzdem irgendwie kindlich und verspielt. Man nimmt sich nicht so ernst. Das birgt Spannungspotenzial, bietet aber auch kreativen Boden für Künstler aller Art, für Kleinstgewerbe und Galerien, originelle Nutzung von freiem Raum, andersartige Bars und Klubs, die sich nicht unbedingt dem Kommerz verschrieben haben. Und natürlich florieren auch das horizontale Gewerbe und der Drogenhandel, das gehört einfach dazu.

Das ist weit entfernt vom glitzernden Luxus der Bahnhofstrasse oder dem gutbürgerlichen Seefeld, wo gleich nach

Ladenschluss die Gehsteige hochgeklappt werden und dann auf Anweisung des Anwalts gefälligst Ruhe herrscht.

Deswegen ziehen sie in Scharen hierher, in teuer und edel ausgebaute Wohnungen, in denen früher genau die Leute gelebt haben, die für die spezielle Stimmung verantwortlich waren und die sich plötzlich die Mieten nicht mehr leisten können. Ich meine damit nicht nur Prostituierte und Drogenhändler, die sowieso, sondern auch ältere Leute, gerade die Einwanderer aus Italien, die ihr ganzes Leben hier verbracht haben, Familien mit Kindern, alteingesessene Ladenbetreiber, Wohngemeinschaften.

Und dann reiben sich die Neuzuzügler die Augen und sind ganz betrübt, dass die Gegend doch nicht so lebendig ist, wie sie gedacht haben. Oder sie ist eben zu lebendig für ihren Geschmack, und man deckt erst mal die gesamte Nachbarschaft mit Lärmklagen ein. Diese Leute zerstören, unwissentlich oder nicht, genau das Ambiente, wegen dem sie hergezogen sind.«

Nachdenklich sah ich mich um. Die Fassaden der Häuser ringsherum waren abgenutzt und rußgeschwärzt, Risse zogen sich durch den Verputz, falls er nicht schon längst abgeblättert war. Manche der Fenster waren blind, die Rahmen kaum mehr dicht. Ein bisschen Aufwertung hätte diesen Gebäuden sicher nicht geschadet.

»Man kann diese Entwicklung nicht aufhalten. Die Häuser hier sind momentan Gold wert.«

Eleonora schüttelte resigniert den Kopf. »Die meisten gehören einer Holdinggesellschaft, einigen wenigen Privateigentümern oder der Stadt. Aber die wissen auch alle, dass hier ein Vermögen rumsteht, blöd sind die nicht. Es gibt diesen erfolgreichen Anwalt, Paul Nyffenegger, der kauft ein Haus nach dem andern auf, und seine Frau, eine Architektin, kümmert sich dann um den Umbau. Wenn das so weitergeht, gehört dem bald das ganze Quartier. Bei etlichen Gebäuden mehren sich die Anzeichen für eine bevorstehende Renovation.«

»Und diese Holdinggesellschaft? Verkauft die auch?«

»Soviel ich weiß, gehört die Walter Graf, dem rechten Politiker.«

»Aber der setzt sich ja vehement dafür ein, damit nicht der ganze Kreis umgebaut wird und es weiterhin bezahlbare Wohnungen im Stadtzentrum gibt.«

Eleonora lachte bitter. »Es ist Wahlkampf. Da versprechen die Politiker so vieles, das sie später nicht halten. Zudem glaube ich, dass es eher seine Frau Alice ist, die hinter der Idee zu *Stadtwohnraum für alle* steckt. Im Gegensatz zu ihm hat sie wirklich eine soziale Ader. Aber wenn er tatsächlich gewählt wird, dann sehe ich schwarz für solche Projekte.«

»Im Moment stehen seine Chancen gut.«

»Leider.«

»Du magst ihn nicht besonders?«

Eleonora sah mich mit flackerndem Blick an. »Ich kann ihn nicht ausstehen. Er ist ein Schwein, der sich schon mehrmals an jungen Mädchen vergriffen hat, ohne dass er jemals dafür belangt wurde. Und die Medien ignorieren das Thema einfach!« Wütend ballte sie die Fäuste, ihre Kieferknochen standen kantig vor, während sie weitersprach: »Gerade in der Boulevardpresse sind regelrechte Lobeshymnen auf ihn zu lesen, das ist einfach widerlich. Und so einer will unsere Stadt regieren! Jemand müsste das verhindern!«

Ich war erstaunt über ihre heftige Reaktion, andererseits hing ihre Existenz als Künstlerin davon ab, dass es weiterhin billige Räume für Kunst innerhalb der Stadtgrenzen gab. Und natürlich hatte sie recht, auch wenn es nicht in unserer Macht stand, etwas daran zu ändern. Alles, was wir tun konnten, war, die Konkurrenz zu wählen, so lasch die auch war und selbst wenn es diesmal wohl vergebens sein würde. Ich griff zur Flasche und füllte unsere Becher. Einen Moment lang saßen wir still nebeneinander.

»Kennst du eine Rosa Maria Perez Martinez de la Cruz?« Der Name kam mir mittlerweile ganz selbstverständlich über die Lippen.

Eleonora wandte sich mir zu und runzelte die Augenbrauen. Sie hatte sich etwas beruhigt, ihr Blick war wieder sanfter. »Du meinst Rosie? Etwas ... beleibt?«

»Du kennst sie? Aus Venezuela, sie arbeitet als Putzfrau.«

Eleonora nickte eifrig. »Ja, genau, das ist Rosie.«

»Unglaublich!«, rief ich aus. »Diese Stadt ist ein Kaff! Da kennt wirklich jeder jeden!«

»Nun, sie wohnt ja gleich ums Eck, da ist das nicht ganz so erstaunlich. Was willst du denn von ihr?«

»Ich suche sie, sie wird vermisst.«

»Suchen?«

»Ich bin Privatdetektiv.«

»So was habe ich vermutet.«

Ich warf ihr einen fragenden Blick zu.

»Die Art, wie du alles genau ansiehst, als würdest du es dir merken, ist mir sofort aufgefallen.«

Ich grinste und dachte mit leichtem Schaudern an ihre Bilder.

»Von wem wird Rosie vermisst?«

»Kann ich dir leider nicht sagen.«

Nachdenklich blickte mich Eleonora an. »Ihrer Familie?«

»Sie hat Familie?«

»Ihre Schwester lebt in der Wohnung gegenüber. Pilar heißt sie. Aber ich kann mir nicht vorstellen, dass sie Rosie suchen lassen würde.«

»Wieso nicht?«

»Weil Pilar eine sehr energische Person ist. Eher würde sie

ihre Schwester selbst suchen gehen, als die Hände in den Schoß zu legen und jemand anderem den Auftrag zu geben. Abgesehen davon, dass sie es sich gar nicht leisten könnte.«

»Wann hast du sie zum letzten Mal gesehen?«

»Pilar?«

»Rosie.«

»Gerade kürzlich ...« Sie hielt inne. »Na gut, das ist auch schon wieder einige Zeit her.« Sie rieb sich das Kinn. »Vor drei Tagen etwa?«

»Was kannst du mir über sie sagen?«

Eleonora trank einen Schluck Prosecco. »Ist sie in Gefahr?«

Ich zögerte mit der Antwort. »Ich denke nicht.«

»Du denkst nicht?«

»Ich kann es nicht mit Sicherheit sagen. Der Auftrag ist mehr als merkwürdig, und ich sehe noch nicht, was sich dahinter verbirgt. Ich habe gedacht, Rosie könnte mir vielleicht weiterhelfen.«

Sie sah mich ernst an. »Rosie ist eine wunderbare Frau. Eine einfache Putzfrau, vielleicht, aber ihr Herz schlägt auf dem rechten Fleck. Und für ihre Familie, besonders für ihre Nichte und ihren Neffen würde sie einfach alles tun.«

Ich erhob mich und wischte meine Hose ab. »Dann werde ich dieser Pilar jetzt einen Besuch abstatten. Vielleicht kann sie mir sagen, wo sich ihre Schwester aufhält.«

Eleonora lächelte und stand ebenfalls auf. »War mir ein Vergnügen, Vijay. Und falls du mal in der Gegend bist ...« Sie brach ab und sah mich lange an. Dann reichte sie mir die Hand. Ihr Händedruck war sanft und leicht, und doch spürte ich die Bestimmtheit dahinter. »Die Vernissage findet morgen statt.«

»Ich weiß nicht ...«

»Um acht Uhr.«

»Wahrscheinlich kann ich nicht.«

»Es gibt Gratisgetränke.«
»Whisky?«
»Auch.«
»Du kannst auf mich zählen.«

Obwohl es bereits einnachtete, als ich zum dritten Mal an diesem Tag auf den Wohnblock zuging, spielten draußen noch Kinder. Ein paar von ihnen standen im Kreis und sangen ein albernes Lied:

Der Hahn ist tot, der Hahn ist tot
Der Hahn ist tot, der Hahn ist tot.
Er kann nicht mehr kräh'n, kokodi, kokoda
Er kann nicht mehr kräh'n, kokodi, kokoda.
Kokokokokokokokodi, kokoda.

Dazu machten sie Flugbewegungen mit ihren angewinkelten Armen. Ich lächelte ihnen zu und schritt, beschwingt vom Prosecco, die Treppe hinauf in den dritten Stock. Im zweiten klingelte mein Telefon.

»Er ist tot!« José klang völlig außer Atem.
»Der Hahn?«
»Was? Spinnst du? Hörst du denn keine Nachrichten?«
»Ich hatte zu tun.«
»Ich hab's auch erst gerade erfahren.«
In der kurzen Pause, die folgte, hörte ich nur noch Josés abgehacktes Keuchen.
»Also?«
»Den Graf hat's erwischt«, stieß er endlich hervor. »Er ist tot!«
»Welcher Graf?«
»Welcher wohl? Der rechte Politiker!«
»Hä? Wie erwischt?«

»Welchen Teil von ›tot‹ verstehst du nicht? Er hat ins Gras gebissen, den Löffel abgegeben, aus, futsch, vorbei, *muerto!*«

»Was? Walter Graf, der Kandidat fürs Stadtpräsidium, ist tot? So alt war der doch gar nicht.«

»Er wurde ja auch ermordet!«

»Was? Ermordet? Bist du sicher?«

»Absolut.«

»Wie?«

»Von afrikanischen Kriegern aufgespießt!«

Wider Willen musste ich lachen. Absurd war noch eine milde Untertreibung für Josés letzte Äußerung. »Mann, bist du jetzt völlig durchgeknallt? Was hast du geraucht?«

Doch José schnalzte nur unwillig.

»Wiederhol das noch einmal. Ich glaube, ich habe mich verhört.«

»Hast du nicht, das kann ich dir versichern. Ich bin übrigens auf dem Weg zu seiner Villa im ...«

»Die ganze Schweiz weiß, wo Graf wohnt, schließlich gab es in letzter Zeit genügend Homestorys über ihn. Edle Adresse im Kreis 6. Etwas weit oben am Hang, aber die Aussicht ...«

»Du hättest Makler werden sollen. *Hombre,* ich hechle wie ein Asthmatiker. Mit dem Fahrrad ist das eine Gewalttour. Und meine Kondition ist auch am Arsch.«

»Du hättest dir mein Auto ausleihen können.«

»Dazu war keine Zeit. Und wahrscheinlich bin ich schneller mit dem Velo als mit dem alten Schrotthaufen.«

»Kein Wort gegen meinen Käfer!«

José lachte, was unweigerlich zu einem Hustenanfall führte.

»Und du sagst, der Graf wurde von afrikanischen Kriegern aufgespießt? Das ist doch grotesk! Völlig unvorstellbar!«

»Das ist noch nicht offiziell, aber so habe ich das verstanden. Tot ist er auf jeden Fall. Aber ich seh mir das jetzt selber an und schreibe dann einen knackigen Bericht. Das ist eine Sensation!«

Ich schluckte eine scharfe Bemerkung zu seiner pietätlosen Einstellung hinunter, schließlich hatte er nicht unrecht: Nicht jeden Tag wurde ein rechter Politiker, den man erst noch ›den Scharfmacher‹ nannte, von afrikanischen Kriegern aufgespießt.

»Das lass ich mir nicht entgehen.« Ich machte kehrt und rannte die Treppe hinunter.

»Was?«

»Ich komme auch dorthin.«

José keuchte immer stärker. »Meld dich, wenn du da bist.«

Als ich aus dem Haus rannte, sangen die Kinder immer noch dieses fürchterliche Lied.

»… der Hahn ist tot, der Hahn ist tot …«, kreischten sie und lachten dazu.

Mit einem Mal lief es mir eiskalt den Rücken hinunter.

Während ich meinen hellblauen Käfer hangaufwärts durch den Kreis 6 zwang, rasselte es unter der Motorhaube des altersschwachen Wagens, als schüttle jemand erzürnt eine Blechbüchse voller Murmeln.

Von gepflegten Bäumen gesäumte Straßen und hohe, abweisend wirkende Häuser verliehen dem Quartier etwas Ehrwürdiges, Nobles, die davor stehenden Autos waren blitzblank sauber und korrekt parkiert, die Balkone aufgeräumt und geschmackvoll bepflanzt. Hinter geschlossenen Gardinen waren immer wieder heimeliges Licht und der flackernde Schein von Fernsehern auszumachen. Doch obschon es ein milder Abend war, hielt sich niemand auf den großzügigen Grünflächen zwischen den Häusern auf, die Kinderspielplätze waren verwaist, keine Seele war auf den sauber gewischten Gehsteigen zu sehen. Mir war, als führe ich durch eine Geisterstadt, bis ich in einiger Entfernung den Widerschein des lautlos zuckenden Blaulichts an den Fassaden wahrnahm.

Erst beim Einbiegen in die angegebene Straße wurde mir bewusst, welch gewaltiges Medieninteresse der Sensationsmord an dem Politiker bereits ausgelöst hatte und wie orkanartig die Neuigkeit wohl in den kommenden Stunden und Tagen landesweit verbreitet werden würde. Ich war mir sicher, dass das Schweizer Fernsehen bereits daran war, eilig einen bewegenden Rückblick auf Walter Grafs Leben zusammenzuschneiden, während eifrige Reporter pathetischen und im Glücksfall gar tränenreichen Kommentaren der Polit- und Cervelatprominenz nachjagten.

Ich ließ den Käfer in einiger Entfernung stehen, da Schaulustige, Handys und Fotokameras über den Köpfen schwenkend, die gesamte Straße vor dem Haus blockierten, und drängelte mich mühselig durch die Menschenmasse bis ganz nach vorn.

Das Domizil des Politikers, von außen ein eher gedrungenes, bieder wirkendes Einfamilienhaus, das aber – wie ich aus den Illustrierten wusste – nebst einem luxuriösen Interieur auch über einen Swimmingpool verfügte, war weiträumig mit rot-weißem Plastikband abgesperrt worden. Etliche Polizeiwagen und eine Ambulanz standen direkt vor dem Grundstück, das von dichten, mannshohen Thujabüschen gegen die Straße abgegrenzt wurde, drum herum hatten sich unzählige Übertragungswagen in Position gebracht. Mir war nur ein Bruchteil der Fernseh- und Radiostationen bekannt, deren Namen auf den Kastenfahrzeugen prangten, *CNN* und *BBC* fielen mir jedoch sofort auf. Der Fall war so spektakulär, dass man weit über die Landesgrenzen hinaus darüber berichtete.

Es herrschte eine angespannte Stimmung, überall wuselten Leute mit Mikrofonen und Kameras umher. Irgendwo wurde eine TV-Lady laut, ihre Stimme schraubte sich schrill und anklagend aus dem unruhig summenden Geräuschteppich, bevor die Frau anscheinend besänftigt wurde.

Offiziell war noch nichts verlautbar geworden. Ich hatte während der Fahrt Radio gehört, die Meldungen bestanden einzig aus Mutmaßungen.

Natürlich waren weder Graf noch seine Partei als besonders fremdenfreundlich bekannt gewesen. Im Gegenteil, sie hatten stets mit harten Bandagen für ein verschärftes Asylgesetz und eine strengere Ausländerpolitik gekämpft – bei Ausschaffungen Krimineller hätten sie am liebsten die ganze Sippe hinterhergeschickt. Trotzdem: Dass Graf jetzt angeblich von afrikanischen Kriegern aufgespießt und ermordet worden war, schien mir doch etwas unverhältnismäßig, um nicht zu sagen bizarr.

Ich fragte mich, ob man die Afrikaner bereits geschnappt hatte und wie viele es waren, weshalb man so genau wusste, wie Graf ums Leben gekommen war, und welche Beweggründe hinter der Tat steckten. Ein abgelehntes Asylverfahren? Eine rassistische Bemerkung Grafs? Manchmal hatte der Politiker tatsächlich seine Zunge nicht unter Kontrolle gehabt und im Zuge hitziger Diskussionen öfters mal gewagte und politisch nicht immer korrekte Äußerungen von sich gegeben. Selbstverständlich wurde das von seinen Sprechern umgehend heruntergespielt, während die Parteikollegen, wurden sie darauf angesprochen, peinlich berührt zu Boden blickten und wahrscheinlich mit den Füßen scharrten, nur wurde das im Fernsehen leider nie gezeigt.

Ich hielt nach José Ausschau, doch so sehr ich mich auch reckte, ich konnte ihn nirgendwo entdecken. Ebenso wenig nahm er meine Anrufe entgegen.

Missmutig quetschte ich mich erneut durch die Menge, in der Hoffnung, aus einer anderen Perspektive mehr zu sehen, was aber nicht der Fall war. Mittlerweile herrschte beim gaffenden Pöbel eine latent aggressive Stimmung. Die hinteren Reihen drückten nach vorn, um einen Blick auf das Geschehen zu erhaschen, während man dort blockte, um die günstige Position um keinen Preis aufgeben zu müssen. Dabei war jedoch kein Mucks zu hören, so viel Pietät musste sein. Das war das Schöne an den Schweizern: Alles lief gesittet ab. Nur hie und da knackste ein verbissen zusammengepresster Kiefer.

Zwei junge Polizisten liefen mit geröteten Gesichtern die Absperrungen entlang und versuchten, genauso unermüdlich wie vergebens, die Menschenansammlung aufzulösen. Schrittweise kämpfte ich mich durch die Reihen, bis ich an einen niedrigen Gartenzaun aus gebeizten Holzlatten am Ende der Straße gelangte. Das Grundstück, welches rechtwinklig an dasjenige der Grafs grenzte, lag etwas erhöhnt und wirkte sehr gepflegt. Blumenrabatten und zierliche Büsche säumten den schmalen Kiesweg, der zum Wohnhaus hinaufführte. Vom Zaun aus hatte ich eine gute Aussicht auf das Geschehen: Die Einfahrt von Grafs Anwesen lag genau in meinem Blickfeld.

Als ich mich etwas gegen den Zaun lehnte, gab dieser knarrend nach, und erschrocken richtete ich mich auf. Schuldbewusst blickte ich zum Haus hoch, doch nichts regte sich. Gerade wollte ich mich wieder abwenden, als mir ein Schatten im Erdgeschoss des Gebäudes auffiel.

Mittlerweile war es dunkel geworden, sodass ich nur mit größter Anstrengung das Gesicht der alten Frau erkannte, die wie festgefroren am Fenster stand. Wäre der fahle Schein der Straßenlaterne nicht gewesen, der ihre Züge ganz leicht erhellte, ich hätte sie glatt übersehen. Dünnes, helles Haar, das sie offen trug, umrahmte engelsgleich ihr Gesicht, scharf zeichneten sich die Falten um den Mund ab. Ihre Miene war ausdruckslos, während sie starr auf das Haus des Nachbarn schaute.

Ein plötzliches Raunen in der Menge ließ mich zusammenzucken. Rasch wandte ich mich um. Es wurde so still, dass man eine Nadel hätte fallen hören, als die Bahre mit dem schwarzen Leichensack herausgetragen wurde, einzig die Blitzlichter der Fotoapparate zuckten lautlos und gespenstisch über die Szene.

Ich sah zu der alten Frau, und eine Sekunde lang trafen sich unsere Blicke, dann wich sie zurück und verschwand in der Dunkelheit ihres Zimmers.

Mein Handy klingelte, doch noch ehe ich Josés Anruf entgegennehmen konnte, sah ich ihn bereits durch die Menge auf mich zusteuern.

»*Hombre!* Wo bleibst du denn?« Bestimmt schob er im Weg stehende Leute zur Seite, packte mich am Arm und zog mich mit sich. Obwohl sich keiner für uns interessierte, senkte José die Stimme, als er berichtete. »Da vorn ist die Hölle los! Eine Riesensache! Alles geht drunter und drüber. Gleich gibt's eine erste offizielle Pressemitteilung, doch ich habe schon einiges in Erfahrung gebracht.«

»Wie das?«

Anstatt auf meine Frage einzugehen, zündete er sich eine Zigarette an und nahm einen tiefen Zug.

»Was ist mit den afrikanischen Kriegern?«

José grinste geheimnisvoll, während er den Rauch ausstieß.

»Was ist daran so komisch?«

»Nichts. Alles.«

»Erzähl endlich!« Seine Heimlichtuerei ging mir langsam auf die Nerven.

»Na gut, komm mit.« José zog mich noch etwas weiter von der Menschenmenge weg und rückte mit seinem Gesicht so nah an meins heran, dass ich den Geruch seines Eau de Cologne und einen Hauch Marihuana wahrnehmen konnte. Beiläufig fiel mir auf, dass er schon wieder frisch rasiert war.

»Graf wurde tatsächlich aufgespießt! Zwei Speere haben ihn durchbohrt, der eine davon derart unglücklich, dass er augenblicklich tot gewesen sein muss. Seine Frau Alice hat ihn in der Wohnung aufgefunden. Sie erlitt einen Schock und ist zurzeit im Spital zur Beobachtung.«

»Waren es tatsächlich afrikanische Krieger? Wie viele?« Adrenalin schoss durch meine Adern. Mit einem Mal war ich hellwach und begierig, mehr zu erfahren. Genau wegen dieses prickelnden Gefühls war ich Privatdetektiv geworden.

José zögerte, dann grinste er erneut.

»Was ist daran so verdammt witzig?« Gereizt starrte ich ihn an, während er seelenruhig an seiner Zigarette zog. Dann beugte er sich wieder zu mir rüber.

»Es gibt keine Afrikaner in dieser Angelegenheit, mein Lieber. Jedenfalls keine menschlichen.«

»Ach, weshalb sagst du das nicht gleich! Jetzt ist mir alles klar!« Ich packte José am Kragen seines karierten Hemdes und schüttelte ihn. »Jetzt leg endlich los, *Mamu!*«

»Lass mir doch die Freude, dich ein wenig auf die Folter zu spannen, schließlich kommt es selten genug vor, dass ich solche Neuigkeiten verbreiten darf.«

»Ich zeig dir gleich, was wahre Folter ist!«

»Okay, okay, ist ja gut. Immer musst du gleich grob werden.« Er rückte seinen Kragen zurecht und sah mich missbilligend an. »Wie bekannt ist, reiste Graf nicht sehr oft ins Ausland. Doch vor einem halben Jahr ist er ausnahmsweise und angeblich auf Drängen seiner Frau nach Tansania geflogen ...«

»… was die *Schweizer Illustrierte* sicher mit einem mehrseitigen Hochglanzbericht gewürdigt hat.«

»*Hombre*, halt die Klappe! Aber es stimmt natürlich: Badeferien, Safari, Einkaufsbummel auf dem Markt, das ganze Pauschalangebot auf sechs Doppelseiten. Dort haben die Grafs zwei Krieger gekauft …«

»Für den Endkampf gegen die Linken?«

José warf mir einen vernichtenden Blick zu. »Zwei mannshohe Statuen aus Ebenholz. Beide waren bewehrt mit echten Speeren, so wie ihn die afrikanischen Krieger traditionellerweise benutzen. Leider gibt's die dort meist nur noch als Touristenattraktion in Freizeitparks zu bewundern, aber …«

»Warte, warte! Du erzählst mir gerade, dass diese Statuen den Graf erledigt haben?«

»Aufgespießt, genau.«

»Ich komm nicht mehr mit.«

»Die beiden Statuen standen auf einem Treppenabsatz in der Ecke an der Wand. Eine kurze Treppe übrigens, die mit ein paar wenigen Stufen Küche und Wohnzimmer verbindet. Wie es scheint, wollte Graf die Treppe hochsteigen und ist dabei ausgerutscht oder gestolpert …«

»Ausgerutscht?«

»Montags kommt angeblich immer die Putzfrau. Vielleicht war der Boden noch feucht, was weiß ich.«

»Ein Unfall?«

José zuckte mit den Schultern. »Jedenfalls ist er rückwärts in die schräg aufgerichteten Speerspitzen gefallen. Die ganze Treppe und große Teile des Küchenbodens waren voller Blut.«

»Und man weiß nicht …?«

»Keinen Schimmer. Bislang war die Ehefrau nicht vernehmbar, die Bullen werden das nachholen, sobald sie sich wieder einigermaßen gefasst hat. Ansonsten …« José deutete auf das Wohnhaus, vor dem immer noch einige Polizeiwagen parkten. »Man ermittelt.«

Etwas benommen ging ich durch die Müllerstrasse. Auf der Rückfahrt war im Radio von nichts anderem mehr die Rede gewesen als vom mysteriösen Tod Walter Grafs, des ›großen‹ Politikers und ›Staatsmannes‹, wie man ihn bereits nannte, der wie kein anderer die politische Landschaft der Schweiz umgekrempelt hätte. Man fand ihn mit einem Mal ›innovativ‹ und einen ›Wegbereiter‹, selbst bei Radiostationen, die noch vor wenigen Stunden kein gutes Haar an ihm gelassen hätten. Innert kürzester Zeit hatten sich massenhaft Leute gefunden, die nun auf Kommando in die Reportermikrofone schluchzten und beschworen, wie sehr sie Graf inspiriert hätte und welch leuchtendes Vorbild er ihnen immer gewesen sei. Ich hatte es ja vorhergesagt. Im Moment waren es nur die Radiosender, doch gleich würde das Fernsehen nachziehen und im Anschluss dann die Printmedien: Tageszeitungen, Wochenhefte, Monatsmagazine. Man würde sich bis zur Erschöpfung mit diesem Mann auseinandersetzen müssen, der zu Lebzeiten stark polarisiert hatte und selbst in der eigenen Partei nicht wenige, wenn auch duckmäuserische oder gar mundtote, Kritiker gehabt hatte und nun als viel zu früh verstorbener Held dastand.

Es war mittlerweile beinahe Mitternacht, doch ich fühlte mich hellwach. Beschwingt stieg ich die wenigen Stufen zum Eingang von *Daniel H.* hinauf, meiner momentanen Lieblingsbar. Das kleine, charmante Lokal erinnerte mit seiner altmodischen Kaffeemaschine, der Vitrine mit den Wurstwaren und den eingemachten Spezialitäten auf den schmalen Wandregalen an einen italienischen Feinkostladen. Doch dank der schrägen Dekoration, die Hirschgeweihe, Werbeplakate aus den Fünfzigerjahren und Marienfiguren scheinbar willkürlich kombinierte, wehte hier ein Hauch von Weltstadt. Der Laden lag etwas geduckt neben einer Baustelle – auch hier musste ein Altbau Platz machen für Neues.

Es war nicht viel los. Halblaut lief Musik, drei im Stil *business casual* gekleidete Frauen saßen auf dem Sofa im hinteren Teil des Raumes, tranken Prosecco und unterhielten sich gackernd. Einsam an einem Bartisch in der Ecke, einen bunten Cocktail vor sich, saß einer dieser ›jung gebliebenen‹ Männer, die sich irgendwo tief drin immer noch für fünfundzwanzig und entsprechend athletisch hielten. Seine aufgedunsene Körpermasse hatte er in ein offensichtlich für Schulmädchen konzipiertes Mickymaus-T-Shirt gequetscht, was unangenehm an Presswurst erinnerte und darüber hinaus das Gesicht der Maus zu einem Haifischgrinsen verzerrte. Aus den dafür vorgesehenen Öffnungen des Kleidungsstücks – immerhin – quollen derweil schlafffleischig Arme, Hals und Bauchansatz. Ich erkannte in dem Mann einen notorisch überheblichen Kolumnisten, der in Frauenmagazinen und Ratgebern der Bevölkerung Stil beizubringen versuchte. Unübersehbar verzichtete er selbst aber auf ebendiesen. Vielleicht hingen auch nur die Spiegel in seiner Wohnung etwas hoch.

Ich setzte mich auf einen Hocker an der Theke, winkte der nicht mehr ganz jungen Bardame zu, die es wie keine andere verstand, erschöpft aussehend an der Geschirrspülmaschine zu lehnen, und hob dann vorsichtig Mirandas Kopf an, um den Aschenbecher darunter hervorzuziehen. Ich bestellte für uns beide Wodka Tonic und zündete mir eine Zigarette an.

»Seit etwa zwei Stunden«, bemerkte die Bedienung auf meinen fragenden Blick, bevor sie wieder an ihren Stammplatz schlurfte. »Einfach vornübergekippt.«

Ich nickte und wartete, bis die Drinks kamen, dann stellte ich Miranda das Glas vor die Nase und fächelte die Luft in ihre Richtung. Ruckartig richtete sie sich auf.

»Besser als jedes Riechsalz«, grinste ich, während sie sich benommen die Augen rieb, die Frisur zurechtrückte, stutzte, um dann gereizt eine Kippe aus dem Haar zu pulen. Anschließend gähnte sie herz- und wenig damenhaft.

»Geht's dir nicht gut?«

Wortlos erhob sie sich und verschwand um die Ecke, kurze Zeit später rauschte die Spülung und ein verräterisches Schnupfen war zu vernehmen, als sie aus dem Damenklo trat.

»Ich hab die Nase so voll«, stöhnte sie, als sie sich neben mir auf den Barhocker fallen ließ.

»Ich hab's gehört, danke.«

Sie schnaubte ungehalten. »Mir steht der Job bis hier.« Mit flacher Hand deutete sie den Pegel in ihrer Halsgegend an. »Diese Typen ... Sie widern mich nur noch an. Ihre gierigen Finger, die lüsternen Blicke, die Wampen, die gelben, eingewachsenen Zehennägel, ihre verschwitzten, ungewaschenen, stinkenden Körper, die anzüglichen, ach so lustigen Bemerkungen, mit denen sie beweisen wollen, dass sie Männer von Welt sind. Ihr Gekeuche und der Mundgeruch, die triumphierenden Blicke danach, wenn ich ihnen vorlüge, wie geil sie waren. Ich halte das nicht mehr aus!«

»Trinkst du auch genug?«

»Mehr, als ich ertragen kann, mein Lieber, Litsche kann dir ein Lied davon singen.« Sie deutete auf die hagere Bardame mit dem merkwürdigen Namen, die augenrollend zustimmte, sich aber nicht von ihrer Geschirrspülmaschine wegbewegte.

»Wäre ich Lehrerin oder so eine Bürotante, man würde sofort von Burn-out reden, mich untersuchen und dann ein paar Monate in Urlaub schicken. Aber in meinem Metier gibt's leider immer noch keine Versicherung für nicht erbrachte Leistungen.«

»Mach doch was anderes.«

Sie warf mir einen giftigen Blick zu, als hätte ich angedeutet, sie sähe aus wie zweiunddreißig. »Was denn, bitte schön? Handlesen? Panflöte spielen in der Straßenbahn? Von Tür zu Tür gehen und Reispäckchen für ökumenische Hilfswerke verkaufen?«

Ich zuckte mit den Schultern. »Du könntest zum Beispiel einen Beautysalon aufmachen, davon hast du doch Ahnung.«

Sie kniff empört die Augen zusammen. »Ich kenne Leute, die so was machen. Die sagen, manchmal würde man am liebsten zu Klauenhammer und Lötkolben greifen und dann wäre es immer noch einfacher, aus einem Traktor einen Ferrari zu basteln. Zudem diese ganzen Chemikalien ... das ist ganz schlecht für die Hände.«

Ich überlegte. »Wie wär's als Bardame?«

Miranda lachte spitz. »Ich? Thekenschlampe? Großer Ab-, aber kaum Umsatz. Nein, nein, mein Lieber, das ginge niemals gut.« Sie hielt inne und seufzte dann. »Verstehst du, ich weiß einfach nicht, was ich mit meinem Leben anfangen soll. Es kommt mir vor, als hätte ich bisher noch nichts erreicht. Die Jahre fliegen nur so an mir vorbei und ich stecke verdammt noch mal fest. Das kann doch unmöglich schon alles gewesen sein. Ich wollte doch noch so vieles, weißt du: Abenteuer erleben, aufregende Dinge tun, einfach fantastisch sein. Manchmal fühle ich mich so nutzlos und verbraucht. Alt.«

»Aber du bist doch erst ...«

»Pass auf, was du sagst«, zischte Miranda scharf, und an der Spülmaschine lächelte Litsche, von der böse Zungen behaupteten, sie sei früher mal ein Mann gewesen, süffisant vor sich hin.

»Du hast eine weit vorgezogene Midlife-Crisis, würde ich in dem Fall sagen.«

»Na toll, es gibt einen Namen dafür, aber ändern tut das rein gar nichts.« Sie trank das Glas in einem Zug aus und bestellte sich mit einem eindeutigen Nicken einen weiteren Drink. Nach kurzem Überlegen wandte sie sich wieder mir zu: »Aber was ist, wenn jetzt tatsächlich die Hormone durchzudrehen beginnen? Dann stecke ich echt in der Scheiße, Mann.«

»Wieso? Da müssen wir doch alle durch, Frauen und Männer.«

»Eben!« Dramatisch riss sie die Augen auf.

Es dauerte einen Moment, bis ich begriff. »Ach so, du Ärmste! In deinen Adern schwimmen derart viele Hormone, dass denen das Blut gerade noch als Gleitmittel dient.« Ich konnte mir ein Grinsen nicht verkneifen. »Das heißt, du wirst dir zuerst ein teures Cabrio oder Motorrad kaufen, eine Lederjacke natürlich auch und beginnst dann, jungen Dingern nachzuglotzen und die Nächte in Diskotheken durchzutanzen, danach bekommst du Hitzewallungen, Schweißausbrüche, leidest an Stimmungsschwankungen und Libidoverlust und deine Knochen werden brüchig. Vielleicht auch alles auf einmal. Meine Liebe, du bist echt nicht zu beneiden.«

»Vielen Dank für die Aufmunterung! Vielleicht existiert ja eine Substanz, die einen außer Gefecht setzt, bis das alles vorbei ist? Litsche?«

Die Bedienung, die gerade Mirandas Drink hingestellt hatte, hob ratlos die Hände, wirkte aber mit einem Mal sehr interessiert.

»Apropos Substanz …« Miranda tippte sich an die Nase und verschwand erneut auf der Toilette. Wieder zurück, zwinkerte sie mir zu, als sie das Glas ansetzte. »Und wie läuft's bei dir, Sherlock?«

Ich verzog das Gesicht. »Auf aussichtsloser Suche nach einer Putzfrau.«

»Schaffst du die beiden Zimmer nicht mehr allein?«

»Ist ein Auftrag, aber es läuft harzig.«

»Und die Putze war so tüchtig, dass dir einer Geld in den Arsch schiebt, damit du sie auftreibst?«

»Scheint so, aber ich vermute, da ist was faul.«

»Natürlich.« Miranda fischte einen Eiswürfel aus ihrem Glas und schob ihn in den Mund. »Die hat wahrscheinlich mehr als nur sauber gemacht.«

»Das denke ich auch.«

Als ich ihr die Summe nannte, die mir Blanchard geboten hatte, zerbiss Miranda knirschend den Eiswürfel und pfiff durch die Zähne. »Da hat aber eine zünftig geschrubbt!«

»Vielleicht kennst du sie. Rosa Maria Perez Martinez de la Cruz.«

»Ist das eine Person?«

»Wohnt gleich ums Eck an der Brauer, scheint aber wie vom Boden verschluckt. Letzthin hat man versucht, bei ihr einzubrechen. Irgendetwas scheint tatsächlich nicht ganz sauber zu sein.«

»Ausgerechnet bei einer Putzfrau! Ich könnte ja mal rein zufällig vorbeigehen. Ich hab da noch ein paar reizende alte Freundinnen, die sich sicher freuen würden, mich in ihrem Revier wiederzusehen.«

»Etwa die Lady in Lackmontur?«

»Die passt da noch rein?«

»Teile von ihr zumindest.«

»Ich wette, die falschen.«

Dienstag

Ohrenbetäubendes Hämmern riss mich aus dem Tiefschlaf. Ich fuhr hoch, blickte mich verwirrt um, fand mich zu meiner Beruhigung in meinem eigenen Schlafzimmer wieder und griff dann nach dem Wecker, der mir verriet, dass es sieben Uhr war. Keine Zeitangabe, die mir geläufig war.

Ich ließ mich stöhnend zurückfallen und vergrub mein Gesicht im Kissen, als das Kreischen einer weiteren Maschine einsetzte, dazu schien jemand Eisenstangen in einem synkopischen Rhythmus gegeneinanderzuschlagen.

Mit offenen Augen hörte ich der Kakophonie zu, doch gerade, als ich glaubte, dass an Schlaf nicht mehr zu denken sei, und mich griesgrämig entschlossen hatte aufzustehen, verstummte der Lärm unvermittelt. Wohltuende, beinahe sonntägliche Stille machte sich breit. Ich blickte erneut auf die Uhr. Jeden Morgen dasselbe: Eine Viertelstunde lang lärmten die Bauarbeiter mit grimmigem Eifer vor sich hin. War das Quartier wach gerüttelt, begaben sie sich in die Frühstückspause und bewegten sich für den Rest des Tages nur noch wie Ballerinas auf Zehenspitzen. Ich fragte mich, ob das ein fester Teil ihrer Ausbildung war.

Die unzähligen Baustellen im Quartier waren eine Qual für jemanden wie mich, der nichts mit gängigen Arbeitszeiten anfangen konnte, und es sah nicht danach aus, als würde sich die Situation innerhalb kurzer Zeit wieder beruhigen.

Ich drehte mich zur Seite und war gerade sanft eingeschlummert, als der Wecker losging. Fluchend schaltete ich ihn aus und zog die Decke über den Kopf. Wenige Minuten später klingelte es auch noch an der Tür. Ich sprang aus dem Bett, bereit, dem frühen Besucher Unflätigkeiten an den

Kopf zu schmeißen, als mir schlagartig einfiel, dass ich erstens nicht Mel Gibson war und zweitens meiner Mutter versprochen hatte, Auntie Bahula am Flughafen abzuholen. Noch ehe ich es ganz aus dem Schlafzimmer geschafft hatte, stand sie bereits in der Wohnung. Ich musste mir angewöhnen, die Haustür abzuschließen.

Meine Mutter hatte das Haar straff nach hinten gekämmt, die Wimpern dramatisch getuscht und etwas Lippenstift aufgetragen, auf ihrer Stirn leuchtete rot das Bindi, das dritte Auge, wie es auch genannt wurde, und am Handgelenk klirrten unzählige fadendünne Armreifen aus Gold. Sie trug einen leuchtend orangefarbenen Sari, den ich noch nie an ihr gesehen hatte, am Arm baumelte eine braune Lederhandtasche, und ein süßlicher Parfümgeruch strömte von ihr aus. Dass sie das gesamte Waffenarsenal aufgefahren hatte, bedeutete nur eines: Sie wollte beeindrucken und gleichzeitig Klarheit über die zukünftigen Machtverhältnisse schaffen. Auntie Bahula würde sich ziemlich ins Zeug legen müssen, wollte sie neben meiner Mutter bestehen.

»*Hai rabba!*«, stieß sie aus, als sie sah, dass ich noch nicht einmal angezogen war, fasste sich aber schnell und trieb mich zur Eile an: »*Chalo, chalo, jaldi karo!*«

Ich hielt mir die Ohren zu und verschwand im Badezimmer.

Eine halbe Stunde später saß ich in der Ankunftshalle des Flughafens Kloten und beobachtete durch die riesigen Fensterscheiben Auntie Bahula, die mit ihrem Sari in Hellblau und Gold wie eine bunt eingepackte Weihnachtsschokokugel aussah. Ihr Gesicht war gespenstisch weiß gepudert, das Haar schwarz gefärbt, die Lippen dafür knallrot. Sie sah aus wie ein abgehalftertes Schneewittchen, das sich eine Rolle in der *Twilight*-Saga ergattern wollte. Sie klammerte sich an eine überdimensionale Handtasche und blickte ungeduldig zu der Klappe, durch die demnächst das Gepäck auf dem Rollband erscheinen würde. Zwischendurch versicherte sie sich immer wieder mit ängstlich zusammengekniffenen Augen, ob wir noch da waren. Dabei wackelte sie unablässig mit dem Kopf, als würde sie von einem Schwarm Moskitos belästigt, sodass ihr die schwarze Hornbrille immer wieder über die Nase rutschte. Meine Mutter stöhnte verhalten, doch als ich sie fragend ansah, tat sie, als bemerkte sie es nicht.

Endlich setzte sich das Band in Bewegung und erste Gepäckstücke tauchten auf. Auntie Bahula sah sich mit hochgezogenen Augenbrauen um, als erwarte sie einen diensteifrig herbeieilenden Kuli, doch als – für sie wohl unverständlich – keiner erschien, holte sie sich kopfschüttelnd selbst einen Wagen.

»Wie lange will sie bleiben?«, flüsterte ich meiner Mutter zu, während der Stapel an Koffern und Taschen immer größer wurde.

Anstelle einer Antwort hob diese nur bedenklich eine Augenbraue. Ich folgte ihr zum Ausgang nach den Zollkontrollen, wo alsbald Auntie Bahula auftauchte. Zuerst fuhr sie beinahe an uns vorbei, entweder weil sie durch ihre dicken Brillengläser kaum etwas erkennen konnte oder weil sie zu klein war, um über ihren Gepäckhaufen hinwegzusehen. Als wir jedoch ihren Namen riefen, kam sie eilig auf meine Mutter zugetrippelt, während es in ihrem Gesicht verdächtig zu zucken begann. Noch bevor sich die beiden Frauen in die Arme fielen, liefen ihr die Tränen bereits in Strömen über die Wangen. Meine Mutter schien einen Augenblick lang unschlüssig, dann erachtete sie es wohl als das Beste, auch mit Weinen zu beginnen. Ich fragte mich, ob sie es aus purer Wiedersehensfreude tat oder als verspätete Beileidsbekundung, aus Mitgefühl wegen der erlittenen Strapazen während der Reise oder wegen des ungenießbaren Flugzeugessens.

Selbst nach all den Jahren praktischer Erfahrung verfügte ich über keine komplette Liste der mannigfaltigen Beweggründe, welche indische Frauen so oft und leidenschaftlich gern weinen ließen. Vielleicht wusste meine Mutter auch ganz einfach nicht, was sie sagen sollte.

Nach einer angemessenen Zeit gemeinsamen Tränenvergießens wandte sich das Tantchen mir zu und drückte ihr Gesicht an meine Brust. Nachdem sie ihren Gesichtspuder gleichmäßig auf meinem Hemd verteilt hatte, schnäuzte sie sich umständlich, tätschelte mir den Arm und hängte sich bei meiner Mutter ein.

»*Bhabhiji,* Schwägerin, *kaisi hai?* Wie geht's dir? Du siehst gut aus, als wärst du keinen Tag älter geworden seit deinem letzten Besuch in Indien«, schmeichelte sie meiner Mutter. »Hast du was machen lassen?«, schob sie lauernd nach, worauf diese entsetzt den Kopf schüttelte. »Man könnte meinen, du seist eine Schweizerin geworden, so hell und rein, wie deine Haut ist. Könnten wir uns diese teuren Pflegeprodukte bloß auch leisten ...« Sie seufzte und machte eine vielsagende Pause.

Ich glaubte, kurz das Rasseln einer Klapperschlange gehört zu haben, aber vielleicht hatte ich mich auch geirrt. Der unterschwellig giftige Ton war meiner Mutter genauso wenig entgangen. Peinlich berührt wand sie sich, während Auntie Bahula zischelnd weitersäuselte. »Aber dich erdrücken ja auch keine Sorgen. Du lebst in einem reichen Land und dir geht es gut, *Bhabhi,* dir geht es so gut. Nicht wie uns. Jetzt, da ich allein bin, ist es noch schwieriger geworden«, flüsterte sie. »Es ist nicht leicht für eine Witwe in Indien, weißt du? Früher hat mein Mann alles erledigt, jetzt fühle ich mich so hilflos ohne ihn. Nur schrittweise lerne ich, die Dinge selbst in die Hand zu nehmen. Unserer Generation Frauen hat das keiner beigebracht. Meine Töchter, ja, denen schon, aber die studieren und leben ihr eigenes Leben.« Sie seufzte erneut und blieb stehen. »Aber was belaste ich dich da mit meinen Sorgen. Du hast deinen Laden, und hier in der Schweiz muss es einfach wunderbar sein. Da würde ich auch nicht mehr so häufig nach Indien zurückkommen. Die Unterkunft in unserer bescheidenen, engen Wohnung, das einfache Essen, die harten Betten, es ist mir schon klar, dass euch das jetzt anwidert. Ihr seid das ja gar nicht mehr gewohnt. Und die Armut, der ganze Schmutz und die hungrigen, verstümmelten Bettlerkinder, wer will das schon sehen? Ich würde das alles auch hinter mir lassen wollen. Sicher habt ihr viele Freunde, Schweizer Freunde, wer braucht sich da noch mit armen Verwandten aus einem Dritte-Welt-Land abzugeben?«

Ohne Unterlass redete sie weiter, während meine Mutter sie Richtung Rolltreppen dirigierte. So war das mit vielen Verwandten aus Indien: Sie glaubten, die Schweiz sei das Land, in dem Milch und Honig fließe, wo Wohlstand und wahrscheinlich sogar Glück ein Geburtsrecht sei. Meine Eltern bekräftigten diese Vorstellung, indem sie, vom schlechten Gewissen geplagt, bei jeder Reise in die alte Heimat immer noch teurere, noch protzigere Geschenke mitbrachten.

Ich blickte den beiden Frauen hinterher. Wie hineinretuschiert sahen sie aus mit ihren leuchtend bunten Saris, die in der matten Beleuchtung der schmucklosen Ankunftshalle grell leuchteten, aus einer völlig anderen Welt importiert, und doch berührte mich die Selbstverständlichkeit, mit der sie sich hier bewegten, als hätten sie nie etwas anderes gemacht.

Ich wusste, dass die nächsten Wochen schwierig werden würden, vor allem für meine Mutter. Mit Auntie Bahula hatte sie sich eine ebenbürtige Gegnerin ins Haus geholt. Selbst schuld.

Ich zündete mir eine Zigarette an, als mir auffiel, dass Auntie Bahula ihr Gepäck einfach hatte stehen lassen. Jetzt war es an mir zu seufzen. Ächzend schob ich den Wagen an. Sie musste ihre Sammlung hinduistischer Götterskulpturen mitgebracht haben. Wie es schien, vor allem diejenigen aus Bronze und Stein.

Mein Käfer war vollgepackt, selbst auf dem Beifahrersitz türmten sich Taschen, während davor ein mittelgroßer Koffer klemmte und mich empfindlich in meiner Bewegungsfreiheit einengte, vor allem wenn ich versuchte, die Gangschaltung zu betätigen. Im Fond hatten sich meine Mutter und Auntie Bahula zwischen weitere Gepäckstücke gequetscht. Noch ehe ich losfuhr, hörte ich von hinten das verdächtige Rascheln von Alufolie, ein dumpfes Schmatzen war zu vernehmen, und schon breitete sich ein intensiver Geruch aus. Ich brauchte nicht einmal in den Rückspiegel zu schauen, um zu wissen, dass Auntie Bahula soeben die Reste ihres Proviants ausgepackt hatte, während meine Mutter einen frisch aus ihrer Küche kommenden Willkommenssnack anbot.

Für Inder war Essen enorm wichtig, sie taten es unabhängig von Tages- und lokal gebräuchlichen Essenszeiten, und kein Inder begab sich jemals auf eine Reise – schon gar nicht ins Ausland, wo man eventuell der indischen Kochkunst nicht mächtig war –, ohne aufwendig zubereitete Wegzehrung im Gepäck, die meist problemlos für eine mehrwöchige Himalajaexpedition gereicht hätte.

Ich nahm mir einen der noch lauwarmen Zwiebel-Bhajis aus der nach vorn gestreckten Tupperbox, lehnte aber Auntie Bahulas fettglänzende Linsenpuffer dankend ab. Etwas, was sie nicht so einfach akzeptierte. Mit mädchenhaft verstellter Stimme bearbeitete sie mich, bis ich schließlich unter dem Druck beider Frauen zugriff, um Auntie Bahula nicht schon in den ersten zehn Minuten zu beleidigen. Mein Käfer würde wohl bis zu den übernächsten Stadtratswahlen riechen wie der Lieferwagen eines *Dabbawallas.* Mit den Handballen am Lenkrad steuerte ich aus dem Parkhaus.

Ein Blick auf die Uhr verriet mir, dass ich mich beeilen musste. Ich hatte immer noch eine Putzfrau zu finden.

Nachdem ich die beiden Frauen bei meiner Mutter zu Hause abgeladen und mich artig für die Süßigkeiten und Kinderspielsachen bedankt hatte, die mir meine Tante entweder im Glauben mitgebracht hatte, dass ich seit meinem letzten Besuch in Indien nicht mehr gewachsen sei, oder mit der Gewissheit, dass ich mit über dreißig längst selbst Vater sein musste, parkte ich den Käfer und begab mich in die Brauerstrasse. Ich hoffte, dass Rosies Schwester heute daheim war, vielleicht konnte sie endlich etwas Schwung in meine fruchtlose Suche bringen.

Maria, der mütterliche Schutzengel der Frauen, war gerade im Begriff, ihren Briefkasten zu leeren, als ich ankam. Mit ausgebreiteten Armen nahm sie mich in Empfang und drückte mich überschwänglich an ihre üppige Brust. So häufig wie heute war ich seit Anfang der Achtzigerjahre nicht mehr von älteren Damen geherzt worden. Ich hoffte inständig, dass sich dazu in naher Zukunft auch wieder einmal jüngere Vertreterinnen des weiblichen Geschlechts durchringen würden.

»Nein, sie ist nicht wieder aufgetaucht«, beantwortete Maria besorgt meine Frage nach Rosie. »Und ihre Schwester, Pilar, benimmt sich sehr merkwürdig. Kein Wort ist aus ihr herauszubekommen. Vielleicht spricht sie ja mit dir.« Ihre Hände flatterten beleidigt vor meiner Nase herum.

»Es ist einen Versuch wert«, sagte ich und ging auf den Lift zu.

Auf mein Läuten wurde die Tür nur zögerlich geöffnet. Pilar de la Cruz, die sich im Gegensatz zu ihrer Schwester und wohl in Hinsicht auf den beschränkten Platz auf dem Klingelschild dafür entschieden hatte, etliche Komponenten ihres südamerikanischen Namens wegzulassen, äugte misstrauisch durch den Spalt. Mein Anblick schien sie nicht merklich zu entspannen, sie runzelte die Stirn und zischte abweisend: »Was wollen Sie?«

Ich erklärte ihr mein Anliegen, worauf sie störrisch den Kopf schüttelte. »Meiner Schwester geht es gut. Niemand vermisst sie. Und jetzt gehen Sie bitte.«

Bevor sie mir die Tür vor der Nase zuschlagen konnte, schaffte ich es, den Fuß in den Spalt zu zwängen. Ich unterdrückte einen Schmerzensschrei, als der Rahmen gegen meinen Knöchel knallte, doch die Tür blieb immerhin offen, und damit auch meine Chancen, mehr zu erfahren.

»Sie wird vermisst und jemand zahlt mir ziemlich viel Geld, damit ich sie ausfindig mache. Deswegen will ich wissen, was hier abläuft.«

»*Señor,* erstens habe ich keine Ahnung, wer Sie sind, und zweitens habe ich Ihnen nichts, überhaupt nichts zu sagen!« Pilar war keinen Schritt zurückgetreten, furchtlos hielt sie noch immer die Tür mit beiden Händen fest, bereit, sie jederzeit erneut gegen mein Bein zu rammen.

Ich verbeugte mich, so gut das mit einem eingeklemmten Fuß ging, und stellte mich vor, worauf sich ihre Miene minimal veränderte. Von misstrauisch zu ungläubig.

»Privatdetektiv?«, wiederholte sie und musterte mich, als versuche sie krampfhaft, die Berufsbezeichnung mit meiner Erscheinung in Einklang zu bringen. »Und Sie sagen, jemand zahlt Ihnen Geld dafür, damit Sie Rosie finden?«

Ich nickte. Alter und Sorgen hatten Pilars Gesicht gezeichnet, aber noch immer war deutlich zu erkennen, dass sie vor nicht allzu langer Zeit eine wunderschöne Frau gewesen sein musste. Sie war mittelgroß und schlank, das dichte, dunkelbraune Haar fiel in weichen Wellen über ihre Schultern. Das sommerlich geblümte Kleid mit einem breiten, orangefarbenen Gürtel betonte ihre Figur. Sie sprach perfekt Deutsch, nur der leichte Akzent verriet ihre Herkunft.

»Ich befürchte, dass an der Sache etwas faul ist, deswegen muss ich unbedingt mit Ihrer Schwester sprechen.«

»Sie wollen abkassieren.«

Ich guckte entrüstet. »Nein, nein, das ist das Letzte …«

»Sparen Sie sich die Mühe, von mir werden Sie nichts erfahren. Ich bitte Sie ein letztes Mal zu gehen.«

»Sonst was?«

»Sonst schreie ich, und dann sehen Sie selbst, was einem Mann wie Ihnen in einem Haus wie diesem widerfahren kann.«

Mit Schaudern erinnerte ich mich an den Fleischberg im Latexanzug, der den Einbrecher in die Flucht geschlagen hatte.

»Lassen Sie es gut sein und spielen Sie woanders Detektiv.«

Ich schüttelte entschlossen den Kopf, worauf Pilar zu einem Schrei ansetzte. Blitzschnell warf ich mich gegen die Tür, stürzte in die Diele und presste ihr meine Hand auf den Mund. Verängstigt wand sich Pilar unter meinem Griff und wimmerte gequält, bevor sie nach mir zu schlagen begann. Nur unter größter Anstrengung gelang es mir, einhändig ihre Arme auf den Rücken zu drehen, ohne dabei ihren Unterkiefer loszulassen. Heftig keuchend und mit panisch aufgerissenen Augen starrte mich Pilar an.

»Ich werde Ihnen nichts tun«, versuchte ich sie zu beruhigen, während ich ebenfalls nach Luft schnappte. »Aber ich brauche Informationen über Ihre Schwester. Ein stadtbekannter, sehr mächtiger Mann sucht nach ihr, und ich befürchte, sie steckt wirklich in Schwierigkeiten. Mit diesen Leute ist nicht zu spaßen.«

Sekundenlang war nur unser heftiges Atmen in der Stille zu hören. Dann gab mir Pilar mit einer Bewegung ihrer Lider zu verstehen, dass sie einlenkte. Vorsichtig ließ ich sie los. Sofort rückte sie von mir weg, ihre Brust hob und senkte sich wütend, während sie sich durchs Haar strich und das Kleid zurechtzog. *»Hijo de puta!«*

»Sie haben mir keine Wahl gelassen! Ihre Schwester schwebt vielleicht in Gefahr!«

Sie lachte spöttisch. »Und ausgerechnet Sie wollen sie retten?«

»Na ja …«

»Wir haben gelernt, uns selbst zu wehren. Und mittlerweile sind wir richtig gut darin. Wir brauchen keine Männer dazu.«

»Bei Rosie wurde eingebrochen.«

»Na und? In diesem Quartier wird dauernd eingebrochen. Ein Junkie auf Entzug, der dringend Geld für einen Schuss braucht, Jugendliche, die sich die Drinks in den Klubs nicht leisten können oder einfach gelangweilt sind, eifersüchtige Liebhaber …«

»Ich habe den starken Verdacht, dass der Einbruch im Zusammenhang mit Rosies Verschwinden steht.«

Pilars Miene blieb abweisend, doch mir war das Zucken ihrer Lider nicht entgangen.

»Rosie befindet sich vielleicht in großer Gefahr«, wiederholte ich deshalb eindringlich.

Pilar knetete unschlüssig ihre Unterlippe, dann sanken ihre Schultern hinunter und sie wandte sich ab, was ich als Zeichen deutete, ihr zu folgen.

Das Wohnzimmer war klein, aber stilvoll eingerichtet. Ein dunkler, beinahe schwarzer Holztisch mit glänzender Oberfläche stand am Fenster, sechs Stühle aus gedrechseltem Gusseisen mit weißen Sitzkissen umgaben ihn. Von der Decke hing ein Kronleuchter, der in dem schlichten Raum etwas zu pompös wirkte, unter den Fenstern stand ein dunkelbraunes Ledersofa mit einem Salontisch aus Rauchglas davor. Pilar ließ sich auf das Sofa fallen und zündete sich eine Zigarette an.

»Erbstücke aus meiner Familie«, bemerkte sie, während sie den Rauch ausstieß.

Ich setzte mich an den Tisch, da mir der Platz neben Pilar auf dem Sofa doch etwas zu intim erschien, gemessen an unserer Vorgeschichte. Im hellen Sonnenlicht, das auf ihr Gesicht fiel, sah ich plötzlich die dunklen Schatten unter ihren Augen, die angespannten Kiefermuskeln, den harten Zug um den Mund. Sie sah komplett übernächtigt aus und schien am Ende ihrer Kräfte.

»Wo ist Ihre Schwester, Frau de la Cruz?«, fragte ich sanft.

Pilar sah mich prüfend an. Dann erhob sie sich und begann, im Raum auf und ab zu gehen wie ein eingesperrtes Raubtier.

»Ich weiß es nicht. Sie sagt, es gehe ihr gut, aber sie müsse für einen Moment von der Bildfläche verschwinden. Weshalb, verrät sie mir nicht. Dafür weint sie andauernd.«

Das kam mir bekannt vor.

»Ich wünschte, ich könnte etwas für sie tun, aber ich komme nicht an sie ran. Sie versteckt sich irgendwo und will mit keinem reden. Dabei ist sie doch meine Schwester!«

»Sie ruft hin und wieder bei Ihnen an?«

»Nein, wieso sollte sie?«

»Wann haben Sie dann mit ihr gesprochen?«

»Im Spital.«

»Sie war im Spital?«

Pilar sah mich gereizt an. »Ja, natürlich!«

Bevor ich weitere Fragen stellen konnte, rasselte im Flur ein Schlüsselbund, jemand schlug die Wohnungstür zu und ein Rucksack landete unsanft in einer Ecke. Daraufhin betrat zu meiner Überraschung eine alte Bekannte das Wohnzimmer.

»Was macht denn der Schnüffler hier?«, fragte Antonia und ließ eine Kaugummiblase platzen.

Pilar warf ihr einen erstaunten Blick zu. »Ihr kennt euch?«

»Leider.«

»Das ist Antonia, meine Tochter«, erklärte Pilar an mich gewandt.

»Du hast mir nicht gesagt, dass Rosie deine Tante ist«, bemerkte ich und sah Antonia an.

»Du hast nicht gefragt.« Antonia, die heute ein pinkfarbenes T-Shirt mit einem Hello-Kitty-Aufdruck unter einem weiten Herrenhemd trug, sah mich herausfordernd an, während sie achtlos einen Stapel Post auf den Tisch warf.

»Nichts Spannendes dabei, aber wenigstens keine Rechnungen. Mama, sieh dir mal meine Fingernägel an.«

Während sich Pilar über die glitzernden Nägel beugte, ließ ich meinen Blick beiläufig über die Werbeprospekte schweifen und erkannte neben dem rot leuchtenden Aktionsangebot für Hähnchenspieße Walter Graf, der leutselig von einer Parteibroschüre grinste. Ich fand das ein wenig makaber, aber trotz allem war natürlich immer noch Wahlkampf. Unter der Werbung ragte die Ecke eines Briefes hervor. Ich las die Adresse – Berufskrankheit.

Und stutzte. »Fernando Hirt?« Alarmiert suchte ich Pilars Blick.

Sie war immer noch abgelenkt, nur Antonia blähte verächtlich die Backen.

»Fernando Hirt wohnt hier?« Ich war wie vor den Kopf gestoßen.

»Er ist mein Bruder.«

Nun plötzlich doch hellhörig geworden, blickte Pilar auf. »Mein Sohn. Er liegt im Spital.«

»Sie haben mir kein Wort davon gesagt!«, rief ich aufgeregt, ich konnte nicht mehr still sitzen.

»Wir hatten ja gerade ...«, verteidigte sie sich unsicher.

»Mein Gott, wenn ich das bloß gewusst hätte! Wie kommt er zu dem Namen?« Mein Gehirn arbeitete auf Hochtouren.

»Ich war verheiratet, mit Matthias Hirt. Er ist abgehauen, als Fernando zwei Jahre alt war.« Sie sah mich an, ohne Bitterkeit im Blick. »Ich habe meinen Mädchennamen wieder angenommen, aber für die Kinder, dachte ich, wäre es einfacher ...«

»Mama war mal *Miss Venezuela*«, erklärte Antonia etwas zusammenhangslos und zog mich stolz zu einem Foto, das im Flur hing. Selbstverständlich hatte ich es vorhin beim Rangeln mit ihrer Mutter übersehen. Ich betrachtete das Bild der hübschen, jungen Frau, die mit dem Krönlein im Haar dem Fotografen zuwinkte. Sie schien in einer Fernsehkulisse zu stehen, und ihr Lachen wirkte so echt und natürlich, wie es nur bei einer Schönheitskönigin möglich war.

»Da war ich neunzehn.«

»So alt wie ich jetzt«, feixte Antonia.

Pilar sah ihre Tochter nachdenklich an. »Neunzehn. Wie die Zeit vergeht.«

»Ich bin alt genug, dass du mich endlich bei einer Modelagentur ...«

»Antonia!«, Pilar klang jetzt streng. »Du weißt genau, was wir vereinbart haben.«

»Ja, ja, erst die Lehre, die Berufsschule und dann möglicherweise ...« Sie gähnte demonstrativ, dann blickte sie ihre Mutter plötzlich trotzig an. »Aber wenn ich auf der Straße entdeckt würde ...«

»Wenn ihr nichts dagegen hättet, würde ich den Faden gerne wieder aufnehmen!«

Die beiden Frauen sahen mich an, als hätten sie meine Anwesenheit komplett vergessen.

»Sie treffen Rosie also am Krankenbett Ihres Sohnes?«

Pilar nickte. »Sie ist ja seine Tante und oft dort, beinahe ununterbrochen seit seinem … Unfall. Sie hängt sehr an den Kindern, vielleicht weil sie selber keine hat.« Sie fuhr sich mit der Hand übers Gesicht. »Diese Gesellschaft … Sie wird immer brutaler, kein Respekt mehr vor den Menschen, vor dem Leben. Diese Kerle hätten Fernando umbringen können.« Sie fasste die mir ohnehin bekannten Umstände zusammen, die ihren Sohn auf die Intensivstation gebracht hatten.

»Vielleicht hätten sie es getan, wenn wir … wenn nicht rechtzeitig die Polizei eingetroffen wäre.« Ich erachtete es plötzlich als klüger, Pilar nicht zu erzählen, dass ich dabei gewesen war, als der Übergriff geschah.

»Aber es ist so sinnlos!« Verzweifelt sah sie mich an. »Was sind das bloß für Menschen?«

Darauf hatte ich keine Antwort. Ich wartete, bis sie sich wieder gefasst hatte, und räusperte mich dann etwas umständlich, um nicht allzu kaltschnäuzig zu wirken. »Ich möchte das alles nur mal kurz zusammenfassen: Rosie verschwindet und wird von Blanchard, dem Medientycoon, gesucht. Kurz bevor er sich an mich wendet, versucht man, bei Rosie einzubrechen. In derselben Nacht schlägt eine Bande Jugendlicher Fernando spitalreif. So viele Ereignisse in so kurzer Zeit, das kann kein Zufall sein. Das sagt mir mein Detektivgespür.«

Antonia hob zweifelnd die Augenbraue, doch ehe sie eine sarkastische Bemerkung fallen lassen konnte, fuhr ich fort: »Irgendwie scheint alles zusammenzuhängen. Ich sehe nur noch nicht wie.« Ich musste unbedingt herausfinden, was der vermummte Mann bei Fernando gesucht hatte.

»Ich versteh nur Bahnhof! Dieser Schnüffler macht sich doch nur wichtig! Er klingt wie dieser übergewichtige Detektiv, der dauernd an seinem Schnauz zwirbelt und nur heiße Schokolade trinkt. Wie heißt der noch? Alle Leute, die drin vorkommen, sind alt und kommen aus England. Gähn! Ach, wie heißt der bloß noch mal? Am Ende löst er den Fall immer ganz allein und hat sich vorher zwei Stunden lang kaum bewegt.«

»Antonia, halt doch mal nur für eine Minute die Klappe!« Pilar fuhr sich genervt durchs Haar.

»Aber ...«

»Por favor!«

»Ich muss unbedingt zu Fernando«, wandte ich mich an Pilar.

»Ich weiß nicht. Im Spital sind die ziemlich streng, was Besucher angeht.«

»Mein Bruder liegt im Koma, Mann. Da geht man nicht einfach schnell mal hin wie in einen Vergnügungspark oder so.«

»Dann müssen Sie in den Kleidern, die Fernando an dem Abend getragen hat, nachschauen, ob Sie etwas Ungewöhnliches finden.«

Pilar zögerte. »Die Kleider, die er am Samstag getragen hat? Die habe ich längst gewaschen und ihm neue gebracht, falls er ... Im Moment braucht er ja keine.«

»Gewaschen?« Mir stockte der Atem.

»Sie waren voller Blut!«

»Fiel Ihnen etwas Abnormales auf? War etwas in seinen Taschen?«

Zögernd schüttelte sie den Kopf.

»Ein Brief, eine CD? Ein USB-Stick?«

Sie verneinte. »Das hätte ich bemerkt, ich hab die Sachen danach gebügelt. Selbst seine Jacke.«

»Ein Mikrofilm vielleicht?«

Pilar sah mich verwirrt an.

Ich biss mir auf die Lippen und winkte ab. Es war einem nicht nur zuträglich, wenn man sich als Kind alle James-Bond-Filme mehrmals angeguckt hatte.

»Ist Ihnen vor dem Überfall etwas aufgefallen? Benahm er sich merkwürdig?«

»Am Samstagabend habe ich gearbeitet. An den Tagen zuvor wirkte er wie immer. Er ist ein hitziger Junge, der schon früh lernen musste, Verantwortung zu tragen.«

»Manchmal führt er sich auf, als wäre er mein Vater!«

»Kannst du wirklich keinen einzigen Moment still sein, Antonia?« Pilar wandte sich wieder mir zu. »Er macht sich Sorgen um sie und meint es nur gut. Er will sie beschützen, weil sie seine kleine Schwester ist. Schließlich ist er schon lange der einzige Mann im Haus.«

»Ha, Mann!«

»Antonia, etwas mehr Respekt deinem Bruder gegenüber, bitte!«

Antonia verzog den Mund und mahlte geräuschvoll auf ihrem Kaugummi weiter.

»Wo haben Sie am Samstag gearbeitet?« Fragend sah ich Pilar an.

»In einer Bar«, erwiderte sie mit fester Stimme. »An der Theke.«

Ich lächelte über ihre präzise Antwort, worauf sich ihre Gesichtszüge ebenfalls entspannten. »Wie komme ich an Rosie heran?«

Pilar zuckte mit den Schultern. »Ich habe keine Ahnung, wo sie untergekommen ist.«

»Sie sind ihr nie gefolgt?«

»Wieso sollte ich? Wenn sie nicht sagen will, wo sie sich aufhält, ist das ihr gutes Recht. Außerdem habe ich genügend andere Sorgen.«

Ich überlegte mir, Rosie vor dem Spital aufzulauern, doch angesichts des akuten Personalmangels in meiner Detektei verwarf ich den Gedanken gleich wieder. Rosie befand sich offenbar in Sicherheit, das war momentan das Wichtigste.

»Wie geht es Fernando?«, erkundigte ich mich.

»Sein Zustand ist stabil. Obwohl er immer noch im Koma liegt. Der Arzt hat gesagt, es wird einige Zeit dauern, bis er sich von der Attacke erholt hat.« Ihre Mundwinkel begannen zu zucken. »Er ist doch erst einundzwanzig.«

Einem Impuls folgend, trat ich auf sie zu, legte ihr den Arm um die Schulter und zog sie an mich. Sofort barg sie ihr Gesicht an meiner Brust.

»Jetzt wird's widerlich«, schnaubte Antonia und stapfte davon. Wenig später schlug eine Tür zu, und Lady Gagas *Paparazzi* drang gedämpft aus dem Zimmer. Es schien, als hätten sich in diesem Herbst die Radiostationen endgültig dem Diktat der Plattenfirmen gebeugt und spielten deshalb nur noch die Songs einer einzigen Künstlerin.

Behutsam löste ich mich von Pilar. Sie wischte hastig die Tränen ab und sah mich etwas beschämt an.

»Ich würde mir gern Fernandos Zimmer ansehen. Vielleicht findet sich da eine Erklärung dafür, warum er angegriffen wurde.«

Während ich mich in dem schmalen Raum, der gerade genügend Platz für ein Bett und einen Schrank bot, umsah, blieb Pilar im Türrahmen stehen und sah mir interessiert zu. Auf dem kleinen Schreibtisch vor dem Fenster stand ein alter Mac mit einem Gehäuse aus blauem Kunststoff, wie er in den Neunzigern produziert wurde, daneben lagen einige Magazine mit Autos und spärlich bekleideten Frauen auf den Titelseiten sowie ein Lehrbuch für angehende Gastronomen.

»Er macht ein Praktikum«, erklärte Pilar, als ich das Buch aufklappte. »Im *Hotel Rothaus.* Service, Küche, Rezeption, alles. Er wollte später die Hotelfachschule besuchen.« Wieder begannen ihre Mundwinkel zu zucken.

»Das wird er«, sagte ich zuversichtlicher, als ich es selbst war. Sie lächelte dankbar.

Ich öffnete die Schubladen des Schreibtisches und durchstöberte den Kleiderschrank, ohne dass mir dabei etwas Ungewöhnliches auffiel. Ich befand mich in einem ganz normalen Jungenzimmer. An der Wand hingen Poster von zwei Fußballmannschaften, der venezolanischen und der Schweizer. Das kam mir vertraut vor. Wie es schien, versuchte sich auch hier einer im Spagat.

»Was mir gerade einfällt …«

Aufmunternd sah ich Pilar an.

»Sie haben vorhin Blanchard erwähnt.«

Ich nickte.

»Rosie hat bei ihm geputzt.«

»Ich weiß. Hatten die beiden eventuell ein Verhältnis?«

»Rosie mit Blanchard?« Pilar verzog angewidert das Gesicht. Wie es schien, war eine erotische Verbindung zwischen den beiden unvorstellbar.

»Haben Sie eine Idee, weshalb er sie so dringend sucht?«

Pilar überlegte, dann schüttelte sie den Kopf. »Rosie hat erst letzthin bei ihm geputzt, ihre Dienste wird er kaum schon wieder beanspruchen.«

»Wann war sie bei ihm?«

»Das weiß ich nicht genau. Aber Sie können sich gern in ihrer Wohnung umsehen, vielleicht hat sie ihre Agenda dagelassen.«

Es roch blumig in Rosies Wohnzimmer, passenderweise, und etwas weniger passend nach Mottenkugeln. Obwohl die Wohnung denselben Grundriss hatte wie Pilars, mutete sie ungleich dunkler und dramatischer an. Vorhänge mit üppigen goldbestickten Bordüren und schwülstigen Blumenmotiven verdeckten beinahe die Fenster dahinter, an den Wänden hingen gerahmte Schwarz-Weiß-Fotos von miesepetrig in die Kamera guckenden Ahnen, das Sofa lag unter einer purpurroten Tagesdecke begraben, den Boden bedeckte ein filziger Teppich in Dunkelgrün.

»Da liegt die Agenda.« Pilar deutete auf ein schweres, antik anmutendes Tischchen, auf dem ein in weinrotes Leder eingebundenes Buch aufgeschlagen lag.

Rasch überflog ich die Einträge, die auf der offenen Doppelseite zu sehen waren, es waren nur wenige. Doch als ich zurückblätterte, zur vergangenen Woche, sah ich, dass am Samstag *Blanchard* eingetragen war. Um zehn Uhr morgens.

»Sie ist erst vor drei Tagen bei Blanchard gewesen.«

»Das habe ich Ihnen ja gesagt.«

»Wie lange hat sie da jeweils geputzt?«

»Etwa sechs Stunden, ich weiß es nicht genau.«

»Jeden Samstag?«

»Zweimal die Woche. Er bucht sie jeweils an den Tagen, an denen er nicht zu Hause ist, weil er sich sonst gestört fühlt. Rosie weiß ihre Termine immer auswendig, deshalb hat sie wohl auch die Agenda nicht mitgenommen.«

Wenn Rosie am Samstag sechs Stunden geputzt hatte, dann konnte sie Blanchard unmöglich am Sonntag, als er mich zum ersten Mal kontaktieren wollte, bereits vermisst haben. Außer sie hatte vergessen, sein Ego auf Hochglanz zu polieren. Aber deswegen hätte er kaum einen Detektiv engagiert. Und schon gar nicht für so viel Geld. Vielleicht hatte Rosie etwas Wertvolles mitgehen lassen? Aber weshalb hat er sie dann nicht bei der Polizei angezeigt? Offenbar war es etwas, das Diskretion erforderte und nicht an die Öffentlichkeit gelangen durfte. Etwas Brisantes, Schlüpfriges, Illegales. Was sowohl den Einbruch bei ihr erklären würde wie auch ihr plötzliches Abtauchen.

Nachdenklich blätterte ich in der Agenda herum. Rosie hatte erst Ende der Woche wieder Termine, das war zeitlich zu weit entfernt, um ihr dort aufzulauern. So lange würde ich mich bei Blanchard nicht mit fadenscheinigen Ausflüchten herausreden können. Ich blätterte wieder zurück, als ich an einem bekannten Namen hängen blieb. Scharf sog ich die Luft ein und deutete wortlos auf den Eintrag, der am gestrigen Morgen notiert war.

»Ja, da hat sie auch geputzt«, bestätigte mir Pilar nach einem flüchtigen Blick in die Agenda.

»Walter Graf wurde gestern tot in seiner Wohnung aufgefunden!«

»Ich hab's gehört. Aber ...«

»Etwa zu der Zeit, als Rosie dort geputzt hat!«

Pilars Augen weiteten sich erschrocken. »Was hat das zu bedeuten?«

»Ich habe nicht den Hauch einer Ahnung.«

Zehn Minuten später drückte ich aufs Gas und holte das Letzte aus meinem Käfer heraus. Empört rasselnd schoss dieser durch das Quartier aufwärts, und als ich in die Straße einbog, in der Graf wohnte, sah ich, dass immer noch Übertragungswagen vor dem Haus standen, ebenso mehrere Polizeifahrzeuge. Nur Schaulustige gab es heute nicht mehr so zahlreich wie gestern, glücklicherweise.

Ein junger Polizist, der den dankbaren Job hatte, den Verkehr zu kontrollieren, wies mich mit barschen Handbewegungen an, auf der Stelle zu wenden. Ich parkte wieder einmal auf dem Gehsteig, da in nützlicher Distanz kein freier Parkplatz zu sehen war.

José kam mir entgegengerannt, kaum dass ich ausgestiegen war. »*Hombre*, was tust du denn hier? Die haben soeben die Ehefrau befragt. Alice Graf. Sie sagt, sie sei gestern am späten Vormittag von einer Kindergarteneröffnung im Stadtteil Höngg nach Hause gekommen und hätte ihren Mann aufgespießt gefunden.«

»Wie widerlich. Und das kurz vor dem Mittagessen. So was kann einem schon den Appetit verderben.«

José wischte meine Bemerkung mit einer unwilligen Handbewegung weg. »Eigentlich sollte Graf an dem Tag bei einer Parteiveranstaltung eine Rede halten, doch er hatte sich schon am Morgen unwohl gefühlt. Deswegen wurde der Auftritt kurzfristig abgesagt. Der Parteisekretär, der Alice Graf begleitet hat, kann dies bestätigen.«

»Fremdeinwirkung?«

José nickte eifrig. »Es gibt brandneue Ergebnisse der Untersuchungen, die gestern noch nicht bekannt gemacht werden konnten: Die Balkontüre war offen und die Scheibe zerbrochen. Gefehlt hat allerdings nichts …«

»Ein Einbruch?«

»… außer einem Bild von Hodler, das im Wohnzimmer hing.«

»Hodler? Der Schweizer Maler?«

»Genau. Ferdinand Hodler.«

»Das war alles?«

»Ja, und das reicht wohl auch.«

»Was meinst du damit?«

»Das Bild *Genfersee* … öhm …« Hastig blätterte er in seinem Notizblock. »Da. *Der Genfersee von Saint-Prex aus* hat Graf vor ein paar Jahren auf einer Auktion bei Sotheby's ersteigert.«

»Und?«

»Das Gemälde hat einen Wert von 10,9 Millionen Franken. So viel wurde noch nie für das Werk eines Schweizer Malers geboten.«

Ich stieß einen Pfiff aus. »Finanziell wie politisch scheint es sich zu lohnen, gegen alles zu sein.«

José schüttelte den Kopf. »Graf hat sein Vermögen hauptsächlich mit seinen Immobilienfirmen gemacht. Der Lohn, den er als Parteipräsident verdiente, ist im Vergleich ein Almosen. In der Politik war er nur wegen der Macht.« José kratzte sich am Kinn. »Ich wünschte, ich könnte so etwas in der Art schreiben. Schonungsloser Journalismus. Aber sich in der jetzigen Situation kritisch zu äußern, würde selbst die Leserschaft eines Gratisblatts nicht goutieren.«

»Was bringt ihr dann? Die üblichen Schönfärbereien?«

»Ich habe versucht, ausgewogen zu berichten. Der Leitartikel in der heutigen Ausgabe stammt von mir, er ist zwei Seiten lang.«

»Fürchten sich eure Leser nicht vor Artikeln mit so vielen Buchstaben?«

»Halt die Klappe.«

»Also nur ein Kunstdiebstahl?«

»Man geht davon aus.«

»Am helllichten Tag?«

»Es ist eine ruhige Gegend. Hier wohnen viele ältere Leute, die nicht mehr so gut hören, und die Häuser stehen relativ weit auseinander und sind von Hecken umgeben.«

Irgendetwas ließ mich stutzen, doch ich kam nicht auf Anhieb drauf, was es war. »Alarmanlage?«

»Sie hätten vor einigen Tagen Gemälde umgehängt, sagt Alice Graf, und danach vergessen, sie wieder einzuschalten.«

»Da haben die Einbrecher aber zünftig Glück gehabt!«

»Nicht unbedingt. Das Quartier liegt etwas abgelegen.

Wenn sie also rasch eingedrungen sind, genau gewusst haben, wo das Bild hing, und gleich wieder verschwunden sind, kann das trotz Alarm locker gereicht haben, bevor die Polizei vor Ort war.«

»Wieso haben sie nur ein Bild mitgenommen? Soviel ich weiß, besaß Graf eine äußerst wertvolle Gemäldesammlung.«

José zuckte mit den Schultern. »Vielleicht hat den Einbrechern das eine Bild gereicht. Zehn Millionen sind schon mal nicht schlecht als Startkapital für ein arbeitsarmes Leben.«

»Und wenn es ein Auftragsraub war? Von einem Kunstsammler?«

»Dazu habe ich bislang nichts gehört. Der Polizei wird der Gedanke aber sicher auch schon gekommen sein.«

»Hat jemand etwas beobachtet?«

»Zwei Zeuginnen behaupten, dass ihnen ein bronzefarbener Wagen aufgefallen sei. Sonst nichts.«

»Spuren?«

»Keine.«

»Und das Bild?«

»Öl auf Leinwand, solche Gemälde muss man nicht einmal herausschneiden, sondern kann sie einfach aus dem Rahmen lösen. Der leere Bilderrahmen steht ja angeblich auch noch im Wohnzimmer.«

Ich überlegte. »Hat Graf den oder die Einbrecher auf frischer Tat ertappt? Gab es ein Handgemenge und sie haben ihn dabei die Treppe hinuntergestoßen, wo er unglücklich in die Speere fiel?«

»Man ermittelt. Ich lass es dich wissen, wenn ich mehr erfahre.«

Ich zündete mir eine Zigarette an und blickte nachdenklich auf das Haus.

»Die Putzfrau, die ich im Auftrag von Blanchard suche, hat gestern Morgen hier gearbeitet.«

José sah mich alarmiert an. »Gestern Morgen? Von einer Putzfrau war zwar kurz die Rede, aber Frau Graf hat sie nicht erwähnt.«

»Aber so steht es in ihrer Agenda. Ich hab's selbst gesehen.«

»Hm.«

»Sie war äußerst zuverlässig!« Das wusste ich zwar nicht, aber ich nahm an, dass sie über gewisse Qualitäten verfügte, wenn sie den Staubsauger durch die Wohnzimmer der Prominenz schieben durfte.

José sah mich zweifelnd an. »Ich werde der Sache mal nachgehen. Warte hier.«

Ich sah meinem Freund hinterher, wie er auf die herumstehenden Journalisten zuging. Als ich mich abwandte, fiel mein Blick auf das Haus mit dem Lattenzaun, an dem ich gestern gelehnt hatte. Schlagartig wusste ich, weshalb ich vorhin irritiert gewesen war.

Ich sah der Frau eine Weile zu, wie sie mit angestrengter Miene Zweige abzwackte, ein, zwei Schritte zurücktrat, ihr Werk kritisch begutachtete, um dann weiterzuschneiden. Ich verstand zwar nicht allzu viel von Gartenarbeit, doch es erschien mir merkwürdig, dass sie bereits im Herbst an den Büschen herumschnippelte.

Die Frau trug schmutzig gelbe Gartenhandschuhe, eine sandfarbene Strickjacke und grüne Gärtnerhosen, die beinahe weißen Haare hatte sie locker im Nacken zusammengebunden. Ich wusste, dass sie mich bemerkt hatte, und ich wusste auch, dass sie wusste, dass ich das wusste. Aber wir taten beide so, als wüssten wir es nicht.

»Jedes Jahr dasselbe. Aber es macht mir Spaß, verstehen Sie?«, bemerkte sie unvermittelt und betrachtete mit einem befriedigten Seufzer den eben zurechtgestutzten Weißdornbusch.

Sie sprach leise, wie zu sich selbst. »Sie kommen wegen Graf, nicht wahr?«

Sie wandte sich zu mir um und sah mich direkt an. Ihre Augen waren von einem hellen, klaren Blau, die Lippen schmal. Das von Falten überzogene Gesicht strahlte eine Ruhe aus, die sich unweigerlich auf mich zu übertragen schien.

»Vierundachtzig bin ich jetzt und mache das meiste im Garten noch selbst«, fuhr sie fort, als erübrige sich eine Antwort meinerseits. Die Polizei musste sie längst befragt haben.

»Ist das nicht sonderbar? Mein ganzes Leben war ich unterwegs, bin gereist, zuerst mit meinem Mann und nach seinem Tod allein, manchmal mit Freundinnen. Ich habe Abenteuer erlebt und Dinge gesehen, die nicht für jedermann bestimmt waren. So viel Schreckliches. So viel Schönes.« Sie hatte immer langsamer und leiser gesprochen, jetzt hielt sie ganz inne und starrte gedankenverloren vor sich hin.

Ich hütete mich, sie zu stören. Als ich schon dachte, sie sei mit offenen Augen eingeschlafen, hob sie plötzlich ruckartig den Kopf und sah mich wieder an. »Und jetzt ist meine größte Freude der Garten. In einem der spießigsten Quartiere der Stadt. Ist das Leben nicht merkwürdig?«

Ich setzte ein meiner Meinung nach vielsagendes Lächeln auf, ohne auf ihre rhetorische Frage einzugehen. »Ich möchte Sie etwas fragen.«

Sofort kniff sie die Augen misstrauisch zusammen. »Schon wieder? Habe ich nicht schon genug Fragen beantwortet? Sie sind doch nicht etwa von der Polizei? Sie sehen gar nicht aus wie ...«

»Aber nein!«, warf ich hastig ein.

»Der Graf ist tot, ja, ja, was für ein Unglück! Staatstrauer und vor Betroffenheit triefende Reden. Im Fernsehen bringen sie nichts anderes mehr.« Sie machte eine unwirsche Handbewegung. »Aber wenn Sie mich fragen: Mir ist das egal.«

»Tatsächlich?«

»Ich hab den nie gemocht, der war ein Fähnlein im Wind, ein Opportunist, und hat ständig den jungen Dingern nachgeglotzt. Alter Lüstling! Dabei war der doch auch schon ...«

»Bald siebzig.«

»Eben!« Sie sah mich triumphierend an. »Wieso bestimmen immer so alte Säcke die Politik dieses Landes? Als wären eine vergrößerte Prostata und einsetzende Demenz Grundvoraussetzungen für ein politisches Amt. Bei denen dreht sich doch alles nur ums Ego! Jeder werkelt an seinem Denkmal, das Volk ist denen wurst! Deswegen geht nichts mehr in diesem Land! Dank denen sind wir zur internationalen Lachnummer verkommen, genau deshalb hat keiner mehr Vertrauen in unsere Regierung. Junges Blut brauchen wir, frische Ideen!« Sie hatte aufgeregt begonnen, mit den Fingerspitzen in die Luft zu piken. Jetzt erstarrte sie mitten in der Bewegung und ließ nach einem Moment den hochgereckten Arm langsam sinken. »Aber mit der Jugend von heute ist ja auch nicht mehr viel los.« Betrübt sah sie mich an.

Mir wurde etwas schwindelig. Ich musste vorsichtig sein, wenn ich etwas erfahren wollte.

Sie lächelte mir zu. »Und nun stellen Sie Ihre Frage, junger Mann.«

Sie kam mir vor wie ein Orakel in einem Harry-Potter-Film. Ich verkniff mir ein Grinsen. »Zunächst einmal möchte ich mich vorstellen. Ich heiße Vijay Kumar ...«

»Sie sind Inder? Ach, wie gut hat es mir immer in Indien gefallen! Jodhpur, die blaue Stadt in der Wüste Thar. Kennen Sie die? Alle Häuser sind blau angestrichen, angeblich vertreibe das die Mücken, sagen sie. Und dann die ...« Plötzlich verharrte sie wieder reglos und schien zu überlegen, dann nickte sie, als sei sie zu einem Schluss gekommen. »Aber ich rede zu viel, Herr Kumar, viel zu viel. Es gibt nicht mehr scharenweise Leute, die sich mit mir unterhalten, wissen Sie. Meist bin ich allein. Kümmere mich um den Garten, um das Haus, das Grab meines Mannes. Man wird schrullig mit dem Alter, glauben Sie mir. Und man redet wirr. Manchmal.« Sie zwinkerte mir zu. »Aber hier oben …« Sie tippte sich an die Stirn. »Hier oben ist noch alles in Schuss. Nur kommt es oft nicht so sortiert raus.«

Sie lächelte entschuldigend und kam auf mich zu. Mit einer Hand öffnete sie das niedrige Gartentor, vor dem ich bislang gestanden hatte, mit der anderen hängte sie sich bei mir ein. Ich blickte mich nach José um, doch der war nirgendwo zu entdecken. Anscheinend dauerten die Nachforschungen länger. Er würde mich anrufen, wenn er etwas in Erfahrung gebracht hatte. Ich spazierte mit meiner neuen Bekannten in kleinen, langsamen Schrittchen Richtung Haus.

»Ich bin übrigens Claire. Sie trinken doch Tee? Aber natürlich trinken Sie Tee, Sie sind ja Inder. Soll ich uns einen *Masala Chai* kochen? Mit etwas Glück habe ich alle Zutaten da.«

Mir blieb nichts anderes übrig, als alles abzunicken, obwohl meine Meinung keine große Rolle zu spielen schien.

Ihre Hände zitterten leicht, als Claire sie flach ausgestreckt nebeneinander auf die Tischplatte aus unbehandeltem Buchenholz legte.

»Wir müssen abwarten. Der Tee schmeckt besser, wenn die Gewürze etwas länger ziehen.« Ein abwesendes Lächeln umspielte ihre Lippen, als dächte sie an etwas Angenehmes, aber weit Zurückliegendes.

Ich sah mich in der Küche um, die im Gegensatz zum Wohnzimmer, dessen Einrichtung mir aus den Einfuhrbestimmungsprospekten für verbotene Waren aus exotischen Ländern bekannt vorkam, vom Ballenberg oder aus sonst einem Freilichtmuseum zu stammen schien. Die Wände und die Decke waren mit gebeizten Holzlatten getäfelt, eine mit Bauernmalereien verzierte Anrichte stand neben dem Herd, die Fenster waren von rot-weiß karierten Vorhängen umrahmt. Über der Spüle hingen Küchenutensilien von einer Leiste, in einer Ecke stand ein Tonkrug, auf dem in blauer, verschnörkelter Schrift *Rumtopf* geschrieben stand. Darin steckten weitere Küchengerätschaften wie Schöpfkellen, hölzerne Kochlöffel und Pfannenwender. Die Schränke darüber verfügten über Schiebetüren und waren hellblau angestrichen.

Claire ordnete abwesend den üppigen Blumenstrauß, der am einen Ende des Tisches in einer Vase stand.

Ich überlegte gerade, wie ich vorgehen sollte, als sie wieder zu erzählen begann: »Ich war oft in Indien. Die Leute sind so warmherzig. Obwohl sie nichts haben, fühlt man sich beschenkt.« Dazu nickte sie eifrig mit dem Kopf, als wollte sie so dem Gesagten zusätzliches Gewicht verleihen. »Wissen Sie, Vijay, ich lebe gerne hier. Das ist mein Zuhause, auch wenn ich oft weg war. Ich liebe diese Stadt. Nur manchmal …« Sie ließ ihren Blick über das herbstlich verfärbte Laub der Birke vor dem Küchenfenster wandern. »Wenn ich die Leute sehe, wie sie mit ihren beleidigten Gesichtchen im Tram sitzen … als wären sie zu kurz gekommen. Als hätten sie etwas nicht gekriegt, was man ihnen versprochen hatte. Wie verzogene Kinder.« Sie sah mich fragend an.

Ich wusste genau, was sie meinte, aber war nicht so unvorsichtig, mich auf eine Diskussion einzulassen, in der früher oder später die Schweiz gegen Indien ausgespielt würde. Ich hätte nicht gewusst, für wen ich Partei ergreifen sollte. Von wegen Spagat.

»Dabei haben sie alles«, fuhr Claire fort. »Können sich so vieles leisten. Am liebsten würde ich dann einen von denen an der Schulter packen, so richtig durchschütteln und ihm ins Gesicht schreien, dass er doch mal die Augen aufmachen und sich umsehen soll, wie schön es hier ist, wie gut es uns geht. Und ob er schon mal was von Lebensfreude gehört hat.« Sie lächelte resigniert. »Aber natürlich mache ich das nie. In Indien war das immer anders. Die Leute wirken glücklich, auch wenn sie wenig besitzen.«

Es war ja nicht so, dass ich es nicht hatte kommen sehen. Jetzt ein einziger Kommentar, und ich säße so was von zwischen den Stühlen. Ich ignorierte ihre Miene, die auf Zustimmung zu warten schien, und verkniff mir jegliche Bemerkungen.

Stattdessen erhob ich mich und stellte mich ans Fenster. »Sie haben eine wunderbare Aussicht.«

Sie sah erfreut auf. »Von der anderen Seite aus sieht man über die ganze Stadt. Lassen Sie uns doch …«

»Man kann direkt das Grundstück der Grafs einsehen.«

Claire stand jetzt ebenfalls auf, trippelte um den Tisch herum und blieb dann neben mir stehen. »Die Vorderseite, richtig. Man sah ihn nicht oft, er ging kaum einen Schritt zu Fuß. Er war eigentlich dauernd mit seinem dicken Mercedes unterwegs. Und für öffentliche Anlässe nahm er den Renault. Er gab sich ja gern volksnah.«

Das passte perfekt zu meinem Bild des Politikers.

»Und sie ist eine mit Temperament. Eine richtige Südländerin halt.«

»Ich hatte immer den Eindruck, sie sei eine eher zurückhaltende Frau.«

Claire lachte herzlich. »Vielleicht vor den Fernsehkameras. Aber zu Hause … Manchmal habe ich sie schreien gehört, wenn ich im Garten gearbeitet habe. Und ich habe ja nicht mehr die besten Ohren. Die hat dem Alten zeitweise ziemlich die Leviten gelesen. Aber er hat es verdient.«

»Hatten sie oft Streit?«

Überrascht sah mich Claire an und überlegte einen Augenblick. »Sie meinen, ob sie ihn umgebracht haben könnte? Niemals.« Sie schüttelte bestimmt den Kopf, während ich nach meinem Notizbuch griff, das ich neuerdings immer dabeihatte. Ich hatte bemerkt, dass mich die Leute als Detektiv ernster nahmen, wenn ich mitschrieb, was sie sagten.

»Der wollte doch in den Stadtrat, das war sein einziges Ziel«, ereiferte sich Claire. »Er suchte den Ruhm, war eitel und selbstgefällig. Deswegen war er so oft im Fernsehen, in den Zeitungen und Magazinen. Hat dauernd Kommentare zu allem abgegeben, er hörte sich gern reden. Mehrseitige Bildstrecken von seinen Ferien in den Illustrierten, so was gefiel ihm. Sie hingegen gab sich als die bescheidene Frau hinter dem Mann, aber sie hat ihn in allem unterstützt. Ohne sie wäre er nie dahin gekommen, wo er war. Und er hätte die Wahl vielleicht sogar gewonnen, wer weiß.« Sie blickte nachdenklich aus dem Fenster und strich sich mit zitterigen Fingern eine Haarsträhne hinters Ohr. »Deswegen wäre es purer Blödsinn gewesen, ihn so kurz vor den Wahlen umzubringen. Und dann noch so! Eine Frau tötet anders.«

Insgeheim gab ich ihr recht.

»Und eine Frau hätte auch weitergedacht«, fuhr sie eifrig fort. »Das muss ja eine Riesenschweinerei gewesen sein. Blut überall und was sonst noch so aus einem Menschen raustropft, wenn man ihn durchbohrt. Das wäre ganz schlecht für den Parkettboden. Oder haben die wohl Laminat? Das wäre eine echte Katastrophe!«

Ich sah meine Gesprächspartnerin fassungslos an und fragte mich, was sie wohl für Tabletten nahm. So würde ich auch alt werden wollen.

»Ich meinte ja nur …«, fügte sie verlegen hinzu, als sie meinen Blick bemerkte.

»Das wäre in jedem Fall viel Arbeit für die Putzfrau gewesen«, bemerkte ich grinsend.

Claire, die sich gerade vom Fenster abgewendet hatte, erstarrte mitten in der Bewegung. Ich wich instinktiv zurück, als sie überraschend behände herumfuhr und ihr Zeigefinger auf mein Gesicht zuschoss. »Jetzt, da Sie es erwähnen: Das war wirklich merkwürdig!«

»Was denn?«

»Sehr merkwürdig«, murmelte sie und setzte sich umständlich auf ihren Stuhl.

»Claire?«

»Merkwürdig war das.«

»Wer oder was war merkwürdig?«

Sie schenkte sich von dem milchigen Tee ein und trank in kleinen Schlucken. Dann musterte sie mich misstrauisch und wirkte irritiert, mich hier zu sehen. Vielleicht wusste sie nicht mehr, wer ich war. Sie trank einen weiteren Schluck, dann wurde ihr Blick wieder klar.

»Was war merkwürdig, Claire?«

»Der Graf! Da schimpfte der doch andauernd über die Ausländer und wollte am liebsten die Grenzen dichtmachen. Aber eine Putzfrau anstellen, an der rein gar nichts helvetisch war! Das ging dann ohne Probleme.«

»Sie kannten sie?« Ich versuchte, Claire auf der richtigen Spur zu behalten.

»Aber natürlich!« Sie schenkte jetzt auch mir vom *Chai* ein und winkte mich zu sich, indem sie bestimmt auf das Sitzkissen des Stuhls neben sich klopfte. »Rosa putzte jede Woche zwei Mal bei Graf, um zehn Uhr. Bevor sie mit der Arbeit begann, kam sie jeweils auf eine Tasse Kaffee zu mir rüber. Sie arbeitet da schon lange, wissen Sie. Ich habe Rosa vor Jahren bei ihrem ersten Termin kennengelernt, als sie die Adresse suchte. Ich stand gerade im Garten und führte sie dann zum Haus der Grafs. Der Tee schmeckt, nicht wahr?«

Ich bejahte, kehrte aber unverzüglich wieder zum Thema Rosie zurück, fest entschlossen, Claire keine Möglichkeit zur Gedankenflucht zu geben. »Und was war so merkwürdig?«

»Dass sie nicht kam! Sie hat in all den Jahren nie einen Termin versäumt. Seit Jahren kam sie montags und freitags, und eine halbe Stunde davor zum Kaffee zu mir. Pünktlich war sie, wie eine Schweizer Uhr, und zuverlässig. Doch gestern tauchte sie nicht auf. Ich hätte sie gesehen, morgens gucke ich immer aus dem Fenster. Ich hab mich gefragt, was wohl passiert sein konnte, aber dann ging das ganze Theater um den Alten los, und ich hab nicht mehr daran gedacht. Ich meine, das ist doch merkwürdig, oder? Ausgerechnet an dem Tag, an dem Graf stirbt, kommt sie nicht.«

»Ja, merkwürdig ist es in der Tat.«

»Als hätte sie es geahnt.«

Ich zog eine Packung Zigaretten aus der Jackentasche und sah meine Gastgeberin fragend an. Sie ließ mich mit einem Schulterzucken wissen, dass es ihr egal war. Flink schob sie mir einen Aschenbecher hin, der hinter der Blumenvase gestanden haben musste.

Claires letzter Satz gab mir zu denken. Hatte Rosie etwas mit Grafs Tod zu tun? Suchte Blanchard sie deswegen? Dass sie hier nicht aufgetaucht und stattdessen gleichentags verschwunden war, sprach dafür. Und sollte ich Blanchard ihren Aufenthaltsort verraten, wenn ich sie gefunden hatte? Allmählich wurde das zur Gewissensfrage. Einerseits wollte ich natürlich nicht, dass Rosie etwas geschah, andererseits brauchte ich das Geld. Dringend. Ich war bislang kein wahnsinnig erfolgreicher Privatdetektiv und Blanchard zahlte mehr als gut. Zu gut vielleicht, wie mir einmal mehr unangenehm auffiel. »Worüber haben Sie beim Kaffee denn so geredet?«

Claire lächelte schelmisch. »Das wüssten Sie wohl gerne. Frauengespräche halt, nichts, was einen Mann wie Sie interessieren könnte.«

»Ich wollte immer schon wissen, was Frauen unter sich so reden.«

»Papperlapapp! Lassen Sie uns über etwas Spannenderes reden. Kennen Sie Trivandrum? Thiruvananthapuram, wie es jetzt heißt. Ich meine, manchmal fragt man sich ja schon, womit sich indische Beamte den lieben langen Tag die Zeit vertreiben. Städte umzutaufen! Wer soll sich bloß ...«

»Claire, ich muss wissen, worüber Sie sich mit Rosie ausgetauscht haben.«

»Aber wieso denn?« Sie sah mich erstaunt an.

»Jemand bezahlt mir viel Geld, dass ich sie finde. Mittlerweile weiß ich nur nicht mehr, ob das gut für sie wäre. Sie könnte in Gefahr sein.«

»Rosa wird gesucht?«

»Sie ist verschwunden. Man hat probiert, bei ihr einzubrechen. Etwas ist da faul.«

»Mein Gott, ich hatte ja keine Ahnung ... Das ist ja schrecklich!« Ihre Finger glitten fahrig über die Unterlippe, während sie offensichtlich nachdachte, dann sah sie mich abschätzend an. »Und Sie sollen Rosa wiederfinden?«

»Ich versuche es.«

Claire nickte ernsthaft. Sie war die Erste, die mich in meiner Rolle als Detektiv glaubwürdig empfand. Ich war gerührt.

»Nun, ich würde Ihnen gern von unseren Gesprächen erzählen. Nur erinnere ich mich an kaum etwas.« Sie hob entschuldigend die Hände. »Ich denke, meist hat sie von Venezuela erzählt, und ich von meinen Reisen. Harmloses Geschwätz, nichts Weltbewegendes.«

»Hat sie jemals Walter Graf erwähnt?«

Claire schüttelte unsicher den Kopf. »Wir haben nie über die Arbeit gesprochen. Ich meine, was gäbe es da schon zu erzählen? Die Kloschüssel war aber diesmal so richtig verdreckt?«

Wider Willen musste ich grinsen. Trotz ihrer Macken gefiel mir Claire. »Und Blanchard?«

»Den Namen habe ich noch nie gehört. Klingt nach Schokoladenfabrikant.«

»Zeitungsverleger.«

»Warum haben die eigentlich immer so französisch klingende Namen? Ist das eine Bedingung, wenn man in das Geschäft einsteigen will?«

»Ich werde mich bei ihm erkundigen.« Mit Schrecken fiel mir ein, dass ich mich schon längst bei ihm hätte melden sollen. Eine Wurzelbehandlung wäre mir definitiv lieber gewesen.

Ich saß in der hintersten Ecke der *Olé-Olé-Bar*, deren Wände mit Autoschildern aus aller Welt und Blechplaketten voller dümmlicher Sprüche tapeziert waren, während mir die ältliche Bedienung, die mit ihrer Strickjacke und der über die Nase gerutschten Brille eher hinter den Ausgabeschalter einer Bibliothek gepasst hätte, gemächlich ein Bier zapfte.

Am Tresen, direkt vor ihr, hatte sich ein hagerer Mann mit spitzem Gesicht niedergelassen, er trug ein schlabberiges T-Shirt unter einer abgewetzten Jeansjacke, sein dunkles Haar war einst wohl lockig gewesen, jetzt aber klebte es an seinem Schädel, als wäre er durch den strömenden Regen gerannt. Ununterbrochen redete er auf die ältere Dame ein, die sich jedoch nicht aus der Ruhe bringen ließ und mein volles Bierglas vor sich hinstellte, geduldig wartete, bis die Krone etwas zusammengefallen war, um dann sorgfältig, als dekoriere sie einen Eisbecher, dem Getränk mit etwas frischem Schaum den letzten Schliff zu geben. Vorsichtig wie einen kostbaren Gral trug sie dann das Glas im Schneckentempo zu mir herüber, was vor allem an den ausgelatschten Pantoffeln lag, in denen ihre Füße steckten. Endlich bei mir angekommen, platzierte sie mit einer Hand einen Pappuntersatz auf der Bar und stellte dann das Glas darauf ab.

»So«, sagte sie und nickte zufrieden, als sei ihr Tagwerk hiermit vollendet. »Zum Wohl!«

Dann schlurfte sie wieder zurück zu ihrem Zapfhahn und füllte in Zeitlupe ein weiteres Glas, das sie dem unermüdlich labernden Kunden reichte.

Ich nahm einen Schluck und musterte die drei anderen Gäste – zwei dicke Männer mit über und über tätowierten Unterarmen, die in Lederwesten steckten und ihr schütteres Haar im Nacken zusammengebunden trugen – und fragte mich, weshalb mich Miranda ausgerechnet hierher bestellt hatte. Sie passte so wenig in dieses Lokal wie der üppige Busen der blonden Dame, die angeregt mit den beiden *Hell's Angels* schäkerte, in ihr rotes Oberteil. Ich leerte mein Bier in einem Zug und bedeutete der Bedienung mit einem kurz angehobenen Zeigefinger, dass ich noch eins wollte. Fasziniert sah ich ihr zu, wie sie endlos langsam ein sauberes Glas von der Spüle holte und damit zum Zapfhahn wackelte. Die Vorstellung hatte eine meditative Wirkung auf mich, und gerne hätte ich ihr noch weiter zugeguckt, doch da wurde die Tür aufgerissen und Miranda betrat die Bar. Suchend sah sie sich um. Erst als ich ihren Namen rief, entdeckte sie mich. Ohne die Sonnenbrille abzunehmen, rauschte sie auf mich zu.

»Ist heute Stevie-Wonder-Gedenktag?«

Miranda schnaubte ungehalten. »Erstens lebt der noch, zweitens: Halt die Klappe!«

»Was ist dir denn über die Silikonimplantate gekrochen?«

Wortlos zog sie die Brille herunter.

»Verdammt! Und jetzt erzähl mir bloß nicht, du seist die Treppe runtergefallen!«

Rasch schob sie die Brille wieder an ihren Platz zurück und zündete sich eine Zigarette an. Dabei bemerkte ich besorgt, dass ihre Finger zitterten.

»Was ist passiert, Schätzchen?«

»Lass das ›Schätzchen‹, Curryfresser! Wegen dir muss ich jetzt so rumlaufen!«

»Wegen mir?« Ich glaubte, mich verhört zu haben.

Miranda nickte vorwurfsvoll. »Wegen dir.«

Mein Gehirncomputer suchte auf Hochtouren den Fehler im System. Die Suche ergab null Treffer. Ich spürte Mirandas abwartenden Blick auf mir. »Was denn?«

»Bist du wirklich so schwer von Begriff?« Miranda starrte mich weiterhin an.

»Ich komm nicht drauf.«

»Prosecco, verdammt noch mal«, zischte sie.

Hastig winkte ich die Bedienung heran und orderte.

»Eine Flasche, nicht ein mickriges Glas.«

Ich lehnte mich etwas vor und rief die geringfügige Änderung in der Bestellung über den Tresen.

»Man war nicht so erfreut, mich wiederzusehen. Es gibt Leute, die haben ein Erinnerungsvermögen wie ein Elefant. Und sehen auch entsprechend aus.« Verbissen zog sie an der Zigarette.

Ich glotzte sie ratlos an.

Mirandas Hände schossen in die Höhe, als finge sie einen imaginären Rugbyball. »Die fette Ringerin im Lacktrikot«, erläuterte sie ungeduldig.

Endlich fiel der Groschen. »Oh! Und als du dich bei ihr nach Rosie erkundigen wolltest, hat sie …?«

»Ich sag ja: Alles deine Schuld!« Miranda lachte trocken. »Die Alte kann ihre Haut ab jetzt in Streifen zu Markte tragen, ich lass mir ja auch nicht alles gefallen. Aber auf ihre Rechte war ich nicht gefasst.«

»Immerhin kannst du so beim Lidschatten sparen, das Auge ist ja schon lila.«

»Spar dir die Witze.« Sie drückte die Zigarette aus, stürzte das erste Glas Prosecco in einem Zug hinunter, kaum hatte es die Bedienung gefüllt, und riss ihr die Flasche dann unsanft aus der Hand, um sich auf der Stelle nachzuschenken. »Ich kann so unmöglich arbeiten.«

»Das tut mir echt leid.« Jetzt fühlte ich mich wirklich schuldig, doch Miranda winkte müde ab.

»Halb so wild. Ist vielleicht Schicksal. Ich muss mir eh Gedanken machen. Über mein Leben, die Zukunft. Wie das alles weitergehen soll.«

»Immer noch hormongebeutelt?«

Miranda hob den Kopf und kräuselte ihre Lippen. Im besten Fall amüsierte sie sich. Vielleicht war aber auch nur der Prosecco sauer.

»Mein Lieber«, begann sie und stützte die Arme in die Seiten. »Das ist eine Frage, die du einer Transe besser nicht stellen solltest. Es sei denn, du willst, dass dir Fingernägel übers Gesicht fahren, bis du aussiehst wie ein Zebra.«

»Wenn ich es mir genau überlege ...«

»Heute immerhin wärt ihr zu zweit.«

Ich grinste schief. »Dann hat es wohl zeitlich nicht gereicht, etwas über die Putzfrau herauszufinden?«

»Wenn du dir jetzt nettes Geplauder, weiß gedeckte Picknicktischchen und Gurkensandwiches vorstellst, dazu Earl Grey aus bemalten Porzellantässchen und Gin Tonic, dann muss ich dich leider enttäuschen. Ladylike geht anders. Die Dame hat leider überhaupt keinen Stil, hatte sie eigentlich nie, wie ich mich viel zu spät erinnert habe. Aber da waren ihre Pranken schon in meiner Frisur.«

Langsam rollte ich das Glas zwischen meinen Händen und sah dem *Amrut* zu, wie er die beiden Eiswürfel umspülte. Irgendwie half mir das beim Nachdenken.

Ich legte den Kopf in den Nacken und ließ den indischen Whisky in mich hineinplätschern. Danach war ich so in Gedanken versunken, dass es andere Leute als Nickerchen bezeichnet hätten. Ich schreckte erst auf, als José klingelte und beinahe im selben Augenblick in meiner Wohnung stand. Ich musste ihm irgendwann beibringen, dass dies keine Zahnarztpraxis war.

»Wo warst du?«, fragte er atemlos.

»Erzähl ich dir später. Ich hab dich vor Grafs Haus nicht gefunden. Und dann hat Miranda angerufen.«

»Da war keine Putzfrau. Nicht gestern. Das letzte Mal hat sie am Freitag gearbeitet.«

»So viel habe ich auch erfahren.« Claire hatte sich also nicht getäuscht. Rosie war tatsächlich nicht aufgetaucht.

José sah mich verwundert an, während er sich einen Whisky einschenkte. Doch ehe ich ihm ausführlich berichten konnte, klingelte es erneut an der Tür. Ich sprang auf und öffnete schwungvoll. Zu meinem Erstaunen stand Antonia vor mir.

»Ich muss mit dir reden. Es ist wichtig.«

»Was ist passiert?«

»Irgendetwas ist megastrange. Ich brauche deinen Rat.« Sie schien verlegen, ein Zustand, der sich noch verstärkte, als sie José in meinem Büro herumlungern sah.

»Wer ist das?«, fragte sie, nervös auf einem Kaugummi herumkauend. Es schien, als würde sie am liebsten kehrtmachen.

»Mein Geschäftspartner.«

»Oh, ich wusste nicht …«

»Das hätten wir ja jetzt geklärt.«

»Aber ich würde lieber allein …«

»Du kannst es dir aussuchen: Entweder du erzählst es mir, und er erfährt es zehn Minuten später, oder du redest gleich mit uns beiden.«

Ihr Blick wanderte unsicher von mir zu José und wieder zurück, doch dann gab sie sich einen Ruck und setzte sich auf den Sessel für die Klientel. »Kein Wort zu meiner Mutter. Unter keinen Umständen.«

»Gebongt.«

»Hä?«

Sie trug ein bis über die Knie reichendes olivgrünes Kleid, das ihr ausgezeichnet stand, dazu schwarze *Converse*-Turnschuhe. Ihr Haar war zu mädchenhaften Zöpfen geflochten. Sie wollte nichts trinken, aber »gern eine Zigarette, wenn das unter uns bleibt«.

Ich gab ihr eine meiner *Parisiennes,* die sie beinahe andächtig anzündete. Sie rauchte den ersten Zug mit geschlossenen Augen, als wollte sie sich den Geschmack einprägen. Erst dann hob sie den Kopf.

»Da war was«, begann sie. »Ich hatte ja keine Ahnung, voll krass, Mann, boah … und jetzt ist alles so abgefahren.«

Innerlich mahnte ich mich zur Geduld. Selbst José, der bei seiner Arbeit zwar selten, aber doch öfter mit Jugendlichen zu tun hatte als ich, malmte mit den Zähnen.

»Versuch's mal mit ganzen Sätzen«, ermunterte ich Antonia.

»Und fang vorne an. Am Beginn der Geschichte«, fügte José rasch hinzu. Er schien sich tatsächlich auszukennen.

»Ey, wie seid ihr denn drauf?«

»Antonia!«

»Okay, da war diese Alte.«

José stöhnte.

»Sie war voll nett und so, weißt du. Sie bot mir Geld für einen … ehm … Job?«

»Sie hat dir Arbeit angeboten?«

»Na ja.«

Einen Moment lang schwiegen wir alle. Im Treppenhaus erklangen Schritte und entfernten sich wieder.

»Was wollte sie von dir?« Ich versuchte es auf die einfühlsame Art und dachte dabei andauernd an Richard Gere.

»Von mir? Nein, Mann, das war nicht die Art von Job, ich mach so was nicht. Die war ganz anders drauf.«

»Wie denn?«

»Sie gab mir Geld, im Voraus. Und ich musste …« Sie kicherte.

»Was?«

»Äh …«

»Antonia! Rück raus mit den Tatsachen, aber plötzlich!« Ich schickte Richard in die Wüste und holte Donald Rumsfeld hervor. Die von ihm gutgeheißenen Verhörtaktiken hatten immerhin stets Antworten generiert. Und zufälligerweise auch die gewünschten.

»Küssen.« Sie kicherte weiter, und ich leerte mein Glas. Wir teilten offensichtlich nicht denselben Humor.

»Du solltest sie küssen?«

»Bist du blöd, Mann? Sicher nicht.« Jetzt schüttelte sie sich vor Lachen und sah mich an, als sei ich derjenige, der nicht ganz dicht war.

Ich kam mir ähnlich befremdet vor, wie wenn ich eine dieser Comedysendungen schaute, in denen Komiker, die sich selbst wahnsinnig lustig fanden, mit plumpen, absolut witzfreien Pointen das Publikum zum Toben brachten. Ich fragte mich immer, ob ich etwas Grundlegendes nicht gerafft hatte, vor allem wenn dann der sogenannte Alleinunterhalter die Pointe in der Folge gefühlte zwölf Mal wiederholte und sie selbst dadurch nicht mal ein klitzekleines bisschen lustiger wurde. Glücklicherweise hatten die Komiker für Leute wie mich zusätzlich optische Hilfen eingeführt, und so hatte ich mittlerweile gelernt, dass ein Witz meist von Augenrollen und Grimassenschneiden begleitet wurde – mein Startsignal zum Lachen.

»Nicht die Frau«, schnappte Antonia nach Luft und schien sich etwas zu beruhigen. »Aber den Typen.«

»Okay, du solltest einen Typen küssen.«

»Genau.« Zufrieden sah sie mich an, wie ein Mathematiklehrer, der mir endlich das Wesentliche der Wahrscheinlichkeitsrechnung verklickern konnte.

José war etwas tiefer in seinen Sessel gesunken, ich konnte von meiner Position aus nicht erkennen, was er genau tat. Antonia hingegen wippte mit den Beinen und sah mich erwartungsvoll an. Ich verzichtete auf jegliches Überpiepen der nicht jugendfreien Begriffe, als ich innerlich meinen Job verfluchte.

»Was macht dir dabei Sorgen?«, fragte ich sie und versuchte, so beiläufig wie möglich zu klingen.

»Aber er ist doch jetzt tot!«, rief sie und sah mich an, als wäre ich von allen guten Geistern verlassen.

»Wer ist tot?«

»Dieser Politiker! Guckst du kein Fernsehen, Alter? Bringen sie jetzt überall.«

»Der Graf?«

»Genau! Genau der! Wie hieß der noch?«

»Walter Graf.«

»Yep, genau der war's.«

»Die Frau gab dir Geld und du musstest den Graf küssen?« Ich runzelte die Stirn.

»Ja, sag ich doch schon die ganze Zeit. Ich sollte auf ihn zugehen, wenn er aus dem Restaurant kommt, und ihn dann umarmen und auf den Mund küssen. Aber so richtig.« Sie kicherte wieder, verstummte aber, als sie meine ernste Miene sah. »Sie hat gesagt, damit würde ich in die Zeitung kommen. Und da ich ja Model werden will …«

»Wo war das? Wann?« José hatte sich ruckartig aufgerichtet, war aus dem Sessel gesprungen und stürmte jetzt auf Antonia zu.

Sie duckte sich instinktiv, als hätte er die Hand erhoben. »Am Freitag. Vor der *Casa Aurelio.*«

»Joder!« José blieb abrupt stehen und stampfte dann wütend mit dem Fuß auf. *»Que mierda!«*

Es folgte eine schier unendliche Tirade an spanischen Schimpfwörtern, während die verängstigte Antonia quietschende Laute von sich gab.

»Was? Was?« Ich musste schreien, um mich bemerkbar zu machen, doch wenn die Situation in meinem Büro schon außer Kontrolle geriet, wollte ich wenigstens wissen, weshalb.

»Habe ich was falsch gemacht?«, wimmerte Antonia und versuchte, möglichst viel Abstand zwischen sich und den tobenden José zu bringen.

»Ja! Nein! *Joder!*«

»José, was ist los?«

José fuhr herum, sein Gesicht war puterrot angelaufen. Rasch schenkte er sich einen Whisky ein und schüttete ihn hinunter.

»Ich habe einen Tipp erhalten. Einen anonymen.« Er wischte sich mit der Hand über die Stirn. »Dass Graf … Man kennt ja seine Vorgeschichte. Die jungen Mädchen. Die sehr jungen Mädchen. Die Anklage damals …«

»Die fallen gelassen wurde.«

»Richtig. Das alles schien vorbei. Er bereitete sich auf das Amt als Stadtpräsident vor, die Wahlen standen an. Saubere

Weste, seriöses Auftreten, gemäßigte politische Haltung, der ganze Katalog.«

»Vom Saulus zum Paulus.«

»Maskenball trifft es eher. Da wäre es ein unglaublicher Skandal gewesen, wenn er mit einer blutjungen Frau mitten im Rotlichtmilieu beim Knutschen erwischt worden wäre. Ich habe einfach drauflos geknipst, ohne nachzudenken.«

»Es war inszeniert.«

»Wahlkampf!«

»Aber wer steckt dahinter?«

Wir wandten uns synchron Antonia zu, die unser Gespräch verwirrt mitverfolgt hatte.

»Wie sah die Frau aus, die dich engagiert hat?«

Sie zuckte mit den Achseln und wirkte jetzt plötzlich verzweifelt.

»Versuch, dich zu erinnern.«

»Ey, was weiß ich? Voll uncool sah sie aus. Kurze Haare, eine graue oder braune Jacke. Ehm … flache Schuhe. Keine Ahnung. Farblos irgendwie, die Alte.«

»Eindeutig eine Zürcher Politikerin.«

»Aber da würden doch auch die Abgebrühtesten nicht gleich selbst losmarschieren, um …«

»Kaum.«

José wandte sich Antonia zu. »Wo hast du sie getroffen?«

Die Antwort kam prompt. »Sie lief mir hinterher und sprach mich vor dem *Longstreet* an. Das war am Freitagmittag, als ich von der Berufsschule kam. Ich musste dann sofort zum Restaurant gehen.«

»Die wollte einfach eine junge Frau, egal welche.«

»Genau wie Graf«, feixte José.

»Und Antonia war zufällig vor Ort.«

»Hallo!?« Antonia richtete sich empört auf, doch ich beachtete sie nicht.

Etwas viel Wichtigeres war mir plötzlich eingefallen. »Wo sind die Fotos jetzt?«

José riss die Augen auf, dann schlug er die Hand vor den Mund und stürzte zur Tür.

Ich rannte hinter José die Langstrasse entlang. Später Nachmittag, der Verkehr staute sich wie immer um diese Zeit, und Zürichs wohl belebteste Straße wirkte trotz der bunt pulsierenden Neonreklamen und blinkenden Restaurantbeschriftungen herbstlich grau und unwirtlich.

Hastig hatte ich die verwirrte Antonia aus meinem Büro bugsiert und ihr dabei eingebläut, mit niemandem über die Fotos zu sprechen, da ich nicht abschätzen konnte, ob sie sich deswegen in Gefahr befand. Aber die Warnung kam wahrscheinlich ohnehin viel zu spät. Ich konnte mir nicht vorstellen, dass sie ihren Schulkameradinnen gegenüber die Klappe gehalten hatte.

Jetzt hetzten wir durch die Unterführung unter den Bahngleisen, welche die Kreise 4 und 5 verband und am anderen Ende zu einem weiteren Neubau aus Glas und Beton führte, der von seinen Erbauern mit dem buchstäblich weit hergeholten Namen *The Docks* getauft worden war. Und das, obwohl von dort aus selbst an klaren Herbsttagen nirgendwo ein Hafen zu entdecken war und Zürich weder für seine Schifffahrt noch für seine Englisch sprechende Bevölkerung bekannt war. Aber ich war mir sicher, dass dahinter ein Konzept steckte, wenn auch nicht gerade ein augenfälliges.

Atemlos erreichten wir Josés Adresse an der Josefstrasse und hasteten die sechs Stockwerke zu seiner Mansarde hoch. Auf den letzten Stufen verlangsamte José seine Schritte. Auch mir ging die Puste aus, aber als ich aufblickte, sah ich den wahren Grund: Die Tür war aufgebrochen und nur angelehnt.

Wie elektrisiert stürzte José nun in die Wohnung und stieß einen wüsten Fluch aus.

Rasch folgte ich ihm und blieb erschrocken im Türrahmen stehen.

Der Boden war übersät mit Papieren, zerknitterten Zeitungen und Federn, die von der zerschnittenen Bettdecke stammen mussten. Auch der Matratze hatte man übel mitgespielt, sie sah aus wie eine aufgeschlitzte Scholle, aus der Schaumgummi quoll. Der Schreibtisch war umgestürzt, die Schubladen aus den Büromöbeln herausgezerrt, Kleider lagen überall herum. Es sah aus, als hätte ein Tornado gewütet oder sonst irgendetwas Entfesseltes mit einem Frauennamen. Und wie nach einem Unwetter herrschte auch hier eine merkwürdige Stille.

José hatte die Hände hinter dem Kopf verschränkt und blies bestürzt die Backen auf, während er sich langsam im Kreis drehte und abschätzend das Chaos betrachtete.

»Der Computer fehlt. Die externe Festplatte mit den Sicherungskopien. Die CDs sind weg. Das sehe ich auf Anhieb.«

»Da war jemand ziemlich scharf auf die Fotos, würde ich meinen.«

»Osamas Postanschrift wird es kaum gewesen sein.« José stakste vorsichtig durch die Unordnung und spähte in den Wandschrank, der weit offen stand, sein Inhalt lag auf dem Boden davor.

»Der Fotoapparat ist auch weg.«

José lehnte sich an die Wand und sah mich besorgt an. Die Fotos schienen jemandem enorm wichtig zu sein, jemandem, der im Hintergrund seine Fäden zog. Der wusste, dass José die Bilder gemacht hatte, und nicht davor zurückschreckte, deswegen bei ihm einzubrechen und alles zu entwenden, was mit den Bildern zu tun hatte.

»Fehlt sonst noch was?«,fragte ich und lehnte mich gegen den Türrahmen.

»Meinst du tatsächlich? Oder das, was auf dem Nachweis für die Versicherung stehen wird?« Immerhin hatte José seinen Humor nicht ganz verloren.

»Ich sehe jedenfalls keinen 42-Zoll-Flachbildschirm mehr.«

»Hatte ich nicht auch noch eine *Bang & Olufsen*-Anlage?«

»Ich kann mich so schlecht erinnern. In der Ecke, in der das Sechstausend-Franken-Mountainbike stand? Solltest du jetzt nicht die Polizei rufen?«

Grübelnd ging ich die Langstrasse entlang zurück. Als ich Kemals Kiosk passierte, überflog ich rasch die Schlagzeilen der Tageszeitungen.

Raubmord! Brachte Hodler Graf den Tod?, geiferte die größte Boulevardzeitung des Landes in dicken schwarzen Lettern, während sich andere Blätter verhaltener gaben. *Polizei geht von Kunstraub aus* und *Wahlkampf trotz Grafs Tod*, titelten *Tagesanzeiger* respektive die altehrwürdige *Neue Zürcher Zeitung*. Das Wochenmagazin *Weltwoche* hingegen vermutete wie so oft eine Verschwörung: *Hat die Linke Walter Graf auf dem Gewissen?*, fragte sie auf ihrem Titelblatt, darunter wies sie auf einen weiteren Artikel im Heft hin: *Walter Graf – Eine Heiligsprechung*, vom Chefredakteur persönlich verfasst. *Wer war Che Guevara wirklich?*, las ich hingegen auf dem Aushang der linken Wochenzeitung *WOZ*.

Kurz entschlossen betrat ich das beengende Verkaufslokal, nahm mir eine Ausgabe des Revolverblattes vom Stapel und knallte das Geld auf den Tresen. Ehe Kemal mit seinem leutseligen Geschwätz beginnen konnte, war ich wieder auf der Straße. Ich wollte ihm nicht mehr zu nahe kommen, seine gierige Hand auf meinem Allerwertesten konnte ich fast noch spüren. Seinen lüsternen Blick, die vibrierenden

Nasenhaare, den penetranten Knoblauchgeruch – daran würde ich ab jetzt jedes Mal denken müssen, wenn ich bei ihm eine Packung Zigaretten oder eine Zeitung kaufte. Ich wusste nicht, ob ich jemals darüber hinwegkommen würde.

Im Gehen blätterte ich die Gazette flüchtig durch. Die Ausgabe schien nur aus Artikeln über Graf zu bestehen, ich stieß jedoch auf keine neuen Erkenntnisse. José hielt mich ausgezeichnet auf dem Laufenden.

Immer brennender interessierte mich, was Rosies Wegbleiben von der Arbeit mit Grafs Tod zu tun haben könnte. Vielleicht war die ganze Geschichte mit den Fotos nur eine Verleumdungskampagne, die möglicherweise ein ebenfalls kandidierender Politiker gestartet hatte, um zu verhindern, dass Walter Graf als Stadtpräsident gewählt würde. Eiskalt hatte man eine Szenerie arrangiert, in welcher der ausnahmsweise unschuldige Graf mit einer attraktiven und sehr jungen Frau in einer eindeutigen Situation fotografiert wurde. Der anonyme Tipp. Er will Graf öffentlich bloßstellen, was bei dessen Vorgeschichte verheerend für seine Karriere gewesen wäre. Doch dann stirbt Graf unerwartet und die Person sorgt eilig dafür, dass die Fotos vernichtet werden. Weil sie nutzlos geworden sind. Eventuell sogar aus Respekt vor dem Toten. Oder aus Angst, dass man den Auftrag zurückverfolgen könnte. Offenbar war sich der Tippgeber sicher, dass José als Journalist die Fotos umgehend veröffentlichen würde. Was er aber nicht getan hatte.

Ich hielt mitten in der Bewegung inne. Mittlerweile war es beinahe dunkel. Die Lichter strahlten jetzt heller und kräftiger, die ersten Frauen machten sich bereit für die Abendschicht. Lange Jacken, unter denen kurze, glitzernde Kleidchen hervorblitzten. Kniehohe Stiefel, Absätze, dünn und hoch wie Stricknadeln. Ich zündete mir eine Zigarette an.

José war ein ehrgeiziger Journalist, dem seine Karriere

wichtig war. Weswegen hatte er dann die brisanten Fotos, die sich unzweifelhaft in seinem Besitz befunden hatten, nicht veröffentlicht? Die Bilder waren nie in dem Gratisblatt erschienen. Sie hätten einen derartigen Skandal ausgelöst, dass ich garantiert davon erfahren hätte. Stattdessen hatte José die Fotos bei sich zu Hause aufbewahrt, bis sie ihm geklaut worden waren.

Angestrengt dachte ich nach, doch ich kam nicht darauf, wo der Haken lag. Was hatte José mit ihnen vorgehabt? Was übersah ich?

Ich holte mein Mobiltelefon hervor und wählte Josés Nummer, doch er nahm nicht ab. Wahrscheinlich war er gerade mit der Polizei beschäftigt. Ich würde es später erneut versuchen. Irgendetwas war hier faul, und José hatte eindeutig damit zu tun.

Missmutig blätterte ich weiter und stieß auf einen kurzen Bericht zum Überfall am Samstagabend. Der Tod Grafs hatte diesen Vorfall natürlich innert Tagesfrist von den Titelseiten verdrängt, entsprechend nichtssagend war auch der Beitrag. Die drei Burschen befänden sich in Untersuchungshaft, das Opfer läge nach wie vor im Koma, sein Zustand habe sich aber stabilisiert. Schon in ein paar Tagen würde der Vorfall vergessen sein oder im schlimmsten Fall von einem neuen, noch brutaleren übertrumpft werden.

»*Hai rabba!*«, klagte meine Mutter gerade, als ich die Tür zu ihrem Laden öffnete. Erst als ich drin war, bemerkte ich, dass sich ihr Ausruf keineswegs auf mich bezogen hatte, wie sonst eigentlich immer, sondern dass sie mit Manju argumentierte.

»Streitet ihr euch schon wieder?«, erkundigte ich mich.

»Wir und streiten?« Meine Mutter sah mich aufrichtig erstaunt an, während Manju missbilligend den Kopf schüttelte.

Ich hielt den Mund, was aufgrund jüngster Erfahrungen empfehlenswert war.

»Es geht um Auntie Bahula!« Meine Mutter verdrehte die Augen und hob die Hände zum Himmel. »Sie treibt mich in den Wahnsinn!«

Das am meisten unterschätzte Talent indischer Frauen, insbesondere der Mütter. Aber ich hielt den Mund.

»Erst ein paar Stunden hier und schon halte ich es kaum mehr aus. Ich habe ihr das Bettsofa aufgeklappt, doch sie behauptet, sie kriege Rückenschmerzen, obwohl sie noch keine Sekunde darauf gelegen hat! Dann hat sie sich umständlich ein Lager aus Kissen und Decken hergerichtet und mich dabei die ganze Zeit vorwurfsvoll angesehen. Mitten im Wohnzimmer, *hai rabba!* Es mache ihr nichts aus, auf dem Boden zu schlafen, schließlich kenne sie nichts anderes. Und zum Nachtessen brauche sie nicht mehr als eine Schale Reis und etwas *Daal,* damit sei sie zufrieden, sie sei eine ganz einfache Frau ohne große Ansprüche.« Meine Mutter schluchzte auf. »Und falls meine reichen Schweizer Freunde zu Besuch kämen, würde sie sich selbstverständlich in die Küche zurückziehen. Sie wolle mich nicht beschämen und mir unter gar keinen Umständen zur Last fallen!«

»Du hast ihr das Bett überlassen.«

»Und die Küche. Und einen Badezimmerschrank.«

»Wie lange bleibt sie?«

»Sie sagt, es gefällt ihr gut bei uns.« Meine Mutter verzog das Gesicht, und Manju legte ihr besänftigend den Arm um die Schultern.

Ich beschloss, das Thema zu wechseln. »Heute Abend ist eine Vernissage, gleich um die Ecke. Hast du Lust mitzukommen, Manju?«

Manju warf meiner Mutter einen fragenden Blick zu, worauf diese süßlich lächelte. »Geht nur, ihr Turteltäubchen.

Macht euch einen schönen Abend.« Sie klimperte vielsagend mit ihren Wimpern.

»Ma, es ist nur eine Vernissage. Eine Bilderausstellung.«

»Ja, natürlich, *Beta*, mein Junge. Hauptsache es gibt bald eine Schar kleiner Vijays.«

»Oje. Komm, Manju.«

Manju verschwand im hinteren Teil des Ladens, um sich umzuziehen, als plötzlich die Tür aufgerissen wurde und Auntie Bahula hereinstürzte. Heftig atmend blieb sie stehen und verdrehte die Augen, bis nur noch das Weiße zu sehen war.

»Auntie Bahula? Alles klar?«, fragte ich sie.

Sie schob ihre heruntergerutschte Brille nach oben, strich ihren in Unordnung geratenen Sari glatt und blickte mich dann empört an. »Da war ein Mann!«

»Nun ...«

»Ein *Lecher!*«

»Ein Lustmolch? Aber Auntie ...«

»Er hat mich angesehen.« Sie setzte eine würdevolle Miene auf. »Unsittlich!«

»Ich glaube kaum ...«

»Eine ganz und gar verruchte *Kona* ist das! Ich bin entsetzt, *Bhabhi!*«, wandte sie sich aufgebracht an meine Mutter. »Nie hätte ich gedacht, dass es so etwas in der Schweiz gibt. Ich frage mich, ob sie unsere Bollywoodfilme wirklich hier drehen. Weit und breit keine schneebedeckten Berge zu sehen, keine malerischen Bergdörfer, nicht einmal ein See, dafür jede Menge Frauen, deren Bekleidung mir schon die Schamesröte ins Gesicht treibt, über ihr vulgäres Verhalten will ich mich erst gar nicht auslassen. *Aré*, das ganze Viertel ist voller Ausländer, man sieht ja kaum einen Schweizer! Ich weiß nicht, wie du das aushältst, *Bhabhiji*, ich jedenfalls hätte meine Kinder nicht in dieser Gegend aufziehen wollen.« Auntie Bahula reckte meiner Mutter vorwurfsvoll ihr Kinn entgegen.

Das Bild, das unsere Verwandten von der Schweiz hatten, stimmte wie vermutet nicht mit der Realität überein. Auch wenn sie sich bislang nichts hatte anmerken lassen, war Auntie Bahula wahrscheinlich erstaunt, dass meine Mutter nicht über ein Heer von Angestellten verfügte, sondern selbst im Laden arbeitete und ihr die gebratenen Tandoorihähnchen auch nicht einfach so in den Mund flogen.

Mittlerweile hatte sich Auntie Bahula wieder etwas beruhigt. Unvermittelt hob sie den Kopf und schnupperte demonstrativ. »Was riecht hier so? Sind das etwa verbrannte Zwiebeln?« Sie wandte sich meiner Mutter zu. *»Bhabhi?«*

Meine Mutter lächelte säuerlich. »Mir fällt nichts Ungewöhnliches auf.«

»Vielleicht hast du eine verstopfte Nase?« Ehe sie jemand daran hätte hindern können, war Auntie Bahula hinter den Tresen geeilt und hatte meiner Mutter den Kochlöffel aus der Hand gezerrt. »Was kochst du da?« Sie steckte die Nase in den Topf und verzog das Gesicht. »Soll das etwa ein *Rogan Josh* werden? Ist das eine Schweizer Version? Es riecht wie dieses Zürcher Geschnetzelte! Du bist schon zu lange in diesem Land. Hast du etwa verlernt, indisch zu kochen?«

Meine Mutter breitete resigniert die Arme aus und schwieg.

»Aber keine Sorge, Auntie Bahula steht dir bei! Ich zeige dir jetzt, wie man ein richtig leckeres Lammcurry zubereitet. Punjabi-Style, wie bei den armen Leuten bei uns zu Hause. Genau das Richtige zu *Diwali!*«

»Das Fest, an dem man den Sieg des Guten über das Böse feiert, des Lichts über die Dunkelheit!«, flüsterte meine Mutter halblaut, der bittere Sarkasmus war jedoch nicht zu überhören.

»Vergiss dabei nicht, dass es auch um das Erkennen eigener innerer Stärke geht, *Bhabhiji*«, flötete Auntie Bahula zuckersüß, während sie ein paar Kardamomkapseln aus einer Tüte in ihre Hand schüttete.

»Höchste Zeit zu gehen«, drängte ich Manju, als sie aus dem kleinen Kabäuschen trat, das gleichzeitig als Umkleideraum und Warenlager diente, und streckte die Hand nach ihr aus, die sie sofort ergriff.

Während Auntie Bahula bereits den Sari raffte und sich kritisch über die Pfannen beugte, zwinkerte ich meiner Mutter zum Abschied zu. Als Antwort war nur eine Art Wimmern zu vernehmen, doch ich war mir sicher, dass es sich dabei um Stoßgebete an die Göttin Durga handelte, die voller Erbarmen war und einen aus Situationen äußerster Not erlösen konnte.

Erst als wir auf der Straße waren, hatte ich Zeit, Manjus Kleid zu betrachten. Es war rosafarben und mit übergroßen Hibiskusblüten verziert. Unter der Brust wurde es von einem Stoffband in dunklerem Rosa zusammengehalten, was ihre zierliche Figur vorteilhaft betonte. Ihr schwarz glänzendes Haar hatte sie mit einem weißen Haarreif zurückgesteckt, sie trug nur einen Hauch von Make-up. Um ihren Hals lag ein leichter, lachsfarbener Schal aus Chiffon, feine, goldene Armreifen klirrten an ihren Handgelenken. Mir kam es vor, als hätte sie mitteleuropäische Mode mit indischer Tradition gekreuzt. Vielleicht gab es sogar einen Namen dafür, *Fusion Fashion* oder so, doch natürlich hatte ich keine Ahnung. Aber eigentlich war es müßig, sich über die Bezeichnung ihres Kleidungsstils Gedanken zu machen: Sie sah schlichtweg umwerfend aus.

»Wie findest du das Kleid?«, fragte sie, während sie ein paar Schritte vorausging und sich dann im Kreis drehte.

»Na ja … ist es neu?«

Falsche Antwort. Manjus Lächeln gefror, sie wandte sich ab und lief etwas schneller. Ich hätte nur sagen müssen, was ich gedacht hatte, doch ihre Frage hatte mich überrumpelt und jetzt war es zu spät.

»Es sieht fabelhaft aus. An dir sieht alles fabelhaft aus! Du bist fabelhaft!«

Sie verlangsamte nicht einmal ihre Schritte.

»Hinreißend!«

Ich fluchte leise vor mich hin und beeilte mich, sie einzuholen. Kurz vor der Galerie war ich gleichauf und hielt sie am Arm fest.

»Manju!«

Sie drehte ihr Gesicht weg, doch ich konnte erkennen, dass sie lächelte. Ermutigt lehnte ich mich vor und versuchte sie zu küssen, doch noch ehe meine Lippen ihre Wangen berührten, stieß sie mich weg. Ich versuchte es erneut. Jetzt kicherte sie schon, doch wieder schubste sie mich von sich. Ich sah sie an, bis sie zögernd den Kopf wandte. Dann versuchte ich es mit einem Blitzangriff, doch sie bedeckte ihr Gesicht mit den Händen. Ich kam mir vor wie ein dämlicher Pfau bei der Balz. Abrupt drehte ich mich um und ließ sie stehen.

»Vijay!«

Natürlich. Ich ging absichtlich schneller, bis ich das eilige Klappern ihrer Riemensandalen hinter mir hörte. Noch bevor ich die Galerie im ehemaligen Verkaufslokal der *Perla-Mode* erreicht hatte, spürte ich einen Lufthauch an meiner Wange und roch ihr zimtiges Parfüm, gleich darauf hängte sie sich bei mir ein. Etwas atemlos betraten wir die Ausstellung.

Die Lichter im Raum waren heruntergedimmt, allein die Bilder leuchteten hell im Schein der auf sie gerichteten Spots, wodurch man die meisten der anwesenden Vernissagebesucher nur noch als Silhouetten wahrnahm. Sie bildeten eine dunkle, sich langsam im Kreis drehende Masse, aus der ab und zu ein weißes Hemd aufblitzte oder ein von einem Handy blass beschienenes Antlitz. Diejenigen, die in der Nähe der Kunstwerke standen, beleuchtete der Widerschein schwach und ließ ihre Gesichter erstaunt, beinahe andächtig aussehen, was der Szene etwas Sakrales verlieh.

Ich verzichtete darauf, Manju zu erklären, womit die Bilder gemalt waren, und suchte stattdessen die Bar auf, die sich im hinteren Teil der Galerie befand. Als ich mich umdrehte, um Manju zu fragen, was sie trinken wollte, war sie nicht hinter mir. Ich drängelte mich durch die Besucher zurück und fand Manju vor einem der Bilder stehen. Mit regloser Miene betrachtete sie das Kunstwerk, auf dem zwei nackte, sich wälzende Leiber abgebildet waren. Einen Moment lang befürchtete ich, sie könnte schockiert sein. Immerhin war sie noch nicht lange in der Schweiz und in der indischen Provinz bekam man Kunstwerke dieser Art wohl nicht allzu oft zu Gesicht. Meine Idee, sie mitzunehmen, war vielleicht etwas zu spontan und vor allem unüberlegt gewesen. Ich hätte mich ohrfeigen können. Beruhigend legte ich ihr den Arm um die Schultern und machte mich auf einen Zusammenbruch gefasst.

»Es ist wunderbar!«, stammelte sie zu meinem Erstaunen und ergriff meine Hand. »So ... zart. Und trotzdem brutal. Ich weiß nicht, wie ich es beschreiben soll. Super, dass du mich hierhin mitgenommen hast!«

Ich errötete und schluckte leer.

Begeistert eilte Manju weiter zum nächsten Bild, das sie eingehend betrachtete, bevor sie mich aufgeregt heranzog.

»So etwas habe ich noch nie gesehen! Diese Farbe ...«

Ich hatte plötzlich einen Kloß im Hals.

»Vijay, da bist du ja!« Eleonoras Stimme erlöste mich unverhofft aus meiner Bredouille. Sie kam mit ausgebreiteten Armen auf mich zugeschwebt und küsste mich auf die Wange, wobei mich der Ärmel ihres mit Goldfäden durchwobenen schilfgrünen Umhangs streifte, der hervorragend zu ihren orangefarbenen Haaren passte. Darunter trug sie einen hellgrünen eng anliegenden Rollkragenpullover und eine hellbraune Wildlederhose. Als ich ihr Manju vorstellte, versteinerte ihre Miene für den Bruchteil einer Sekunde, doch schnell verzogen sich die Lippen wieder zu einem Lächeln, das diesmal jedoch ihre Augen nicht erreichte. Sie wandte sich etwas zu hastig ab und zog mich hinter sich her zur Bar.

»Du hast mir gar nicht erzählt, dass du eine Freundin hast, du Schlingel. Und noch dazu eine so hübsche! Wie alt ist sie denn?«

»Einundzwanzig, schon bald zweiundzwanzig«, kam mir Manju zuvor, die uns gefolgt war. Eleonora fuhr zusammen und musterte Manju mit einem Blick, der bestenfalls Abscheu verriet. Dann riss sie unvermutet den Kopf hoch und rief in einer viel höheren Tonlage: »Jacques! Amélie!«, bevor sie uns einfach stehen ließ.

Manju starrte ihr irritiert nach. Ich war ebenfalls verwirrt. Nur wenig erinnerte mehr an die warmherzige Frau, die noch gestern mit mir vor dem Lokal gesessen, entspannt Prosecco aus Plastikbechern getrunken und über das Quartier diskutiert hatte. Sie schien eine gänzlich andere Person geworden zu sein. Aufgedreht und oberflächlich. Vielleicht war es die Aufregung, versuchte ich sie zu entschuldigen, oder sie hatte etwas genommen. Allerdings war mir schon öfter bei Künstlern aufgefallen, dass allein die Aussicht auf eine Plattform, vor ein Publikum zu treten, schlagartig tiefschürfende Persönlichkeitsveränderungen hervorrufen konnte.

»Ach, Ralf, da bist du ja! Judith, meine Liebe, wie schön, euch zu sehen!« Eleonora reckte die Arme schon wieder in die Höhe und rauschte einem weiteren Paar entgegen, das aussah, als wären sie beide Architekten. Er, mit einer Direkt-aus-dem-Bett-Frisur und Dreitagebart, hatte eine schwarze Brille auf der Nase und steckte in einem entsprechenden Rollkragenpullover und verwaschenen, ausgebeulten Jeans. Sie trug zur blasierten Miene ein teuer aussehendes Kleid in Schwarz, eine übergroße Hildegard-Knef-Tribut-Brille und ein iPhone, das sie wie den Schlüssel zu einer Schatztruhe fest umklammert in der Hand hielt.

Überhaupt sah man überall iPhones. Es gab Leute, die schienen sich nicht nur in der Öffentlichkeit, sondern auch bei gesellschaftlichen Anlässen, ja selbst unter Freunden hauptsächlich mit diesem flachen Telefon zu beschäftigen. Mit Hingabe streichelten und tippten sie ohne Unterlass auf dem Bildschirm herum, ihr Antlitz leuchtend, der Blick fiebrig flackernd, versanken sie in innige Interaktion mit diesem Ding, abgeschottet von der Welt. Die Wahrnehmung ihrer Umgebung funktionierte einzig durch periodisches, blitzschnelles Heben des Kopfes, bei dem ihr entrückter Blick kaum etwas zu registrieren schien. Wagte man es trotz aller Warnungen ihres näheren Umfelds sie anzusprechen, erntete man ein leeres Replikantenlächeln, die Kommunikation war sowieso längst in den rein virtuellen Bereich verlagert worden. Ich vermutete eine Art modernen Autismus dahinter und wunderte mich nur, dass bislang noch keines dieser zusätzlichen Anwendungsprogramme – Apps, wie es im Fachjargon hieß – für gute Kinderstube kreiert worden war.

An der Bar bestellte ich einen Whisky auf Eis für mich und einen Prosecco für Manju. Mit den Getränken in der Hand drängten wir uns durch das Vernissagepublikum. Natürlich hatte ich das eine oder andere Gesicht in der Quartierszene schon gesehen, eigentlich sogar die meisten. Doch während man sich in allen anderen Städten dieser Welt freute, Bekannte anzutreffen, war in Zürich das Gegenteil der Fall: Um sich ja nicht anzusehen, geschweige denn begrüßen zu müssen, guckte man so konzentriert zur Decke, als versuchte man, ohne Hilfsmittel die Rotationsgeschwindigkeit des Ventilators zu berechnen. Oder man schenkte seinem Drink, seinem Handy oder den Fingernägeln größte Aufmerksamkeit. So weltstädtisch man sich hier auch gern gab: Die Provinz saß im Kopf.

Manju blieb vor einem dieser Bilder stehen, auf dem Eleonoras Kommentar zum Quartier so explizit und detailgetreu war, dass selbst ich errötete. Rasch zog ich Manju weiter, wobei wir fast von der Künstlerin überrannt wurden, die quer durch den Raum schoss und dazu »Petula! Armin! Wie wundervoll!« zirpte.

Wir betrachteten die restlichen Bilder, doch ich konnte mich nicht konzentrieren. Andauernd musste ich an Rosie denken, die sich vielleicht in Gefahr befand, an José, der mir etwas verheimlichte, an den mysteriös vermummten Mann, der hinter Fernando her war. Auch der tote Politiker ging mir nicht mehr aus dem Kopf. Ich war alles andere als ein alter Hase im Detektivgeschäft, umso mehr musste ich mich bemühen, den Überblick nicht zu verlieren. Vielleicht hätte es geholfen, wenn ich ausnahmsweise nüchtern geblieben wäre, aber irgendwie erschien mir das keine erstrebenswerte Option.

»… mit dieser Form zu sagen, dass …« Manju hielt mitten im Satz inne und sah mich empört an. »Vijay, du hörst mir überhaupt nicht zu!«

»Doch, natürlich höre ich dir zu.«

»Nein, tust du nicht!«

»Aber ich hätte dir auf jeden Fall zugestimmt.« Ich musste lernen, die Klappe zu halten.

Wutschnaubend wandte sich Manju ab und strebte dem

Ausgang zu. Seufzend kippte ich meinen Drink runter und folgte ihr. Aus Filmen wusste ich über das in solchen Situationen angebrachte Verhalten Bescheid.

»Rüdiger! Helmut! Ihr hier! Wahnsinn!«, hörte ich hinter mir Eleonora jubeln, als ich die Tür aufdrückte.

Natürlich hatte Manju nicht gewartet, sondern war bereits ein gutes Stück die Straße rauf Richtung Helvetiaplatz marschiert. Ich legte einen Spurt hin und holte sie auf der Höhe des *Hooters* ein, einer Art Erlebnisrestaurant für Männer mit elementaren Ansprüchen, in dem kleine Frauen mit großen Brüsten in zu engen Hemdchen und zu kurzen Höschen amerikanisches Fast Food und Bier an die Tische schleppten. Schon öfter hatte ich mich gefragt, ob es etwas Entsprechendes auch für Frauen gab. Und wer dann dort essen wollen würde.

»Manju, warte doch!«

Unvermittelt blieb sie stehen. »Vijay …« Sie schien nach Worten zu suchen. Das verhieß nichts Gutes.

»Ich weiß, dass sich deine Mutter sehr darüber freuen würde, wenn das mit uns klappt, aber ich muss dir ehrlich sagen, dass ich mir diesbezüglich nicht so sicher bin.«

»Aber …«

»Nein, lass mich ausreden! Das ist jetzt nicht einfach für mich.« Sie holte tief Atem. »Ich mag dich sehr, Vijay …«

Irgendwie missfiel mir dieser Anfang, er erinnerte mich zu sehr an die Antwort des hübschesten Mädchens in der Grundschule auf meine alles entscheidende Frage.

»Ich verbringe gern Zeit mit dir, du bist witzig und, wenn du willst, charmant, manchmal halt auch ein Rüpel, aber du bist ein Mann und ein Einzelkind, dafür kannst du nichts. Aber wir sind zu verschieden, wir haben andere Ziele im Leben. Jetzt noch mehr als zuvor.«

Ich horchte auf. »Wie meinst du das?«

»Du bist hier aufgewachsen, bist sowohl Schweizer als auch Inder. Ich hingegen bin ein Landei, aus der tiefsten indischen Provinz, wie du letzthin selbst gesagt hast. Und bis vor Kurzem war ich ein einfaches Mädchen, das sich nichts sehnlicher gewünscht hat, als zu heiraten und Kinder zu haben, wie man mir das ein Leben lang eingetrichtert hat. Aber dann kam ich hierher und habe entdeckt, dass es noch Hunderte anderer Möglichkeiten gibt. Gerade für Frauen. Und die will ich wahrnehmen. Ich habe keine Lust, jetzt schon Mutter zu sein, Kinder aufzuziehen, den Haushalt zu führen, wie es die Tradition gerne sähe. Nein, ich will etwas erleben und sehen, was das Leben sonst noch für mich bereithält.«

Zu viel Pathos, eindeutig, das musste an den Bollywoodfilmen liegen, aber ich begriff, was sie mir zu sagen versuchte. Ich lächelte ermunternd, doch sie hielt mir den Finger an die Lippen.

»Deswegen spreche ich jetzt zum Schweizer in dir, der wird das vielleicht eher verstehen: Lass mich gehen.«

Mit einem Mal realisierte ich, dass ich mir nie ernsthaft Gedanken darüber gemacht hatte, was ich eigentlich von Manju wollte. Ich fand sie anziehend, das war klar, sie war hübsch und intelligent. Sie hatte alles, was ich an einer Frau schätzte, und doch musste ich mir eingestehen, dass ich nicht verliebt in sie war. Ich hatte auch nie ernsthaft an eine Beziehung gedacht, ich wollte bloß ausprobieren, wie weit ich bei ihr gehen durfte. Dass das nicht weit war, hatte ich rasch gemerkt.

Ich musste mir eingestehen, dass ich sie mochte, sehr sogar, doch mehr war da nicht. In Gedanken hörte ich meine Mutter bereits jammern. Aber das tat sie ohnehin ohne Unterlass.

»Ich werde dir nicht im Weg stehen.«

Einen Moment lang schwiegen wir. So nah wie jetzt waren wir uns noch nie gewesen. Es war eine berührende und gleichzeitig traurige Situation. Auf einmal lächelte Manju mich an, und ehe ich begriff, was geschah, beugte sie sich herüber und küsste mich auf den Mund. Überrascht erwiderte ich den Kuss und wunderte mich, wieso ein Mädchen vom Lande derart gut küssen konnte. Ein wenig benommen sah ich ihr hinterher, als sie in der kühlen Herbstnacht verschwand.

Auf dem Weg zum *Daniel H.* versuchte ich erneut, José anzurufen, doch noch immer ging er nicht ran. Ich überlegte, ihn zu Hause aufzusuchen und zur Rede zu stellen, doch dann stand ich bereits vor dem Lokal und weitere Entscheidungen erübrigten sich.

Mittwoch

Dichter Nebel erschwerte mir die Sicht. Ich hob den Kopf und blinzelte angestrengt, bis sich zögerlich erste Umrisse aus dem wattigen Grau schälten. Immerhin kamen sie mir irgendwie vertraut vor, ergo befand ich mich bei mir zu Hause. Ich freute mich kurz über diese Erkenntnis, dann meldete mein Gehirn, das sich an diesem Morgen aufgedunsener und schwammiger als üblich anfühlte, ein konstantes Schrillen, das mich wohl auch aus dem Schlaf gerissen hatte. Benommen tastete ich mich zum Nachttischchen vor, doch auf dem Weg dahin lag etwas Warmes, Weiches. Ich zuckte zurück, gleich darauf wurde mir das Telefon in die Hand gedrückt.

»Mhpf.«

Ein feuchtes Schmatzen drang an mein Ohr. »Herr Kumar, der Auftrag hat höchste Dringlichkeit, wie ich bereits mehrfach betont habe, doch bislang warte ich vergebens auf nennenswerte Resultate. Haben Sie eine Erklärung dafür? Es kann ja nicht so schwierig sein, eine Putzfrau zu finden. Ich muss Ihnen leider mitteilen, dass ich ernsthaft erwäge, Ihnen den Auftrag zu entziehen.«

»Heiße Spur«, brachte ich gerade noch heraus, dann schwappte ein Teil meines Mageninhalts hoch. Ich schloss den Mund und bemühte mich, flach zu atmen, während meine Speiseröhre brannte.

»Wie bitte?«

»Ich verfolge gerade eine Erfolg versprechende Spur, innerhalb des heutigen Tages werden Ihnen erste Resultate vorliegen«, stieß ich hastig hervor, bevor mein Magen erneut die Möglichkeit wahrnahm, sich gegen oben zu entlasten.

»Ich bin um fünf Uhr heute Nachmittag in Ihrem sogenannten Büro«, schnarrte Blanchard und beendete den Anruf.

Keuchend ließ ich mich in die Kissen fallen und schloss die Augen, während mir jemand sanft das Telefon aus der Hand wand. Ein Hauch von Pfefferminze stieg mir in die Nase.

»Danke schön«, flüsterte ich. Im nächsten Moment war ich schlagartig wach und schoss in die Höhe.

Sie hatte den Kopf aufgestützt und betrachtete mich amüsiert, während ich eilig versuchte, die Erinnerungssplitter der letzten Nacht zu einem Ganzen zusammenzufügen.

»Maike«, half sie mir auf die Sprünge. »Wir haben uns im *Daniel H.* getroffen. Du warst schon ziemlich hinüber.«

»Kann ich mir nicht vorstellen«, krächzte ich tonlos.

Sie lächelte mich an, mitfühlend und warmherzig, wie es nur eine Krankenschwester kann. Jetzt fiel der Groschen.

Ihr Lächeln verbreiterte sich, und ich sah mich verlegen in meinem Schlafzimmer um. Der Wecker stand an seinem üblichen Platz und tickte unbeeindruckt der Zehn entgegen. Ansonsten war kein Stein auf dem andern geblieben. Überall lagen Kleidungsstücke verstreut, deren Zugehörigkeit mir auf Anhieb nicht vertraut war. Die Daunendecke hing zerknüllt über dem Fußende des Bettes. Neben dem Nachttisch entdeckte ich einen Aschenbecher, dessen Inhalt sich vor allem auf dem Boden rundherum verteilte. Überall standen Flaschen, zum Teil waren sie umgestürzt. Die Flecken auf dem Parkett sagten mir, dass wir noch einkaufen waren, da sich in meinem Haushalt garantiert kein Rotwein fand und noch weniger *Malibu.* Letzterer erklärte meinen empfindlichen Magen. Ich musste tatsächlich ziemlich hinüber gewesen sein, dass ich *Malibu* getrunken hatte: Ich verabscheute den Kokoslikör aus tiefstem Herzen.

Fragend sah ich Maike an.

Sie lächelte immer noch. »Du Tiger!«, knurrte sie und turnte dann so behände, dass mir gleich wieder schwindlig wurde, auf mich hinauf. Jetzt erst bemerkte ich, dass sie ihren Pyjama nicht mitgebracht hatte.

»Ich muss los«, stieß ich gepresst hervor, während sie es sich auf meinem ohnehin sensiblen Bauch bequem machte.

»Och, nee«, miaute sie, doch ich schob sie mit sanfter Gewalt von mir runter – und erstarrte.

»Was machst du denn hier?«, entfuhr es mir mit heiserer Stimme. Ich erinnerte mich, eben die Toilettenspülung gehört zu haben, hatte dem aber keine Bedeutung zugemessen.

»Was glaubst du?« Litsche, die genau wie Maike nicht einmal das Nötigste trug, rollte mit den Augen und schüttelte den Kopf. Dann suchte sie ihre in alle Windrichtungen verteilten Kleider zusammen und verzog sich mit einem zerknitterten Bündel Textilien ins Wohnzimmer.

Immerhin wusste ich jetzt, dass sie niemals ein Mann gewesen war, nicht einmal ein bisschen, doch selbst diese Information trug nicht wesentlich zu meinem Wohlbefinden bei.

Ich stöhnte, rieb mir die Stirn, die plötzlich schmerzhaft zu pochen begann, und schwang die Beine aus dem Bett. Gerade als ich mich im Bad verschanzen wollte, um dort in aller Ruhe abzuwarten, bis sich die Damen aus dem Staub gemacht hatten, klingelte es an der Wohnungstür. Ich tapste durch mein Büro, und nachdem ich rasch in ein Paar Hosen und ein herumliegendes T-Shirt geschlüpft war, öffnete ich vorsichtig die Tür und spähte durch den Spalt.

»Hallo, Manju«, flüsterte ich mit tonloser Stimme, während sich mein Magen mit einem Mal wie ein Eisklotz anfühlte.

»Vijay … wegen gestern …«

»Können wir später darüber reden? Ich … habe gerade

Kundschaft.« Ich lächelte so vertrauenerweckend, wie ich es in dieser Situation noch zustande brachte.

»Na gut, du findest mich im Laden.«

Erleichtert sah ich, wie sie sich langsam abwandte. Doch gerade als ich die Tür schließen wollte, drehte sie sich plötzlich um und kam mit schnellen Schritten zurück.

»Ich wollte nur sagen …«

»Mach's gut, Kleiner, war echt geil. Wir sehen uns an der Bar. Vielleicht kann ich deinem Gedächtnis mit ein, zwei Drinks auf die Sprünge helfen.« Litsche zwinkerte mir anzüglich zu, während sie sich an mir vorbeidrückte. Dabei schwang die Tür ganz auf, und ich erstarrte zur Salzsäule. Ich wagte es weder mich umzuwenden noch Manju anzusehen, als ich hinter mir deutlich barfüßige Schritte auf dem Parkettboden vernahm.

Manjus Reaktion war unüberhörbar. »*Bhaad mein jao*, fahr zur Hölle!«, fluchte sie aufgebracht und rannte die Treppe hinunter.

»Manju! Jetzt warte doch, ich kann dir alles erklären! Es ist nicht so, wie du denkst«, rief ich ihr hinterher. Doch in dem Moment schmiegte sich die immer noch splitternackte Maike an mich, und in mir keimte der Verdacht, dass ich grundsätzlich zu viele Hollywoodfilme gesehen hatte. Denn es war nicht nur so, wie sie gedacht hatte. Es war noch viel schlimmer.

Nachdem ich etwas verfrüht – aber wie die Tradition zu *Diwali* es vorsah – meine Wohnung aufgeräumt und gründlich geputzt, ein heißes Bad mit wohlriechenden Ölen genommen und frische Kleider angezogen hatte, setzte ich mich an den Computer und trug im Internet einige überraschende Informationen zu Blanchard zusammen. Dann trieb mich der Hunger in den Kreis 5.

Indian Street Food hieß der kleine Take-away unweit Josés Wohnung, ein schmaler, länglicher Glaskasten, der an ein trockengelegtes Aquarium erinnerte, eingeklemmt zwischen eine zwielichtige Bar und die Boutique *Bromelia,* die Glitzerndes, Hochhackiges und Knappes feilbot. Der Schnellimbiss selbst verfügte über eine Ausgabe mit Schiebefenster wie bei der Post, doch was hier auf kleinster Fläche zubereitet wurde, war köstlichste südindische Küche. Ich hatte *Kottu Roti* bestellt, klein geschnittenes Fladenbrot mit würzigem Curry und gebratenem Ei vermischt, und wartete am einzigen, beinahe auf dem Gehsteig platzierten Stehtischchen auf das Essen, als José endlich auftauchte. Er bestellte das gleiche und zündete sich dann eine Zigarette an, während im Aquarium eifrig Brot zerhackt wurde.

»Was macht die Wohnung?«

»Ich räume auf. *Work in progress,* wie man heutzutage sagt«, nuschelte José mit der Fluppe im Mundwinkel.

»Ich muss mit dir reden.«

»Nüchtern?«

»Das hab ich nicht gesagt«, erwiderte ich.

José lehnte sich etwas vor und schnupperte. »Ich rieche nur Patschuli.«

»Das kommt vom rituellen Bad zu *Diwali.*«

»Schieß trotzdem los.«

»Was hast du mit den Fotos gemacht?«

»Welchen Fotos?«

»Stell dich nicht dumm. Die Fotos von Graf und Antonia.«

»Sie wurden mir geklaut. Hast du ja selbst mitbekommen.«

»Das war gestern, mein Lieber, die Fotos hast du aber am Freitag geschossen. Weshalb hast du sie nicht in der Gratiszeitung veröffentlicht? Die waren doch ein Knüller.«

José knurrte unwillig.

»Wie bitte?«

»Lass mich in Ruhe, du verdammter Schnüffler!«

Ich grinste und holte die beiden Aluschalen mit dem Essen an der Ausgabe ab.

»Nun?«

José stocherte in der Mahlzeit herum und schob sich schließlich eine Gabel voll in den Mund. Er kaute viel länger als nötig, bevor er endlich schluckte. »Ich hab dir doch erzählt, dass ich mich bei Blanchard beworben habe.«

»Ich erinnere mich. Ein paar coole Paparazzofotos und ein schmissiger Text, wie du es formuliert hast.« Der Groschen fiel beinahe gleichzeitig. Ich starrte José an. »Du hast was? Doch nicht etwa ...?«

»Ich hab gedacht, die Fotos sind einfach zu brisant und zu wertvoll, um sie einfach so abzudrucken. Das wäre eine Riesensache geworden, und ich wollte eine größere, eine wichtigere Plattform. Sie waren meine Eintrittskarte zu einer steilen Journalistenkarriere.«

Mir blieb der Bissen im Hals stecken. »Du hast Blanchard die Fotos überlassen?«

»Ich habe sie am Freitagabend persönlich bei ihm vorbeigebracht.«

»Ausgedruckt?«

»Natürlich. Großformat.«

»Warst du bei ihm zu Hause?«

José sah mich erstaunt an. »Ja, natürlich. Blanchard hat mich kurz in sein Büro gebeten. Die Fotos hat er sich kaum angesehen und gesagt, dass er sich melden würde. Er hat sie einfach auf dem Tisch liegen lassen.«

»Und Rosie, die am Samstagmorgen bei ihm geputzt hat, hat sie entdeckt und darauf ihre Nichte erkannt! Verdammt!«

»*Joder!* Auf diese Möglichkeit bin ich gar nicht gekommen!«

»Sie hat sie mitgehen lassen, weil sie wohl ahnte, dass Antonia Probleme bekommen könnte.«

Alles passte mit einem Mal zusammen.

»Deswegen wurde noch am selben Abend versucht, bei Rosie einzubrechen. Und schon am nächsten Tag wollte Blanchard mich beauftragen, sie ausfindig zu machen. Dabei ist er nur hinter den Bildern her!«

Ich fragte mich, was damit geschehen war. Rosie selbst hatte sicher nicht wissen können, dass es Originaldateien gab und dass einzig José diese besaß. Blanchard hingegen schon. Hatte er jemandem den Auftrag gegeben, bei José einzubrechen? Und ich war derjenige, der ihn zu den Ausdrucken führen sollte, nachdem der Einbruch bei Rosie schiefgegangen war?

Aber was wollte er überhaupt damit? Wollte er die Fotos inklusive der Dateien in seinen Besitz bringen, damit er sicher sein konnte, dass sie exklusiv in seiner Zeitung und nirgendwo anders veröffentlicht wurden? Oder wollte er sie vernichten? Und was würde wohl mit Rosie geschehen, wenn er sie in die Finger kriegte? Die Fragen schwirrten in meinem malträtierten Gehirn herum, ohne dass sich auch nur eine einzige sinnvolle Antwort fand.

Dafür fiel mir etwas anderes ein, was José eben erwähnt hatte. »Wieso war Blanchard im ersten Moment so wenig an den Fotos interessiert? Du hast gesagt, dass er sie einfach hingelegt hat.«

»Richtig, er hat sie ganz kurz betrachtet …«, José fuchtelte mit der Plastikgabel in der Luft herum, »… und wirkte erschrocken. Als würde er die Fotos wiedererkennen, aber das konnte ja nicht sein. Er schien ziemlich nervös, als er mich hinausspediert hat.«

»Erschrocken? Nervös? Das hast du vorhin nicht erwähnt.«

»Es erschien mir nicht wichtig.«

Ich zündete mir eine Zigarette an und wünschte, ausnahmsweise einmal die Gesamtleistung meines Gehirns zur

Verfügung zu haben. Gegenüber, vor dem kleinen Supermarkt auf der andern Seite der Langstrasse, warf ein alter Mann Glasflaschen in einen Sammelcontainer, jedes Klirren ließ auch in meinem Kopf etwas zersplittern. Ich konnte kaum einen klaren Gedanken fassen.

»Und weshalb hat Blanchard die Fotos nicht gleich am Freitag in die Redaktion gebracht und am Samstag veröffentlicht? Die Auflage seiner Zeitung wäre doch sprunghaft angestiegen!«

»Das habe ich mich auch gefragt, als ich keine Rückmeldung bekam. Ich nehme an, Graf und er haben in denselben Kreisen verkehrt, man kennt sich hier. Zürich ist nicht so riesig, da wäscht eine Hand die andere.«

Die Überlegung war wohl richtig, sie überzeugte mich dennoch nicht restlos. Denn in erster Linie war Blanchard ein erfolgreicher Geschäftsmann, der von Skandalen profitierte. Und genau so einen hatte er mit den Fotos geliefert bekommen.

Ich würde dieser Frage später nachgehen. Erst einmal musste ich endlich herausfinden, wo sich Rosie befand.

Ungeduldig betrachtete ich Claires Hände, die leicht zitternd die dampfende Tasse auf dem Unterteller vor mir platzierten.

»Kardamom ist aus, deshalb gibt es heute Kaffee.« Sie lächelte entschuldigend. »Es ist lieb von Ihnen, dass Sie mich besuchen kommen. Ich wollte eigentlich im Garten …« Sie brach mitten im Satz ab und blickte aus dem Fenster. Dann schüttelte sie langsam den Kopf. »Aber das ist jetzt viel schöner.« Sie setzte sich und sah mich erwartungsvoll an.

»Claire, ich will Ihnen nichts vormachen. Ich bin wegen Rosie hier.«

Sie schob mir einen Teller mit Keksen hin. »Mandelplätzchen, selbst gebacken.« Aufmunternd nickte sie mir zu, sodass mir nichts anderes übrig blieb, als eines der verlockend duftenden Plätzchen zu nehmen.

»Lecker«, bestätigte ich ihr, nachdem ich hineingebissen hatte. Dann zückte ich mein Notizbuch. »Claire, hat Rosie Ihnen gegenüber jemals etwas von einer Ferienwohnung oder einer Freundin erwähnt? Einen Ort, wo sie sich jetzt versteckt halten könnte?«

Claire überlegte nur kurz. »Nein, da bin ich ganz sicher. Sie hatte nicht vor zu verschwinden. Sie war glücklich, wie es schien. Oft hat sie von den Kindern ihrer Schwester erzählt. Sie hat sie über alles geliebt.«

Zugegeben, es war nur ein Grashalm gewesen, an den ich mich geklammert hatte. Es würde mir wohl nichts anderes übrig bleiben, als mir entweder Zugang zu Fernandos Krankenzimmer zu verschaffen und zu hoffen, dass sich Rosie gerade dort befand, oder dann vor dem Spital auf sie zu warten. So oder so würde ich viel Zeit verlieren. Und gerade Zeit war etwas, das ich nicht hatte, denn Blanchard wollte in wenigen Stunden Resultate sehen.

Claire hatte sich erhoben und war zum Kühlschrank getippelt, nun kam sie zurück und legte stolz lächelnd ein Foto vor mich hin. Auf Anhieb erkannte ich die beiden Jugendlichen darauf, auch wenn sie damals noch etwas jünger gewesen waren.

»Fernando und Antonia«, sagte Claire zärtlich und strich über das Bild. »Rosa hat mir das Bild geschenkt.« Sie blickte mich an und plötzlich verdüsterten sich ihre Gesichtszüge.

»Was ist?«

Claire wirkte verwirrt, zitterig zog sie den Stuhl heran und setzte sich nah zu mir hin. »Ich habe ihn gesehen.«

»Wen?«

»Fernando!«

»Wann?«

Sie legte die Hand an die Stirn und grübelte. »Am Samstagabend muss das gewesen sein. Ich hatte Käseschnitten gemacht … aus dem alten Brot …« Sie starrte wieder aus dem Fenster.

»Claire …«

»Der Graf ist ihm nachgeschlichen.«

»Wem?«

Empört reckte Claire den Hals. »Hören Sie mir überhaupt zu, junger Mann? Fernando natürlich!«

Ruckartig richtete ich mich auf und fasste ihre Hände, worauf sie erschrocken zusammenzuckte. »Graf hat Fernando verfolgt?«

Sie musterte mich misstrauisch und zog ihre Hände zurück. »Am Samstagabend, ich stand am offenen Fenster. Ich musste lüften, die Käseschnitten … sonst stinkt es noch tagelang. Appenzeller habe ich genommen, der ist besonders …«

»Claire!«

»Er hat rumgeschrien.«

»Graf?«

»Nein. Fernando! Ich sah ihn die Straße hochkommen, er war ganz verschwitzt. Ich dachte noch, warum will er zu mir, doch er ist direkt zu den Grafs gerannt. Zuerst war alles still, aber nach wenigen Minuten hörte ich ihn herumschreien. Er hat richtig gebrüllt, er war außer sich. Die haben ihn wohl gar nicht erst reingelassen, deshalb war das auch ringsum zu hören.«

»Haben Sie etwas verstanden?«

Claire wiegte den Kopf. »Ich höre nicht mehr so gut. Aber ich glaube er hat gesagt, Graf sei ein Schwein. ›Der Mann ist ein Schwein‹, genauso hat er es gesagt.« Sie lächelte peinlich berührt.

»Und weiter?«

»Und seine Karriere sei am Ende.« Sie zögerte. »Dafür werde er sorgen.«

Hatte Fernando die Bilder gesehen? Naheliegend war es, seine Tante wohnte ja nebenan. Ist er deshalb noch am gleichen Tag zu Graf gerannt? Um ihn zu beschimpfen und zu bedrohen? Er war jung und ungestüm dazu. Zudem hatte er die Verantwortung für seine Schwester. Er benimmt sich manchmal wie mein Vater, hatte Antonia geklagt. Der einzige Mann im Haus, nach den Worten seiner Mutter.

»Was geschah dann?«

»Alles ging ziemlich schnell. Fernando stürzte auf die Straße und rannte davon, kurz danach eilte ihm Graf mit seinem Mantel und dem Hut hinterher.«

»Trug er einen Schal?«

»Ja, woher wissen Sie das? Ich fand das ziemlich merkwürdig. Der Graf verlässt das Haus mit einem Schal, sodass man sein Gesicht überhaupt nicht sehen konnte. Und dann auch noch mit einem Frauenschal. Lilafarben. Ich hab es gesehen, als er unter der Straßenlaterne hindurchging. Wie kann man nur, also wirklich.« Sie schüttelte den Kopf.

»Hatte Fernando etwas dabei? Eine Tasche vielleicht? Haben Sie etwas gesehen?«

»Nein, mir ist nichts aufgefallen.«

»Keinen Umschlag?«

Sie zögerte. »Das hingegen könnte schon sein, es war ja dunkel und darauf habe ich wirklich nicht geachtet.«

Nachdenklich rührte ich in meiner Tasse, in der längst kein Kaffee mehr war.

Hatte Graf Fernando verfolgt und dann die Burschen aufgehetzt, damit sie den Jungen verprügelten und er ungestört an die Bilder kam? Mir schien das auf Anhieb wenig glaubwürdig.

»Möchten Sie noch einen Schluck?«, fragte Claire.

Ich lehnte dankend ab. Etwas an ihrer Erzählung war nicht stimmig, doch ich kam nicht drauf, was es war.

»Kurz danach ist er zurückgekehrt«, sagte Claire plötzlich in die Stille hinein.

»Wer?«

»Der Graf.«

»Wie kurz danach?«

»Etwa eine Viertelstunde.«

Ich horchte auf. Eine Viertelstunde hätte niemals gereicht, um bis zum Escher-Wyss-Platz zu gelangen, die Sache ins Rollen zu bringen, nach der Prügelei Fernando zu durchsuchen und wieder zurückzukommen.

»Trug er den Schal immer noch?«

Claire zuckte mit den Schultern. »Woher soll ich das wissen? Er fuhr mit dem Auto direkt in die Garage. Ich habe ihn später in der Küche rumlaufen sehen, aber da hatte er Mantel und Hut bereits abgelegt.«

»Und Sie sind sich sicher, dass es Walter Graf war, den Sie im Haus gesehen haben?«

»Absolut sicher, er hat mir ja noch rübergewunken.«

»Claire, ich muss jetzt gehen. Sie haben mir sehr geholfen.«

Sie ergriff meine Hand. »Kommen Sie wieder einmal zum Kaffee, bitte. Ich freue mich immer so sehr über Besuch.«

Ohne zu zögern, versprach ich es.

Aus dem Radio trällerte Lady Gaga wieder einmal ihren neusten Hit, in dem sie sich nach dieser schlechten Romanze verzehrte. Ich dachte kurz an Manju und lenkte dann meine Gedanken schnell in eine andere Richtung und den Käfer am Hauptbahnhof vorbei. Wie es schien, hing die Suche nach Rosie irgendwie mit Grafs Tod zusammen. Nur war mir im Moment nicht einmal ansatzweise klar, was das eine mit dem andern zu tun hatte.

So ausführlich Claires Bericht über ihre Beobachtungen am Samstagabend auch gewesen war, restlos überzeugend fand ich ihn nicht. Es schien mir unwahrscheinlich, dass Graf Fernando gefolgt war und ihn dann hatte verprügeln lassen, um ungestört an die Fotos zu gelangen. Zudem hatte sie beobachtet, dass er nur eine Viertelstunde später mit dem Auto nach Hause gekommen war. Das wäre nicht zu schaffen gewesen. Und woher sollte er auch plötzlich das Auto haben? Auch seine Statur war nicht diejenige des Mannes, den wir bei Fernando gesehen hatten, der war nämlich schlank und wendig gewesen. Beides konnte man von Graf nicht behaupten. Also konnte es genauso wenig der beinahe siebzigjährige, beleibte Politiker gewesen sein, der den Jungen im Spital aufgesucht hatte, denn der wäre mir bei der Verfolgungsjagd durchs Niederdorf sicher nicht entwischt. Alles sprach dafür, dass es in beiden Fällen nicht Graf selbst gewesen sein konnte. Claire hatte einfach angenommen, dass er es war. Genau gesehen hatte sie ihn ja nicht, wenn man von der Winkerei am Fenster absah. Und die fand etwa zu der Zeit statt, als der Vermummte am Escher-Wyss-Platz Fernando durchsucht hatte. Aber wer war der Vermummte dann?

Ich fuhr langsam durch den Kreis 5 und setzte den Blinker, um in die Langstrasse einzubiegen. Als ich schon daran dachte, mir eine Pizza zu bestellen, um mir die Wartezeit zu verkürzen, hatte endlich jemand Erbarmen und ließ mich einspuren.

Im Radio interviewte man gerade Monika Luger, eine linke Politikerin, die ebenfalls für das Stadtpräsidentenamt kandidierte. Frau Luger, die in den Umfragen stets knapp hinter Graf gelegen hatte, äußerte sich entsetzt über den Raubmord an ihrem ehemaligen Konkurrenten und verurteilte diese barbarische Tat aufs Schärfste. Sie selbst habe schreckliche, schreckliche Stunden hinter sich und könne ihre Trauer kaum in Worte fassen. Sie beschrieb Graf als einen ›Mann mit Visionen‹, mit dem sie viele gute Erinnerungen und fruchtbare Gespräche ›auf Augenhöhe‹ in Verbindung brachte. Gleichzeitig betonte sie aber, dass nichtsdestotrotz der Wahlkampf weitergeführt werde. Die Leute würden sich gerade in solch unsicheren Zeiten nach einer starken Führungspersönlichkeit sehnen. Selbstredend meinte sie damit sich selbst.

Ich fragte mich, ob der Auftrag, Graf in einer kompromittierenden Situation zu fotografieren, von ihr stammte. Unmöglich schien es mir nicht, doch wahrscheinlich würde ich es nie herausfinden.

Plötzlich erinnerte ich mich, dass mich vorhin noch etwas anderes an Claires Bericht stutzig gemacht hatte. Doch erst als ich beinahe zu Hause war, fiel mir ein, was es gewesen war: Fernando hatte angeblich gesagt, dass der Mann ein Schwein sei. Was darauf hindeutete, dass er kaum mit Graf persönlich gesprochen haben konnte. Vielleicht hatte er auch gesagt »Ihr Mann« und Claire hatte es falsch verstanden. Sie hörte ja angeblich nicht mehr so gut. Dann wäre es eindeutig, mit wem er sich unterhalten hatte: mit Alice. Grafs Frau.

In meinem Büro angekommen, schenkte ich mir ein großes Glas *Amrut* ein und ließ zwei Eiswürfel hineingleiten. Noch immer hatte ich ein flaues Gefühl in Kopf und Magen, doch nach ein paar Schlucken Whisky fühlte ich mich deutlich besser. In Gedanken versunken blätterte ich die gestrige Zeitung durch. Nach einem überaus sonnigen September und einigen strahlend klaren Oktobertagen kündigten die Vorhersagen herbstliches Wetter an. War ja auch die Zeit dafür.

Ich begann einen Artikel über Graf zu lesen, ohne dass ich hätte sagen können, worum es darin ging, und blätterte bald weiter zu den Klatschmeldungen und skurrilen Kurznachrichten aus aller Welt. Das würde mein lädierter Verstand knapp bewältigen können.

Ich zuckte zusammen. Das Bild war großformatig, farbig und prominent auf der Seite platziert. Nachdem ich es sekundenlang und mit angehaltenem Atem studiert hatte, fuhr ich meinen PC hoch und rief das Schweizer Telefonverzeichnis im Internet auf.

»Ja, bitte?« Claires Stimme klang brüchig und unsicher.

»Claire, ich bin's noch mal, Vijay Kumar.« Meine Gedanken machten Luftsprünge und Salti, nur mit Mühe gelang es mir, sie zu bändigen.

»Ach, Sie sind's! Möchten Sie auf einen Kaffee vorbeikommen? Kardamom ist leider aus, sonst ... Moment mal! Waren Sie nicht eben hier? Sie haben doch nicht etwas vergessen?«

»Nein, aber mir ist noch eine Frage eingefallen.«

»Ich bin ganz Ohr.«

»Haben Sie Frau Graf am Montagmittag nach Hause kommen sehen?«

Claires Antwort kam postwendend. »Aber natürlich. Ich stand gerade im Garten, als sie ankam. Die Forsythien waren dieses Jahr ...«

»Claire, Sie müssen sich jetzt konzentrieren.«

»Konzentrieren, ach so.« Sie kicherte leise.

»War sie alleine?« Ich klappte mein Notizbuch auf.

»Ja.«

»Sind Sie sicher?«

»Ja, ganz sicher. Sie hatte ihren BMW vor dem Grundstück auf dem Trottoir parkiert und leerte auf dem Weg hinein den Briefkasten, daran erinnere ich mich ganz genau.

Die Post kommt bei uns hier oben ja erst gegen Mittag, wissen Sie. Man kann über diese Frau sagen, was man will, aber Geschmack hat sie. Die Kleider, der Schmuck, die Accessoires, alles perfekt aufeinander abgestimmt. Dunkelblaues Kleid, eine auffällige Perlenkette, wie aus einem dieser Modemagazine. Selbst zum Einkaufen geht sie immer wie aus dem Ei gepellt ...«

»Claire!« Ungeduldig trommelte ich einen Marsch auf die Tischplatte.

»Ach ja, entschuldigen Sie. Manchmal schweifen meine Gedanken etwas ab. Meine Ausflüge finden mittlerweile vor allem im Kopf statt. Wo sind wir stehen geblieben?«

»War Alice Graf allein?«

»Ja. Natürlich war wie immer der Parteisekretär, dieser Schluep, bei ihr, aber sonst war sie allein.«

»Martin Schluep war dabei, als sie ankam?«

Der Parteisekretär war als extrem ehrgeizig bekannt, was seine Karriere betraf, war er doch als Nachfolger Grafs vorgesehen, und galt bezüglich seiner politischen Position als Hardliner, gerade in Ausländerfragen. Doch auch privat trieb er sich zu Höchstleistungen an: Bereits mehrfach war der renommierte Wirtschaftswissenschaftler als Marathonläufer und bei Zehnkämpfen ausgezeichnet worden. Obwohl das Ehepaar Graf seine Karriere gezielt vorantrieb, war er für viele nicht die optimale Wahl als zukünftiger Parteipräsident. Zu kalt wirke er, bemängelte man – selbstverständlich hinter vorgehaltener Hand – selbst bei der VPRS. Obwohl Schluep die jeweils aktuelle Meinung seines Mentors mit geradezu sklavischem Eifer nachbete, sei er kein Sympathieträger. Oder vielleicht gerade deshalb.

Tatsächlich wirkte sein schmales, asketisches Gesicht mit den zusammengekniffenen Lippen, die sich selbst zum Lächeln nicht öffneten, wenig einnehmend. Als unheimlich und reptilartig hatte ihn eine linke Politikerin einmal beschrieben.

»Ja, Schluep war auch da«, bestätigte Claire. »Der schwänzelt ja dauernd um sie herum. Aber diesmal ließ er sie nur aussteigen und fuhr gleich wieder davon.«

Um im Unispital Fernando Hirt aufzusuchen, da war ich mir mit einem Mal ganz sicher. Während Alice Graf zu Hause ihren toten Mann auffand und das Verschwinden des Hodler-Gemäldes bemerkte.

»Haben Sie sonst noch jemanden gesehen?«

»Nein, ich gehöre doch nicht zu diesen alten Schachteln, die den ganzen Tag am Fenster stehen, um ihre Nachbarn auszuspionieren!«

»Haben Sie kein Auto gehört, kurz bevor Frau Graf zurückgekehrt ist? Oder ist Ihnen etwas Ungewöhnliches aufgefallen? Das Splittern einer Scheibe eventuell?«

»Nein. Ich war aber auch im Keller, um die Gartenschere zu holen. Ich wollte doch die Forsythien zurückschneiden. Das habe ich so auch schon der Polizei gesagt. Als ich raufkam, sah ich nur, wie Schluep zurückkehrte. Wenig später waren die Sirenen zu hören.«

Schluep musste umgehend die Polizei benachrichtigt haben. Es war anzunehmen, dass Alice Graf unter Schock gestanden hatte.

»Was hatte er denn an?«

»Der Schluep? Hm, daran erinnere ich mich jetzt wirklich nicht mehr.«

»Hut, Mantel, einen lila Schal?«

»Mantel, das kann sein«, antwortete Claire zögernd »Aber sicher keinen lila Schal, das wäre mir aufgefallen.«

Einen Augenblick lang herrschte Stille, dann hatte sie begriffen. »Ach, Sie denken, das war der Schluep am Samstagabend.«

»Es wäre möglich.«

Sie überlegte kurz, dann sagte sie: »Das ist mir jetzt zu kompliziert.«

Ich musste lachen und verabschiedete mich von ihr.

»Aber Sie berichten mir von der Auflösung des Falles bei einem Kaffee?«

Ich versicherte ihr, dass ich das sehr gern tun würde, und beendete den Anruf. Dann leerte ich das Glas Whisky in einem Zug, lehnte mich in meinem Bürosessel nach hinten und betrachtete erneut das Bild in der Zeitung. *Alice Graf und der als Nachfolger ihres Mannes gehandelte Martin Schluep bei der Einweihung des neuen Kindergartens* Zwergenhöhle *in Höngg*, stand darunter.

Martin Schlueps Figur passte perfekt zu derjenigen des Vermummten. Claire hatte eben gesagt, dass er dauernd in Frau Grafs Nähe gewesen sei, also war es nicht unmöglich, dass er auch am Samstagabend zugegen war, als Fernando auftauchte.

Wie es schien, hatte Alice Graf Fernandos Drohungen ernst genommen und musste Martin Schluep losgeschickt haben, um an das vermutlich brisante Material zu gelangen. Dieser hatte sich rasch den Mantel übergeworfen und den Hut aufgesetzt – seine eigenen Kleidungsstücke, wie ich jetzt wusste, da er sie auf dem Foto von der Kindergarteneinweihung ebenfalls trug. Aber ihm musste etwas gefehlt haben, um sich das Gesicht zu verhüllen, deswegen hatte er sich einen Schal von Alice Graf geschnappt. Am Montag hatte er dann seinen eigenen Schal getragen. Ich erinnerte mich genau an das karierte Muster, denn ich hatte den Stoff auf der Verfolgungsjagd für einen Sekundenbruchteil in der Hand gehalten. Kein Wunder, dass er mir entkommen war: Marathonläufer und Zehnkämpfer. Dr. Biasi hätte gestaunt, wie lange ich dennoch dicht an ihm drangeblieben war.

Allmählich sah ich klarer. So wie es schien, hatte Rosie die Fotos bei Blanchard entdeckt und sie mitgehen lassen, weil sie sich Sorgen um ihre Nichte machte. Zu Hause hatte sie dann festgestellt, wer der Mann auf den Bildern war, wahrscheinlich mithilfe von Fernando. Dieser begab sich wutentbrannt zu Grafs Anwesen, während Rosie es für klüger erachtete abzutauchen. Ich glaubte sogar, dass Fernando ihr aufgetragen hatte, sich zu verstecken, wahrscheinlich ahnte er die Gefahr, in die sie sich begeben hatte. Denn wenn Rosie die Kinder tatsächlich so liebte, wie ihre Schwester und Claire behaupteten, dann wäre sie sicher nicht feige von der Bildfläche verschwunden. Alice Graf hetzte nach den Drohungen ihren Parteisekretär auf Fernando, was zur Folge hatte, dass dieser spitalreif geprügelt wurde.

So weit, so logisch. Doch eine Frage beschäftigte mich immer noch: Wo waren die verdammten Fotos?

Grübelnd ließ ich meinen Blick über die aufgeschlagene Zeitungsseite wandern. Zuoberst war ein kurzer Bildbericht über die Stararchitektin Joswitha Moor, darunter wurden Angelina Jolie und Brad Pitt erwähnt. Ich machte mir gar nicht erst die Mühe nachzulesen, ob sie erneut unter einer Ehekrise litten oder wieder einmal ein Katastrophengebiet besuchten, eines von beidem würde es ohnehin sein. Das dazugehörige Foto erinnerte mich an ein Suchbild, denn man brauchte schon ein sehr geübtes Auge, um die beiden inmitten ihrer bunten Kinderschar ausfindig zu machen.

Daneben fand sich ein Kurzinterview mit einer Zürcher Modedesignerin, die sich gerade eine ›längere kreative Auszeit‹ in ihrem Rustico im Tessin gönnte. Wie immer trug die Künstlerin eine ihrer eigenen Kreationen: ein zeltgroßes Stück Stoff in Schwarz, in dessen Mitte eine Öffnung für den Kopf ausgespart war. Der herabwallende Umhang ließ sie aussehen wie eine nasse Fledermaus und kaschierte alles, was man gemeinhin als ›Figur‹ bezeichnete. Als ich das Gespräch mit der Modeschöpferin überflog, durchfuhr es mich plötzlich siedend heiß: Ich hatte ihren Namen gerade erst gelesen. Und ich erinnerte mich auch genau wo.

Eine halbe Stunde später drückte ich auf eine Klingel und ließ den Finger drauf, bis er zu schmerzen begann. Dann polterte ich mit den Fäusten gegen die Tür, doch nichts tat sich.

»Rosie! Ich weiß, dass Sie da sind! Machen Sie auf! Ich muss mit Ihnen reden.«

Pilar hatte mir am Telefon mitgeteilt, dass ihre Schwester das Spital am Mittag nach einer durchwachten Nacht am Bett ihres Neffen verlassen hatte. Die Wahrscheinlichkeit, dass sie sich jetzt etwas hingelegt hatte oder sogar schlief, war ziemlich groß.

»Rosa Maria Perez Martinez de la Cruz!«

Ich drückte wieder auf die Klingel und hoffte, dass diese modernen Loftwohnhäuser schalldicht isoliert waren. Andernfalls würde bei dem Lärm, den ich veranstaltete, wohl bald die Polizei aufkreuzen. Im Seefeld mochte man es gerne ruhig.

»Sie brauchen sich nicht zu fürchten! Ich bin gekommen, um Sie zu retten!«, rief ich, doch was beschwichtigend gedacht war, klang wohl eher nach den Zeugen Jehovas. Ich musste meine Taktik ändern.

»Rosie, ich weiß von den Fotos. Ich glaube, ich kann Ihnen helfen. Ich bin Privatdetektiv.«

Es blieb still. Erschöpft lehnte ich mich gegen die Hauswand, als zögernd ein Schlüssel im Schloss gedreht wurde und die Tür sich spaltbreit öffnete.

Ängstlich blickten mich zwei dunkle Augen an. »Ein was sind Sie?«

»Ein Privatdetektiv.«

»Aha?«

Es war ja nicht so, dass ich es nicht gewohnt war. Ich schluckte meine gekränkte Ehre hinunter, zu groß war die Erleichterung, dass ich Rosie gefunden hatte. Der Name der Modedesignerin war mir gleich vertraut vorgekommen, als ich ihn in der Zeitung entdeckt hatte, denn ich hatte ihn am Vortag bereits gelesen. Und zwar in Rosies Agenda. Sie hatte vergangene Woche bei der Textilkünstlerin geputzt und wusste deshalb wohl, dass diese für längere Zeit nicht anwesend sein und die Wohnung entsprechend leer stehen würde. Also hatte ich geschlussfolgert und mitten ins Schwarze getroffen.

Ich klopfte mir insgeheim auf die Schultern. Durch Lesen zum Erfolg – ein Satz wie aus der Werbung für Erwachsenenbildung.

Zögernd ließ mich Rosie eintreten. Ich setzte eine gleichgültige Miene auf, obwohl ich zutiefst beeindruckt war. Das Loft erinnerte in seiner Weitläufigkeit an einen Hangar, wobei der Privatjet wohl irgendwo weiter hinten, wo man ihn nicht auf Anhieb entdeckte, geparkt war. Man gab sich ja gern bescheiden in diesen Kreisen.

Die Einrichtung war wie erwartet minimalistisch, wahrscheinlich sündhaft teuer und gewährte genügend Freiräume, damit die füllige Künstlerin mit ihren flatternden Umhängen hier lustwandeln konnte, ohne dass sie dabei die Dekoration von den Regalen gefegt hätte.

Rosie wirkte in ihrem weiten, grell leuchtenden Kleid, dem kunstvoll nach hinten frisierten Haar und dem dramatischen Make-up, das an eine alternde Varietésängerin erinnerte, wie ein Fremdkörper in der komplett durchgestalteten Leere. Es war unübersehbar, dass sie sich in dieser Umgebung nicht wohlfühlte.

»Erzählen Sie mir von den Fotos«, munterte ich sie auf, als wir uns gesetzt hatten.

Ihre purpurrot angemalten Lippen zitterten, als sie zu sprechen begann: »*Dios*, ich wollte nichts Unrechtes tun, aber ich musste sie mitnehmen, verstehen Sie, *Señor*? Ich musste, Sie müssen mir glauben, *por favor*. Ich habe mir gesagt, Rosa, jetzt reinigst du erst einmal das Büro, doch meine Gedanken kehrten immer wieder zu den Fotos zurück. Immer wieder, ich konnte an nichts anderes mehr denken. Sicher, ich wollte meine Arbeit richtig machen, doch ich war so … *alterada*, wie sagt man? Durcheinander. Also habe ich sie eingepackt.« Sie stöhnte gequält und bekreuzigte sich mehrmals. »*Ay dios, que miseria*, aber da war Antonia drauf, meine Nichte, und ich wollte nicht, dass sie Schwierigkeiten bekommt.« Sie sah mich wie ein waidwundes Reh an und rutschte unbehaglich auf ihrem Sessel herum, für dessen Preis man wahrscheinlich Island hätte kaufen können. Die Sorge um ihren Neffen hatte sie offensichtlich erschöpft, sie wirkte blass, trotz der ganzen Schminke.

»Ich glaube, jeder andere hätte auch so reagiert. Sie brauchen sich keine Vorwürfe zu machen«, beschwichtigte ich sie.

Trotzdem wurden ihre Augen feucht. »Aber *Señor!* Genau das mache ich mir die ganze Zeit! Vorwürfe! Die ganze Zeit! Ohne diese Fotos wäre Fernando nichts zugestoßen! Das ist alles meine Schuld! *Ay, dios!*« Sie verbarg das Gesicht in den Händen.

»Haben Sie ihm die Bilder gezeigt?«

Die Tränen ruinierten Rosies Make-up und richteten ein regelrechtes Farbmassaker auf ihrem Antlitz an. Sie sah zutiefst bemitleidenswert aus.

»*Señor*, ich wusste nicht, wer der Mann war, den Antonia da küsste. Deswegen habe ich die Fotos Fernando gezeigt. Da ist er komplett ausgerastet. Er hat geschrien, er werde den Bastard umbringen.« Sie atmete tief ein. »Er macht sich dauernd Sorgen um Antonia. Er nimmt seine Aufgabe als großer Bruder sehr ernst, wissen Sie.«

»Das hat mir bereits Ihre Schwester erzählt. Und Ihre Freundin Claire.«

»Ach, Sie kennen Claire? Sie ist eine gute Frau. Ein großes Herz.« Wie zur Betonung legte sie ihre Hände auf die Brust und seufzte tief.

»Was ist dann geschehen?«

Rosie schniefte und wischte sich die Tränen energisch ab, was keineswegs vorteilhaft für ihr Erscheinungsbild war.

»Er nahm die Bilder an sich. Er war immer noch aufgebracht und hat gesagt, dass ich mich auf der Stelle verstecken müsse, ich hätte mich in eine gefährliche Situation gebracht. Ich habe sofort gesagt, dass ich in dem Fall die Fotos zurückbringen würde, doch er wollte das nicht. *Dios,* Sie hätten ihn sehen sollen. Er machte mir Angst, er sah so wütend aus. Ich flehte ihn an, keine Dummheit zu begehen, doch er hörte gar nicht hin. Er gab keine Ruhe, bis ich ihm versprochen hatte, in dieser Wohnung abzuwarten, bis sich alles beruhigt hat. Doch dann erfuhr ich, dass man versucht hatte, bei mir einzubrechen, und gleichzeitig geschah das Schreckliche mit Fernando ...« Sie schluchzte und kramte ein Papiertaschentuch aus ihrem Kleid, mit dem sie sich geräuschvoll die Nase putzte. »Seither bin ich, sooft es geht, im Spital und bete für ihn.« Sie bekreuzigte sich erneut und begann, leise zu weinen. »*Señor,* glauben Sie mir, wenn ich gewusst hätte ... aber dann hätte ich die Bilder trotzdem nicht liegen lassen können. Antonia war darauf. Ich wusste nicht, was ich tun sollte.« Unglücklich sah Rosie mich an, während ihr die Tränen unaufhaltsam über das Gesicht liefen.

Ihr Anblick zerriss mir das Herz. »Ich werde mich darum kümmern. Bleiben Sie erst mal hier, bis ich mich melde«, versuchte ich, sie zu beruhigen. »Wissen Sie, wo die Fotos jetzt sind?«

Sie schüttelte den Kopf. »Im Spital habe ich seine Sachen durchsucht. Und in seinem Zimmer waren sie auch nicht. Vielleicht hat er sie verloren?« Sie sah mich unsicher an.

»Das glaube ich kaum.« Ich kaute auf meiner Unterlippe herum. Bei den Grafs hatte er sie auch nicht gelassen, sonst hätte ihn dieser Schluep kaum quer durch die Stadt verfolgt.

Beinahe flehend ergriff Rosie meine Hand. »Er ist ein guter Junge, *Señor,* er würde niemandem etwas antun. Er ist einfach temperamentvoll. So sind wir Latinos nun mal. Aber er ist intelligent und gibt sich Mühe bei seiner Ausbildung.«

»Im *Hotel Rothaus,* nicht wahr?«

Sie bestätigte mit einem Nicken.

Ein vager Gedanke schwirrte mir plötzlich durch den Kopf. Wenn ich die Fotos wiederbeschaffte, war Rosie theoretisch aus der Schusslinie. Wahrscheinlich würde sie sich einen neuen Arbeitgeber suchen müssen, aber sie schien ausgezeichnete Kontakte zu haben. Vielleicht ließ Blanchard sogar mit sich reden. Aber das Leid dieser Frau musste gelindert werden. Dafür nahm ich es in Kauf, jeder noch so dünnen Spur nachzugehen.

Ich kurvte durchs Quartier und wurde mit jeder Runde ungeduldiger. Die ersten leicht bekleideten Damen begannen bereits, meinen Käfer mit unverhohlenem Interesse zu betrachten. Kein Wunder, fuhr ich doch wiederholt und – da ich verzweifelt nach einer Parkmöglichkeit Ausschau hielt – entsprechend gemächlich an den einschlägigen Etablissements vorbei, wo sich die Frauen aufreizend in den Schaufenstern rekelten.

Endlich ergatterte ich einen Parkplatz in der Nähe meiner Wohnung. Ich warf erneut einen Blick auf den Stadtplan, den ich während der Fahrt im Handschuhfach gefunden hatte. Der vage Gedanke von vorhin schien mir plötzlich gar nicht mehr so abwegig. Wenn ich richtig lag, würde ich die Fotos schon bald in meiner Hand halten.

Ich stieg aus, zündete mir eine Zigarette an und ging die kurze Distanz zum *Rothaus* zu Fuß. An der Bushaltestelle vor dem Hotel, das sich in einem beeindruckenden Bau aus roten Ziegelsteinen an der umtriebigsten Ecke des Quartiers befand, lungerte wie immer ein Pulk verwahrlost aussehender Existenzen herum, die man liebend gern zu einer Vorher-Nachher-Behandlung bei einem dieser Frauenmagazine anmelden würde. Das hätte die dafür zuständigen Visagisten, Friseure und Stylistinnen vor wirklich knifflige Aufgaben gestellt.

Eine junge Frau mit fettig aussehendem Teint und Pusteln im grünlichen Gesicht stellte sich mir wankend in den Weg, doch ehe sie mir ihr Tagesangebot an illegalen Substanzen herunterleiern konnte, hatte sie es auch schon vergessen. Mit offenem Mund und leerem Blick erstarrte sie mitten in der Bewegung, als wäre sie soeben von einer bösen Fee verwünscht worden. Ich ging ungerührt an ihr vorbei auf das Hotel zu.

Mein Herz schlug mir vor Aufregung bis zum Hals, als ich vor dem Tor auf den Summer drückte und dann durch den Seiteneingang zum Empfang hochstieg. Atemlos brachte ich mein Anliegen vor, doch der Rezeptionist, ein älterer, hagerer Herr mit schlohweißem Haar, wiegte nur den Kopf. Selbstverständlich wusste er, was Fernando widerfahren war, nur schien ihn meine Theorie nicht sehr zu überzeugen. Erst auf mein inständiges Bitten hin gab er nach. Missmutig brummend griff er sich einen Schlüsselbund vom Brett und wies mich mit einer knappen Kinnbewegung an mitzukommen.

Wir stiegen eine schmale Treppe hinunter, dann folgte ich

ihm in einen düsteren Gang. Die Wände waren unverputzt, Harassen mit leeren Flaschen stapelten sich zu beiden Seiten des Korridors, aufgeschnittene und gebündelte Schachteln warteten darauf, entsorgt zu werden.

Der Portier stieß eine dunkelrot gestrichene Tür auf und betrat den kargen Raum, der als Garderobe diente. Es roch ungelüftet. An den Längsseiten reihten sich Schließfächer aneinander, vor denen schmale Holzbänke verliefen. Sporttaschen und achtlos hingeworfene Kleidungsstücke lagen darauf, auf dem Boden entdeckte ich etliche Turnschuhe und ein Paar Slippers. Uns gegenüber befand sich ein Waschbecken, darüber hing ein halb blinder Spiegel, eine Neonröhre spendete flackriges Licht. Der Rezeptionist warf einen Blick auf die Liste, die er mitgebracht hatte, und ging dann zielstrebig auf einen der ebenfalls rot lackierten Spinde zu.

»Hier«, brummte er, während er diverse Schlüssel ausprobierte, bis er den passenden gefunden hatte. »Fernando Hirts Schrank.«

Hastig öffnete ich die Tür und durchstöberte den Inhalt. Ein weißes, frisch gewaschenes Hemd war sorgsam über einen Kleiderbügel gehängt, von einem seitlich angebrachten Haken baumelte eine schwarze Hose. Auf dem Boden des Schrankes befanden sich ein Paar schwarze Schuhe neben einem ebenfalls schwarzen, ziemlich großen Portemonnaie. Weiter hinten entdeckte ich ein Parfümflakon aus dem Supermarkt und ein Deodorant.

Ich gab mir keine Mühe, meine Enttäuschung zu verbergen. Die Fotos waren nicht hier. Je länger ich darüber nachgedacht hatte, desto überzeugter war ich gewesen, dass die Bilder im *Hotel Rothaus* sein mussten. Das Studium des Stadtplans hatte dasselbe ergeben. Denn Fernando war zu Fuß bei den Grafs aufgetaucht, was bedeutete, dass er höchstwahrscheinlich mit der Straßenbahn bis zur nächstliegenden Haltestelle gefahren war. Von dort war er auch wieder ins Stadtzentrum zurückgekehrt. Zum Central, nahm ich an, und von dort mit dem Bus bis Militär-/Langstrasse. Direkt vor das *Rothaus.* Wahrscheinlich hatte er bemerkt, dass er verfolgt wurde, und wollte die heiße Ware so schnell wie möglich in Sicherheit bringen. Sein Spind im Keller seines Arbeitsortes wäre dazu ideal gewesen. Doch ich hatte mich geirrt.

»Nichts gefunden?« Der Portier sah mich ausdruckslos an.

»Wer hatte am Samstagabend Dienst?«

»Müsste ich oben im Arbeitsplan nachschauen.«

»Ja, er war kurz da.« So wie es sich anhörte, war Stefan, Jusstudent und Nachtportier im *Hotel Rothaus,* gerade beim Essen, doch seinem Schlürfen nach zu urteilen schien ihn mein Anruf dabei nicht zu stören. »Fernando kam hereingestürzt und wirkte gehetzt.«

»Hat er etwas gesagt?«

»Gesagt?« Stefan lachte trocken. »Er hat geflucht, dass sich selbst die Zuhälter ums Eck geschämt hätten.« Er biss irgendetwas ab und fuhr mit vollem Mund fort: »Er habe Scheiße gebaut, hat er ununterbrochen wiederholt, verdammte Scheiße. Aber er wüsste, wie er es angehen wolle, damit alles gut werde.«

Vergeblich versuchte ich mir einen Reim darauf zu machen, während Stefan mir lautstark ins Ohr rülpste. Ich konnte mir gut vorstellen, dass Hemmungslosigkeit heutzutage zum Anforderungsprofil angehender Anwälte gehörte, aber weshalb musste er das ausgerechnet mir beweisen?

»Dann verschwand er im Büro der Chefin im ersten Stock«, nahm er seinen Bericht unverhofft wieder auf. Der Gashaushalt in seinem Magen schien wieder im Lot.

Ich horchte auf. »Was wollte er da?«

»Ich habe keine Ahnung. Zuerst war es lange still, bis ich das leise Surren des Kopiergeräts hörte, vielleicht war es auch der Drucker. Dann kam er auch schon wieder herunter und kritzelte hastig etwas auf einen Umschlag. Da trampelte plötzlich dieser andere Typ rein. Er musste sich erst im Lokal umgesehen haben, doch Fernando hatte ihn rechtzeitig entdeckt. Er ist leichenblass geworden und durch den Hinterausgang abgehauen.«

Fernando hatte also die Fotos kopiert! Cleveres Kerlchen. Aber wo hatte er sie hingebracht? Um sie zu verstecken, hatte ihm die Zeit gefehlt, sein Verfolger war ihm zu dicht auf den Fersen.

»Und der Typ?«

»Der war merkwürdig. Trug Mantel und einen Hut und dann dieses schwuchtelige lila Halstuch, das er bis über die Nase gezogen hatte. Er wollte wissen, wohin Fernando verschwunden sei, doch ich habe ihn hingehalten, bis er grob wurde. Er hat mich am Kragen gepackt und beinahe über den Tresen gezerrt. Ich habe dann vage hinausgedeutet, und der Typ ist losgerannt. Ich natürlich sofort hinterher, doch Mann, das glaubst du nicht, der konnte rennen wie der Teufel! Da konnte ich nicht mithalten.«

»Hast du Fernando noch gesehen?«

»Ja klar, der stieg gerade in den Bus.«

»In welchen?«

»In den Zweiunddreißiger, Richtung Limmatplatz.«

Dass der Mann rennen konnte, hatte ich selbst erlebt. Und der Bus hielt auf der kurzen Strecke sogar ein weiteres Mal. Schluep musste beinahe gleichzeitig mit Fernando am Limmatplatz angekommen sein. Was hatte sich dann abgespielt? Die Trams Nummer 4 und 13 fuhren von dort direkt zum Escher-Wyss-Platz.

Ich fragte mich, wie es Fernando geschafft hatte, unbehelligt bis dorthin zu gelangen.

Kaum hatte ich mich an meinen Schreibtisch gesetzt und mir ein wohlverdientes Glas *Amrut* eingeschenkt, klingelte es auch schon an der Tür. Blanchard war pünktlich wie eine Schweizer Uhr.

Heute trug er einen dunkelgrauen Anzug und ein lachsfarbenes Hemd dazu. Er hielt sich nicht lange mit Begrüßungsfloskeln auf, sondern steuerte den Besuchersessel an und ließ sich mit einem gepressten Stöhnen hineinfallen.

»Trinken Sie bei der Arbeit?«, fragte er und deutete auf mein großzügig gefülltes Glas.

»Nicht ausschließlich.«

Fragend zog er eine Augenbraue hoch.

»Manchmal auch vorher, ganz sicher nachher.«

Ein Augenblick lang herrschte angespannte Stille.

»So. Was haben wir?«

Ich setzte mich und schlug einen Aktenordner auf, der zufällig gerade dort lag. Eifrig blätterte ich die Seiten um und hoffte, dass Blanchard von seiner Position aus nicht erkennen konnte, dass es sich dabei um das minutiöse Protokoll der Überwachung eines untreuen Ehemannes handelte. Ich bedeckte mit der Hand einen etwas zu eindeutigen Schnappschuss, räusperte mich und hob den Kopf.

»Ich habe in Erfahrung gebracht, wo sich Rosie befindet. Bevor ich Ihnen aber verrate, wo sie ist, bin ich darauf angewiesen, dass Sie mir ein paar Fragen beantworten.«

»Wenn es sein muss.« Er schmatzte unwillig.

»Ehrlich.«

Er starrte mich sekundenlang an, bevor sich sein Gesicht schlagartig rötete und er nach Atem schnappte, als hätte er einen akuten Allergieschock.

»Das ist die Höhe!«, brüllte er. »Ich habe es nicht nötig, mich derart anmaßend …«

»Haben Sie versucht, in der Nacht vom zehnten auf den elften Oktober bei Ihrer Putzfrau Rosa Maria Perez Martinez de la Cruz einzubrechen?«

Blanchard verstummte abrupt und starrte mich mit weit aufgerissenen Augen an.

»Sie trugen eine Skimütze und eine dicke blaue Jacke. Es gibt Zeugen dafür.«

Langsam lehnte er sich zurück und musterte mich verächtlich. »Glauben Sie wirklich, ich würde selbst bei meiner Putzfrau einbrechen? Ich habe wirklich Besseres zu tun.«

»Glaube ich nicht, aber es war einen Versuch wert. Sie wissen nicht zufälligerweise, wer es gewesen sein könnte?«

Er schüttelte den Kopf. »Woher sollte ich …« Er brach ab und sah mich plötzlich interessiert an. »Bei ihr wurde eingebrochen?«

»Man hat es versucht, der Täter wurde aber daran gehindert.«

»Es wurde also nichts entwendet?«

»Nein.«

Behutsam faltete er die Hände und legte sie auf das übergeschlagene Knie.

Wortlos starrten wir uns an.

»Weshalb wollen Sie die Fotos so dringend zurück?«

Blanchard zuckte mit keiner Wimper. »Woher wissen Sie davon?«

»Ich bin Detektiv, erinnern Sie sich?«

»Sie haben die Fotos gesehen?«

»Ich weiß, wer darauf zu sehen ist und was er dabei tut.«

Blanchard sah mich gespannt an. »Das wäre?«

»Walter Graf, wie er eine sehr junge Dame küsst.«

»Ach so.« Blanchard schien erleichtert, was mich etwas irritierte.

»Beim Fotografen der Aufnahmen wurde gestern ebenfalls eingebrochen.«

Blanchard hob wachsam den Blick. »Und?«

»Das gesamte Material mit den Fotos drauf wurde entwendet.«

»Verdammt!« Er ballte die eine Hand zur Faust und fuhr sich mit der anderen verärgert durchs Haar.

Ich konnte mich des Eindrucks nicht erwehren, dass es aufgesetzt wirkte. »Dann existieren jetzt nur noch die ausgedruckten Aufnahmen?«, erkundigte er sich.

»Wenn Sie von der geklauten Ware absehen: ja«, erwiderte ich und verschwieg geflissentlich, dass Fernando Kopien davon erstellt hatte.

»Verraten Sie mir jetzt, weshalb Sie so scharf auf die Bilder sind?«

»Graf ist ein alter Freund von mir«, erklärte Blanchard nach kurzem Zögern. »Ich wollte nicht, dass sein Ansehen beschmutzt wird.«

»Ich glaube Ihnen kein Wort.«

»Hören Sie mal! So was muss ich mir nicht gefallen lassen! Wer ist hier der Auftraggeber? Sie oder ich?«

»Wer weiß, wo Rosie ist? Sie oder ich?«

»Sie verdammter Schnüffler!«

Ich grinste. »Danke. Ich sage Ihnen, wie es ist: Vielleicht waren Sie wirklich mit Graf befreundet, das kann sein. Zürich ist eine kleine Stadt und nicht nur Leute wie Sie laufen sich andauernd über den Weg. Aber ich habe recherchiert.«

»Was Sie nicht sagen!«

Ich holte die Ausdrucke mit den Angaben hervor, die ich am Morgen im Internet ausfindig gemacht hatte.

»Sie sind erst seit Kurzem zu neunundvierzig Prozent Mitinhaber der Holdinggesellschaft *Swiss Living.* Der wiederum gehören etliche Liegenschaften in der Stadt Zürich, unter anderem viele ältere, renovationsbedürftige oder sogar baufällige Objekte im Kreis 4 und der unbeliebten, da stark befahrenen Weststrasse.«

»Sensationell! Ein Anruf beim Grundbuchamt genügt, um an diese Informationen zu gelangen. Sie sind wirklich ein Talent.«

Unbeirrt fuhr ich fort: »Durch die Weststrasse wird zurzeit der ganze Transitverkehr geleitet, die Gegend wird regelrecht verpestet. Aber wenn die neu gebaute Westtangente eröffnet wird und der Verkehr dort durchdonnert, wird das Quartier praktisch verkehrsfrei sein. Eine Goldgrube, nicht?«

»Die Mieten sind spottbillig dort, wollen Sie mir das vorwerfen?«

»Noch! Danach werden Sie den jetzigen Mietern kündigen, die Häuser umbauen und sie zu horrenden Preisen weitervermieten.«

»Worauf wollen Sie hinaus?«

»Auf die anderen einundfünfzig Prozent der *Swiss Living.* Die gehören nämlich Walter Graf.«

»Und?«

»Walter Graf hat sich öffentlich stark gemacht für billigen Wohnraum in der Stadt.«

Blanchard wirkte plötzlich wieder angespannt. »Das war vor allem Alice, seine Frau.«

»Aber die Firma lief auf seinen Namen. Und sicherlich hat ihm das ganz unbeabsichtigt die eine oder andere Wählerstimme verschafft. Man war ja regelrecht entzückt über sein soziales Engagement, selbst wenn das hauptsächlich von seiner Frau ausging. Wäre er tatsächlich zum Stadtpräsidenten gewählt worden, hätte er sich wohl aus seinen Firmen zurückziehen müssen, um sich ganz seiner Aufgabe als Magistrat widmen zu können.«

»Und?«, fragte Blanchard gedehnt.

»Um es kurz zu machen: Ich vermute, er hätte Ihnen still und heimlich seine Anteile an der Firma überschrieben. Deswegen hatten Sie größtes Interesse, dass Graf gewählt wurde. Sie selbst haben vermutlich angeordnet, dass ihm so viel Platz in Ihrer Zeitung und den Illustrierten eingeräumt wird, dass er so penetrant als Retter des Landes bejubelt wurde. Hätte er die Wahl gewonnen, hätten Sie sich dumm und dämlich verdient mit dem Verkauf der Liegenschaften ...«

»Verkauf?«

»... oder mit der Renovation derselben. Und Graf wäre fein raus gewesen, so hätte er nichts mehr damit zu tun gehabt. Das ist der Grund, weshalb Sie die Fotos nie veröffentlicht hätten, als er noch lebte. Das hätte ihn die Wahl gekostet. Und Sie ein Vermögen.«

Blanchard sah mich abschätzend an. »Er war ein Freund«, bemerkte er schließlich und schmatzte leise dazu.

»Ja, natürlich. Sie mussten also die Fotos unbedingt wiederfinden, bevor sie in falsche Hände gerieten. Doch als Graf überraschend starb, brauchten Sie die Fotos plötzlich aus einem ganz anderen Grund: Jetzt wollten Sie sie unbedingt veröffentlichen. Man stelle sich vor: Graf hatte kurz vor seinem gewaltsamen Tod eine kleine Affäre und lässt sich mit seiner angeblichen Geliebten am helllichten Tag an der Langstrasse blicken. Das wäre ein Skandal gewesen, die Auflage wäre explodiert und Sie hätten die Geschichte tagelang weiterziehen können.«

Ironisch spitzte Blanchard seine feucht glänzenden Lippen. »Die bösen, bösen Medien wieder mal.«

Ich schüttelte den Kopf. »Denen nehme ich nur übel, dass sie mich permanent zwingen, mir Leute wie Jörg Kachelmann beim Sex vorzustellen.«

»Sehen Sie deswegen so übernächtigt aus?«

Wider Willen musste ich grinsen. »Jetzt brauchen Sie nicht

einmal bis nach den Wahlen abzuwarten, um die Wohnungen aufzumotzen.«

»Wollen Sie damit etwa sagen, ich hätte Graf auf dem Gewissen?«

Ich sah ihn abschätzend an. »Das glaube ich kaum. Obwohl ich Ihnen die Kaltblütigkeit durchaus zutrauen würde. Aber wozu sollten Sie ihn auch umbringen? Ob er lebt oder tot ist, Sie machen ohnehin Gewinn.«

»Werfen Sie mir das vor?«

Ich zuckte mit den Schultern. »Ich würde zu gern, aber es würde nichts bringen. Die Pläne sind gemacht, die Architekten engagiert. Nichts würde Sie aufhalten.«

»Panta rhei.«

»So ist es wohl, alles ist im Fluss, besonders der Geldstrom in Ihre Taschen. Man kann den Lauf der Welt nicht aufhalten.«

Blanchard grinste zum ersten Mal. Es war kein angenehmer Anblick.

Ich ordnete meine Unterlagen. »Ich kann Ihnen verraten, wo sich Rosie aufhält, wenn Sie sie als tüchtige Putzfrau wiederhaben wollen. Wenn Sie allerdings von ihr wissen möchten, wo die Fotos sind, wird sie Ihnen auch nicht weiterhelfen können. Denn sie weiß es nicht.«

Blanchard sah mich alarmiert an. »Sie hat sie nicht mehr?«

»Nein. Aber ich verfolge zurzeit eine Spur, die mich zu den Bildern führen wird.«

»Verdammt! Diese Fotos dürfen unter keinen Umständen in die falschen Hände geraten!« Er sprang erregt auf. »Besorgen Sie mir die Aufnahmen so schnell wie möglich!«

»Nicht so schnell«, erwiderte ich ruhig. »Mein Auftrag lautete, Rosie zu finden. Der hiermit erledigt wäre. Was Sie jetzt von mir wollen, ist etwas ganz anderes.«

Blanchard sah mich verständnislos an.

»Das Honorar ist fällig und für den neuen Auftrag muss erst noch ein neues ausgehandelt werden.«

Ich glaubte, in seinem verblüfften Blick so etwas wie Achtung entdecken zu können, als er sich zögernd wieder setzte.

»Das muss dieser ausgezeichnete Geschäftssinn sein, den man Indern immer nachsagt. Davon könnte selbst ich mir eine Scheibe abschneiden«, stieß er gepresst zwischen den Zähnen hervor und zückte seine Brieftasche.

Offensichtlich hatte die Göttin Lakshmi, die man zu *Diwali* um Reichtum anflehte, meine Gebete erhört. Nachdem sich meine finanzielle Lage schlagartig und vor allem nachhaltig verbessert hatte, gönnte ich mir zur Feier des Moments endlich einen Schluck *Amrut.* Während ich ihm unverzüglich weitere folgen ließ, schlug ich die Zeitung auf und betrachtete nochmals das Foto, auf dem Alice Graf und Martin Schluep zu sehen waren. Wie immer war Frau Graf äußerst geschmackvoll gekleidet. An der Kindergarteneinweihung hatte sie ein kornblumenblaues Deuxpièces getragen, dazu elegante, cremefarbene Schuhe und eine Kette aus Perlen, die so opulent waren, dass die bedrängten Austern es wohl vorgezogen haben mussten, aus ihren Schalen auszuziehen. Ein bisschen kam mir Alice Grafs Stil vor wie *Sex and the City* für Senioren. Eingehend studierte ich die beiden auf dem Foto, während ich mir in Gedanken den Weg der Bilder vergegenwärtigte.

Nachdem Fernando am Samstagabend Rosie die Fotos entrissen hat, fährt er zu den Grafs hinauf, trifft allerdings nur Alice Graf und Martin Schluep an. Denen er im Verlauf des hitzigen Wortgefechts droht, Walter Grafs Karriere zu zerstören, da er im Besitz brisanten Materials sei. Hätte er Grafs Karriere wirklich beenden wollen, hätte er jedoch dafür sorgen müssen, dass die Bilder veröffentlicht wurden.

Fernando flieht daraufhin mit der Straßenbahn ins Stadtzentrum, zu seinem Arbeitsplatz, dem *Hotel Rothaus.* Dort kopiert er die Fotos und beabsichtigt, die Originale zu verstecken. Doch er schafft es nicht mehr, denn Martin Schluep ist ihm gefolgt. Im vollen Tram hat er sich wahrscheinlich nicht getraut, Fernando das Bildmaterial zu entwenden. Fernando hätte sich sicher gewehrt und die Gefahr, dass jemand eingegriffen und Schluep eventuell sogar erkannt hätte, wäre zu groß gewesen.

Fernando fährt mit dem Bus bis zum Limmatplatz, dort steigt er eilig um und gelangt mit dem Tram zum Escher-Wyss-Platz, wo er verprügelt wird.

So weit, so gut. Doch wie kommt er dahin, ohne dass ihn Schluep schon vorher erwischt? Zum Zeitpunkt des Übergriffs trägt der Junge die Fotos nicht mehr bei sich, weder die Originale noch die Kopien. Was hat er mit ihnen gemacht?

Ich schenkte mir einen weiteren Drink ein und ging noch einmal alle Möglichkeiten durch, wo er die Bilder deponiert haben könnte, bis die einzig plausible Lösung übrig blieb: die *IQ-Bar!* Der Junge war tatsächlich nicht auf den Kopf gefallen.

Nachdem ich im Internet den eindeutigen Beweis dafür gefunden hatte, dass ich mit meiner Vermutung richtig lag, rief ich aufgeregt José an. Obwohl ich es unanständig lange klingeln ließ, ging er nicht ran. Doch ich wollte nicht warten. Ich brannte darauf, meinem Journalistenfreund von dieser Entdeckung zu berichten, denn offenbar war meine Spürnase um einiges besser, als allgemein angenommen wurde.

Ich schlüpfte eilig in die Jacke und bog kurz darauf in die Josefstrasse ein. Vor dem Hauseingang stand ein derart unauffälliger Wagen, dass ich nicht umhinkam, ihn zu bemerken. Opel Omega, dunkelblau, das konnte nur eines bedeuten: Die Polizei war wieder mal in Zivil unterwegs.

Ich betrat das Haus, stieg die Treppe hinauf und klingelte bei José. Ungeduldig wartete ich, dass er öffnete, doch nichts rührte sich. Erst nachdem ich mit der Faust gegen die Tür gehämmert hatte, schob sich diese spaltbreit auf, doch statt José spähte eine ausnehmend hübsche, sportliche Frau mit kurzen blonden Haaren heraus und musterte mich neugierig. »Du willst sicher zu José?«

Ich nickte sprachlos.

»Ich wollte sowieso gerade gehen.«

»O nein, Sie brauchen ... du brauchst überhaupt nicht ...«

Sie lächelte immer noch, öffnete die Tür ganz und ging an mir vorbei. Dabei streifte mich ihre Umhängetasche und der Geruch ihres Parfüms stieg mir in die Nase. »... zu gehen.«

»Er ist drin«, sagte sie augenzwinkernd und deutete mit einer leichten Kopfbewegung ins Innere der Mansarde.

»Wer war das denn?«, fragte ich José, der gerade mit einem um die Hüfte geschlungenen Frotteetuch aus dem Badezimmer kam, als ich eintrat.

»Fiona«, brummte er kurz angebunden, während er dem Einbauschrank frische Kleidung entnahm.

Fragend sah ich ihn an, doch wie es schien, wollte mein bester Freund keinen weiteren Kommentar dazu abgeben.

»Und?«

»Nichts ›und‹. Was willst du überhaupt?« Er verschwand wieder im Bad.

Irritiert sah ich ihm hinterher. Es war neu, dass wir Geheimnisse voreinander hatten, doch das war jetzt zweitrangig. Momentan war die Suche nach den Fotos dringender.

»Erinnerst du dich an Dragantinos Film?« Ich lehnte mich an den Türrahmen und sah ihm zu, wie er sein Hemd zuknöpfte.

»An welchen Film?«

»Von dem Typen, der die ganzen Schlägereien filmt.«

José kratzte sich am Kopf. Er schien nicht ganz bei der Sache zu sein. »Ich hatte ihn auf den Computer geladen, glaube ich«, nuschelte er.

Ich starrte erstaunt auf den neuen 27-Zoll-Bildschirm, der Josés Schreibtisch dominierte. Dann fiel mir der Fernseher auf, der brandneu und beinahe flächendeckend an der Wand gegenüber des Betts hing. José, der meinem Blick gefolgt war, grinste amüsiert. »Mit dem Computer sind auch noch andere wertvolle Dinge unauffindbar verschwunden.«

»Dinge, die du gar nie besessen hast.«

»Sagst du!«

»Nicht die Spur eines schlechten Gewissens?«

»Hättest du?«

Ich ersparte mir eine Antwort. Stattdessen setzte ich mich an den Schreibtisch und startete den Browser.

»Was soll das?«, fragte José gereizt. »Erst trampelst du hier rein wie …«

»Ich muss dir was Wichtiges zeigen«, beruhigte ich ihn, während ich den Browser startete und den Suchbegriff auf der *YouTube*-Startseite eintippte.

»Hier. Alle Filme von unserem Freund Dragantino, ordentlich nach Datum aufgelistet.« Ich scrollte durch die Auswahl. Dragantino war zweifelsohne ein sehr eifriger Filmer.

»Hier ist er ja.« Ich klickte mit der Maus, Sekunden später flimmerte das Filmchen über den Bildschirm. »Da! Siehst du?«

José schüttelte den Kopf und rückte näher zum Bildschirm.

»Das ist die *IQ Bar,* hier bin ich.«

»*Hombre,* ich bin nicht völlig bekloppt.«

Ich tippte auf das Standbild und ließ den Film weiterlaufen. »Neben mir sitzt Fernando. Sein Kumpel geht jetzt zur Toilette. Und dann geschieht es! Da!«

»Was geschieht? Er beugt sich nur vor und macht sich an seiner Leinentasche zu schaffen …«

»Die gehört nicht ihm! Sondern seinem Kumpel! Schau es dir noch mal an.« Ich ging ein paar Sekunden zurück und zeigte José den Abschnitt erneut.

Als die entscheidende Stelle kam, stoppte ich den Clip. Deutlich war zu erkennen, wie Fernando sich vorbeugte und blitzschnell etwas in die Tasche seines Freundes steckte. Einen Shopper aus hellem Stoff, wie ihn viele junge und jung gebliebene Leute heutzutage trugen, viel mehr ein Beutel als eine Tasche.

»Er versteckt einen Umschlag!«

»Nicht irgendeinen Umschlag. In dem Kuvert befinden sich die Fotos von Graf, wie er Antonia küsst.«

»Meine Fotos in dem Fall!« José sah mich erstaunt an. »Wie sind die dorthin gelangt?«

Ich fasste ihm den Weg der Bilder kurz zusammen, während José aufmerksam zuhörte, dann startete ich den Film ein weiteres Mal und hielt ihn an der Stelle an, an welcher Fernandos Kumpel zu sehen war.

»Mit dem müsste ich mich mal unterhalten.«

Josés Kopf verschwand kurz unter dem Schreibtisch, ein leises Summen war zu hören, dann tauchte er wieder auf. »Mit dem brandneuen Laserdrucker werden sogar solche Bilder gestochen scharf.« Er betrachtete schief grinsend den Ausdruck und gab ihn mir. »Na ja, fast.«

Ich ersparte mir einen Kommentar und prägte mir stattdessen das Gesicht des jungen Türken mit dem schwarz glänzenden, schulterlangen Haar und dem stoppeligen Oberlippenbärtchen ein. Langsam wandte ich mich zur Tür. Auf der Schwelle drehte ich mich zu José um, der sich bereits wieder auf den Bildschirm konzentrierte.

»Noch was?«, fragte er und blickte auf.

»Heute bist du noch mal davongekommen, aber denk nicht, dass ich dich so leicht vom Haken lasse.«

Scheinheilig hob er eine Augenbraue. »*Hombre,* ich habe keine Ahnung, wovon du sprichst.«

An der Langstrasse war nicht viel los an diesem frühen Mittwochabend. Seit junge Ungarinnen erkannt hatten, dass man – mit einem kurzen Rock, etwas Glitter auf Lidern und Wangen sowie einer gewissen Unbefangenheit – mit offenen Hosen, Autotüren und Geldbörsen empfangen wurde, waren die Charterflüge zwischen Budapest und Zürich ausgebucht und der nahe gelegene, spärlich beleuchtete Sihlquai belebt wie der Bellevueplatz beim Sechseläuten. Während dort die wohl beliebtesten Touristinnen der Stadt nicht nur an katholischen Feiertagen den Verkehr ankurbelten, kam er hier nicht mehr so recht in die Gänge. Auch in diesem Bereich veränderte sich das Quartier.

Vor den Eingängen einiger Lokale standen muskulöse Männer in engen T-Shirts, dicke Goldketten auf der Brust und ließen ihre verkniffenen Blicke skeptisch über das brach liegende Vergnügungsviertel schweifen. Drinnen blinkten die Lichter über leeren Theken unverdrossen weiter, ihnen war es egal, ob die Schuppen voll waren oder nicht.

Nachdem ich nur mit Mühe und Not dem lackbewehrten Fleischklops entkommen war, der vor dem Wohnhaus an der Brauerstrasse auf und ab marschierte und wohl wegen des akuten Freiermangels eine aggressive Paarungsbereitschaft an den Tag legte, rannte ich die Treppe hinauf und klingelte bei Pilar.

Widerwillig ließ sie mich hinein. Sie wirkte verschlafen,

behauptete aber, ich hätte sie nicht geweckt, sie hätte nur etwas ferngesehen. Als ich sie in der Dielenbeleuchtung sah, wusste ich weshalb. Ihre Augen waren geschwollen, die Nase rot und wund. Tiefe Falten zeichneten ihr hübsches Gesicht und die Schatten unter ihren Augen waren noch dunkler geworden.

»Ich weiß nicht, wann ich das letzte Mal richtig geschlafen habe«, entschuldigte sie sich. Sie sah wie ihre Schwester bemitleidenswert aus.

Eine eiskalte Wut erfasste mich plötzlich. Ich wünschte, die Burschen, die Fernando verprügelt hatten, könnten die beiden Frauen sehen. Vielleicht würde sie dieses Leid aufwecken, vielleicht würden sie zukünftig davon absehen, gedankenlos Leute in die Notaufnahme zu befördern, nur weil ihnen gerade ein wenig langweilig war. Wobei in diesem speziellen Fall Martin Schluep mitschuldig war. Ich fragte mich, wo er steckte.

»Ich muss mit Antonia sprechen«, brachte ich mein Anliegen vor.

Pilar zögerte. »Ich glaube, sie telefoniert.«

»Könnten Sie sie holen, bitte? Es ist sehr wichtig.«

Sie presste die Lippen zusammen und verschwand im Korridor.

Mürrisch betrachtete Antonia den Ausdruck. Sie hatte die Arme verschränkt, sodass ich das Bild mit dem jungen Türken selbst halten musste, und kaute auf dem obligaten Kaugummi herum.

»Was ist mit ihm?«, fragte sie.

»Kennst du ihn?«

»Hum …«

Ich sah Pilar Hilfe suchend an, doch sie starrte gedankenversunken ins Leere. Ich fragte mich, wie sie bloß mit ihrer spätpubertierenden Tochter zurechtkam. Mir hätten die Nerven dazu gefehlt.

»Geht das auch genauer?«

Schnippisch schürzte sie die Lippen. »Wenn das Bild nicht so beschissen verschwommen wäre …«

»Der Junge ist in Gefahr. Wenn er Pech hat, geschieht ihm etwas Ähnliches wie Fernando.«

»Und was würdest ausgerechnet *du* dagegen tun wollen?«

Ich überhörte ihre Provokation. »Kommt er dir bekannt vor?«

»Könnte sein.«

»Sieh ihn dir genau an.«

»Was hab ich davon?« Aufreizend gelassen inspizierte sie ihre Fingernägel.

»Er wäre dir sicher dankbar.«

»Er ist ein Arschloch«, bemerkte sie, ohne die Nägel aus den Augen zu lassen.

»Also kennst du ihn!«

Sie zuckte mit den Schultern und zog eine Schnute.

»Antonia! Es ist wichtig!«

Gelangweilt zupfte sie an einer Haarsträhne herum, blähte die Backen und stieß die Luft aus. Gleichgültig sah sie mich dann an, die Lider halb geschlossen, ihr Unterkiefer malmte stoisch.

Sie zuckte erst zusammen, als meine geballte Faust hart gegen die Haustür krachte.

»Das ist ein Ernstfall!«, brüllte ich sie an, worauf sich ihr Gesicht zu einer beleidigten Grimasse verzog. Schon flossen die ersten Tränen, und Pilar, die aus ihrer Trance aufgeschreckt war, drückte ihre Tochter an sich und sah mich vorwurfsvoll an. Dann blickte sie auf das Bild und runzelte die Stirn, während Antonia einen dramatischen Schluchzer hören ließ.

»Das ist doch Hassan!«, sagte Pilar und schob ihre Tochter etwas von sich weg. »Oder nicht? Antonia?«

Sie nahm mir das Blatt aus der Hand und betrachtete es erneut, bevor sie es Antonia zeigte. Diese reagierte nicht, sondern starrte mich nur wütend an.

»Antonia!« Pilar klang plötzlich ungewohnt streng. Das zog, denn Antonia bejahte widerwillig.

»Also Hassan?«, fragte ich an Pilar gewandt.

Sie nickte. »Ein guter Freund von Fernando.«

Der *EG Market* an der Josefstrasse, ein türkisches Lebensmittelgeschäft, das Hassans Vater gehörte, hatte zwar länger geöffnet als die Supermarktketten, mittlerweile war es aber beinahe neun Uhr. Doch als ich mit meinem Käfer vorfuhr, sah ich, dass ich Glück hatte. Der Laden selbst war zwar bereits geschlossen, der dazugehörige Kebabstand jedoch hell erleuchtet. Zwei Männer saßen mit je einem kleinen Glas Tee vor sich an einem Tisch und bedienten sich eifrig diskutierend von einem Plastikteller, auf den türkische Spezialitäten gehäuft waren. Keiner der beiden sah auf, als ich eintrat. Hinter dem Tresen, wo sich ein Döner Kebab einsam drehte, war niemand zu entdecken. Ich zündete mir eine Zigarette an und wartete. Als nach drei Minuten immer noch keine Bedienung aufgetaucht war, wandte ich mich an die beiden Männer: »Wer ist denn hier zuständig?«

Eindringlich besprachen sie sich weiter, als hätten sie nichts gehört. Sie schienen aufgeregt, doch Türkisch hörte sich in meinen Ohren immer irgendwie hektisch an.

Heute schien offenbar nicht der Tag zu sein, an dem ich mich widerstandslos durchsetzen konnte. Leider gab es hier in sinnvoller Nähe keine Tür, gegen die ich auf der Suche nach einem kleinen bisschen Aufmerksamkeit hätte hämmern können. Während die beiden Männer in meinem Rücken schmatzend referierten, ging ich um den Tresen herum und schritt beherzt auf die Kasse zu. Sofort sprang einer der beiden auf.

»He da!« Er wischte sich die fettigen Hände an der Schürze ab, die er um die Hüften gebunden trug.

»Ist hier Selbstbedienung?«, fragte ich unwirsch.

Der Mann funkelte mich verärgert an und kam mir entgegen. Er hatte unglaublich dichtes, kurz geschnittenes schwarzes Haar und das breite Gesicht eines Boxers. »Mann, was willst du?«

»Bei so viel Gastfreundschaft wird mir ja richtig warm ums Herz.«

»Bist du da zu labern oder zu was?«

»Zu Hassan will ich.«

»Zu mir?« Er tippte sich zweifelnd an die breite, durchtrainierte Brust.

»Nein, zu …«

»Zu meinem Vater?« Er holte ein langes Messer hervor und prüfte die Schärfe der Klinge mit dem Daumen. »Der ist schon alt und erwartet um die Zeit kaum Besuch von jemandem wie dir. Zu meinem Schwager? Meinem Neffen? Meinem Cousin? Welcher Hassan, Mann?« Er begann, vom Kebabspieß die äußerste Schicht des Fleisches in dünnen Streifen abzusäbeln.

»Hier heißen alle Hassan.« Der rundliche Kerl am Tisch, der seine Glatze mit einem wuchernden Bart kompensierte, kicherte vergnügt und führte mit spitzen Fingern das Teeglas an die fettig glänzenden Lippen. »Und wenn nicht Hassan, dann Mehmet.«

»Richtig, Bruder.« Hassan kratzte sich die Stoppeln am Kinn.

»Der Hassan, den ich suche, ist etwa zwanzig. Hat lange Haare und ein Bärtchen …«

Hassan fuhr herum. »Was willst du von ihm?«

»Ist mit ihm alles okay?« Es war mir, als lege sich eine Hand um meinen Hals.

Hassans Augen verengten sich zu schmalen Schlitzen. »Wie kommst du darauf?« Langsam kam er mit dem Messer in der Hand auf mich zu.

Ich entschied mich für die Kurzversion. Das schien zu nützen, immerhin blieb er stehen und hörte mir aufmerksam zu. Als ich fertig war, stellte Hassan mir zwei, drei Fragen und kratzte sich wieder am Kinn. Unvermittelt wandte er dann den Kopf, wechselte einen Blick mit dem Dicken am Tisch, trat zur Seite und deutete mit der Messerspitze hinaus.

»Was soll das jetzt?«

»Welchen Teil von ›Hau ab‹ verstehst du nicht?«

»Aber ich muss ...«

Hassan schüttelte den Kopf.

»Was ist denn passiert?«

Mit zusammengepressten Lippen wischte Hassan die Klinge des Messers an seiner Schürze sauber.

»Ich kann Hassan helfen!«

»Vielen Dank, aber wir brauchen deine Scheißhilfe nicht!«

»Wir lösen das auf unsere Art«, füllte der Dicke am Tisch die Lücken.

»Was löst ihr?«

»Das Problem, Mann, was denn sonst.« Hassan guckte grimmig.

»Welches Problem?«

Rasch tauschten Hassan und der Dicke einen weiteren Blick aus, schwiegen aber eisern.

»Ihr wisst doch gar nicht, wie der Typ aussieht!«

Hassan zuckte mit den Schultern. »Du hast gesagt: schlank, normale Größe, Mantel, Hut, Schal. Hassan hat ihn genauso beschrieben. Und er kann nicht weit sein.«

Mir wurde plötzlich kalt. Schluep war also vor mir hier gewesen. »Was hat er Hassan angetan?«

»Genug, dass wir ein ernstes Wort mit ihm reden müssen.«

»Aber zuerst wird in aller Ruhe gegessen?« Verständnislos sah ich die beiden Männer an.

»Alles zu seiner Zeit«, ächzte der Dicke, während er sich umständlich erhob.

»Wo ist Hassan?«

Schweigen. Von irgendwo weiter hinten vernahm ich ein leises Geräusch. Eine Frauenstimme vielleicht.

»Verdammt!« Ehe Hassan reagieren konnte, war ich an ihm vorbeigestürmt und hatte die schmale, orange gestrichene Tür im hinteren Teil des Lokals aufgestoßen. Ich registrierte eine winzige Küche, bescheiden mit zwei Kochplatten und einem aluminiumfarbenen, doppeltürigen Kühlschrank bestückt, bevor ich mich gegen die Tür warf und den Schlüssel drehte, der glücklicherweise auf meiner Seite steckte. Dann sah ich mich hastig um. Es gab zwei weitere Ausgänge. Ich kam mir vor wie in einem Playstation-Spiel, wo hinter jeder Tür ein Geheimnis stecken konnte. Oder das Verderben. Die eine führte links weg, hinter der andern konnte ich durch das Milchglas die Umrisse eines Abfallcontainers im Schein einer Hinterhoflampe erkennen. Die Entscheidung fiel nicht leicht. Doch ich ignorierte die rot blinkenden Warnschilder meines Instinkts, riss beherzt die linke Tür auf und gelangte in eine weite, spärlich erleuchtete Lagerhalle. An den Wänden entlang stapelten sich Kartons mit Gemüse und Früchten, Säcke mit Zwiebeln lagen in einer Ecke aufgeschichtet, daneben riesige Kühltruhen. Ich sah die drei Frauen erst, als ich bereits einige Schritte in den Raum hinein gemacht hatte. Wie angewurzelt blieb ich stehen, während nebenan eine Tür zersplitterte und wüste Flüche zu hören waren. Die Frauen sahen mich abwartend an, in ihren

Augen lag keine Angst. Und etwas anderes sah ich nicht, denn sie trugen alle den Niqab, den Umhang, der alles verhüllte außer den Augen.

»Was ist geschehen?« Vorsichtig trat ich näher. Sie wichen zurück und erst jetzt erkannte ich den Jungen auf den aufgestapelten Säcken, um den sie sich geschart hatten. Hassan. Nahm ich zumindest an, denn mit dem Gesicht auf dem Foto hatte dieses hier kaum noch Ähnlichkeit.

Die Augen des Jungen weiteten sich, und er öffnete die blutverkrusteten Lippen spaltbreit, als ich einen Luftzug spürte. Dann traf mich ein Hieb am Kopf. Ich torkelte zur Seite und hatte gerade noch Zeit, mich zu ducken, bevor Hassan erneut zuschlug.

»Warte!«, schrie ich, doch er umkreiste mich tänzelnd mit erhobenen Fäusten, während ich taumelnd Halt suchte. »Er muss dringend ins Spital!«

Der nächste Schlag traf meine Schulter mit einer solchen Wucht, dass ich rückwärts stolperte. Noch ehe ich hinfiel, hatte er mich am Arm gepackt und schleuderte mich gegen einen Kartonstapel. Auberginen regneten dumpf polternd auf mich herab, dann erhielt ich einen Tritt in die Magengrube. Grelle Lichter explodierten vor meinen Augen, ich wähnte mich kurz auf einer aus dem Ruder gelaufenen *Diwali*-Feier. Als ich wieder klar sah, hatte Hassan mich bereits wieder zu sich herangezerrt, mit eisernem Griff drückte er meinen Nacken hinunter und rammte sein Knie in meinen Bauch, immer wieder, bis ich keine Luft mehr bekam. Dann krachte seine Faust mitten in mein Gesicht, sodass ich das Gleichgewicht verlor. Vor Schmerzen heulte ich auf. Schon stand er über mir, ein schwitzender, vor Wut rasender Bulle. Das Blut spritzte mir aus der Nase und vor Schreck starr erkannte ich, wie er ein Bein hob, um zuzutreten. Mir fiel nichts anderes ein, als mich an sein anderes Bein zu klammern und verzweifelt daran zu reißen. Unwillig grunzend trat er nach meinem Arm. Ich stöhnte auf und zog das Bein mit einem Ruck in meine Richtung. Wie ein gefällter Baum stürzte er zu Boden. Im nächsten Augenblick war ich auf ihm und drückte mit aller Kraft den Unterarm gegen seinen Kehlkopf. Manchmal war es doch ganz nützlich, wenn man die James-Bond-Filme mehrmals gesehen hatte.

»Bei den türkischen Ölringkämpfen sieht das immer viel besser aus«, keuchte ich, während ich spürte, wie mir Blut über das Kinn troff.

Hassans Augen traten hervor und sein Gesicht verfärbte sich allmählich lila.

»Machen stopp! Sie toten!«, schrie eine der Frauen schrill.

»Na bravo! Jetzt greifen Sie mit einem Mal ein!«, knurrte ich grimmig, doch eine Antwort blieb aus. Ich mutmaßte, dass sie mich nicht verstanden hatte. Die drei Frauen hatten trotz ihrer verhüllenden Umhänge einen nicht mehr gerade jugendlich-knackigen Eindruck auf mich gemacht. Ich wusste, dass viele ältere Menschen aus anderen Kulturen, obwohl sie seit Jahren im Quartier wohnten, der deutschen Sprache nicht mächtig waren und sich auch kaum mit der lokalen Bevölkerung abgaben. Sie waren so gut in die eigene Familie eingebettet, dass dies auch gar nicht nötig war.

Trotzdem fragte ich mich, wie es sein musste, abgeschottet in einer Art Exklave zu leben. Waren diese Leute nicht neugierig? Und wozu in einem anderen Land leben, wenn man nichts damit zu tun haben will? Im Gegenzug strengten sich viele junge Ausländer derart an, sich perfekt zu integrieren, dass sie dabei schweizerischer als die Schweizer wurden. Rechte Parteien wie die VPRS freuten sich natürlich über den Zulauf, diese Art Ausländer war ihnen willkommen und besonders gut für das äußere Erscheinungsbild.

Doch es blieb keine Zeit für weitergehende Überlegungen.

Ich überzeugte mich, dass Hassan der Ältere aufgegeben hatte, und nickte zufrieden, als ich ihn röchelnd daliegen sah. Schließlich wurde an *Diwali* passenderweise der Sieg des Guten über das Böse gefeiert. Dann rappelte ich mich auf und ging zu Hassan dem Jüngeren zurück. Behelfsmäßig wischte ich mir mit einem Taschentuch das Blut aus dem Gesicht. Mittlerweile war auch der Dicke herübergekommen, noch immer tupfte er sich die fettigen Lippen mit einer Serviette ab, zudem hatte der Lärm, den wir veranstaltet hatten, die Restfamilie aufgeschreckt. Mit besorgten Gesichtern drängten die ersten in den Lagerraum, gefolgt von immer weiteren, bis es plötzlich eng wurde. Sehr eng. Ich ignorierte das aufgeregte Murmeln hinter mir und beugte mich über Hassan junior. Er war wirklich übel zugerichtet, doch immerhin noch bei Bewusstsein.

»Wie geht es dir?«

Er nickte tapfer.

»Sie werden dich gleich ins Spital bringen.«

Er streckte zitternd die Hand aus und zog mich am Hemdkragen zu sich herunter. »Ich weiß nicht, wo die Tasche ist«, krächzte er mit heiserer Stimme. »Ich habe es ihm immer wieder gesagt, aber er hat mir nicht geglaubt und weiter auf mich eingedroschen.«

»Hast du einen Umschlag darin gefunden?«

Er schüttelte schwach den Kopf. »Hat er auch gefragt.«

Also hatte Schluep dieselbe Spur verfolgt wie ich. *YouTube.* Und Hassan ausfindig zu machen dürfte nicht allzu schwierig gewesen sein. José hatte Dragan auch innert kürzester Zeit gefunden. Ich musste mich beeilen, Schluep war mir einen Schritt voraus. »Keinen Umschlag?«

»Ich weiß es nicht. Seit dem Wochenende habe ich nicht mehr in die Tasche geguckt«, flüsterte er.

»Wieso?«

»Montag und Dienstag arbeite ich, Mittwoch gehe ich zur Schule. Heute habe ich nur schnell eines von Mamas Pidebroten reingeschoben, bevor ich sie umgehängt habe.«

»Wann hast du sie zuletzt gesehen? Erinnerst du dich?«

Er deutete ein Nicken an. »Heute Morgen, als ich zur Schule ging.«

»Hast du sie dort vergessen?«

»Nein, ich hatte sie noch bei mir, als ich das Schulhaus verließ.«

»Wieso bist du dir da so sicher?«

Er zögerte. Ich beugte mich so tief zu ihm hinunter, dass seine Lippen beinahe mein Ohr berührten. Sein Atem roch würzig, nach Koriander und Kreuzkümmel.

»Weil ich das Pidebrot rausgenommen habe, um es wegzuschmeißen. Niemand bringt heute noch so was mit, wir essen alle bei McDonald's oder im *Food Court* der *Migros.*«

Sein Atem kitzelte an meinem Ohr.

»Aber sagen Sie meiner Mutter bitte nichts, das gäbe ein höllisches Drama.«

Ich versprach es und erinnerte mich dabei an meine eigene Schulzeit. Schon da war es nicht anders gewesen. Ich hatte keine Ahnung, wie viele der üppigen Lunchpakete, die mir meine Mutter jeweils eingepackt hatte, im Abfalleimer des Schulhauses *Wengi* gelandet waren, nur weil es mir peinlich gewesen war, die intensiv riechenden indischen Esswaren vor meinen befremdet guckenden Klassenkameraden auszupacken, während diese Silber-Beefys mit Käse und Cole Slaw aus der *Silberkugel* in sich hineinstopften. Ich verstand den Jungen nur zu gut.

»Ich muss die Tasche irgendwo liegen gelassen haben«, mutmaßte Hassan junior, während mich plötzlich jemand mit eisernem Griff am Oberarm packte. Wie elektrisiert fuhr ich herum.

»Gib mir zwei Minuten, und ich sag dir, wo du den Typen findest«, stieß ich hervor und blickte dabei Hassan, dem Älteren, fest in die Augen. Das war zwar hoch gepokert, schien jedoch zu wirken. Immerhin ließ er meinen Arm zögernd los, blieb aber unangenehm nah neben mir stehen. Der Clan hatte sich mittlerweile im Halbkreis hinter uns aufgestellt und beobachtete aufmerksam, was sich abspielte. Mir wurde etwas mulmig.

»Wo warst du überall?« Ich beugte mich wieder zu Hassan junior hinunter.

»In einem Plattenladen. *Jamarico* beim Helvetiaplatz, dann im Kleidergeschäft nebenan.«

»Hast du den Beutel an beiden Orten abgelegt?«

»Nur im Kleiderladen, weil ich ein Hemd anprobiert habe.«

Ich stutzte. Dann näherte ich mich seinem Gesicht und schnupperte. Koriander und Kreuzkümmel. Es war mir schon vorhin aufgefallen, doch ich hatte dem keine Bedeutung beigemessen.

»Warst du vielleicht noch irgendwo essen?«

Seine Miene verzog sich schuldbewusst. »Ja, richtig. Indisch, in dem Laden an der Langstrasse.«

»Hast du ihm das auch erzählt?« Mein Herz schlug mir bis zum Hals. Es gab nur einen indischen Laden in der Gegend.

Hassan verneinte. »Ich hatte ja selbst nicht mehr daran gedacht.« Sein malträtiertes Gesicht begann kindlich zu strahlen. »Aber dort habe ich den Shopper auch abgelegt. Neben dem Stehtisch auf den Boden.«

Ich ließ mir nichts anmerken. »Okay. Ich bin sicher, so finden wir den Typen und auch deine Tasche.«

Hassan setzte eine verschwörerische Miene auf und zog mich erneut zu sich hin. »Aber sagen Sie meiner Mutter nicht, dass ich so kurz vor dem Nachtessen …«

»Keine Sorge.« Ich drückte seine Hand und wandte mich

dann um. »Jemand muss ihn ins Spital bringen«, ordnete ich mit heiserer Stimme an. Keiner regte sich.

»Jetzt!«, brüllte ich, und die Leute in den ersten Reihen zuckten erschrocken zurück. Ein Flüstern ging durch die Lagerhalle, unsichere Blicke wurden ausgetauscht und geschäftig Umhänge gerafft, man tuschelte, während die drei älteren Frauen die Köpfe zusammensteckten und sich leise berieten, dann richtete sich eine von ihnen plötzlich auf und blaffte ein paar Worte auf Türkisch in die Runde, worauf zwei jüngere, kräftig aussehende Männer sich aus der Menge lösten.

»Was ist mit dem Typen, der meinen Bruder so zugerichtet hat?«, fragte Hassan der Ältere und kam bedrohlich näher, während die Burschen den jungen Hassan hochhoben und davontrugen.

»Komm mit, ich bring dich zu ihm«, sagte ich hastig und lief zur Tür.

Hassan ging auf einen schwarzen Mercedes zu, eine Karre so breit und protzig, als würde normalerweise der amerikanische Präsident damit herumchauffiert. Oder Schweizer DJs mit Größenwahn. Die Fenster waren verdunkelt und sahen nach schusssicherem Panzerglas aus.

»Können wir meinen nehmen?«, bat ich und deutete auf den hellblauen Käfer.

Angeekelt musterte Hassan den Wagen, wechselte einen Blick mit dem Dicken und verzog das Gesicht. »Wenn mich jemand sieht ...«

»Es ist dunkel und kaum noch jemand unterwegs.«

Hassan wirkte wenig überzeugt.

»Sonst bleibt er bis morgen vor deinem Laden stehen. Oder bis ich ihn abhole. Man wird sicher denken, es sei deiner.«

Rasch schritt er auf mich zu und riss mir die Schlüssel aus der Hand. »Aber ich fahre.«

Ich zuckte mit den Schultern und öffnete dem Dicken die Tür auf der Beifahrerseite, damit er sich auf den Rücksitz quetschen konnte. Unser ohnehin schon angespanntes Verhältnis wollte ich lieber nicht auf die Probe stellen, darum setzte ich mich nach vorn.

»Wie hat er den kleinen Hassan erwischt?«, fragte ich, während ich mir das restliche Blut vom Gesicht wischte. Meine Nase war glücklicherweise nicht gebrochen, doch sie schmerzte fürchterlich, als ich sie berührte.

»Als er von der Schule kam. Es ging verdammt schnell, Mann. Er hat ihm vor dem Laden aufgelauert und in diese Seitengasse gezerrt.« Hassan der Ältere deutete zu dem schmalen Durchgang neben dem türkischen Supermarkt, der die Josef- und die Zollstrasse verband, während er den Käfer startete. »Als wir seine Hilferufe hörten, war der Typ schon verschwunden. Wenn ich dieses Schwein erwische ...« Er machte eine eindeutige Handbewegung.

Um keinen Preis hätte ich jetzt in Schlueps Haut stecken wollen.

»Wohin?«

»Helvetiaplatz.«

Der Wagen machte einen übermütigen Satz nach vorn und bog mit kreischenden Reifen in die Josefstrasse ein. Vom Schub tief in den Sitz gedrückt war ich froh, dass ich vorausschauend genug gewesen war, mich anzuschnallen. Wir jagten auf die Langstrasse zu, wo sich zeigte, dass Hassan wenig von den landesüblichen Verkehrsregeln hielt und sie eher als Empfehlung denn als Gesetz zu betrachten schien. Während er sich seelenruhig eine Zigarette ansteckte, rasten wir durch die Bahnunterführung und auf der anderen Seite wieder hinauf, wo sich ein Fahrradfahrer nur mit einem halsbrecherischen Manöver auf den Gehsteig retten konnte. Sein empörtes Gezeter verebbte rasch hinter uns. Als ich in den Rückspiegel blickte, erkannte ich jedoch einen ausgestreckten Mittelfinger.

Hassan hatte vor der Ampel angehalten, wenigstens das, doch als sie jetzt auf Grün sprang, drückte er das Gaspedal durch, schoss über die Kreuzung und dann auf der Langstrasse Richtung Helvetiaplatz. Was an und für sich sehr erfreulich war, war es doch die kürzeste Verbindung. Nur wurde die Straße auf dieser etwa dreihundert Meter langen Teilstrecke zur Einbahn, mit einer zweiten Spur, auf der nur der Bus der städtischen Verkehrsbetriebe in beiden Richtungen verkehrte. Und Velofahrer, denen die gängigen Straßenbeschilderungen wenig sagten.

Kreischend sprang eine Schar Brasilianerinnen zur Seite, als der Käfer in falscher Fahrtrichtung heranbrauste. Zwei Fahrradfahrer konnten sich gerade noch auf die Gegenfahrbahn retten, wo sich der Verkehr staute. Und eine Transe strauchelte auf ihren Pfennigabsätzen, als sie sich auf dem Trottoir in Sicherheit bringen wollte. Ich klammerte mich am Sitz fest und stellte die Atmung ein.

Das Quartier wirkte jetzt belebter als noch zwei Stunden zuvor. Leider, musste ich angesichts der momentanen Situation sagen. Ich sah die Leuchtschilder der Bars und Klubs vorbeiflitzen, Streifen bunten Lichts, während wir in höllischem Tempo über die Busspur sausten. Wir hatten beinahe die Hälfte der Strecke hinter uns, als ich mit Entsetzen den blau-weißen Bus entdeckte. Er wartete an der Ampel am anderen Ende des Straßenabschnitts und stand uns demzufolge gegenüber.

Das war nicht gut, das war gar nicht gut!

Ich öffnete den Mund, um Hassan zu warnen, doch ich brachte keinen Ton heraus. Unbeirrt hielt er auf das Ende des Straßenstücks zu. Ich wusste nicht, ob er die Gefahr erkannt hatte oder ob in der türkischen Kultur so etwas wie eine grundsätzliche Gleichgültigkeit dem eigenen Leben gegenüber herrschte.

Jetzt setzte sich der Bus langsam in Bewegung. Er machte einen kleinen Schlenker nach rechts, um in das einspurige Nadelöhr einzubiegen, und kam uns direkt entgegen, während Hassan mit ungebremster Geschwindigkeit auf ihn zuhielt. Er blinzelte kurz, woran ich ablas, dass er den Bus jetzt gesehen haben musste, doch weder bremste er noch zog er eine der Querstraßen als Ausweichmöglichkeit in Betracht. Keinen Gegenverkehr erwartend und schon gar keine Geisterfahrer, beschleunigte der Busfahrer ebenfalls. Die beiden Fahrzeuge rasten jetzt direkt aufeinander zu. Hassan drückte das Gas ganz durch. Ich sah die Panik im Gesicht des Busfahrers, als er die Gefahr erkannte, und ich hätte gebetet, wäre mir bloß etwas Kurzes, der Situation Angemessenes eingefallen.

Der Bus bremste jäh ab und schlitterte hupend auf uns zu, während der hintere Teil, derjenige nach dem Gelenk, ausscherte und beinahe quer zur Fahrbahn stand.

Der Dicke quietschte auf dem Rücksitz und Hassan stieß einen türkischen Fluch aus, bevor er im letzten Augenblick das Steuer herumriss. Holpernd sprang der Käfer rechtsseitig auf den Gehsteig, der Bus schlingerte weiter und geriet bedenklich in Schräglage. Ich sah den Fahrer das Steuer festklammern und die Augen zukneifen, dann fegte er um Haaresbreite an uns vorbei. Hassan lenkte den Wagen wieder auf die Straße zurück, die nach wenigen Metern endlich breiter wurde und uns in den legalen Bereich zurückkatapultierte.

»Ein Kratzer, Mann, und ich bringe den Busfahrer um!«, knurrte Hassan.

»Ist ja nicht mal dein Wagen!«, keuchte ich.

»Trotzdem«, erwiderte Hassan grimmig, verhielt sich aber des Weiteren erstaunlich kooperativ, als ich ihn anwies, mich sofort vor dem Laden meiner Mutter aussteigen zu lassen.

Der Puls hämmerte in meinen Ohren, als ich in das Geschäft stürmte. Hassan, der mit dem Dicken zusammen einen Hinterhofparkplatz in der Nähe suchte, hatte mir spontan angeboten, den Käfer später bei sich in der Lagerhalle zu verstecken, bis wir sicher sein konnten, dass die Polizei nicht nach dem Wagen fahndete. Ich war erleichtert, fuhren doch hellblaue Käfer nicht gerade dutzendweise in der Stadt herum.

»Was tust du denn um diese Zeit noch hier?« Erstaunt blickte meine Mutter auf mich herab.

»Dasselbe könnte ich dich fragen.«

Sie kletterte von der Leiter, legte den Handtacker auf den Tresen und betrachtete kritisch die Lichterkette, die sie soeben am Regal mit den getrockneten Hülsenfrüchten befestigt hatte.

»Am Samstag beginnt doch *Diwali,* das Lichterfest. Ich fand die Dekoration etwas zu spartanisch und wollte deshalb den Laden noch mit ein, zwei zusätzlichen Ketten und Lämpchen schmücken. Tagsüber kam ich einfach nicht dazu.«

Während ich die überbordende Beleuchtung betrachtete, die den Laden meiner Mutter in ein aus allen Ecken vielfarbig blinkendes Inferno verwandelte und erstaunlicherweise noch keinen der Nachbarn dazu verleitet hatte, die Feuerwehr zu rufen, erinnerte ich mich daran, dass mit den Lichtern zu *Diwali* den Seelen der Toten der Weg ins Land der Seligkeit gewiesen werden sollte. Ich hoffte inständig, dass diese vom grellen Blinken geblendet nicht den falschen Aufgang erwischten. Das wäre unverzeihlich gewesen. Doch erfahrungsgemäß war es sinnlos, meine Mutter darauf hinzuweisen. Inder kannten kein Zuviel hinsichtlich Kitsch.

»Hast du eine helle Stofftasche gefunden?«

Ohne zu zögern, deutete meine Mutter auf den kleinen Raum im hinteren Teil des Ladens. »Trägst du jetzt so was? Sieht aus wie ein Turnbeutel.«

»Keine Sorge, ist nicht meiner.«

»Manju hat ihn beim Bodenwischen entdeckt.«

In dem Moment öffnete sich die Tür des kleinen Kabäuschens und Manju trat heraus. Ich bekam reflexartig heiße Ohren, obwohl ich meines Erachtens nichts Verbotenes getan hatte. Aber so war es mit den Frauen: Sie teilten einem Mann eiskalt mit, dass sie nichts mit ihm zu tun haben wollten. Aber wenn man sich dann anderweitig vergnügte, wurden sie trotzdem sauer, und am Ende war man dann derjenige mit einem schlechten Gewissen, ohne überhaupt zu wissen weshalb. Eine Meisterleistung. Ich fragte mich immer wieder, wie die Frauen das schafften.

»Vijay«, begrüßte mich Manju kühl.

»Manju«, erwiderte ich im gleichen Tonfall. »Wo ist die Tasche?«

Sie deutete mit einer kurzen Bewegung des Kinns auf die Tür, die sie soeben hinter sich zugezogen hatte, und schnaubte verächtlich, als ich an ihr vorbeiging.

»Was ist denn mit euch los?«, hörte ich meine Mutter besorgt fragen, doch sie erntete nur beleidigtes Schweigen.

Die Tasche lag auf einem Tisch, der eingepfercht war von aufgestapelten Kartons. Ich holte den Umschlag hervor, als ein leises Klingeln aus dem Laden zu hören war. Hassan und der Dicke mussten eine diskrete Parkmöglichkeit für den Käfer gefunden haben.

Ein kurzer Blick in die Tasche und den Umschlag versicherte mir, dass es die richtigen Fotos waren. Erleichtert wollte ich das Kuvert wieder zurückstecken, als ich von draußen eine beherrschte Stimme hörte.

»Wo ist der Schnüffler?«

»Welcher Schnüffler?«, erwiderte meine Mutter arglos.

»Sie wissen genau, wen ich meine, Lady!«

Er sprach das letzte Wort mit einem derart schweizerischen Akzent aus, dass ich beinahe lachen musste.

Doch mir blieb nicht viel Zeit. Schnell entnahm ich dem Umschlag die Fotos und klemmte sie zwischen die Lippen, während ich, so geräuschlos es ging, eine der unzähligen Schachteln öffnete. Sie war voller kleiner Plastiktüten, die mit einer grau-braunen Gewürzmischung gefüllt waren. *Garam Masala* stand darauf, das würde ich mir merken können.

Plötzlich stutzte ich. Ich hatte nur einen Umschlag gefunden, denjenigen mit den Originalen darin. Wo hatte Fernando die Kopien versteckt? Erneut überprüfte ich den Inhalt der Tasche, fand jedoch nichts.

»Eben habe ich doch gesehen, wie er in den Laden reingestürmt ist«, hörte ich die Stimme aus dem Verkaufsraum. »Und da ist mir spontan eingefallen, dass der junge Mann in gewissen Kreisen als Kunstliebhaber bekannt ist und mir vielleicht ein paar Werke aus seinem Besitz zeigen möchte. Mir persönlich hat es ja vor allem die Fotografie angetan.«

Die Tasche in der Hand trat ich schnell aus dem Lagerraum.

Schluep hatte sich heute für ein schwarz-weiß kariertes Halstuch entschieden, Mantel sowie Hut waren dieselben.

»Her mit der Tasche«, nuschelte er und kam mit energischen Schritten auf mich zu.

»Wie bitte? Ich verstehe Sie so schlecht, Herr Schluep. Vielleicht liegt das an dem Stofffetzen vor Ihrem lieblichen Antlitz.«

Einen Moment lang blinzelte er irritiert, dann riss er sich entschlossen den Schal vom Gesicht.

»Die Tasche«, forderte er ungeduldig.

Ich händigte sie ihm widerstandslos aus. Hastig nestelte er den Beutel auf, dann riss er den Kopf hoch und sah mich misstrauisch an, bevor er den Umschlag herausangelte. Er spähte kurz hinein, kniff die Augen zusammen und entnahm ihm langsam den Stapel Papiere, den ich behelfsmäßig hineingestopft hatte.

Ich lächelte verkrampft. Mein Plan funktionierte nicht einmal ansatzweise.

»Bestellformulare? *Kumar Enterprise?* Was soll das?« Er kam drohend auf mich zu. »Wo sind die Fotos?«

Ich lächelte immer noch, während mein Gehirn auf Hochtouren arbeitete. Ich wünschte mich plötzlich mit einem großen Glas *Amrut* vor den Fernseher, doch ich hatte keine Gelegenheit mehr, den passenden Film auszusuchen. Schluep stieß mich grob zur Seite und riss die Tür zum Lagerräumchen auf. Ich hörte einen unterdrückten Fluch.

Schon schoss er wieder heraus und packte mich unsanft am Kragen: »Du sagst mir jetzt auf der Stelle, in welcher dieser verdammten Kisten du die Fotos versteckt hast.«

Ich sah ihm in die Augen und wusste mit einem Mal, was die linke Politikerin gemeint hatte. Reptilartig. Unheimlich. Eiskalt, ergänzte ich.

»Ich denke nicht daran«, erwiderte ich gepresst.

Mit einem heftigen Stoß, der mich gegen ein Regal schleuderte, ließ Schluep von mir ab. In der nächsten Sekunde war er bei Manju, die wie erstarrt vor der Eingangstür stehen geblieben war, und hielt sie mit eisernem Griff fest.

»Vijay!«, schrie meine Mutter entsetzt, als sich Schluep blitzschnell vorbeugte und den Handtacker schnappte, der immer noch auf dem Verkaufstresen lag, um ihn Manju an den Hals zu drücken.

»Wenn du nicht sofort die Bilder rausrückst, kriegt die Lady hier ein Piercing, wie du noch nie eins gesehen hast!«

Schon wieder diese lächerliche Aussprache. Die VPRS täte gut daran, Englischkurse für ihre Kadermitglieder als obligatorisch zu erklären.

»Worauf wartest du noch?«, zischte er.

Rückwärts ging ich auf die Tür zu, während meine Hände unauffällig über den Rand des Gestelles hinter mir wanderten. Endlich kriegte ich etwas zu fassen.

»Los, los!«, trieb mich Schluep zur Eile an und wedelte dabei mit dem Tacker herum. Das kam mir sehr gelegen.

Kühl und hart fühlte sich die Flasche in meinen Fingern an, als ich ausholte. Sie streifte Schlueps Schulter und zerbarst klirrend, und Manju nutzte den kurzen Moment, in dem Schluep abgelenkt war, um sich aus seinem Griff zu befreien. Meine Mutter stieß einen spitzen Schrei aus und verschanzte sich zusammen mit Manju hinter dem Tresen. Beide Frauen hielten unvermittelt Rüstmesser in der Hand, die sie wie Schirme während eines heftigen Unwetters von sich streckten, während ich bestürzt zusehen musste, wie sich der Whisky bernsteinfarben über den Boden ergoss. Wieso musste sie den *Amrut* auch auf dieser Höhe lagern? Senföl hätte für diesen Zweck durchaus gereicht.

Schluep fasste sich schnell und stürzte auf mich zu. Der Fausthieb traf mich in die Magengrube, und ich krümmte mich vor Schmerz. Schon wieder. Ich prügelte mich an einem einzigen Abend mehr als in den vorangegangenen dreißig Jahren insgesamt. Das war nicht mein Ding. Meine Schlagfertigkeit lag vor allem im mündlichen Bereich, doch der nützte mir jetzt gerade herzlich wenig. Die Mitglieder der VPRS waren traditionellerweise nicht gerade empfänglich für feinsinnigen Wortwitz oder subtile Ironie.

Stöhnend richtete ich mich auf, doch ehe Schluep erneut zuschlagen konnte, hatte ich eine zweite Flasche ergriffen und hieb ihm diese über den Kopf. Sie zerbrach nicht, doch er torkelte benommen ein paar Schritte zurück, fing sich aber sogleich wieder und stürzte sich erneut auf mich. Der *Amrut* rutschte mir aus der Hand und zerschellte, Glasscherben splitterten über den Boden. Einen Wimpernschlag später lagen wir auf demselben und wälzten uns ineinander verkeilt auf die Eingangstür zu, wo ich ganz kurz die Oberhand gewann. Verhalten ächzend rangelten wir wie Schuljungen, während meine Mutter und Manju abwechselnd gellende Schreie von sich gaben. Doch dann änderte Schluep unvermittelt die Richtung, und ich wurde grob der Whiskypfütze und damit auch den scharfkantigen Bruchstücken entgegenbugsiert.

Schluep war trotz seiner schlanken Statur kräftig, als Zehnkämpfer und Marathonläufer war er mir weit überlegen. Ich gab trotzdem nicht auf. Glühender Schmerz ließ mich beinahe ohnmächtig werden, als sich die ersten Scherben in meinen Rücken bohrten. Mein Hemd sog sich mit Whisky voll. Ich stieß einen unterdrückten Schrei aus, als sich Schluep ganz auf mich wälzte. Ich kriegte kaum mehr Luft. Er holte aus, doch ehe er mir die Faust ins Gesicht rammen konnte, riss ich den Arm hoch und packte sein Handgelenk. Einen Augenblick lang bewegte sich nichts mehr, doch mein Gegner war eindeutig kräftiger. Zentimeter um Zentimeter drückte er seine geballte Hand tiefer, während ich verzweifelt dagegenstemmte. Meine Muskeln zitterten und die Kräfte ließen rasch nach.

Erst jetzt bemerkte ich entsetzt das beachtliche Scherbenstück, das Schluep mit der Faust umklammert hielt. Keuchend holte ich Atem, dann kämpfte ich verzweifelt meine andere Hand frei und legte sie um seine. Ich drückte so fest zu, wie ich noch in der Lage war. Er verzog kaum das Gesicht, einzig an der zuckenden Muskulatur um die Augen erkannte ich seinen Schmerz. Blut quoll aus seiner Handfläche und sammelte sich an der Unterseite der Faust. Dann löste sich ein erster, dicker Tropfen und fiel auf meine Wange. Schluep stöhnte gepresst, sein Gesicht lief puterrot an. Für einen kurzen Moment löste sich der Druck, doch schon warf er sich erneut auf mich und die Faust mit der herausragenden Scherbe rückte immer näher. Wenn ich den Blick darauf fokussierte, konnte ich die Bruchstelle bewundern, den feinen Staub darauf und die Whiskyschlieren, die sich auf dem Glas mit dem Blut vermischten. Nur noch wenige Millimeter fehlten, bevor die Scherbe meine Pupille zerschneiden würde.

Ich fragte mich gerade, ob auch ein himmelblaues Glasauge zu meinem Teint gepasst hätte, als das drückende Gefühl auf meiner Brust unvermittelt nachließ und Schluep ruckartig nach hinten gerissen wurde.

»Mitkommen!«, knurrte Hassan und versetzte Schluep einen harten Schlag gegen den Kopf. Dann packte er den Parteisekretär unsanft an den Schultern und schleifte ihn hinter sich her, als wäre er eine willenlose Puppe. Als sie die Eingangstür beinahe erreicht hatten, schreckte Schluep auf und begann sich zu wehren. Er strampelte wild und wand sich, worauf Hassan unwillig schnaubte und erneut mit der Faust ausholte. Im nächsten Moment sackte der Politiker mit einem erstaunten Laut zusammen.

Hassan hob ihn hoch und warf ihn sich wie einen Sack Kartoffeln über die Schulter. »Du kannst ihn wiederhaben, wenn ich mit ihm fertig bin.«

Schwach lächelnd winkte ich ab. »Kein Bedarf.«

Der Dicke blinzelte mir zu und grinste schmierig, dann folgte er Hassan mit eiligen Schrittchen.

»Alles klar?«, fragte ich die beiden Frauen, die das Geschehen bestürzt mitverfolgt hatten, während ich mich mühsam am Regal hochzog. Mein Rücken fühlte sich an, als wäre er harpuniert worden, bei jeder Bewegung schoss Schmerz durch meinen Körper. Nur mit äußerster Willenskraft konnte ich aufrecht stehen bleiben. Meine Mutter schlug die Hände vor den Mund und stürzte auf mich zu. Kraftlos schob ich sie weg und schleppte mich in den kleinen Raum, wo ich die Fotos aus der Kiste holte.

»Ich bin dann mal im Bett«, sagte ich und ignorierte Manjus Blick. Mit einem Mal fühlte ich mich todmüde.

»Brauchst du etwas, *Betaji?*«, flüsterte meine Mutter, doch ich schüttelte nur den Kopf.

Sie warf mir einen besorgten Blick zu. »Ich habe Verbandszeug da. Soll ich wirklich nicht …?«

»Nein, Ma, alles, was ich jetzt brauche, ist Ruhe.«

»Hast du Hunger?«

Konsterniert sah ich meine Mutter an. Ich hätte nicht annähernd darüber Auskunft geben können, wie meine Bedürfnisse jenseits des dringenden Verlangens nach Schlaf gerade geartet waren.

Sie nickte erleichtert, froh, etwas tun zu können, und begann eifrig, Samosas in Alufolie zu packen und etwas Chutney in ein kleines Plastikgefäß zu füllen.

Dankbar nahm ich die mit Hackfleisch, Kartoffeln und Erbsen gefüllten Teigkrapfen entgegen. Trotz allem hatte ich wohl die beste aller Mütter. Vielleicht müsste ich ihr das mal sagen. Aber nicht heute, nicht jetzt.

An der Tür drehte ich mich um. Der entstandene Schaden hielt sich in Grenzen, die Lichter blinkten immer noch Alarm, nur roch es jetzt im ganzen Laden penetrant nach Whisky.

Nicht einmal diese Tatsache vermochte mich zu beleben.

Donnerstag

Wie ein gebrechlicher Greis stieg ich in den Bus ein. Meine Beine fühlten sich stocksteif an, jede noch so kleine Bewegung jagte Schmerzwellen durch meinen Körper. Ich war so lädiert, dass ich für die Fahrt zu Blanchard sogar auf meinen Käfer verzichten musste. Aber Hassan hatte ihn mir sowieso noch nicht zurückgebracht.

Zwei junge Frauen, die mit ihren Einkaufstüten an der Bustür standen, wichen erschrocken zurück, als sie mich sahen. Meine Nase war angeschwollen, ich hatte Blutergüsse am ganzen Oberkörper und zwei besonders farbenfrohe im Gesicht. Die Schnittwunden an meinem Rücken brannten zwar immer noch, doch die Schmerzen wurden schon schwächer, was nicht unwesentlich mit den beiden morphiumhaltigen Tabletten zusammenhing, die ich kurz zuvor mit etwas *Amrut* hinuntergespült hatte. Manchmal war es ganz praktisch, in diesem Quartier zu leben. Wenn man bloß die richtigen Leute kannte, kriegte man rezeptpflichtige Medikamente noch vor dem Frühstück geliefert.

Ich fühlte mich etwas schläfrig und verspürte eine leichte Übelkeit, die wohl von den Tabletten verursacht wurde. Doch vor allem war ich unzufrieden. Zwar war ich endlich in den Besitz der brisanten Fotos gelangt und hatte damit auch Blanchards zweiten Auftrag abgeschlossen – doch das erfüllte mich keineswegs mit Genugtuung. Noch immer hatte ich keine Ahnung, wo die Kopien der Fotos gelandet waren. In der Tasche waren sie jedenfalls nicht gewesen. Und an die Presse hatte Fernando sie kaum weitergeleitet, man hätte sie längst veröffentlicht. Ein gefundenes Fressen, das sich kein Chefredakteur hätte entgehen lassen. Seufzend holte ich die

Bilder aus dem Umschlag, um sie mir auf der Fahrt etwas eingehender anzusehen.

Die Übergabe der Fotos an Blanchard verlief reibungslos und kühl. Belämmert stellte ich fest, dass der Medientycoon mich nicht einmal Platz zu nehmen bat, sondern mich in der Eingangshalle warten ließ, während er den Scheck ausstellte. Wie es schien, war er froh, nichts mehr mit mir zu tun haben zu müssen. Mir ging es genauso.

Auf der Rückfahrt legte ich einen kleinen Zwischenhalt bei der Postfiliale am Limmatplatz ein, um das Honorar sogleich einzuzahlen und es damit vor dem üblichen Schicksal zu bewahren, das jegliche Geldbeträge bei mir ereilte: Sie versickerten, ohne dass ich genau hätte sagen können, wofür ich die Kohle ausgegeben hatte. Also hatte ich beschlossen, den zwar verständnisvoll-feinfühlig formulierten, aber trotzdem nervigen Mahnbriefen des Steueramts Gehör zu schenken und die Summe zähneknirschend zu überweisen.

Nachdem ich eine Wartenummer aus dem Automaten gezogen hatte und darauf wartete, dass meine Zahl auf der Anzeige über den Schaltern erschien, blickte ich durch die hohen, mit Gittern bewehrten Fenster hinaus auf den etwa fünfzig Meter entfernten Limmatplatz. Die Tramstation war erst kürzlich komplett neu konzipiert worden. Wie ein vor Jahrzehnten gestrandetes Ufo sah sie jetzt aus, durch dessen Dach sich bereits die ersten Bäume ihren Weg ans Licht bahnten. Nachts, erhellt von kühlem Neonlicht, sah das Gebäude noch viel futuristischer aus.

Allmählich konnte ich jedoch wieder klar denken. Mein Blick streifte die Leute, die vor der Schiebetür am Geldautomaten Schlange standen. Mit einem Mal sah ich deutlich vor mir, was sich hier am Samstagabend abgespielt hatte.

Obwohl ich den Ablauf bereits etliche Male durchgegangen war, erschloss sich mir erst in diesem Moment, weshalb Schluep Fernando nicht schon erwischt hatte, während dieser an der Station auf die Straßenbahn gewartet hatte.

Denn Fernando hatte sich in sicherer Entfernung bei der Post versteckt, wahrscheinlich hinter einem der Pfeiler, die das Vordach stützten und von wo aus er die Tramstation bestens einsehen konnte. Er hatte ja gewusst, dass er verfolgt wurde. Hier war er mit ziemlicher Sicherheit auch die kopierten Fotos losgeworden, denn vor dem Postgebäude befand sich ein Briefkasten. Hatte nicht Stefan, der Jusstudent, der im *Rothaus* Nachtschicht schob, erwähnt, dass Fernando hastig etwas auf einen Umschlag gekritzelt hatte? Dabei konnte es sich nur um eine Adresse gehandelt haben, deshalb hatte er auch nur einen Umschlag in der Tasche seines Freundes Hassan verstaut. Denjenigen mit den Originalfotos. Die Frage war, wohin er die Kopien geschickt hatte.

Ich blickte erneut zur Tramstation. Fernando musste ausgeharrt haben, bis Schluep des Wartens überdrüssig geworden war. Anschließend hatte er sich in die Straßenbahn gesetzt und war die drei Stationen bis zum Escher-Wyss-Platz gefahren. Wahrscheinlich hatte Schluep ihm, nachdem er Fernando nicht entdeckt hatte, in der Nähe aufgelauert und war dann ebenfalls in das Tram gestiegen. Fernando gelang es gerade noch, die Originale bei seinem Kumpel Hassan zu verstecken, den er wahrscheinlich zuvor per Telefon ausfindig gemacht hatte.

Ich spürte, dass irgendwo in all den Informationen, die ich zu dem Fall zusammengetragen hatte, ein Hinweis stecken musste, der mich zu den Fotos führen würde. Ich wusste nur nicht, wo ich mit der Suche beginnen sollte.

Nachdenklich sah ich einer älteren Frau zu, die vor dem Kopiergerät in der Ecke stand und umständlich ein Dokument einlegte. Dann kramte sie Kleingeld aus ihrer Börse, ließ es in den dafür vorgesehenen Schlitz fallen und drückte zögernd den Knopf. Leises Rauschen bezeugte, dass der Apparat das Schriftstück kopierte.

Das Geräusch erinnerte mich an Stefan, den Nachtportier im *Rothaus.* Hatte er nicht erwähnt, dass Fernando längere Zeit im Büro der Direktorin gewesen war und er erst dann den Kopierapparat gehört hatte?

Ein Klingeln drängte sich in mein Bewusstsein. Doch erst als es erneut ertönte, blickte ich auf und erkannte, dass meine Nummer auf der Anzeige blinkte. Ich starrte wie gebannt darauf. Plötzlich war alles klar. Ich drängte mich durch die wartende Menschenmenge zum Ausgang. Das Steueramt musste warten.

Die Rezeption war verwaist, als ich das *Hotel Rothaus* durch den Eingang im Innenhof betrat. Aus dem Lokal nebenan drangen leise Stimmen und das helle Klirren von Besteck. Die Mitarbeiter machten gerade Essenspause vor dem Mittagsservice, nahm ich an. Unschlüssig blieb ich stehen. Ich hatte die Hand bereits erhoben, um die Klingel auf dem Empfangstresen zu betätigen, als mir am oberen Ende der Treppe, die in den ersten Stock führte, eine halb offene Tür auffiel.

Ich zog die Hand zurück und ging ein paar Stufen hinauf. *Direktion* stand auf dem mattsilbernen Schild, das neben der Tür befestigt war. Durch den Spalt war ein Kunstdruck an der Wand zu erkennen, ein Monet, wie mir schien. Auf dem Tisch darunter stand ein Computer, dessen Bildschirm zwei lachende Kindergesichter schonten. Ich stieg die Treppe ganz hinauf und stieß die Tür mit der Fußspitze an, worauf sie knarrend aufschwang. Niemand war im Raum. Rasch blickte ich über die Schulter. Die Luft war rein, von unten waren noch immer leise Stimmen zu hören, Tassen schepperten auf Untertellern, die Kaffeemaschine brummte, jemand lachte.

Ich schlüpfte in das Zimmer, beugte mich über den PC und betätigte eine Taste. Die Kindergesichter verschwanden und der Bildschirm wurde hellblau, auf der rechten Seite erschienen drei Spalten mit Ordnern.

Ich überflog die Bezeichnungen, dann öffnete ich *Word* und ging die verschiedenen zuletzt benutzten Textdokumente durch. Nur Geschäftskorrespondenz, Bestätigungen von Zimmerreservationen, Arbeitszeugnisse, Dutzende ähnlicher Schriftstücke. Hastig durchforstete ich die Festplatte, ohne zu finden, wonach ich suchte.

Von unten wurden die Stimmen lauter. Als ich einen Blick durch den Türspalt warf, erkannte ich das schlohweiße Haar des Rezeptionisten. Der Empfang war wieder besetzt. Ich fluchte lautlos.

Willkürlich öffnete ich einige Ordner, ohne dass ich fündig geworden wäre. Ich klickte auf den Papierkorb. Von unten waren Schritte zu vernehmen, eine Frau, ich hörte Absätze klackern. Als ich erneut aufblickte, schickte sich eine elegant gekleidete Dame in einem grauen Kostüm gerade an, die Treppe hochzusteigen. Vor Schreck gelähmt verfolgte ich ihre Bewegungen, wie sie die erste Stufe erklomm, dann die zweite. Ich sah sie nur von oben, doch höbe sie den Kopf nur ein kleines bisschen, würde sie mich unweigerlich entdecken. Reglos verharrte ich, während mein Herz sich den Hals hinaufzuquetschen versuchte.

Auf der nächsten Stufe hielt die Direktorin, wie ich annahm, unvermittelt inne und wandte sich dem Rezeptionisten zu, der ihr augenscheinlich eine Frage gestellt hatte. Ich sah sie kurz nachdenken, dann ging sie mit raschen Schritten wieder hinunter, schlug das Reservationsbuch auf und begann, dem Mann etwas zu erklären.

Ich atmete auf und gab der Tür einen sanften Stoß, worauf sie sich mit einem leisen Seufzen ein Stück schloss. Zügig überprüfte ich den Inhalt des Papierkorbs. Zweihundertdreiundachtzig Objekte befanden sich laut Anzeige darin, fieberhaft scrollte ich durch die aufgelisteten Dokumente.

Ich wollte schon aufgeben, als mein Blick an einem Word-Symbol hängen blieb. Die Datei hieß *Dokument 1*, was mich stutzig machte, denn die Direktorin hatte alles peinlichst genau durchorganisiert, alle Dateien waren ordentlich benannt und korrekt abgelegt. Ich zog das Dokument aus dem Papierkorb und öffnete es, als die Schritte abermals auf der Treppe zu hören waren. Ich überflog die wenigen Zeilen und hätte vor Begeisterung beinahe aufgeschrien.

»Und wie verfahre ich hiermit?«, hörte ich die Stimme des Rezeptionisten von unten.

»So schwierig kann das doch nicht sein«, seufzte die Direktorin etwas ungehalten, als sie die Stufen wieder hinunterstieg.

Ich sprang auf und drückte die Tür geräuschlos zu. Zurück am Schreibtisch klickte ich auf das Druckersymbol, worauf unmittelbar ein Gebläse zu rauschen begann und ein leises Surren einsetzte. Ich hielt den Atem an und lauschte auf sich nähernde Schritte, doch alles blieb ruhig. Sekunden später hielt ich den Ausdruck in den Händen. Ich schloss das Word-Dokument und bewegte es in den Papierkorb zurück.

Dann öffnete ich die Tür spaltbreit. Die Direktorin war noch immer am Empfang beschäftigt, ich hörte ihre Stimme, als ich vorsichtig aus dem Raum schlich. Langsam ging ich die Treppe hinunter, als sie plötzlich aufblickte und mich direkt ansah. Sie runzelte misstrauisch die Stirn, und ich beschleunigte meine Schritte. Ehe sie eine Frage stellen konnte, hatte ich ihr freundlich lächelnd zugenickt, ein

Gruß, den sie irritiert erwiderte, und war an ihr vorbei auf den Ausgang zugesteuert.

Erst als ich im Freien war, getraute ich mich wieder zu atmen.

Zurück im Büro schaltete ich das Radio ein. *Bad Romance* blendete gerade aus und die Nachrichten wurden angekündigt. Noch immer war der Mord an Graf das Hauptthema, die Polizei verfolgte mehrere Spuren, doch über den Verbleib des gestohlenen Bildes war nichts bekannt. Der bronzefarbene Wagen, den zwei Zeuginnen erkannt haben wollten, hatte sich schnell als BMW Coupé von Alice Graf herausgestellt, die natürlich zur fraglichen Zeit ebenfalls im Quartier unterwegs gewesen war.

Eine erste offizielle Erklärung von Alice Graf wurde eingespielt. Darin beklagte diese den tragischen Verlust ihres Mannes und betonte gleichzeitig, dass sie derjenigen Person, die am Wochenende zum Stadtpräsidenten gewählt würde, alles Gute wünsche und die nötige Kraft, dieses anspruchsvolle Amt zu bewältigen. Des Weiteren bedauerte sie den Raub des Gemäldes von Ferdinand Hodler, dieses hätte ihr und vor allem ihrem verstorbenen Ehemann sehr viel bedeutet. Die Nachrichtensprecherin fügte an, dass Alice Graf nach dem Mord an ihrem Mann einen Zusammenbruch erlitten hätte, aber bald aus der Klinik entlassen werden könne.

Ich zündete mir eine Zigarette an und las das ausgedruckte Dokument erneut. Fernando hatte es gut gemeint, er war zweifelsohne ein fürsorglicher Junge. Leider auch ziemlich naiv, wie der Inhalt des Briefes schonungslos enthüllte. Noch war mir schleierhaft, in welchem Zusammenhang sein Schreiben zu den anderen Ereignissen stand. Um es richtig einordnen zu können, brauchte ich eindeutig mehr Informationen.

Ich wählte Josés Nummer. Es war ohnehin Zeit für eine Aussprache.

»Mittagessen?«, fragte ich zwanzig Minuten später und hielt ein leeres Glas in die Höhe. José nickte abwesend, und großzügig schenkte ich den Whisky ein. Ein paar Eiswürfel rein, fertig war die Mahlzeit. So schnell waren nicht einmal die hibbeligen Fernsehköche und die Zubereitung ging gänzlich ohne unablässiges Geschnatter vonstatten. Ich stellte die beiden Gläser auf den niedrigen Beistelltisch, auf dem sich Illustrierte und nicht mehr ganz aktuelle Zeitungen stapelten, und setzte mich neben José auf mein abgewetztes Sofa.

»Weshalb wusstest du, dass ich Zugriff auf Fotos vom Tatort habe?«

»Reine Vermutung«, grinste ich unschuldig, doch José musterte mich scharf.

»*Hombre,* das kauf ich dir nicht ab!«

»Dann lass es mich zusammenfassen: Fiona.«

»Ach?«

»Mit einem ›Ach‹ kommst du diesmal nicht davon.«

»Nein?«, José lehnte sich zurück und verschränkte die Arme.

»Nein. Diese ganze Geheimniskrämerei ... Seit Tagen geht das jetzt schon! Also habe ich nachgedacht, rekonstruiert und kombiniert und bin darauf gekommen, dass es Fiona sein muss.«

»Was muss sie sein?«

»Deine Informationsquelle. Sie ist Fotografin, das habe ich der Tasche angesehen, die sie getragen hat, als sie gestern deine Wohnung verließ. Eine professionelle Fototasche. Und ihrem dunkelblauen Opel Omega nach zu urteilen, arbeitet sie bei der Polizei. Deswegen wusstest du, was mit Graf geschehen war, bevor überhaupt die erste offizielle Pressemitteilung veröffentlicht wurde. Und deshalb kamst du auch scheinbar mühelos an die ganzen Informationen zu Fernando und allem, was mit Grafs Tod zu tun hatte. Das Missverständnis zu Beginn mit dem falschen Jungen haben wir einzig der Tatsache zu verdanken, dass wir davon ausgegangen waren, dass es sich bei ihm um einen Türken handelt. Entsprechend falsch waren Fionas Angaben. Erst durch deinen klärenden Anruf vor dem Spital gelangten wir zum richtigen Opfer.«

»Sonst noch was?«

»O ja, ich bin noch lange nicht fertig. Fiona ist nicht nur eine Polizeifotografin, die einem Journalisten verbotenerweise Fotos von einem Tatort zur Verfügung stellt ...«

»Du hast selbst gesagt, dass es für dich äußerst wichtig sei, die Aufnahmen zu sehen!«

»Ist es auch! Aber Fiona ist noch viel mehr: Sie ist deine Freundin.«

»Ach?«

»Verschanz dich nur hinter deinen ›Achs‹! Seit Tagen hast du keinen Blick mehr für andere Frauen, als hätten sie für dich plötzlich aufgehört zu existieren. Dein Sarkasmus, deine beißende Ironie – wie weggewischt! Und du hast erstmals deinen Marihuanakonsum hinterfragt. Obwohl ich da erst eine einsetzende Altersmilde vermutet habe. Doch dann habe ich bemerkt, wie gedankenverloren du andauernd wirkst, als seist du gar nicht richtig anwesend. Wenn man dich etwas fragt, muss man sich mit der Antwort gedulden, bis du dich wieder in dieser Welt zurechtgefunden hast. Und als sich die Nachricht von Grafs Tod wie ein Lauffeuer verbreitete, hattest du dein Handy ausgeschaltet, wahrscheinlich, weil du mit ihr zusammen warst. Das war etwas, das bei dir sonst niemals vorkommt. Zwar hat mich das zuerst besorgt, dann aber auf die richtige Spur gebracht: José, du bist verliebt!«

José glotzte mich mit weit aufgerissenen Augen an, wie ein Goldfisch, den man in heißes Wasser geschmissen hatte. Sein Mund stand offen, doch kein Wort kam über seine Lippen.

»Und jetzt rück die Bilder raus.«

»Ich werde sie heiraten.«

Ruckartig drehte ich mich zu José hin, jetzt war es an mir, ihn anzustarren.

»Es ist mir ernst. Sie ist die Frau, die ich insgeheim immer gesucht habe.«

Es dauerte einen Moment, bis ich meine Sprache wiederfand. »Bisher hattest du dieses Wort nicht einmal in deinem Wortschatz. Vielmehr hast du es gefürchtet wie Naomi Campbells Dienstmädchen das Telefon. Oder andere Wurfgeschosse.«

»Heiraten ist kein böses Wort, Vijay, nicht mehr, nicht für mich! Ich weiß, dass du …«

»Lass mich aus dem Spiel!« Ich wandte mich ab und fixierte trotzig die dunkle Truhe mir gegenüber, auf der eine rosafarbene Ganesha-Statue thronte. Ich war schockiert und verwirrt, auch wenn ich es nicht zugeben mochte.

»Wenn du meinst.« José legte einen Umschlag auf den Beistelltisch. »Hier sind die Fotos, die Fiona am Tatort in Grafs Haus gemacht hat. Ich muss die Bilder schnellstmöglich zurückgeben.«

»Wann?«

»Schnellstmöglich, sagte ich doch grad.«

»Nein, wann heiratet ihr?«

»Schnellstmöglich.«

»Bist du dir sicher?«

»So sicher wie noch nie. Sie ist es!« José strahlte mich kindlich an, als stünde Weihnachten vor der Tür und das größte Päckchen trüge seinen Namen. Gleichzeitig hatte er diesen grenzdebilen Gesichtsausdruck, wie man ihn nur bei Verliebten entdeckt. Oder höchstens noch bei Castingshowgewinnern.

Ich widerstand dem Drang, José durchzuschütteln, und fragte mich besorgt, wie sich das alles auf unsere Freundschaft auswirken würde. Würde er trotzdem ab und zu mit mir einen heben oder fortan, mit vorgehaltener Waffe gezwungen, zu Hause bei seiner Angetrauten bleiben? Würde er auf die Frage nach einem weiteren Drink plötzlich mit Nein antworten? Würde er sich einen Hund anschaffen und aufs Land ziehen? In eines dieser quietschbunten Reihenhäuschen an einer verkehrsberuhigten Quartierstraße in der Agglomeration, wo man im Sommer gemeinsam mit den Nachbarn grillte, Zucchini und Tomaten im Garten anpflanzte, im Winter silbrige Schneesterne auf die Fensterscheiben sprayte und den eingeschneiten Familienkombi eigenhändig frei schaufelte? Ich stöhnte.

»Was?« Gedankenverloren spielte José an dem Umschlag herum.

»Achtundvierzig Prozent aller Ehen werden geschieden.«

»Aber zweiundfünfzig bleiben zusammen.«

»Du betreibst Zweckoptimismus. Wäre das Konzept der Ehe eine Kaffeemaschine, käme nur knapp jeder zweite Kaffee genießbar heraus. Man würde sie vorbehaltlos entsorgen.«

»Deine Einwände sind lahm.«

»Ich zitiere nur Statistiken.«

José lehnte sich etwas vor. »*Hombre,* das sind trockene Zahlen. Es gibt genügend Leute, die sind auch ohne Trauschein glücklich. Wo tauchen die in deiner Statistik auf?«

»Und es gibt genügend Leute, die bleiben verheiratet und sind trotzdem unglücklich!«

»Was willst du damit sagen?«

»Keine Ahnung.«

Wir starrten uns sekundenlang an, dann begann José zu grinsen. Ich konnte nicht anders, als es ihm gleichzutun. Ich boxte ihn in den Oberarm, und er retournierte den Schlag unverzüglich, dann legte er mir seinen Arm um die Schulter.

»Und wenn du schon immer gern mal Patenonkel geworden wärst …«

»O nein, das darf nicht wahr sein!«

»Nun, ich meinte in absehbarer Zeit.«

»Du meinst, so wie die Schweiz in absehbarer Zeit zur Europäischen Union gehören wird?«

»Mir schwebt eher ein Zeitraum vor, der kürzer ist als meine Lebenserwartung.«

»Lass uns darüber reden, wenn es aktuell wird.«

»Du wärst sicher ein toller …«

»Zeig mir jetzt die Bilder, *Papi!*«

José schob mir den Umschlag zu. Schlagartig war mir nicht mehr zum Lachen zumute.

Auf den Bildern war die Küche der Grafs zu sehen. Mittendrin in dem weiten, offenen Raum erhob sich ein frei stehender Korpus, umrahmt von der modernen Einbauküche. Etliche Aufnahmen, die aus verschiedenen Winkeln geschossen worden waren, machten deutlich, dass darauf eine mit Orangen, Bananen und Äpfeln gefüllte Obstschale stand sowie diverse edel aussehende Öl- und Essigflaschen und eine Pfeffermühle.

»*Haila!* Ach du Scheiße!«, entfuhr es mir und ich betrachtete die Aufnahme eingehender.

»Was denn?« José lehnte sich neugierig herüber.

Ich war zu abgelenkt, um zu antworten. Stattdessen suchte ich mir die zwei besten Fotos heraus und legte sie beiseite.

Am einen Ende der Küche waren die untersten Stufen einer breiten Treppe zu erkennen, die offenbar zur Diele oder ins Wohnzimmer hinaufführten. Sie waren über und über mit Blut verschmiert, ebenso der Boden davor, wo sich eine schwarze Lache gebildet hatte. »Wo ist Graf?«

»Ich wollte dir die Bilder ersparen.«

»Nichts fürs Poesiealbum, nehme ich an?«

»Außer man hat wirklich absonderliche Klassenkameraden.« José tippte auf den Treppenabsatz. »Auf halber Höhe standen die beiden afrikanischen Krieger aus Holz. Darüber befinden sich Eingangsbereich und Diele. Er muss von oben her in die hochragenden Speere gestürzt sein.«

»Oder er wurde gestoßen.«

»Wovon die Polizei ausgeht. Die Balkontür wurde von außen eingeschlagen.«

»War Frau Graf allein, als die Polizei eintraf?«

»Nein, dieser Schluep war ebenfalls dort.« José kratzte sich den Stoppelbart »Was hältst du von ihm?«

»Ehrgeizig, über alle Maßen. Er war wie versessen hinter den Bildern her, was verständlich ist, angesichts der Tatsache, dass es auch um seine eigene Karriere ging. Doch es gab keinen Grund, weshalb er Graf hätte umbringen sollen. Er hätte mehr profitiert, wenn der am Leben geblieben wäre. Von ihm und auch von seiner Frau.«

»Wie meinst du das?«

»Alice Graf hat schon die Karriere ihres Mannes positiv beeinflusst. Jetzt, da ihr Gatte wohl ins Amt des Stadtpräsidenten gewählt worden wäre, hat sie sich um Martin Schlueps Zukunft gekümmert. Er war als Grafs Nachfolger vorgesehen.«

»Hatte die Partei auch etwas dazu zu sagen?«

»Kaum. Walter Graf hat schon lange die Politik der Partei bestimmt, alle anderen sind nur Randfiguren, Staffage, Hampelmänner.«

»Außer Alice Graf.« Ich deutete auf ein Foto, auf dem sie zu sehen war. Es musste kurz nach dem Eintreffen der Polizei gemacht worden sein. Ungewohnt kraftlos saß sie in einem Sessel, in ein sandfarbenes Kleid gehüllt. Sie war leichenblass und sah benommen aus.

José wiegte nachdenklich den Kopf. »Für Schluep gab es demnach keinen Grund, Walter Graf umzubringen.«

»Er wäre ziemlich bescheuert, wenn er es getan hätte.«

»Wo steckt er überhaupt?«

Ich konnte mir ein Grinsen nicht verkneifen. »Ich habe keine Ahnung.«

»Ich würde ihn gerne interviewen.«

»Der taucht sicher wieder auf. Die Frage ist nur, ob du ihn dann noch erkennst.«

»Was meinst du damit?«

»Sagen wir, er hat eine orientalische Nacht hinter sich.«

Ich inspizierte die zwei Bilder, die ich herausgesucht hatte, erneut. »Darauf war ich aus.« Ich deutete auf die Post und die Zeitung daneben, die vor der gefüllten Obstschale lagen. »Aber dann ist mir noch etwas viel Ungeheuerlicheres ins Auge gestochen.«

José betrachtete die beiden Aufnahmen interessiert und gab sie mir dann kopfschüttelnd zurück. »Mir fällt nichts auf.«

»Sieh dir den Poststapel an.«

José beugte sich erneut über das erste Foto. »Er ist verschoben, die einzelnen Umschläge sind etwas über die Arbeitsplatte geschlittert, als wäre die Post hastig hingeworfen worden.«

»Durch diese leichte Verschiebung erkennt man die einzelnen Briefe. Sechs sind es hier, dazu noch etwas Werbung.« Ich hielt ihm das andere Bild hin. »Und jetzt sieh dir dieses an. Nur wenige Minuten später aufgenommen. Die Zeitangabe steht mit drauf. Ein anderer Blickwinkel, Fiona ging es wahrscheinlich weniger um den Korpus im Vordergrund als um das Gesamtbild. Die Post ist nur zufälligerweise drauf.«

»Das aufgerissene Kuvert fehlt.«

»Genau das ist mir vorhin auch aufgefallen. Es ist wie bei *Wer erkennt den Unterschied?*. Hier sind es nur noch fünf Umschläge.«

»Jemand muss ihn entwendet haben, während die Polizei anderweitig beschäftigt war.«

»Nicht irgendjemand. Es können nur zwei Personen gewesen sein: Martin Schluep oder Alice Graf.«

»Aber weshalb haben die das gemacht?«

»Weil, wenn mich nicht alles irrt, in diesem Umschlag genau dieser Brief steckte. Zusammen mit den kopierten Fotos.« Ich holte das im *Hotel Rothaus* ausgedruckte Dokument hervor, welches Fernando zusammen mit den Kopien an die Grafs geschickt haben musste und in dem er das Politikerehepaar zu erpressen versuchte.

Er würde die Originalfotos an die Presse weiterleiten, schrieb er in dem anonymen Brief, falls sie nicht veranlassten, dass der Verkauf des Hauses an der Brauerstrasse rückgängig gemacht wurde oder die Bewohner zumindest das Versprechen erhielten, dass sie dort zu den alten Mietpreisen bleiben dürften.

»Rührend, aber auch unglaublich naiv. Da hätte sogar ein Anfängerdetektiv wie du innert kürzester Zeit rausgefunden, von wem der Brief stammt.« José schüttelte den Kopf.

»Du kriegst gleich eins auf dein freches Maul! Aber du hast recht. Ein Wunder, dass er nicht das hoteleigene Papier verwendet hat. Oder ein vorgedrucktes Kuvert mit der Absenderadresse drauf.«

Deswegen also hatte Fernando sich dermaßen geärgert, als er von Schluep verfolgt im *Hotel Rothaus* aufgetaucht war. Er hatte gewusst, dass er zu überstürzt gehandelt hatte.

Tatsächlich war es schon mehr als dämlich, zuerst bei den Grafs aufzutauchen, um sie zu bedrohen, und sich unmittelbar im Anschluss ein anderes Vorgehen auszudenken und einen Erpresserbrief abzuschicken. Rosie hatte Fernando als Hitzkopf bezeichnet. Und er war erst einundzwanzig.

»Was hat er sich bloß dabei gedacht?« José schüttelte immer noch den Kopf.

»Ich glaube, im ersten Augenblick hat er nur Graf gesehen, der seine Schwester küsst, was ihn zur Weißglut getrieben hat. Erst später ist ihm aufgefallen, welch brisantes Material er da in den Händen hielt und wie wertvoll es sein könnte. Deswegen hat er sich auf dem Weg zurück in die Stadt plötzlich umentschieden und sich die Erpressung ausgedacht.«

»Aber wo ist der Brief jetzt?«

»Wer auch immer ihn entwendet hat, wird ihn versteckt haben. Immerhin ist es ein großformatiger Umschlag, so was trägt man nicht einfach aus einem Gebäude, in dem gerade eine polizeiliche Untersuchung stattfindet. Soviel ich weiß, stehen da immer noch etliche Übertragungswagen davor.«

José bestätigte dies. »In den letzten drei Tagen bestimmt, ungesehen kam man da nicht rein. Und raus auch nicht. Außerdem ist das Gebäude polizeilich versiegelt. Doch bis heute Abend dürften wohl auch die letzten Reporter abgezogen sein. Solange Frau Graf nicht zurückkehrt, tut sich da nichts mehr. Es gibt mittlerweile neue Skandale.«

Ich nippte an meinem Drink. So war das. Schlagzeilen waren untreu, promisk geradezu. Selbst wenn man prominent war und spektakulär aus dieser Welt schied, gehörten sie einem nicht länger als zwei, drei Tage, dann ließen sie einen sitzen und warfen sich der nächsten Sensation an den Hals. Ich fragte mich, weshalb sich dann etliche Personen des öffentlichen Interesses und noch vielmehr diejenigen des nicht öffentlichen Interesses so sehr um dieses kurze Vergnügen bemühten.

»Was ist?«, fragte José.

Ich wandte mich wieder den Aufnahmen zu. »Diese Bilder … Mir fiel da vorhin noch etwas anderes auf. Etwas sehr Merkwürdiges.«

»Schieß los!«

»Ich wundere mich nur, weshalb Alice Graf, die nach eigener Aussage ihren Mann bei der Heimkehr aufgespießt aufgefunden hat, zuerst durch die Diele läuft und die blutbesudelte Treppe runtergeht, dicht an ihrem toten Mann vorbei wohlgemerkt, die Post hinlegt und sich erst dann ihm zuwendet. Anders kann ich mir nicht erklären, wie die Post dahin gekommen sein soll.«

»Das hat was.« José runzelte alarmiert die Stirn.

Ich holte mein Notizbuch hervor. »Claire, ihre Nachbarin, hat erwähnt, dass Alice Graf zuerst den Briefkasten geleert hat, bevor sie ins Haus gegangen ist. Was stimmt, stimmen muss sogar, denn das Datum auf der Zeitung ist von Montag, es handelt sich also nicht um alte Post.« Ich deutete auf das Foto, der Zeitungskopf war deutlich zu erkennen.

José starrte nachdenklich in sein Glas. »Glaubst du, er hat noch gelebt, als sie nach Hause kam?«

»Ich würde es nicht ausschließen. Die gängige Reaktion wäre ja schon, dass man erschrickt und alles fallen lässt, wenn man den eigenen Ehemann aufgespießt vorfindet. Da müsste die Post doch auf dem Boden verstreut im Eingangsbereich liegen.«

»Aber weshalb sollte sie dann zu Protokoll geben, dass er schon tot war, als sie hereinkam?«

Ich zuckte mit den Schultern.

»Versicherungsbetrug?«, mutmaßte José. »Ein abgekartetes Spiel. Die Kunsträuber waren angeheuert, nur hat niemand damit gerechnet, dass Graf zu Hause bleiben würde. Er hat sich an diesem Morgen angeblich nicht so gut gefühlt.«

»Eine Möglichkeit, an die ich auch schon gedacht habe. Nur sind Grafs finanziell derart abgesichert, dass die noch nicht mal einen Versicherungsbetrug über zehn Millionen Franken nötig haben. Und ich glaube kaum, dass Alice Graf ihren Mann deswegen hätte umbringen lassen. Die beiden hatten die Partei aufgebaut und der ganz große Triumph war zum Greifen nah.«

»Also kein Betrug?«

Ich schüttelte den Kopf. »Wahrscheinlich nicht einmal ein Kunstraub. Die Geschichte stinkt zum Himmel!«

»Aber wer hat ihn dann umgebracht?«

»Das ist die Millionenfrage.«

Eine gespannte Stille machte sich breit.

»Sollten wir das nicht der Polizei mitteilen?« José sah mich unsicher an.

»Und wenn wir uns irren? Das sind bloße Vermutungen, wir haben nicht den Hauch eines handfesten Beweises. Ein Umschlag ist weg und die Post liegt auf dem Korpus. Schön. Das Kuvert kann aber auch runtergefallen sein und für die Post in der Küche gibt es sicher auch eine Erklärung.«

»Da glaubst du doch selbst nicht dran.«

»Nein. Aber ich möchte mich nicht unnötig lächerlich machen. Zudem fände Fiona es wahrscheinlich wenig witzig, wenn sie sich rechtfertigen müsste, weshalb sich diese Fotos in deinem Besitz befanden.«

José schluckte leer. »Auf keinen Fall! Was schlägst du nun vor?«

»Nachspeise.« Ich füllte die Gläser erneut und holte ein paar Eiswürfel. »Und dann wird nachgedacht. Ganz professionell.«

Betrachtete man die Oberfläche, schien alles klar: Bei Graf wird eingebrochen, überraschenderweise ist der Hausherr da, obwohl er an einer Parteiveranstaltung hätte auftreten sollen. Er liefert sich ein Handgemenge mit den Eindringlingen, in dessen Verlauf er ums Leben kommt. Ein millionenschweres Bild verschwindet, ein klassischer Raubmord. Und trotzdem ging das alles nicht auf. Die Post, die auf dem Korpus lag, der verschwundene Umschlag: Dahinter verbarg sich etwas ganz anderes, sagte mir mein Gefühl. Es war eine verzwickte Situation. Da hatten wir einen brisanten Fall vor uns liegen und kamen keinen Schritt weiter.

Ich leerte meinen Drink. Eigentlich hatte ich ja meine beiden Fälle bravourös gelöst und die Honorare eingestrichen. Ich hätte meine Beine hochlegen und den Whisky in mich hineinplätschern lassen können, bis mein Telefon geklingelt und ein weiterer Kunde meine Dienste in Anspruch genommen hätte. Putzfrauen, Perserkatzen, Pressefotos, ich war in der Zwischenzeit stadtberühmt dafür, die unmöglichsten Dinge aufzuspüren, auch solche, die nicht mit P begannen. Ich hätte es entspannt angehen lassen können. Nach den Strapazen der vergangenen Tage sogar verdient. Trotzdem ließ mir der Mord an Graf keine Ruhe. Mitten in meinen Überlegungen polterte es an der Tür und einen Sekundenbruchteil später stürmte eine aufgekratzte Miranda herein.

»Wie siehst du denn aus?«, rief sie erstaunt, und ich betastete vorsichtig mein angeschwollenes Gesicht.

»Könnte ich dich auch fragen.«

Von ihrer Begegnung mit dem Fleischklops in Latex sah sie zwar immer noch mitgenommen aus, doch die riesige Sonnenbrille verdeckte das meiste davon gnädig.

»Jungs, ich muss euch etwas verkünden!« Sie strahlte über die Teile des Gesichts, die erkennbar waren, und setzte sich schwungvoll neben uns aufs Sofa.

»Leg schon los«, knurrte José.

»Mach's kurz«, fügte ich hinzu.

»Ich werde meinen Job aufgeben!« Sie sah uns beifallheischend an, doch weder José noch ich reagierten darauf.

»Verletzungsbedingt hatte ich ja etwas Zeit, mir Gedanken über meine Zukunft zu machen, und bin zu dem Schluss gekommen, dass mich meine momentane Aufgabe nicht mehr erfüllt.«

Ich verkniff mir eine spöttische Bemerkung. Gerade noch rechtzeitig, Miranda fixierte mich bereits streng.

»Schön, dass man neuerdings selbst in jener entlegenen Sofaecke auf einen ätzenden Kommentar verzichtet.« Sie klammerte sich an ihre goldene Handtasche, die sie auf den Knien balancierte. »Deswegen werde ich ab sofort nicht mehr stundenweise im Einsatz stehen. Nie mehr. Denn sobald ich ein passendes Lokal gefunden habe, heiße ich euch herzlich willkommen in …« An dieser Stelle sprang sie auf, schwankte auf ihren mörderischen Absätzen und breitete theatralisch die Arme aus. *»… Miranda's Noodle Bar!«*

Sie erinnerte an einen ehemaligen Weltstar, der auf seiner Comebacktour vergeblich auf Applaus hofft. Wie erstarrt glotzten José und ich sie an.

Einen Moment lang hielt sie die Arme noch auf Schulterhöhe ausgestreckt, dann ließ sie sie enttäuscht sinken. »Ihr findet das nicht toll.«

»Doch, doch«, beeilte ich mich zu sagen und wusste dann nicht weiter.

»Eine brillante Idee, wirklich«, kam mir José murmelnd zu Hilfe, bevor auch er wieder in Ratlosigkeit versank.

»Hast du eine Ahnung von Gastronomie?«

Miranda nickte vage. »Freunde von mir haben in São Paulo eine japanische Nudelbar, die so erfolgreich ist, dass sie schon bald eine zweite Filiale eröffnen. Sie haben versprochen, mir Rezepte zu schicken. Kochen kann ich, und den Rest bringe ich mir selbst bei.«

»Das ist das ganze Konzept?«

»Es liegt im Trend, das ist das Konzept«, erwiderte Miranda bestimmt.

»Aha.«

»Was braucht es sonst?«

»Eine kompetente, freundliche und nicht überhebliche Bedienung«, grinste José.

»In Zürich? Woher willst du die nehmen?«, gab ich zu bedenken. »Der Job rangiert nicht gerade unter den Top Ten der Traumberufe.«

»Was kein Wunder ist, wenn man bedenkt, wie sich manche Leute im Restaurant benehmen«, warf José ein.

»In Flugzeugen soll es noch schlimmer sein, hab ich gehört.«

»Kann ich mir gut vorstellen. Aber es gibt doch genügend Studenten, Schauspieler ohne Engagement, erfolglose Schriftsteller, frustrierte Hand- und Fußmodels ...«

»Aber was nützt es, dass dir die Suppe von einer schönen Hand serviert wird, wenn es weiter oben nach saurer Zitrone aussieht?«

»Könntet ihr endlich mal die Klappe halten?«, schrie Miranda gereizt dazwischen.

José und ich verstummten augenblicklich.

Sie atmete tief durch, und als sie weitersprach, klang ihre Stimme wieder beherrscht. »Ich werde in der ersten Zeit selbst servieren. Wenn dann der Laden läuft, kann ich immer noch eines eurer ... Fußmodels einstellen. Die Qualität der Suppen wird das nicht beeinträchtigen.«

»Aber Miranda: Nudelsuppen? Echt, ich weiß nicht.« José wirkte wenig überzeugt. »Wird man davon überhaupt satt?«

»Natürlich! Das Ganze wird ja mit Fleisch und Grünzeug

angerichtet, auf Wunsch auch mit *Tempura,* in Teig frittierte Crevetten und Gemüse. Es gibt da eine Marktlücke. An der Langstrasse reihen sich die Kebabstände dicht aneinander. Wer gerade keine Lust auf fetttriefenden Hammel vom Spieß hat, geht zu den zwei, drei Indern, in die chinesischen Schnellimbisse, zum Italiener und in die paar Restaurants mit Schweizer Küche. Japanische Nudelsuppen kriegt man – soviel ich weiß – nirgends! Schnell, gesund und leicht, im schicken Ambiente serviert. Genauso, wie es heutzutage verlangt wird.«

»Die Yogalehrerinnen und Modedesigner dieser Stadt werden dir die Bude einrennen.«

»Ich hoffe eher auf die Zugezogenen aus den schicken Lofts.«

»Damit liegst du wahrscheinlich sogar richtig«, bestärkte ich Miranda.

»Das schaffst du schon. Ist ja kein großer Unterschied zwischen deinem alten und dem neuen Job. Nur dass jetzt die Nudeln weich sein müssen, wenn du Geld damit verdienen willst«, frotzelte José.

»Sehr witzig.« Miranda sah uns einen Moment lang schweigend an, dann setzte sie sich wieder und seufzte schwer. »Ich habe ja selbst Zweifel, ob ich dem gewachsen bin. Ob ich das überhaupt kann. Aber der Gedanke, bis ins Rentenalter auf den Gehsteigen mit dem Arsch zu wackeln, jagt mir echt Angst ein. Am Rollator sieht keine Nutte sexy aus. Die Zeit arbeitet gegen mich, mit jedem Flugzeug wird frisches und jüngeres Fleisch importiert, und ich will nicht als eines dieser abgehalfterten, lichtscheuen Wracks enden, wie sie da draußen in den Seitengassen auf die Besoffenen lauern.«

»Schätzchen, du wirst immer toll aussehen!«

»Danke, Curryfresser, aber es ist nicht in erster Linie mein Aussehen, um das ich mir Sorgen mache. Schließlich hatte man in Brasilien zu Botox längst ein genauso inniges Verhältnis wie zum eigenen Friseur, als man in Europa deswegen noch in der Notaufnahme gelandet ist.«

»Darum wird auch keiner mehr älter. Nur straffer und ausdrucksloser.«

»Nun, ein kleiner Eingriff hier und dort schadet garantiert nicht. Aber sicher nicht vor meinem dreißigsten Geburtstag.«

José und ich lachten auf.

Miranda sah uns amüsiert an. »Aber eigentlich geht es um etwas ganz anderes: Ich möchte endlich eine Aufgabe haben, die mir wirklich Spaß macht, einen Sinn sehen in dem, was ich tue. Das mag jetzt kitschig klingen, aber ich glaube, ich habe zu mehr Talent, als notgeile Kundschaft zu befriedigen. Ich habe ein bisschen Geld gespart und bin noch nicht zu alt, um etwas Neues auszuprobieren. Ich gebe zu, das fordert meinen ganzen Mut, aber wenn ich es nicht versuche, bleibt weiterhin alles so, wie es ist. Und das will ich nicht.«

Ich erhob mich, setzte mich auf die Armlehne neben Miranda und umarmte sie. »Wir werden ganz oft bei dir sein. Etwas gesunde Kost wird auch uns nicht schaden. Und ich bin sicher, deine Nudelsuppen werden die besten in der ganzen Stadt sein!«

»Gibt es da auch was zu trinken?«, fragte José.

»Grüntee natürlich …«

José verzog das Gesicht.

»… aber auch Sake, japanisches Bier und Pflaumenlikör.«

»Nun, wenn das so ist …«

»Ich weiß doch, was meine Kundschaft braucht. Das habe ich immer getan.« Sie zwinkerte uns zu. »Im Ernst, Jungs. Klappt das mit der Nudelbar, beginne ich ein anderes Leben. Ihr werdet eine ganz neue Miranda kennenlernen. Natürlich werde ich etwas seriöser leben müssen, eine dauerbesoffene

Nudelbarinhaberin würde sich kaum gut machen.« Sie öffnete ihre Handtasche und funkelte uns übermütig an. »Aber noch ist es nicht so weit!«, kreischte sie aufgedreht, zog eine Proseccoflasche heraus und ließ den Korken knallen. »Lasst uns anstoßen!«

Nachdem wir die erste Flasche geleert hatten, der Rest der zweiten in den Gläsern schwappte und sich damit auch die aufgekratzte Stimmung etwas gelegt hatte, setzten wir uns wieder aufs Sofa, während José im nahe gelegenen Supermarkt Nachschub besorgte.

»Was ist das denn?«, erkundigte sich Miranda, während sie sich die Fotos ansah, die immer noch auf dem Tisch lagen.

Ich seufzte. »Ein rätselhafter Fall, den ich nicht lösen kann.«

»Kompliziert, hm?«

Ich nickte resigniert.

»Die hat aber auch schon besser ausgesehen.« Sie hob das Bild von Alice Graf hoch. »Sonst hat die doch immer Stil.«

... selbst zum Einkaufen geht sie wie aus dem Ei gepellt ..., echote Claires Stimme in meinem Kopf. Ruckartig richtete ich mich auf.

»Was sagst du da?«

»Nun, normalerweise hat die Frau Stil. Dafür ist sie ja bekannt. Etwas altmodisch vielleicht für meinen Geschmack, aber im Vergleich zu vielen Frauen in der Politik wählt sie sich ihre Sachen nicht mit verbundenen Augen im Versandhauskatalog aus. Auf dem Foto aber sitzt sie in diesem sandfarbenen Irgendwas rum, das bestenfalls wie ein Morgenmantel aussieht, die Haare sind unordentlich ... und sieh dir bloß die Schuhe an! Sind das zitronengelbe Sandalen? Die passen ja überhaupt nicht zum Kleid! Und auch nicht zur Jahreszeit. Die muss ja echt hinüber gewesen sein, dass sie sich so ablichten lässt.«

Ich starrte sekundenlang auf die Aufnahme, dann begann ich hastig den Stapel von Illustrierten zu durchwühlen, bis ich die Zeitung in den Händen hielt. Mit zittrigen Fingern durchblätterte ich sie, dann hatte ich das Bild gefunden.

»Und das hat sie etwa eine Stunde davor getragen.« Ich tippte aufgeregt auf das kornblumenblaue Deuxpièces und die cremefarbenen Schuhe, in welchen Alice Graf zur Kindergarteneinweihung erschienen war.

»Sie hat zwischendurch ihre Kleidung gewechselt«, stellte Miranda erstaunt fest. »Wozu?«

»Dafür suche ich gerade eine plausible Erklärung.«

Ich konnte davon ausgehen, dass Alice Graf sich kaum hinter den Bougainvilleen umgezogen hatte. Demnach hatte sie dies erst getan, nachdem sie das Haus betreten hatte.

»Vielleicht ist sie eine starke Schwitzerin? Ich hatte einmal einen Stammkunden …«

Ich schnaubte ungehalten. »Miranda, ich versuche nachzudenken!«

»Ich wollte ja nur helfen.« Beleidigt schürzte sie die Lippen, verschränkte die Arme und schlug die Beine übereinander.

»Und wenn sie von einem vorbeifahrenden Auto nass gespritzt worden ist, während sie auf den Bus gewartet hat?«, meldete sie sich bereits nach wenigen Sekunden wieder zu Wort.

»Sie ist nicht die Art von Frau, die mit dem Bus zu Veranstaltungen fährt. Zudem war sie am Montag mit ihrem BMW unterwegs und geregnet hat's auch nicht.«

»Verstehe.«

Fieberhaft überlegte ich, was vorgefallen sein könnte, doch wie ich es auch wendete, ich kam immer wieder auf dieselbe Lösung: Sie hatte sich umgezogen, nachdem sie ihren Mann aufgespießt gefunden hatte. Was mir äußerst merkwürdig vorkam. Auch wenn Frauen grundlegend anders tickten – mein erster Gedanke wäre in dieser Situation jedenfalls nicht mein Outfit gewesen.

»Was ist?«

José kehrte zurück und riss mich aus meinen Gedankengängen. Er trug eine Plastiktüte, in der sich deutlich drei bauchige Flaschen abzeichneten. Rasch erläuterte ich ihm die neusten Entdeckungen, die ich Miranda zu verdanken hatte.

»Hm«, machte José nur, während er aufmerksam die beiden Bilder studierte.

»Ich sehe nur einen plausiblen Grund, weshalb sie das Kleid gewechselt hat: Es war voller Blut.«

»Aber wie denn? Ihr Mann hing ja schon dort, und allzu nah an ihn ran kam sie auch nicht, da die Spieße noch aus ihm herausragten«, wandte José ein.

»Vielleicht ist noch Blut aus ihm rausgespritzt?«, warf Miranda ein.

»Du guckst zu viele Horrorfilme. So viel Blut ist in einem Menschen nicht drin, dass man durchbohrt noch stundenlang vor sich hin sprudelt.« Ich legte die Hände aneinander und presste meine Lippen gegen die Finger. »Außer …«

»Genau! Außer …« José hatte den gleichen Verdacht wie ich.

»Sie war dabei, als er die Treppe hinuntergestoßen wurde.«

»Oder sie war es selbst«, spann Miranda den Faden weiter.

»Das würde ein blutiges Kleid erklären. Aber was ist mit dem gestohlenen Bild? Und dem Motiv?«

Ich brainstormte. »Das Mädchen auf dem Foto? Eifersucht auf die junge Frau? Wut, weil er damit seine Wahl gefährdete?«

»Vielleicht. Aber sie schien mir immer so eine besonnene Frau zu sein. Und es wäre ziemlich unlogisch, ihn umzubringen, wenn er kurz vor seinem Lebensziel stand. Das sie ja auch mit unterstützte. Die Frage nach dem Gemälde wäre damit übrigens auch nicht geklärt. Und dass sie ihn einfach aus Eifersucht geschubst hat, glaube ich auch nicht. Sie war seine Seitensprünge ja gewohnt.«

»Vielleicht war Antonia der Tropfen, der das Fass zum überlaufen gebracht hat?«

»Nicht bei dieser Frau. Die hat schon ganze Reihen voller Fässer im Keller stehen und sich in der Öffentlichkeit nie etwas anmerken lassen, hat immer hinter ihrem Mann gestanden. Das nenn ich Klasse. Aber was ist mit Schluep?«

»Das hatten wir ja schon.« Ich winkte ab. »Der hätte rein gar nichts von Grafs Tod gehabt.«

»Es sei denn, Graf wäre nicht gewählt worden«, gab José zu bedenken. »Dann wäre auch der weitere Verlauf seiner Karriere gefährdet gewesen. Und das Bild ist immerhin mehr als zehn Millionen wert.«

»Richtig. Aber am Montag sah es noch ganz danach aus, als liefe alles nach Plan. Deswegen hat Schluep sich auch so verbissen an die Fotos gehängt, denn die hätten seiner Karriere tatsächlich schaden können. An dem Tag hatte er definitiv noch kein schlüssiges Mordmotiv.« Ich stutzte und sah in meinem Notizbuch nach. »Meine Zeugin hat allerdings bemerkt, dass nur Alice Graf aus dem Wagen gestiegen war, Schluep sei wieder weggefahren und erst später zurückgekehrt. Sie war also sicher eine Stunde allein mit ihrem Mann im Haus, während Schluep im Spital war und versucht hat, an die Aufnahmen zu gelangen, weswegen er von mir auch durchs Niederdorf gejagt wurde. Ein perfektes Alibi. Eigentlich kommt er weder als Dieb noch als Mörder infrage.«

»Alice hingegen hatte genügend Zeit, ihren Mann umzubringen, sich anders anzuziehen und eine halbwegs glaubwürdige Geschichte zu erfinden. Was ist dann aber mit dem Bild geschehen? Ein Ablenkungsmanöver?« José stöhnte.

»Wir bewegen uns im Kreis. Und das Motiv fehlt nach wie vor.«

Wir starrten auf unsere gefüllten Gläser, die wir nicht angerührt hatten.

»Und was nun?«, fragte ich in die Runde, doch ich erhielt keine Antwort. Missmutig grübelnd musterte ich die aufgeschlagene Zeitungsseite mit dem Foto von Alice Graf und Martin Schluep. Es war zum Verzweifeln, ich kam einfach keinen Schritt weiter. Aus irgendwelchen Gründen fand ich den richtigen Denkansatz nicht. Als fehlte ein kleines Detail.

Ich setzte mein Glas an und leerte es bis zur Hälfte. Als ich es wieder hinstellte, fiel mein Blick auf den Artikel oberhalb des Bildes von Graf und Schluep, den der Fuß des Glases zuvor verdeckt hatte.

Beinahe hätte ich mich verschluckt. Ich vergegenwärtigte mir, was ich während der Busfahrt auf den Bildern gesehen hatte: Walter Graf war nicht allein in der *Casa Aurelio* gewesen. Es konnte durchaus sein, dass wir das Motiv die ganze Zeit vor der Nase gehabt, es aber nicht bemerkt hatten. Noch fehlte mir allerdings der entscheidende Beweis, um meinen Verdacht zu untermauern. Doch ich wusste jetzt, was ich zu tun hatte.

Die Nacht war kühl und feucht. Erster Frost war angekündigt, entsprechend klar war der Himmel über Zürich. Zu einer schmalen Sichel abgemagert hing der Mond neben der hell erleuchteten Kuppel der Universität, die majestätisch über der Stadt thronte. Vereinzelt glimmten Sterne am Firmament, einsame Punkte in der Tiefe des Alls. Wie immer kamen sie nicht gegen das Funkeln der Stadt an, die sich unter uns ausbreitete, ein bunt flackernder Lichterteppich, der den oberen Seerand kränzte und sich an den Hängen zu allen Seiten hinaufzog. Das nasse Gras schluckte das Geräusch unserer Schritte, bis wir einen säuberlich geharkten Kiesweg betraten. José und ich waren durch die Thujahecke von der hinteren Seite auf das Grundstück der Grafs gelangt, während Miranda im Käfer Wache saß.

Ein einziger Kastenwagen von einer lokalen Fernsehstation, die in einer Gegend sendete, wo es wohl nichts anderes zu berichten gab, war am frühen Abend noch dagestanden, als wir die Situation ausspioniert hatten. Danach hatte ich am Computer etwas Recherche betrieben und ein nicht ganz einfaches Telefonat geführt. Als wir gegen zehn Uhr zurückkehrten, war auch das letzte Reporterteam verschwunden.

In Claires Küche brannte noch Licht, doch sie selbst war nicht zu sehen.

Wir beschleunigten unsere Schritte und stiegen geduckt eine Natursteintreppe hinauf, in deren Fugen Lavendel und Hauswurz wucherten. Der Pfad endete am äußeren Rand der weitläufigen Terrasse. Zu unserer Linken war ein Schwimmbecken auszumachen, Blätter trieben darin und ein leichter Chlorgeruch stieg auf. Rechts säumten Koniferen einen Plattenweg, der geradewegs auf das Gebäude zu führte. Wir hielten uns, so gut es ging, im Schatten der Bäume, überquerten dann die Terrasse und blieben vor der Balkontür stehen. Ein blau-weißes Siegel der Kantonspolizei, das man bei den herrschenden Lichtverhältnissen kaum erkennen konnte, klebte noch am Türrahmen und erinnerte mich daran, dass wir im Begriff waren, einen Tatort zu betreten.

»Beeil dich!«, zischte José und blickte sich angespannt um. Selbst bei Neumond wie jetzt hätte man uns hier problemlos entdecken können, der helle Terrassenboden reflektierte jegliches Licht. Glücklicherweise war die Scheibe der Tür noch nicht ersetzt worden. Breites Klebeband hielt die sich spinnwebartig von der Bruchstelle ausbreitenden Sprünge zusammen.

Vorsichtig langte ich mit der Hand durch das Loch und öffnete die Tür von innen. Das Siegel riss widerstandslos, doch das Knarren der Scharniere schien meilenweit zu hallen. Ich holte tief Luft und schlich ins Haus, gefolgt von José, während zersplittertes Glas unter unseren Sohlen knirschte.

Dank dem Studium der Tatortfotos fand ich mich im Eingangsbereich und der Küche selbst im Dunkeln rasch zurecht. Noch immer waren Blutflecken am Boden und auf der Treppe zu erkennen, sie wirkten jetzt schwarz und unheimlich. Die Kriegerstatuen hatte man offenbar mitgenommen.

Ich sah mich um, ohne auf Anhieb zu entdecken, wonach ich suchte. Was auch ein Wunder gewesen wäre, hatte die Polizei doch den unmittelbaren Tatort mit allen möglichen Technologien auf den Kopf gestellt und jeden Winkel erforscht. Nur war sie auf etwas ganz anderes aus gewesen, als wir es waren.

Ich ging ein paar Schritte auf die Haustür zu. Zu meiner Linken befand sich das Wohnzimmer, das spärlich, aber mit teuer aussehenden Designermöbeln ausgestattet war und über ein Cheminée verfügte, soweit ich das im Halbdunkeln erkennen konnte. In der Diele, von wo aus eine Treppe in den oberen Stock führte, hing ein unheimliches Gemälde, auf dem fünf Gestalten zu erkennen waren. Rechts, in der großzügigen Nische unter der Treppe, stand protzig ein Steinway-Flügel. Skelettartig ragten trockene Äste aus einer riesigen Glasvase, wie dürre Finger streckten sich die Zweige über das Instrument. Ich schauderte und wandte mich ab.

»Nach oben?« José deutete die Treppe hinauf.

Wenn Alice Graf die Kleider irgendwo versteckt hatte, dann war die Wahrscheinlichkeit groß, dass sie das in der Nähe ihres Garderobenschranks getan hatte. Niemand läuft mit einem blutigen Textilbündel in der Wohnung herum, wenn die Polizei gerade dabei ist, den Tod des eigenen Ehemannes zu untersuchen.

Im Vorbeigehen öffnete ich eine Tür, die von der Diele abging, und entdeckte, dass sie in eine Besenkammer führte. Ich trat ein und schloss sie hinter mir, betätigte den Lichtschalter und sah mich einem Staubsauger gegenüber, dessen Rohr über einem Wandregal aus Drahtgitter hing. Im Regal selbst lagerten diverse Putzmittel, Lappen und andere Reinigungsutensilien. Rosies kleines Reich.

Auf dem Boden der Kammer waren mehrere Einkaufstüten aufgereiht, die als Sammelbehälter für Rezykliergut dienten. Glas, Konservendosen und PET-Flaschen befanden sich darin, daneben entdeckte ich eine Schachtel, in der sich Altpapier stapelte. Egal wie reich die Leute auch waren und wie luxuriös sie wohnten, der Abfall sah bei allen gleich aus. Außer dass bei mir vielleicht eher Raviolidosen und leere Whiskyflaschen zu finden waren, während ich hier eindeutig Hummersuppe und *Châteauneuf-du-Pape* ausmachte.

»Kommst du?« José streckte den Kopf herein. »Und mach um Gottes willen die Festbeleuchtung aus!«

Ich verließ die Kammer und warf im Vorbeigehen einen kurzen Blick auf die Garderobe, ohne etwas Auffälliges zu entdecken. Vestons und Mäntel über Kleiderbügeln, eine Handtasche an einem Haken, auf der Ablage Hüte, ein hüfthohes Regal mit fein säuberlich ausgerichteten Schuhpaaren, eine schmale Holzbank davor.

Im oberen Stock befanden sich vier Räume, die von einem breiten Korridor abgingen. Wir hatten absichtlich auf Taschenlampen verzichtet, da ich aus Erfahrung wusste, wie aufmerksam die Nachbarn hier oben waren. Die einzige Lichtquelle, die wir zu benutzen wagten, waren die Displays unserer Mobiltelefone. Rasch durchsuchten wir das Bad und zwei weitere Räume, von denen der eine als Büro diente, der andere war einzig mit einem schmalen Gästebett eingerichtet. Soviel ich wusste, war das Paar kinderlos, was erklärte, weshalb nirgendwo Babyfotos hingen und sich auch keine Hinweise wie Zeichnungen oder Bastelarbeiten fanden. Das Schlafzimmer lag an der Stirnseite des Gebäudes, direkt über dem Hauseingang. Zügig öffneten wir Kleiderschränke, durchforsteten die Schubladen zweier Kommoden, inspizierten den Sekretär, spähten unters Bett, in Hutschachteln, chinesische Vasen und setzten uns schließlich abgehetzt auf den Boden.

»Nichts!«

»Auf dem Gang steht eine Truhe«, warf José ein.

»Da habe ich bereits reingeguckt. Die ist leer.«

»Vielleicht haben wir uns geirrt?«

»Oder sie hat das Kleid längst entsorgt.«

»Aber wie hätte sie es rausschmuggeln sollen? Das Haus stand rund um die Uhr unter Beobachtung, und in die Klinik, wo sie nach ihrem Zusammenbruch hingebracht worden ist, hat sie die blutigen Kleider sicherlich nicht mitgenommen.«

Ich betrachtete ratlos die Spiegelschränke, welche die ganze Länge der Wand neben dem Bett einnahmen. Sie standen immer noch offen und gaben von innen beleuchtet den Blick frei auf ihren Inhalt. Vorsorglich hatten wir die Vorhänge zugezogen, damit der verräterische Schein nicht nach draußen drang. Ordentlich aufgereiht hingen Kostüme nebeneinander, alle in dezenten Farben, geschmackvoll und dem Alter ihrer Trägerin angepasst. Eine Unzahl an Blusen füllte dicht an dicht die beiden Schränke daneben, auf deren Ablage zudem Hüte, Handtaschen und Gürtel verstaut waren. Die untersten Regale gehörten allein den Schuhen, die nach Form und Farbe sortiert auf ihren nächsten Einsatz harrten. Walter Graf hingegen hatte rund zwanzig auf den ersten Blick ziemlich ähnlich aussehende Anzüge besessen, die

Hemden waren alle weiß oder hellblau, die Krawatten meist dezent gestreift.

Im Gegensatz zu Alice Graf fand sich bei ihrem Mann auch Alltagskleidung. Selbst zum Einkaufen ging sie immer wie aus dem Ei gepellt, hatte Claire gesagt und sich damit als hervorragende Beobachterin erwiesen. Ohne Claires Informationen wäre ich wohl nie so nah an die Lösung des Falles herangekommen.

Allerdings schien ich mich zusammen mit José in eine Sackgasse hineinmanövriert zu haben. Fanden wir das blutige Kleid nicht, falls denn wirklich eines existierte, hatten wir auch keine Beweise zur Hand und niemand würde uns Glauben schenken, schon gar nicht die Polizei.

»Was nun?« José sah mich resigniert an.

»Gibt es einen Dachboden?«

Ohne auf meine Frage einzugehen, erhob sich José und begann, die Schränke zu schließen. Mit jeder Tür wurde es wieder dunkler. Ich rührte mich nicht. Mein Gehirn arbeitete auf Hochtouren. Ich wusste, dass sich die Lösung des Falles in diesem Haus fand.

José schickte sich gerade an, den Schrank zu schließen, als ich wie elektrisiert aufsprang und die letzte Tür wieder aufriss. Sekundenlang starrte ich auf die Ablage mit den Handtaschen. Dann stieß ich triumphierend die Luft aus. Alles hatte plötzlich Sinn, die Puzzleteile setzten sich allmählich zu einem Ganzen zusammen. Einen Augenblick lang ärgerte ich mich, dass ich nicht früher darauf gekommen war.

»Was ist los?«

»Ich glaube, ich weiß jetzt, wo das Kleid ist, und ich kann dir auch sagen, weshalb es dort ist. Den Umschlag werden wir gleich daneben finden, ich hatte ihn vorhin sozusagen vor der Nase. Und vielleicht stoßen wir dabei sogar auf das Bild.«

Von unten war ein leises Klirren zu vernehmen.

»Was war das?«, flüsterte José.

Ich hielt den Finger an die Lippen und geräuschlos glitten wir aus dem Schlafzimmer. Im Gang blieben wir stehen. Kein Mucks drang nach oben.

»Vielleicht war es der Wind?«

»Und wenn nicht?« Es war sinnlos, die knappe Zeit mit müßigen Fragen zu vergeuden. Vorhin war eindeutig ein Klirren zu vernehmen gewesen. Das konnte tatsächlich vom Wind herrühren, der ein Stück aus der zerbrochenen Scheibe gelöst hatte. Es konnten aber auch die Glassplitter auf dem Boden gewesen sein, in die jemand getreten war. Und war es ein Einbrecher, dann hatte er das zerbrochene Siegel gesehen. Ich duckte mich und spähte in den unteren Stock. Bläuliches Licht drang durch die Fenster und malte groteske Schatten unter die Möbel und an die Wände, Silhouetten, die mir vorhin nicht aufgefallen waren, ragten plötzlich aus der Düsternis der Nischen und Ecken. Kein Laut war zu hören. Mit angehaltenem Atem wartete ich ab, dann bedeutete ich José, der stehen geblieben war, dass ich mich nach unten begeben würde. Ein leises Knarren des Parkettbodens verriet mir, dass er mir folgte.

Wie in Zeitlupe schlichen wir die Treppe hinunter. Das Blut begann, in meinen Ohren zu pochen, was mich daran hinderte, leisere Geräusche wahrzunehmen. Unten angekommen, sah ich mich um. Mir fiel nichts Ungewöhnliches auf. Mit ein paar Schritten war ich bei der Haustür und riss die Handtasche, die an einem Haken hing, von der Garderobe. Jetzt würde sich zeigen, ob ich mich geirrt hatte oder nicht. Nervös nestelte ich den Verschluss auf und griff hinein. Das Kleid war da! Ich leuchtete kurz mit dem Handy hinein und zuckte zusammen, als ich den zerknüllten, dunkelblauen Stoff mit den Blutflecken entdeckte.

Eine ungeahnte Euphorie erfasste mich plötzlich. Gut gelaunt warf ich José die Tasche zu. Während er sofort auf die Terrassentür zusteuerte, spürte ich plötzlich eiskaltes Metall an meiner Wange.

»Und jetzt schön schrittweise zurück.« Schlueps Stimme klang wie immer gedämpft.

Ich tat wie mir geheißen und fluchte innerlich. Ich war so dicht dran gewesen, und jetzt vermasselte mir der übereifrige Parteisekretär den Erfolg! Er drängte mich in die Diele zurück, ohne dabei die Spitze des Schürhakens, der gewiss zum Cheminée gehörte, aus meinem Gesicht zu entfernen.

»Die Tasche«, nuschelte Schluep.

»Wie bitte?«

»Der da drüben soll die verdammte Tasche rüberschieben.« Er deutete auf José, der wie erstarrt stehen geblieben war. Widerwillig ließ er jetzt die Handtasche zu Boden gleiten und versetzte ihr einen Tritt, worauf sie auf Schluep zuschlitterte.

»Herkommen!« Schluep hob die Tasche auf und öffnete sie einhändig, ohne mich dabei aus den Augen zu lassen.

Hatte ich mich die ganze Zeit über gefragt, inwieweit er in die Geschehnisse am Montagmittag verwickelt war, so war das der eindeutige Beweis: Schluep war zumindest über den merkwürdigen Kleiderwechsel Alice Grafs auf dem Laufenden. Und es war anzunehmen, dass er auch von Fernandos Erpresserbrief wusste.

Als Schluep sich des Inhalts der Tasche vergewissert hatte, stellte er sie wieder auf den Boden und schob sie mit dem Fuß zur Seite, dann winkte er José mit einer barschen Handbewegung heran.

Da dieser sich immer noch nicht rührte, zerrte er mich grob an den Schultern herum, schob blitzschnell den gusseisernen Haken unter mein Kinn und drückte von hinten zu.

Ich röchelte und versuchte mich frei zu kämpfen, doch sein Griff war unerbittlich. Zögernd kam José endlich näher.

»Da rein!« Schluep dirigierte José zur Abstellkammer. Als er drin war, lockerte Schluep endlich den Griff. »Jetzt du!«

Ich schnappte keuchend nach Luft und kämpfte gegen Schwindelgefühle an.

»Mach schon!« Schluep schubste mich in den kleinen Raum, in den er uns augenscheinlich einzusperren gedachte.

Er schaltete das Licht ein und musterte uns. Der Schein der nackten Glühbirne enthüllte erst das ganze Ausmaß von Schlueps nächtlichem Rendezvous mit Hassan. Natürlich hatte er seinen Schal wie immer bis zur Nase hochgezogen, doch diese war merkwürdig schief und mit einem Verband abgedeckt, sein linkes Auge war stark geschwollen und dunkel angelaufen, das ganze Antlitz von lilafarbenen Flecken übersät. Sein Hut verdeckte die Bandage um seinen Kopf nur knapp. Er sah bemitleidenswert aus. Wahrscheinlich fühlte er sich jetzt darin bestärkt, dass Ausländer jeglicher Nationalität ausgeschafft gehörten.

»Da war wohl jemand wenig erfreut, Sie zu sehen.«

»Klappe!«

Es war grotesk. Wenn er sprach, sah es aus, als blubberte ein Kirschauflauf im Ofen.

Ich senkte den Kopf, damit er meine zuckenden Mundwinkel nicht sehen konnte, dabei fiel mein Blick auf den Karton, in dem sich das Altpapier stapelte.

Der große Umschlag lag nicht zuoberst, aber ich konnte eindeutig eine Ecke davon unter der daraufgeworfenen Zeitung hervorragen sehen. Er hätte mir schon früher auffallen müssen.

Schluep, der meinem Blick gefolgt war, trat plötzlich einen Schritt näher. Den Schürhaken drohend gegen mich gerichtet, bückte er sich und schnappte sich das Kuvert.

»Hätte ich beinahe vergessen«, murmelte er und der Kirschauflauf wackelte erneut.

»Nicht zum ersten Mal.«

Er blickte überrascht auf.

»Der Umschlag hat ursprünglich auf dem Korpus dort drüben gelegen.« Ich deutete Richtung Küche. »Doch noch während die Polizei den Tatort sicherte, haben Sie ihn entwendet.«

»Ich habe keine Ahnung, wovon du sprichst.«

»Genauso wenig Ahnung, wie Sie von dem blutigen Kleid in der Handtasche haben?«

Er lachte trocken. »Welches blutige Kleid? Wenn ich euch der Polizei übergebe, wird weder ein blutiges Kleid noch ein Umschlag zu finden sein. Aber ihr, ihr werdet als Einbrecher dastehen, die zurückgekommen sind, um das Gemälde von Hodler zu holen, und die ich dabei auf frischer Tat ertappt habe. Die Beweislage wird eindeutig sein, das Bild hat das Haus nämlich nie verlassen. Und dann wird dieser grausame Raubmord, der das ganze Land erschüttert hat, endlich aufgeklärt sein. Und Grafs Mörder gefasst.«

»Ausländer natürlich, wie könnte es auch anders sein. Und sie werden als neuer Parteichef gewählt.«

»Es spricht nichts dagegen.«

»Nun, wir werden ja sehen, was die Polizei dazu meint.«

Hinter mir hörte ich José hüsteln, doch ich ließ mich nicht beirren: »... wenn ich sie auf die Bilder vom Tatort hinweise. Denn darauf ...« José hustete mittlerweile und bohrte mir den Finger in den Rücken. »... ist eindeutig zu erkennen, dass jemand während der Sicherung des Tatorts einen Umschlag entwendet hat. Und so viele Leute kommen dafür nicht infrage. Sowohl von dem Erpresserbrief als auch von den Fotos existieren Kopien, und einmal darauf aufmerksam gemacht, bin ich mir sicher, dass die Polizei beidem größtes Interesse entgegenbringen wird. Denn dort findet sich das wahre Mordmotiv.«

Schluep hatte mir aufmerksam zugehört, jetzt sah er mich grimmig an. »Wenn du noch dazu kommst, davon zu erzählen, du Plaudertasche.«

Blitzschnell riss er den Haken hoch und holte weit aus. Ich duckte mich instinktiv, doch der erwartete Schlag blieb aus. Stattdessen war ein dumpfes Knirschen zu hören, gefolgt von einem hellen Klirren. Als prallten Likörfläschchen gegeneinander.

Vorsichtig blickte ich auf.

»Die Waffe einer Frau!«, lächelte Miranda und schwang gut gelaunt ihre goldene Handtasche. »Die hat uns schon einmal gerettet. Mir war etwas langweilig da draußen, aber als ich den Bandagierten hier reinschleichen sah, wusste ich, dass bei euch wahrscheinlich voll die Party abgeht!«

Benommen wankten José und ich aus der Besenkammer und betrachteten den reglos am Boden liegenden Schluep. Ich nahm den Umschlag, den er immer noch in der einen Hand hielt, an mich. Aus der Ferne war Motorengeräusch zu hören, das näher kam. Jetzt hörte man das flappende Geräusch von wendenden Pneus auf dem Asphalt, dann herrschte Stille.

»Wenn mich nicht alles täuscht, kriegen wir gleich Besuch.«

Eine Autotür wurde zugeschlagen, eine weibliche Stimme war zu hören, kurz darauf Schritte auf dem Kiesweg. Uns blieben Sekunden.

Der Schlüssel drehte sich im Schloss und die Tür schwang auf. Im nächsten Augenblick wurde der Lichtschalter betätigt und Alice Graf betrat das Haus.

Wie immer war sie perfekt gekleidet. Sie trug ein schwarzes Kostüm zusammen mit einer goldenen Halskette, das dunkle, volle Haar war zu einer streng wirkenden Frisur gekämmt. Einzig ihr Gesicht konnte ich von meiner Position aus nicht erkennen.

Einen Moment lang verharrte sie auf der Schwelle, dann drehte sie sich entschlossen um und sagte zu der Person, die offenbar draußen stehen geblieben war: »Von hier schaff ich es alleine.«

Eine junge Männerstimme wagte einen zögernden Einwand: »Aber mein Vorgesetzter hat gemeint, ich müsste dabei sein, wenn Sie …«

»Machen Sie sich keine Sorgen, er wird niemals davon erfahren«, beruhigte sie ihn mit einer Stimme, die keine Widerrede duldete.

»Aber …«

»Ich bin gleich zurück.« Damit schloss sie die Tür und lehnte sich kurz mit dem Rücken dagegen. Dann wandte sie sich der Garderobe zu. Und erstarrte mitten in der Bewegung. Schnell fasste sie sich wieder, tastete die Hutablage ab und begann dann hektisch, Vestons und Mäntel beiseitezuschieben.

»Suchen Sie das hier?«, rief ich ihr zu.

Alice Graf zuckte zusammen und drehte langsam den Kopf, dann machte sie ein paar Schritte in die Diele hinein, wo sie wie festgefroren stehen blieb.

Miranda, José und ich hatten uns auf halber Höhe der Treppe positioniert, jetzt hielt ich die Handtasche hoch und ging langsam die Stufen hinunter.

Alice Graf starrte sekundenlang auf das Accessoire, dann wanderte ihr Blick zu mir, bevor sie zurückwich. Sie wirkte blass und erschrocken. »Wer sind Sie?«

»Das tut momentan wenig zur Sache.«

Sich rückwärts tastend, blieb sie vor der Garderobe stehen. »Draußen steht ein Polizist.«

»Soll ich ihn gleich rufen, oder möchten Sie sich zuerst anhören, was ich zu sagen habe?«

Sie blickte erneut auf die Tasche. Ihre Hände fuhren unschlüssig über die Seitennähte ihres Kostüms. »Was wollen Sie?«

»Den Mord an Ihrem Mann aufklären.«

»Das tut bereits die Polizei.«

Ich war inzwischen unten angekommen und öffnete jetzt die Handtasche. »Kann sein. Aber weiß sie auch davon?«

Das Kleid war komplett zerknittert, als ich es herauszog. Alice Grafs Augen weiteten sich.

»Voller Blut. Das Blut Ihres Mannes, Frau Graf.«

»Was soll das beweisen?« Ihre Lippen zitterten, nur einen kurzen Augenblick, schon hatte sie sich wieder unter Kontrolle und erwiderte meinen Blick kühl. Die langen Jahre in der Politik hatten sie geschult.

»Was glauben Sie?«

Irritiert blinzelte sie, diese Frage hatte sie offensichtlich nicht erwartet. Ihr Mund klappte auf, ohne dass ein Wort herausdrang.

»Ihr Mann wurde auf brutalste Weise aufgespießt, Frau Graf. Haben Sie ihm in die Augen geblickt, als er gestürzt ist? Als er merkte, wie er durchbohrt wurde, dass sein Leben abrupt endete? Hat er geschrien? Ein letzter Laut, bevor der Speer sein Herz zerriss? Und das viele Blut überall …«

»Hören Sie auf!« Ihr ganzer Körper erschauderte, als sie nach Luft schnappte. Ihre Finger wanderten tastend über den Hals, als gäbe es dort einen Kragen zu lockern. Sie blickte zu Boden, während sie sprach: »Er war noch warm. Er hing da … so leblos. Ich musste ihn umarmen. Ein letztes Mal.«

»Das hätten Sie besser getan, bevor Sie ihn die Treppe hinuntergestoßen haben.«

Ihre Antwort kam verzögert, als hätte sie etwas Zeit gebraucht, um den Sinn des Satzes zu begreifen. »Was sagen Sie da?« Ihr Gesicht war kalkweiß geworden, die Stimme tonlos.

»Sie haben mich schon richtig verstanden.«

»Das ist eine infame Behauptung«, flüsterte sie. »Das muss ich mir nicht anhören.« Ihre Hand zitterte, als sie nach der Türklinke tastete.

»Doch, das müssen Sie und noch viel mehr, denn ich werde Ihnen jetzt in aller Ruhe erzählen, wie und weshalb Ihr Mann sterben musste. Und ich bin mir sicher, dass Sie das sehr interessieren wird.«

Ich ließ das Kleid zu Boden fallen und holte die Fotos aus dem Umschlag.

»Hier.« Ich deutete auf das oberste Bild. »Deswegen haben Sie Ihren Mann ermordet.«

Alice Graf warf einen flüchtigen Blick auf die kopierte Fotografie und verzog verächtlich die Mundwinkel. Innert Sekunden hatte sie ihre Fassung wiedergewonnen. »Machen Sie sich nicht lächerlich! Sie behaupten tatsächlich, ich hätte ihn wegen dieser kleinen Hure umgebracht?«

»Nein, dazu haben Sie viel zu viel Klasse. Diese junge Frau hat absolut nichts mit dem Tod Ihres Mannes zu tun.«

»Worauf wollen Sie dann hinaus?«

»Auf das, was wirklich auf den Fotos zu sehen ist. Aber dazu muss ich etwas ausholen.«

»Für so etwas habe ich keine Zeit«, bemerkte sie abfällig und wandte sich wieder der Tür zu.

»1920 wanderten Cosmo und Abelina Corradini in die Schweiz ein«, begann ich unbeirrt. »Sie wurden hier gebraucht, billige Arbeitskräfte aus Italien, wie sie damals zu Tausenden in das Land strömten. Die Männer wurden bei der Entstehung des Eisenbahnnetzes eingesetzt, andere arbeiteten im

Baugewerbe, die Frauen im Gastgewerbe, in Wäschereien. Schon damals war man wenig begeistert von den Immigranten, obwohl diese später maßgeblich zum wirtschaftlichen Aufschwung der Schweiz beitrugen. Die Geschichte wiederholt sich immer wieder. Aber das wissen Sie ja auch.«

Langsam hatte Alice Graf sich umgedreht. Ihr unruhiger Blick sagte mir, dass sie ahnte, worauf ich hinauswollte.

»Wie viele Einwanderer fanden Cosmo und Abelina eine Bleibe im Kreis 4, den man damals noch Aussersihl nannte. Abelina begann, im *Società Cooperativa* zu arbeiten, ursprünglich ein Restaurant, in dem man den Arbeitern billige, meist italienische Menüs servierte. Nach Mussolinis Machtergreifung, die zwei Jahre später eine neue Auswanderungswelle in Italien auslöste, entwickelte sich das Lokal jedoch zum wichtigsten antifaschistischen Zentrum Zürichs.«

»Worauf wollen Sie hinaus?« Ein letzter lahmer Versuch ihrerseits, mich aus dem Konzept zu bringen.

»Ich komme gleich dazu. Nach dem Zweiten Weltkrieg wollten die Corradinis, die mittlerweile drei halbwüchsige Kinder hatten, wieder in die Lombardei ziehen, zurück in die Heimat, doch weder sie noch ihre Söhne, die sie begleiteten, konnten sich dort wieder integrieren. Zu lange hatten sie im Ausland gelebt. Zudem war die Arbeitslosigkeit derart hoch, dass die jungen Männer keine Anstellung fanden und bereits zwei Jahre später resigniert wieder in die Schweiz zogen, wo man mehr denn je auf ausländische Arbeitskräfte angewiesen war.«

»Und was bitte soll das beweisen?«

»Dass erstens Politik in Ihrem Umfeld schon immer eine große Rolle gespielt hat. Und zweitens, dass die Geschichte Ihrer Familie auch Ihre Geschichte ist. Denn Cosmo und Abelina Corradini waren Ihre Großeltern.«

Sie sah mich ausdruckslos an.

»Sie sind im Kreis 4 aufgewachsen, nicht wahr, Frau Graf? In einfachen Verhältnissen. Obwohl Sie erst zur Welt kamen, als Ihr Vater längst in die Schweiz zurückgekehrt war. Doch die schwierigen Lebensumstände blieben Ihnen nicht verborgen, Sie haben sich seine Erzählungen immer wieder angehört, das Leid der Großeltern hautnah miterlebt. Die Generationen der Vertriebenen, nirgendwo willkommen, ohne richtige Heimat. Das hat Sie geprägt, Frau Graf, so stark, dass Sie beschlossen haben, sich dafür einzusetzen, dass diesen Menschen so etwas nicht noch einmal widerfährt. Deswegen haben Sie die Stiftung *Stadtwohnraum für alle* gegründet, die im Kreis 4 Wohnhäuser aufkauft und sich darum kümmert, dass die Mieten moderat bleiben und Menschen, die schon lange dort leben, wie unter anderem die Italiener, nicht vom herrschenden Renovationswahn aus dem Quartier oder sogar ganz aus der Stadt vertrieben werden.«

»Das liegt mir am Herzen«, flüsterte Alice Graf und blickte erneut zu Boden.

»Dermaßen, dass es Ihren Mann das Leben kostete. Sie hatten sich das Foto am Samstagabend nicht genau angesehen, als der junge Mann vor Ihrer Tür stand und wutentbrannt damit herumgewedelt hat. Wie sollten Sie auch, er hat es Ihnen gar nicht richtig gezeigt, wahrscheinlich haben Sie auch nicht alles verstanden, was er gebrüllt hat. Doch Sie erkannten Ihren Mann mit einer jungen Frau darauf und begriffen, dass Ihnen der Bursche drohte. Den Rest konnten Sie sich zusammenreimen. Sie hatten genügend Erfahrung mit den außerehelichen Eskapaden Ihres Gatten. Doch diesmal stand Walter Graf kurz davor, zum Stadtpräsidenten gewählt zu werden, sein Lebensziel, das Sie unter keinen Umständen gefährden wollten. Denn so schwierig es auch war, mit ihm zusammenzuleben, so wenig wie Sie seine politische Überzeugung teilten und so sehr Sie seine Seitensprünge und Affären verletzt haben – Sie haben ihn geliebt, davon bin ich überzeugt.«

Ihre Augen glänzten feucht. »Das habe ich, bei Gott«, bestätigte sie heiser.

»Deswegen schickten Sie dem Jungen auch den Parteisekretär Martin Schluep hinterher, damit er die Fotos wiederbeschafft und so vermieden werden konnte, dass sie in diesem heiklen Moment in der Presse auftauchten, was Ihren Mann höchstwahrscheinlich das Amt gekostet hätte. Doch dann erhielten Sie am Montagmittag einen gelben Umschlag mit den besagten Fotos, im beiliegenden Brief wurden Sie auf naivste Art erpresst. Es waren jedoch nicht die wenigen Zeilen, die Sie derart schockiert haben, dass Sie die Beherrschung verloren.«

Alice Graf schlug stumm die Hände vors Gesicht und schüttelte immer wieder den Kopf, als müsste sie dadurch meine Worte nicht hören.

»Es waren die Fotos, die Sie diesmal in aller Ruhe betrachten konnten.«

Ich hatte die Bilder am Morgen genau studiert. Ihre Bedeutung hatte sich mir allerdings erst offenbart, als ich am Nachmittag den Zeitungsbericht über eine der darauf zu sehenden Personen entdeckt hatte.

Den Vordergrund dominierte Antonia, die sich dem verdutzten Walter Graf an den Hals warf. Das Augenmerk lag ganz klar auf den beiden, was nicht nur mich hinsichtlich der Brisanz dieser Bilder in die Irre geführt hatte. Doch bei genauer Betrachtung enthüllte sich, dass Graf keineswegs allein in der *Casa Aurelio* gespeist hatte. Im Türbogen waren, je nach Aufnahme etwas undeutlich, der Verleger Blanchard und seine Frau zu sehen, die gerade das Restaurant verließen, direkt vor ihm aber stand, einen Stapel Unterlagen in der einen Hand, die Stararchitektin Joswitha Moor, von welcher der kurze, aber für den Fall entscheidende Bildbericht in der Zeitung gehandelt hatte. Daneben ihr Mann, der Anwalt Paul Nyffenegger. Selbst auf den kopierten Bildern war mit etwas Anstrengung zu entziffern, was auf dem obersten Deckblatt des Dokumentenstapels stand: *Öffentliche Urkunde. Kaufvertrag*, hieß es weiter unten, was eine sechsstellige Summe auf der nächsten Zeile bekräftigte. Den Rest konnte ich mir angesichts der illustren Runde zusammenreimen: Walter Grafs Firma *Swiss Living* verkaufte Immobilien an Paul Nyffenegger.

»Er hat mich hintergangen.« Kraftlos ließ sich Alice Graf auf die schmale Sitzfläche sinken, die zur Garderobe gehörte. Miranda, die mit José auf der Treppe ausgeharrt hatte, kam unverzüglich herunter, setzte sich zu ihr und kramte eines ihrer Fläschchen aus der goldenen Handtasche, welches Frau Graf dankend annahm und in einem Zug leerte.

»Wäre Ihr Mann Stadtpräsident geworden, hätten Sie selbst dafür gesorgt, dass die Liegenschaften im Besitz der *Swiss Living* weder abgerissen noch zu teuren Loftwohnungen umgebaut werden, damit die bisherigen Mieter weiterhin zu vernünftigen Preisen dort leben können.«

Tränen liefen Alice Graf übers Gesicht, doch sie wischte sie nicht weg, sondern sah mich unverwandt an. Miranda kramte ein Taschentuch hervor und reichte es ihr.

»Doch Sie hatten nicht mit dem politischen Ehrgeiz Ihres Mannes gerechnet. Die Schmach über die Niederlage bei den letzten Wahlen saß tief. Als dann der Verleger Blanchard mit einem äußerst verlockenden Angebot auf ihn zukam, konnte er einfach nicht ablehnen. Blanchard bot ihm nämlich an, sein angeschlagenes Image in der Öffentlichkeit aufzupolieren. Im Gegenzug forderte er die Hälfte der Anteile an *Swiss Living*. Walter Graf ging darauf ein, und in der Folge leistete Blanchards Medienimperium ganze Arbeit: Fernsehen und

Radio, Illustrierte, Zeitungen und Magazine berichteten geradezu euphorisch über Graf. Mit einem Mal war er in aller Munde und hätte zweifelsohne die Wahlen für sich entschieden. Doch Blanchard wusste auch, dass die Immobilien zwar viel wert waren, richtig fett Kohle abwerfen würden sie aber erst, wenn man sie als Luxuswohnungen weitervermietete. Was nicht möglich war, solange Graf die Mehrheit der Anteile besaß. Das war der Grund, weshalb er die beste Freundin seiner Frau bat, sich darum zu kümmern: Joswitha Moor war erfahren in solchen Dingen. Sie brachte ihren Mann Paul Nyffenegger mit an Bord und schon bald ging es darum, die andere Hälfte der *Swiss Living* aufzukaufen, um daraus Profit zu schlagen. Ich nehme an, Ihr Mann hat sich zuerst gegen den Deal gesträubt, er wusste ja, wie viel Ihnen die Stiftung bedeutete. Mit den einundfünfzig Prozent, die er noch besaß, wären Blanchard die Hände gebunden gewesen. Doch Nyffenegger, der begierig war, immer weitere Liegenschaften aufzukaufen, die seine Frau dann gewinnbringend renovierte oder umbaute, überredete ihn wohl mit einer großzügigen Parteispende, dass er nicht anders konnte.

Keine Ahnung, wie er Ihnen die Änderung im Plan hatte mitteilen wollen. Wann er vorgehabt hatte, Ihnen zu gestehen, dass er Sie derart hintergangen hatte. Vielleicht hatte er gehofft, sein Sieg würde Sie milde stimmen, ich weiß es nicht.

Es war Nyffenegger, der laut Blanchard Druck machte, das Geschäft noch vor den Wahlen über die Bühne zu bringen. Er traute Ihrem Mann und Politikern im Allgemeinen nicht und zweifelte daran, dass Ihr Mann sein Versprechen nach einem Wahlsieg halten würde. Natürlich musste alles unter größter Geheimhaltung ablaufen, ansonsten wäre Grafs Glaubwürdigkeit vehement infrage gestellt worden. Da er sich stets für billigen Wohnraum in der Stadt eingesetzt hatte, wäre er nicht gewählt worden. Deshalb traf man sich in einem verschwiegenen Lokal an der Langstrasse, wo weder Medien noch andere Politiker dauerpräsent sind, und unterzeichnete heimlich die Verträge.

Was die Runde natürlich nicht ahnen konnte, war, dass jemand, dessen Identität ich bislang leider nicht enthüllen konnte, eine Verleumdungskampagne plante. Mein Freund José, ein Journalist und Fotograf, bekam einen anonymen Tipp. Gleichzeitig bezahlte man Antonia, die junge Frau auf den Fotos, dafür, Graf in aller Öffentlichkeit um den Hals zu fallen, was dann auf den Aufnahmen den gewünschten Effekt erzielte.«

Ich warf José, der mittlerweile an der Wand neben mir lehnte, einen Blick zu. »Doch als sich José, der sich die Fotos offenbar auch nicht allzu genau angesehen hatte, damit bei Blanchard als Reporter bewarb, erkannte der sofort die immense Bedrohung, die die Bilder nicht nur für die Wahl, sondern auch für seinen Plan darstellten. Vielleicht ist es seiner Nervosität zuzuschreiben, dass er die Bilder unachtsam auf seinem Schreibtisch liegen ließ, wo sie am nächsten Morgen zufälligerweise Rosie entdeckte. Als Blanchard den Verlust bemerkte, unterrichtete er Nyffenegger, der wohl ebenfalls etwas aus der Fassung geriet und eilig irgendjemand anheuerte, um bei Rosie einzubrechen, was leider misslang. Kurze Zeit später gelangte derselbe Jemand in Josés Wohnung, durchsuchte sie und entwendete alles, was irgendwie mit den Fotos zu tun hatte.

Ich habe heute Nachmittag ein nicht ganz einfaches Gespräch mit Blanchard geführt, in dessen Verlauf er mir meine Mutmaßungen widerwillig bestätigte. Ich musste ihn erst davon überzeugen, dass er nichts zu verlieren hat, denn der Vertrag ist unterzeichnet und legal. Im Grunde genommen hat er sich nichts zuschulden kommen lassen. Natürlich bat er mich darum, seinen Namen nicht zu erwähnen, aber wo kämen wir denn da hin, wenn sich jeder nach eigenem Gutdünken aus einer Mordgeschichte streichen lassen könnte.

Blanchard wusste anfänglich nichts vom gescheiterten Einbruch bei seiner Putzfrau ebenso wenig von dem bei José. Das hat Nyffenegger alleine und ohne Rücksprache eingefädelt. Auf eigene Faust heuerte derweil Blanchard einen Privatdetektiv an, der vordergründig nach Rosie, der Putzfrau, suchen sollte, dabei ging es natürlich einzig und allein um die Bilder. Dieser Privatdetektiv war ich. Gestatten, Vijay Kumar.«

Alice Graf nickte mir zu. »Sehr erfreut kann ich jetzt leider unmöglich sagen. Aber ich habe mich schon gefragt, wie Sie an all die Informationen kommen konnten.«

Ich zuckte mit den Schultern. »Man tut sein Bestes. Aber eine der wichtigsten Informationsquellen in diesem Fall war Ihre Nachbarin Claire, die ihre Nachbarschaft von ihrem Fenster aus genau beobachtet. Ohne sie wäre ich nie auf die Lösung gestoßen.«

»Claire?« Alice Graf runzelte die Stirn. »Die steht tatsächlich immer am Fenster. Nie hätte ich gedacht, dass sie mich damit in Schwierigkeiten bringen würde.« Sie knüllte nachdenklich ein Papiertaschentuch in ihrer Faust zusammen. Dann hob sie den Kopf, ihr Blick war direkt auf mich gerichtet. »Als ich die Bilder sah, wurde ich so wütend, Sie können sich das gar nicht vorstellen. Nicht nur, dass er mich belogen und betrogen hatte, viel schlimmer: Er hatte seine Prinzipien verraten. Gerade er, der immer für eine freie Schweiz eingestanden war, ließ sich kaufen wie die hinterletzte …« Sie verzog angewidert das Gesicht und spuckte dem Satz das letzte Wort förmlich hinterher: »Hure!«

»Ich bitte Sie!« Empört richtete sich Miranda auf und funkelte die Frau an.

Einen Moment lang musterte Alice Graf ihr Gegenüber irritiert, dann begriff sie. »Entschuldigung, ich hab das nicht so gemeint.«

»Kein Problem, Schätzchen, ich hab schon Schlimmeres gehört.« Miranda lehnte sich wieder zurück, tätschelte Frau Grafs Hand und nuckelte besänftigt an ihrem Fläschchen.

»Er hat alles verraten, woran er einmal geglaubt hatte. Es ging ihm nur noch um die Macht, das Amt und seine politische Rehabilitierung nach dem vorangegangenen Debakel, überhaupt nicht mehr um das Land, nicht um die Leute und schon gar nicht um die viel beschworene Freiheit.« Sie wischte sich eine Träne ab. Ihre Stimme zitterte, als sie weitersprach: »Nachdem ich den Umschlag geöffnet und erkannt hatte, was auf den Fotos tatsächlich zu sehen war, rannte ich zu ihm. Er war gerade in der Küche und machte sich Kaffee. Als ich ihm die Bilder unter die Nase hielt, zuckte er zusammen. Einen Moment lang wirkte er zerknirscht. Das sei halt Politik, sagte er kleinlaut, so laufe das. Es tue ihm leid, er wisse, er hätte es mir längst sagen müssen. Seine unterwürfige Heuchelei machte mich nur noch wütender. Ich drohte ihm, mit der Partei darüber zu reden, worauf er höhnisch auflachte. Ich solle es doch versuchen, ich würde ja wissen, dass die alle genauso tickten wie er. Da hatte er zweifelsfrei recht. Meine Stiftung sei ohnehin naive Träumerei, spottete er, naive Kleinmädchenträumerei. Genau so nannte er sie: Kleinmädchenträumerei. Der Gang der Welt da draußen sei knallhart, da hätten solch gutmenschlerischen Projekte keine Überlebenschancen. Ich solle endlich aufwachen.

In dem Moment hätte ich ihn am liebsten geohrfeigt. Ich schrie ihn an, dass ich jetzt auf der Stelle Martin Schluep anrufen würde, und rannte die Treppe hoch. Er stieg mir nach und wollte mich zurückhalten. Erst als ich beinahe oben war, bekam er mich am Ärmel zu fassen, doch ich riss mich los und wandte mich zu ihm um. Er kam näher, obwohl ich ihn anschrie, er stand jetzt auf dem obersten Treppenabsatz und packte mich grob an der Schulter. Ich war außer mir vor Wut und habe ihn abgewehrt. Es kann gut sein, dass ich ihn dabei vor die Brust gestoßen habe, ich weiß es nicht mehr, vielleicht hat er auch von allein das Gleichgewicht verloren. Jedenfalls riss er die Hände in die Höhe und ruderte mit den Armen, dann stürzte er rückwärts die Treppe hinunter. Ich glaube, er war auf der Stelle tot.«

Betroffenes Schweigen machte sich breit. José starrte zu Boden, während Miranda geräuschlos das mittlerweile leere Fläschchen zuschraubte und es in ihrer Handtasche verstaute. Alice Graf hatte den Blick nicht abgewendet, immer noch sah sie mich an.

»Woher wussten Sie, dass ich es gewesen bin?«, fragte sie leise.

»Nun ja, Miranda, die junge Dame, die neben Ihnen sitzt, hat mich mit der Bemerkung zu Ihrem Kleid, das Sie am Montag trugen, auf die Lösung gebracht. Denn am Morgen bei der Kindergarteneröffnung hatten Sie ein blaues Deuxpièces an, auf den Polizeifotos dann aber ein sandfarbenes Kleid und gelbe Sandalen. Daraus schloss ich, dass Sie sich umgezogen haben mussten. Ich fragte mich aber die ganze Zeit weshalb, schließlich kamen Sie nach eigenen Angaben nach Hause und fanden Ihren Mann tot auf. Da wechselt man nicht erst mal die Garderobe. Mir fehlte einfach ein schlüssiges Tatmotiv. So wie es aussah, unterstützten Sie Ihren Mann mit vollem Einsatz bei seiner Kandidatur. Sie schienen auch an ihm zu hängen, da passte ein Mord überhaupt nicht ins Bild. Erst als ich Joswitha Moors Foto per Zufall in der Zeitung entdeckte, erinnerte ich mich daran, dass ich ihr Gesicht auch auf den belastenden Bildern vor der *Casa Aurelio* gesehen hatte. Die Aufnahmen erhielten mit einem Mal eine ganz neue Dimension.

Die Schlussfolgerung lag danach auf der Hand: Ihr Mann hatte die Immobilien, die Ihrer sozialen Stiftung gehörten, kaltblütig verkauft. Damit hatte ich auch das Mordmotiv gefunden.«

Alice Graf nickte, als wäre damit für sie etwas endgültig abgeschlossen.

»Ich bin noch nicht fertig«, wandte ich ein, was Miranda mit einem demonstrativen Gähnen kommentierte. »Natürlich wollten Sie Ihrem Mann unverzüglich helfen, als er so aufgespießt dahing, dabei haben Sie sich auch das Kleid blutig gemacht. Der Schock erfasste Sie erst später, als Sie realisierten, dass er tot war und dass es wahrscheinlich Ihre Schuld war. Ich nehme an, Sie saßen apathisch auf der Treppe, als Martin Schluep zurückkehrte. Ohne die Bilder, aber das kümmerte Sie in dem Moment überhaupt nicht mehr. Schnell verschaffte er sich einen Überblick, dann überzeugte er Sie davon, dass es klüger wäre, einen Einbruch zu fingieren. Natürlich hatte er dabei nichts anderes als seine eigene Karriere im Kopf, die zweifelsohne gelitten hätte, wäre bekannt geworden, dass seine Mentorin seinen Mentor umgebracht hat. Ich nehme an, das wussten Sie auch. Andererseits waren Sie unter den gegebenen Umständen froh, dass Schluep so zielstrebig die Initiative ergriff. Sie befolgten seinen Rat und kleideten sich in aller Eile um, dabei griffen Sie wahllos in Ihren Schrank, weshalb auf den Polizeifotos auch nichts zusammenpasste. Das blutige Kostüm knüllten Sie zusammen und verstauten es in der Handtasche, diese wiederum hängten Sie an die Garderobe, um sie später mitzunehmen und zu entsorgen.

Schluep hatte mittlerweile die Alarmanlage ausgeschaltet und ein Loch in die Scheibe geschlagen. Jetzt lösten Sie ge-

meinsam das Bild aus dem Rahmen und versteckten es ...«
Ich ging zum Flügel, der nur wenige Schritte von mir entfernt stand, hob den Deckel an und warf einen Blick hinein. »... nicht hier.«

Ich sah mich um, während meine drei Zuhörer gebannt jede meiner Bewegungen verfolgten. Dann näherte ich mich dem großen Bild, das in der Diele hing. Es zeigte fünf Greise, die mit hängenden Köpfen auf einer Bank saßen, mit Ausnahme desjenigen in der Mitte alle bärtig.

»Das Bild ist ganz wenig nach unten gerutscht.« Ich deutete auf den dünnen Streifen heller Tapete oberhalb des Kunstwerks, der sich deutlich abzeichnete.

»*Die Lebensmüden*, ebenfalls von Hodler«, meldete sich Alice Graf unvermittelt zu Wort. »Mein Mann hat ihn verehrt. Das hier ist leider nur ein Kunstdruck, das Original hängt in München in der Pinakothek.«

»Trotzdem ist es verrutscht, und zwar weil das Bild plötzlich schwerer geworden ist. Was hauptsächlich daran liegt, dass sich seit Montag auf der Rückseite ein zweites Gemälde im Rahmen versteckt befindet. *Der Genfersee von Saint-Prex aus.*«

Miranda klatschte begeistert in die Hände.

»Als scheinbar alles perfekt inszeniert war, riefen Sie die Polizei. Sie blieben wie benommen im Eingangsbereich sitzen, ein Zustand, den Sie nicht einmal vorzugeben brauchten. Doch als die Fotografin bereits die ersten Aufnahmen vom Tatort gemacht hatte, fiel Ihnen mit Schrecken ein, dass Sie in der ganzen Hektik vergessen hatten, den Umschlag mit dem Erpresserbrief und den kompromittierenden Fotos verschwinden zu lassen. Noch immer lag er in der Küche. Rasch und unauffällig sprachen Sie sich mit Schluep ab, worauf Sie einen Zusammenbruch simulierten, was Ihnen die Aufmerksamkeit aller Anwesenden sicherte. Eine chaotische Situation, die Schluep nutzte, um das Kuvert unauffällig an sich zu nehmen und es an einem Ort zu verstauen, wo es keiner gesucht hätte, schon gar nicht jemand, der nichts von seiner Existenz wusste, wie die Polizei: im Altpapier. Eine brillante Idee. Leider unterlief Ihnen ein weiterer Fehler: Im Tumult, der entstand, als Sie zum Krankenwagen geführt wurden, vergaßen Sie Ihre Handtasche an der Garderobe. Heute, als die letzten Übertragungswagen abgezogen waren und Sie endlich ungestört ins Haus konnten, wollten Sie die Tasche und den Umschlag holen und so der Geschichte ein Ende setzen. Schluep war auf dieselbe Idee gekommen, nur war er wenig erfolgreich bei der Durchführung seines Plans. Offenbar haben Sie sich nicht abgesprochen.«

»Wo ist er überhaupt?«, erkundigte sich Frau Graf.

Wortlos deuteten Miranda, José und ich zur abgeschlossenen Besenkammer, in welcher der Parteisekretär seinem nächsten Einsatz, der wohl vor einem Untersuchungsrichter stattfinden würde, entgegenschlummerte.

Alice Graf seufzte und erhob sich. »Gute Arbeit, Herr Kumar. Ich bin beeindruckt.« Sie strich ihr Kleid zurecht und wandte sich wie beiläufig erneut an mich: »Übrigens: Was hat Sie überhaupt bewogen, dem Fall bis zum Schluss nachzugehen? Wenn ich richtig verstanden habe, hat Ihr Auftrag anfänglich ganz anders gelautet.«

Die Frage überraschte mich, und es dauerte eine ganze Weile, bis ich auf die richtige Antwort kam. Geld war keine Motivation, denn obwohl die beiden vorangehenden Aufträge sehr gut bezahlt gewesen waren, verdiente ich mit der Aufklärung des Mordes keinen Rappen. Ganz sicher war es auch nicht der Ruhm, denn der ging mir erstens am Arsch vorbei, zweitens konnte ich mir davon keinen *Amrut* kaufen. Und allein die Neugier hätte auch nicht gereicht.

Verwundert stellte ich fest, dass ich etwas entwickelt hatte, was mir bis anhin zumindest in beruflicher Hinsicht abgegangen war: Ehrgeiz. Mit einem Mal wusste ich, dass ich die richtige Entscheidung getroffen hatte. Ich mochte meine Arbeit. Ich begann, meinen Job ernst zu nehmen. Was aber noch lange nicht hieß, dass ich dasselbe mit mir tat oder irgendjemandem, mit dem ich es zu tun kriegte.

Ich sah zu Alice Graf hinüber, wie sie aufrecht und stolz vor der Tür stand. Eine Frau mit Klasse. Ein feines, melancholisches Lächeln umspielte ihre Lippen, als sie die Türklinke hinunterdrückte. Ich las in ihrem Blick, dass sie meine Antwort bereits kannte. Die Tür schwang auf und der Rücken des jungen Polizisten war davor zu erkennen. Noch ein letztes Mal drehte sie sich um und sah mich eindringlich an.

»Ich wollte ihn nicht umbringen«, sagte sie leise und trat hinaus.

Freitag

Wir sahen ihr eine Weile zu, wie sie die Bilder abhängte, eines nach dem andern, sorgfältig und behutsam. Immer wieder verschwand sie im hinteren Teil der Galerie, den wir nicht einsehen konnten, erschien aber sogleich wieder, einmal mit einer dampfenden Teetasse, dann wieder mit leicht glänzendem Pergamin oder Luftpolsterfolie, um die Gemälde damit behutsam einzupacken. Sie arbeitete so konzentriert, dass sie uns auf der gegenüberliegenden Straßenseite bislang nicht entdeckt hatte.

Ich bot Antonia, die lässig neben mir an der Hauswand lehnte, eine Zigarette an und steckte mir dann selbst eine zwischen die Lippen. Später Vormittag auf der Langstrasse, das Leben kam nur schwerfällig in die Gänge. Noch herrschte kaum Verkehr. Dunkel die Klubs und Bars, ihre Fassaden, verschwanden sie nicht bereits hinter Baugerüsten, wirkten bei Tageslicht staubig und trostlos, verwaist die Restaurants, beinahe menschenleer die Querstraßen. Benutzt wirkte das Quartier und unglamourös. Postapokalyptisch.

Es war kühl. Ich schlug den Kragen meines Mantels hoch und zündete meine Fluppe an.

»Da ist sie«, flüsterte Antonia, die mich vor einer knappen Stunde mit nervtötendem Klingeln aus dem Haus geholt hatte, und stieß mich in die Seite. Ich spähte zur Galerie hinüber und sah Eleonora auf ihre Mitarbeiterin einreden, die soeben aus dem hinteren Raum getreten war. Sie hatte kurz geschnittenes Haar, trug einen Hosenanzug in einer für mich unmöglich zu bestimmenden Farbe und flache, praktische Schuhe. Fade wirkte sie und unauffällig. Eine Frau, die wohl nicht nur Antonia als uncool beschrieben hätte.

Irma hatte Eleonora sie bei meinem ersten Besuch in der Galerie genannt, glaubte ich mich zu erinnern.

»Bist du dir sicher?«

Antonia nickte eifrig. »Ich habe sie zufällig beim Vorbeigehen entdeckt und gleich wiedererkannt. Sie war es, die mich vor das Restaurant geschickt hat, um den alten Sack zu küssen.«

Dass Antonia Graf um den Hals fiel und zufälligerweise ein Fotograf zugegen war, war sicher nicht Irmas alleinige Idee gewesen.

Ich sah Eleonora deutlich vor mir, wie wütend sie an jenem Abend auf Graf gewesen war. Wie sie mit geballten Fäusten gefordert hatte, dass jemand seine Wahl zum Stadtpräsidenten verhindern müsse. Da hatte ich noch nicht ahnen können, dass sie sich selbst damit meinte und die Verleumdungskampagne bereits angeleiert war. Nur kam dann alles ganz anders, als sie es sich vorgestellt hatte.

Jetzt hatte Eleonora mich entdeckt. Sie trat nah an die Scheibe heran und strahlte übers ganze Gesicht, aufgeregt winkend bedeutete sie mir herüberzukommen. Ich hob abwehrend die Hand. Nur zu unangenehm hatte ich ihr schroffes Verhalten Manju gegenüber und das exaltierte Getue bei der Vernissage noch im Gedächtnis.

Wahrscheinlich ahnte sie noch nicht mal, dass sie sich mit ihrer hinterhältigen Aktion mitschuldig an Grafs Tod gemacht hatte. Schließlich waren die Fotos auf ihre Anweisung hin entstanden, auch wenn sie natürlich nicht hatte voraussehen können, wie brisant die Fotos durch Grafs prominente Begleitung wirklich werden würden. Und während ich die *Perla-Mode* mit der jetzt etwas irritiert wirkenden Eleonora hinter mir ließ und von Antonia begleitet auf die Bushaltestelle zuschritt, entschied ich, dass sie und ihre Assistentin das auch nicht zu wissen brauchten.

»Was jetzt?« Antonia kaute bereits wieder auf einem Kaugummi herum, während ich nachsah, wann der nächste Bus fuhr.

»Hast du heute eigentlich keine Schule?«

Sie hustete demonstrativ. »Hörst du nicht, ich bin krank.«

»Dann wäre ein Besuch im Spital genau das Richtige.«

»Du gehst zu Fernando?« Sie wich zurück.

»Komm mit, wenn du magst.«

Der Bus fuhr heran und senkte sich seitlich zu uns hin, bevor die Türen aufsprangen. Ich stieg ein und sah Antonia fragend an. Mit schräg gelegtem Kopf und angestrengt mit den Kiefern malmend, war sie draußen stehen geblieben, doch dann gab sie sich einen Ruck.

»Weißt du, Spital ist nicht so mein Ding«, flüsterte sie mir zu, als der Bus anfuhr.

»Meins auch nicht.«

Sie lächelte erleichtert.

»Hast du einen Fahrschein?«

Ihr Lächeln versiegte und sie sah mich an, als wäre ich etwas zurückgeblieben.

Dr. Biasi ging mit eiligen Schritten vor uns her durch einen schier unendlichen Korridor. »Hier ist gerade ziemlich was los«, ließ er uns in gehetztem Ton über die Schulter hinweg wissen.

»Wir finden das auch allein.«

»Er hat bereits Besuch«, gab er zu bedenken.

»Meine Mutter und meine Tante sind andauernd bei ihm«, beschwichtigte ihn Antonia.

»Die sind vor etwa einer Stunde gegangen.«

»Hm. Wusste ich nicht.«

Antonia wirkte nervös, ständig sah sie sich um, als halte sie nach einem Fluchtweg Ausschau. Einmal glaubte ich sogar, sie wolle umkehren, als sie ein paar Schritte zurückfiel, doch als ich nach ihr sah, holte sie schnell auf.

Abrupt blieb Dr. Biasi stehen und stieß mit einem nichtssagenden Lächeln eine gläserne Durchgangstür auf. »Immer geradeaus, letzte Tür rechts.«

»Danke.« Ich schlüpfte an ihm vorbei, nicht ohne den Bauch einzuziehen. Von wegen BMI und so.

»Nicht zu lange«, mahnte er uns, bevor er auf dem Absatz kehrtmachte und durch den Korridor zurückmarschierte.

Im Gang herrschte eine gespenstische Stille. Sofort beschlich mich ein mulmiges Gefühl. Ein Blick zu Antonia bezeugte, dass es ihr genau gleich ging. Angespannt fixierte sie die Tür und ging mit kleinen, hastigen Schritten auf sie zu. Sie hatte sogar aufgehört, ihren Kaugummi zu bearbeiten.

Kein Wort fiel, bis wir vor dem besagten Zimmer standen. Ich klopfte kurz an, ohne wirklich eine Antwort zu erwarten, und trat ein.

Die Jalousien waren schräg gestellt, Herbstlicht drang in den Raum und malte fahle Streifen auf den Boden und das Bett, in dem Fernando reglos lag. Ein bunter Blumenstrauß stand in einer rauchfarbenen Vase auf dem Nachttisch, daran angelehnt eine zuversichtlich anmutende Pralinenschachtel. Eine Vielzahl von Apparaturen hing an der Wand daneben, auf dunklen Bildschirmen kommentierten gleichmäßig verlaufende Kurven in verschiedenen Farben den Zustand des Patienten. Plastikschläuche führten in seine Nasenlöcher und unter das leichte Laken, mit dem er zugedeckt war, der Kopf war einbandagiert, im linken Arm steckte eine Infusion. Ein halb voller Urinbeutel hing am Bettrahmen. Fernando sah blass aus und abgemagert, nur wenig erinnerte an den atemlos in die Bar hereinstürzenden Jungen, den ich vor knapp einer Woche zum ersten Mal gesehen hatte.

Ein Wimmern unterdrückend eilte Antonia zu ihm hin und setzte sich auf die Bettkante. Behutsam hielt sie seine Hand und streichelte mit dem Daumen darüber, während ihr die Tränen übers Gesicht liefen. Erst jetzt begriff ich, dass sie ihn wohl noch nie besucht hatte, so sehr musste sie sich vor dem Anblick ihres bewusstlosen Bruders geängstigt haben.

Den drei Besuchern, die an der Wand auf Stühlen saßen, hatte Antonia keine Beachtung geschenkt. Ich nickte ihnen stumm zu, worauf zwei der Männer meinen Gruß erwiderten, und ging an ihnen vorbei. Noch ehe ich Fernandos Bett erreicht hatte, durchlief mich ein eiskalter Schauer und ruckartig wandte ich mich um.

Erst jetzt bemerkte ich, dass die beiden, die gegrüßt hatten, Uniformen trugen. Das Gesicht des dritten, der zusammengesunken zwischen ihnen saß und mit einer Kapuzenjacke und einer weiten Jeans bekleidet war, erkannte ich erst in dem Moment, als er, durch meine jähe Bewegung aufgeschreckt, den Kopf hob. Er sah elend aus, doch ich ließ mich davon nicht täuschen. Ich wusste, wozu er im Verbund mit seinen Kumpels fähig war, ich hatte es selbst miterlebt. Großgewachsen und pummelig, wie er war, wirkte er bei Tageslicht noch jünger als am Samstagabend am Escher-Wyss-Platz.

Stumm schauten wir uns an. Aus dem Nebenraum war gedämpft das regelmäßige Zischen einer Beatmungsmaschine zu vernehmen. Dann sah der Junge lange zu Fernando hinüber, bevor er reuevoll den Blick senkte. Wenigstens einer von dreien, dachte ich.

Ich trat zu Antonia und legte ihr sanft die Hand auf die Schulter.

»Meine Mutter sagt, die Ärzte seien zuversichtlich«, stammelte sie.

Ich nickte, da ich nicht wusste, was ich hätte erwidern sollen. Solche Situationen machten mich stets sprachlos.

»Er ging mir immer voll auf die Nerven, aber jetzt, wo er nicht mehr da ist …« Sie sah mich verzweifelt an.

»Lass uns gehen.«

Zärtlich streichelte sie zum Abschied Fernandos Arm, dann folgte sie mir in den Korridor hinaus.

»Wer waren die Männer?«, fragte sie, als wir die Eingangshalle des Spitals durchquerten.

Ich umging eine Antwort, indem ich umständlich eine Zigarette aus der Packung klaubte, doch unter der Eingangstür blieb sie abrupt stehen und sah mich mit einem derart wilden Blick an, dass ich froh war, mit ihr schon draußen zu sein. Sie drehte auf dem Absatz um und rannte zurück.

Fluchend schnippte ich die Zigarette weg und spurtete ihr hinterher. Ich erwischte sie auf dem untersten Treppenabsatz. Sie wehrte sich und schlug um sich, doch ich hielt sie fest, bis ihre Kräfte nachließen und sie sich allmählich beruhigte.

»So ein Schwein!«, stieß sie mit erstickter Stimme hervor und ihre Lippen bewegten sich zitternd, als suchten sie weitere Schimpfwörter, die sie jedoch nicht fanden. Stattdessen fuhr Antonia sich mit einer hilflosen Geste durchs Haar. Dann begann sie erneut zu weinen.

Der Vorplatz des Wohnhauses, in dem meine Eltern lebten, war mit einem auffälligen Kreidegemälde verziert. *Rangoli* hießen diese symmetrischen Muster aus farbenfrohen Blumenmotiven, die meist Lotusblüten zeigten und traditionellerweise zu *Diwali* auf den Boden gemalt wurden, um Besucher willkommen zu heißen. Kerzen, die vom Wind geschützt in bunten Gläsern flackerten, umrahmten das Kunstwerk. Auch das Treppenhaus war geschmückt, überall Lichterketten und Öllämpchen, die jedoch noch nicht entzündet waren, da das Fest erst morgen begann. Sie waren dazu gedacht, Lakshmi, der Göttin des Wohlstandes, den Weg ins Haus zu weisen, die Türen blieben daher alle unverschlossen. Meine Mutter baute jedes Jahr einen kleinen Altar auf, den sie mit all den weltlichen Dingen schmückte, die sie sich im kommenden Jahr erhoffte. Meist waren das Geldscheine, manchmal aber auch Fotos von Gegenständen, die sie gerne besitzen würde, sei es Schmuck oder eine teure Küchenmaschine. Einen Flachbildfernseher für meinen Vater hatte ich darunter auch schon entdeckt sowie einen kleinen Transporter fürs Geschäft, bei dem die Göttin wohl mit ungeahnten Lieferschwierigkeiten zu kämpfen hatte. Vor diesem kosmischen Wunschzettel platzierte meine Mutter dann jeweils feierlich ihr Geschäftsbuch und betete inbrünstig für bessere Einnahmen. Das war das Praktische am Hinduismus: Große Sagen und religiöse Feste wurden auf eine volksnahe, manchmal etwas profane Ebene herunterdekliniert, sodass sich jeder etwas davon versprechen konnte. Bei der damit verbundenen Kommerzialisierung stand man den Christen jedoch in nichts nach.

Als ich das Wohnzimmer betrat, traute ich meinen Augen nicht: Meine Mutter und Auntie Bahula saßen nebeneinander auf dem Sofa und, anstatt zu streiten, kicherten sie wie kleine Mädchen, während sie die Glückwunschkarten lasen, die wie jedes Jahr stapelweise aus Indien eingetroffen waren. Auf dem Tisch vor den Frauen häuften sich Süßigkeiten und getrocknete Früchte in Schalen, aus denen sie sich unablässig bedienten, während sie sich gegenseitig, von schrillen Ausrufen der Bewunderung begleitet, die schönsten Kartenmotive zeigten. Ich verkniff mir die Bemerkung, die mir auf der Zunge brannte. *Diwali* mit seinen mannigfaltigen Bedeutungen war nicht zuletzt auch das Fest der Versöhnung.

»Wo ist Manju?«, fragte ich, doch die beiden Frauen beachteten mich nicht, zu sehr waren sie damit beschäftigt, ihre neu gewonnene Freundschaft zu zelebrieren. Ich sah mich nach meinem Vater um, der wie immer in seinem Sessel vor dem Fernseher versank. Der Apparat lief halblaut. Der Satellitenschüssel sei Dank wurde ein Kricketspiel gezeigt, er selbst hatte sich in die *Times of India* vertieft. Neben ihm auf einem Tischchen standen eine Flasche *Amrut* und ein halb volles Glas. Der untrügliche Beweis dafür, dass gewisse Vorlieben genetisch vererbbar waren. Als ich meine Frage etwas lauter wiederholte, deutete er, ohne die Zeitung zu senken, Richtung Küche.

Der Duft von frischem Koriander schlug mir entgegen, als ich die Tür öffnete. Auf einem Schneidebrett wartete das gehackte Kraut zusammen mit fein geschnittenem Ingwer und Chilischoten auf seinen Einsatz, während auf dem Herd eine gelbliche Suppe köchelte. Manju beugte sich konzentriert über die aufgeschlagene Zeitung auf dem Küchentisch. Mit einem Kugelschreiber zog sie Kreise um Textstellen, die sich bei näherer Betrachtung als Inserate herausstellten. Sie hob nur kurz den Kopf, als ich mich räusperte, dann widmete sie sich wieder ihrer Lektüre, wobei sich die Haut ihrer Wangen für einen kurzen Augenblick über den Kieferknochen spannte.

»Du ziehst aus?«

Sie antwortete nicht sofort, sondern gab vor, in die Lektüre der Anzeigen vertieft zu sein, bevor sie langsam aufblickte.

»Auntie Bahula wird mein Zimmer übernehmen.«

»Soll ich dir helfen?«

»Ich schaff das alleine.«

»In Zürich musst du Leute kennen, wenn du eine billige Wohnung finden willst. Sonst kannst du das vergessen.«

»Ich kenne Leute.«

Ich schwieg einen Moment und unsere Blicke trafen sich. Sie wirkte bestimmt und mit einem Mal viel erwachsener.

»Ich habe mich für einen Deutschkurs angemeldet. Bis auf Weiteres werde ich im Laden deiner Mutter arbeiten, aber sollte sich eine andere Gelegenheit ergeben …« Sie sah mich vielsagend an.

Ich nickte und spähte in den dampfenden Topf hinein, in dem die gelbe Flüssigkeit blubberte. Ich rührte mit der Holzkelle, die neben dem Kochherd gelegen hatte, ein paarmal kräftig um. Beinahe gleichzeitig spürte ich ihre Hand auf der meinen.

»Happy Diwali«, flüsterte sie in meinen Nacken, ergriff mein Kinn und zog mich zu sich hin. Der Kuss war lang und innig. Dann lächelte sie und strich mir mit dem Finger über die Wange.

»Aber bilde dir bloß nicht ein, ich sei nicht mehr sauer auf dich!«, sagte sie, bevor sie hinausging und die Tür hinter sich zuzog.

Verwirrt sah ich ihr hinterher. Über dreißig Jahre Erfahrung, und ich wurde immer noch regelmäßig überrumpelt. Trotzdem konnte ich mir ein breites Grinsen nicht verkneifen.

Ich steckte mir eine Zigarette an, während ich gemächlich die Langstrasse entlangschlenderte. Ein kühler Oktobertag im Quartier. Polizeiwagen patrouillierten im Schritttempo durch die Seitenstraßen, es roch nach Herbst und billigem Parfüm. Über mir hallte monotones Gehämmer und das Dröhnen der Bohrmaschinen, die unendliche Krawallsymphonie der Baustellen, die auf der Höhe der Brauerstrasse jedoch unvermittelt von quäkenden Trompetenklängen übertönt wurde. Neugierig folgte ich dem Lärm und je näher er rückte, desto deutlicher waren die Parolen zu verstehen, die ein vielstimmiger Chor skandierte.

Die Protestierenden hatten sich direkt vor dem Wohnblock versammelt. Maria führte sie an und lächelte mir zu, bevor sie die Faust erhob und ihre Forderung nach billigem Wohnraum in der Stadt erneut hinausschrie. Dicht an ihrer Seite standen Rosie und Pilar, dahinter scharte sich ein mageres Grüppchen, Frauen aus dem Milieu, aber auch Quartierbewohner, die selbst betroffen waren oder sich solidarisierten, alle hielten Spruchbänder und Schilder in die Höhe. Presse und Fernsehen schien das nur marginal zu beschäftigen, mit meinem Vorwissen konnte ich mir auch problemlos erklären weshalb: Blanchard hatte wohl wenig Interesse an Misstönen, die seine Pläne von einem aufgewerteten und entsprechend lukrativen Quartier infrage stellten oder gar durchkreuzten. Also wurde in seinem Medienimperium einfach nicht darüber berichtet.

Voller Mitleid sah ich dem kleinen Umzug hinterher, der sich jetzt mit seiner so engagierten wie zwecklosen Protestaktion Richtung Kasernenwiese davonmachte. Dabei entdeckte ich José und einen weiteren Fotografen, den ich schon vor Grafs Anwesen gesehen hatte, beide rannten eifrig um die Kundgebung herum und schossen von allen Seiten Bilder. Immerhin zwei Reporter, die nicht für Blanchard arbeiteten. Ganz kurz nur hob José den Kopf, als ich seinen Namen rief, und unsere Blicke trafen sich. Ich hob die Hand zum Gruß. Er grinste mich an und machte eine entschuldigende Geste, bevor er weiterknipste. Es war das Grinsen eines Mannes, den ich mein ganzes Leben lang kannte und dabei noch nie so glücklich gesehen hatte wie in den vergangenen Tagen.

Ich würde mir ein ganz besonderes Hochzeitsgeschenk für ihn überlegen müssen. Mir graute jetzt schon davor.

Auf der Langstrasse staute sich wie so oft der Verkehr. Hastig und wortlos kaufte ich bei Kemal eine Packung Zigaretten, als ich auf der gegenüberliegenden Straßenseite Miranda entdeckte, die in einem der weniger erfolgreichen Kebablokale stand und eindringlich auf den Mann hinter dem Tresen einredete. Immer vehementer schüttelte dieser den Kopf, während Miranda entsprechend wilder gestikulierte und bedrohlich ihre goldene Handtasche dazu schwenkte.

Ich wünschte ihr, dass sie möglichst bald passende Räumlichkeiten für ihre Nudelbar fände. Vielleicht sogar in einem der wenigen Häuser im Quartier, an dem noch kein Banner am Baugerüst flatterte, auf dem in Großbuchstaben *Joswitha Moor* geschrieben stand.

Ich blieb stehen und sah mich um. Es war schön hier. Wie Claire liebte ich diese Stadt und diesen Stadtteil ganz besonders, in all seiner Widersprüchlichkeit. Hier war ich aufgewachsen, hier gehörte ich hin. Als Schweizer wie auch als Inder. Und war ab und zu ein Spagat gefragt, dann vollführte ich ihn mit Bravour, schließlich hatte ich mein ganzes Leben lang dafür geübt. Veränderungen gehörten nun mal dazu.

Auch um mich herum war alles in Bewegung: Manju nabelte sich schrittweise vom Familienclan ab und steuerte auf ein selbstbestimmtes Leben zu, während José verliebt war und plötzlich heiraten wollte. Etwas, das ich noch nicht ganz verdaut hatte. Dafür war meine Mutter neuerdings nicht mehr ganz so erpicht auf Enkelkinder wie in den Jahren zuvor, was mich erleichterte und gleichzeitig misstrauisch machte. Ich fragte mich, was sie im Schilde führte.

Martin Schluep hatte seine Chance, zum Parteipräsidenten der VPRS gewählt zu werden, endgültig verspielt. Und bevor sie sich wieder unermüdlich für billigen Wohnraum in der Stadt einsetzen konnte, war Alice Graf vor allem auf einen ausgezeichneten Anwalt angewiesen. Ich wünschte ihr von Herzen einen Freispruch, nicht zuletzt, weil ich mir kaum vorstellen konnte, dass Gefängniskleidung zu ihrem Teint passte. Wobei sie sicherlich auch diese mit Stil und Würde trüge. Darüber hinaus war ich voller Zuversicht, dass die Radiostationen eines fernen Tages neben Lady Gaga wieder andere Künstler spielen würden.

Ich trat meine Zigarette aus und bog in die Dienerstrasse ein, als ein hellblauer Käfer hupend an mir vorbeibrauste. Mit quietschenden Reifen schwenkte er jäh von der Straße und holperte über den Bordstein, wo er abbremste und mitten auf dem Gehsteig stehen blieb. Die Tür sprang auf und Hassan der Ältere entstieg meinem Auto. Lachend hielt er den Schlüssel hoch und kam mit großen Schritten auf mich zu, um mich überschwänglich zu umarmen, als hätten wir uns nicht erst gerade halb totgeprügelt, sondern wären gute alte Freunde. Vorsichtig drückte ich ihn ebenfalls. Man wusste ja nie.

Panta rhei, wie Blanchard gesagt hatte.

Alles war im Fluss.

Glossar

Ballenberg – Freilichtmuseum am Brienzersee mit jahrhundertealten Gebäuden aus allen Landesteilen der Schweiz

Cervelatprominenz – abwertende Bezeichnung der weniger wichtig einzustufenden Schweizer Lokalberühmtheiten

Cheminée – Kamin

Cole Slaw – amerikanischer Krautsalat mit Mayonnaise

Dabbawalla – Hindi für Lieferant, der in Mumbai das hausgemachte Mittagessen der Büroangestellten in Boxen zustellt

Damenräuschchen – leichter Schwips

ETH – Abkürzung für Eidgenössische Technische Hochschule

Harasse – schweizerisch für Getränkekiste

Kona – Hindi für Ecke

Mamu – Hindi-Slang, wörtlich Onkelchen, bedeutet aber eher Blödmann oder Trottel

Mariachi – typisch mexikanische Musikformation

Nocturne – Spätvorstellung im Kino

Pfrundhaus – schweizerisch für Altenheim

Rustico – rustikales Tessiner Bauernhaus, dient oft als Feriendomizil

Rüstmesser – schweizerisch für Küchenmesser

Sechseläuten – Frühlingsfest der Zünfte in Zürich

Silberkugel – Schweizer Fast-Food-Kette mit eigenen Menübezeichnungen, zum Beispiel Silber-Beefy

Veston – schweizerisch für Herrenjackett

Alle Fälle von Vijay Kumar –

Fangschuss

ISBN 978-3-89425-369-1, auch als E-Book erhältlich
Der erste Fall für Vijay Kumar
Ausgezeichnet mit dem ›Zürcher Krimipreis‹

Der frischgebackene Privatdetektiv Vijay Kumar macht sich auf die Suche nach einem kleinen Drogendealer. Als er über eine Leiche stolpert, beginnt die Jagd – durch das noble Zürcher Bankenviertel bis in die Einsamkeit einer Berghütte.

Lichterfest

ISBN 978-3-89425-384-4, auch als E-Book erhältlich
Der zweite Fall für Vijay Kumar

Vijay Kumar ist irritiert: Was ist so besonders an Putzfrau Rosie, die er im Auftrag des Medientycoons Blanchard finden soll? Als der rechte Politiker Graf tot aufgefunden wird, bekommt der Fall eine neue Dimension, denn auch bei Graf hat Rosie geputzt.

Uferwechsel

ISBN 978-3-89425-407-0, auch als E-Book erhältlich
Der dritte Fall für Vijay Kumar
Nominiert für den ›Zürcher Krimipreis‹

In einem Waldstück nahe des Flughafens wird die Leiche eines jungen Mannes gefunden. Hatte er sich im Radkasten eines Flugzeugs versteckt, um illegal in die Schweiz einzureisen? Vijay Kumar geht der Sache nach. Eine Spur führt ins Strichermilieu – der Detektiv trifft unerwartet bekannte Gesichter ...

Familienpoker

ISBN 978-3-89425-425-4, auch als E-Book erhältlich
Der vierte Fall für Vijay Kumar

Die junge Noemi will unbedingt wissen, wer ihre leiblichen Eltern sind. Was für Privatdetektiv Vijay Kumar als einfacher Recherche-auftrag beginnt, entwickelt sich zu einer gefährlichen Jagd von Madrid bis ins Berner Oberland – immer auf der Suche nach einem mysteriösen Doktor Grüninger …

der kultige Detektiv von Sunil Mann

Faustrecht

ISBN 978-3-89425-447-6, auch als E-Book erhältlich
Der fünfte Fall für Vijay Kumar

Für Adrian Bühler ist ein Inder das kleinere Übel im Vergleich zu einem Deutschen – und er beauftragt Vijay Kumar herauszufinden, ob ihn seine Frau mit einem Deutschen betrügt. Als es einen Toten gibt, ist die Geschichte für Vijay längst zu einer persönlichen Angelegenheit geworden, nicht ahnend, wer seine Gegner wirklich sind ...

Schattenschnitt

ISBN 978-3-89425-476-6, auch als E-Book erhältlich
Der sechste Fall für Vijay Kumar
Nominiert für den ›Zürcher Krimipreis‹
und den ›Friedrich-Glauser-Preis!‹

Wer hat Pina Gilardi niedergestochen? Die Dokumentarfilmerin ist erst jüngst aus Indien zurückgekehrt, wo sie nach Jahren erneut das Thema aufgegriffen hat, mit dem sie berühmt wurde: die Lebensbedingungen HIV-positiver Menschen. Als Vijay der Spur folgt und in das Land seiner Vorfahren reist, muss er sich unerwarteten Gefahren stellen – und das nicht nur, weil seine Familie mal wieder große Pläne mit ihm hat …

Gossenblues

ISBN 978-3-89425-492-6, auch als E-Book erhältlich
Der siebte Fall für Vijay Kumar

Am Grab seines Vaters trifft Vijay Kumar auf eine merkwürdige Frau. Sie beauftragt den Privatdetektiv, nach Gaudenz Pfister zu suchen. Vijays Nachforschungen bringen ans Licht, dass Pfister als Obdachloser unter dem Spitznamen ›Fischli‹ auf der Straße lebt. Dabei hätte der einstige Banker genug Geld für einen Neuanfang haben müssen. Wenig später ist nicht nur Gaudenz Pfister, sondern auch Vijays Auftraggeberin tot. Der Fall nimmt Ausmaße an, wie sie der Detektiv nie erwartet hätte.

Wie eine wilde Fahrt durch die Nacht

Michael Herzig

Am Ende die Nacht

Gebunden mit Schutzumschlag

ISBN 978-3-89425-674-6

Auch als E-Book erhältlich

Ein Migrant ist assimilierter, als es ihm lieb ist.

Ein Lobbyist strauchelt über seine Laster.

Eine Societylady wittert die Chance, verlorenes Familienglück herbeizuzwingen.

Ein Hauswart wischt ausschließlich vor den Türen der anderen.

Eine Bankerin kann sich keine Gefühle leisten und wird von ihren Emotionen überwältigt.

Eine Sekretärin sträubt sich gegen die Verbürgerlichung und verbürgerlicht dabei.

Eine Journalistin nähert sich nicht dem Durchbruch, sondern starrt in den Abgrund.

Ein Partygirl flieht vor der Ernüchterung.

Eine Hausbesetzerin verwirkt ihre Glaubwürdigkeit.

Ein Zuhälter sieht sich als Unternehmer.

Ein Polizist macht nur seinen Job und damit Schlagzeilen.

Zsófia Bihari hat nichts als ihren Körper und viel zu verlieren.

Und am Ende wird es nicht für jeden einen Morgen geben …

Zwölf Menschen, die auf dem schmalen Grat zwischen Recht und Unrecht darum kämpfen, sich selbst treu zu bleiben.

Ein Roman wie eine wilde Fahrt durch die Nacht!

grafit

Eine junge Anwältin und mächtige Gegner

Olaf R. Dahlmann

Das Recht des Geldes

ISBN 978-3-89425-467-4
Auch als E-Book erhältlich

Sie will nur ihren Job machen.
Doch sie soll eine Marionette sein.
Also beginnt sie ihr eigenes Spiel …

Ein ermordeter Anwalt in Liechtenstein, verschwundene Steuerdaten und ein handlungsunfähiger Chef: Katharina Tenzer absolviert ihr Referendariat in der angesehenen Hamburger Kanzlei Friedemann Hausner und soll unverhofft die Unternehmerfamilie Koppersberg gegenüber der Steuerfahndung vertreten. Doch Hausner sagt seiner jungen Mitarbeiterin nicht alles.

Als Katharina begreift, worum es wirklich geht, ist es schon zu spät. Längst verfügt sie über Wissen, das sie eigentlich nicht verheimlichen darf. Und das sie zum nächsten Ziel des Mörders macht …

»Dahlmann ist ein Insider, er weiß, was alles möglich ist in der Welt der Steuerzahler, und das macht seinen Krimi sogar noch ein bisschen gruseliger. Das Thema Steuern kann also richtig spannend sein.« Anja Keber, Bayern 2

»Ein echter Pageturner. Weglegen geht nicht vor der letzten Seite.« Benedikt Stubendorff, NDR Welle Nord

Geklaute Steuerdaten, riskante Selbstanzeigen und die Folgen: hochspannend, topaktuell, von einem Insider geschrieben

grafit